La bibliothèque des livres brûlés

BRIANNA LABUSKES

La bibliothèque des livres brûlés

Roman

Traduit de l'anglais (États-Unis) par
CAROLE DELPORTE

Harper
Collins

Titre original :
THE LIBRARIAN OF BURNED BOOKS

Cette œuvre est une œuvre de fiction. Les noms propres, les personnages, les lieux, les intrigues sont soit le fruit de l'imagination de l'auteur, soit utilisés dans le cadre d'une œuvre de fiction. Toute ressemblance avec des personnes réelles, vivantes ou décédées, des entreprises, des événements ou des lieux serait une pure coïncidence.

HARPERCOLLINS FRANCE
83-85, boulevard Vincent-Auriol, 75646 PARIS CEDEX 13
Tél. : 01 42 16 63 63

www.harpercollins.fr

ISBN 979-1-0339-1419-8

Aux bibliothécaires, gardiennes et gardiens des livres

New York
Novembre 1943

Le télégramme informant Vivian Childs du décès de son mari sur le champ de bataille était arrivé avant la dernière lettre d'Edward.

Quand Vivian reconnut l'écriture familière sur l'enveloppe, deux semaines après la venue du sergent au visage poupin, ses genoux flanchèrent. Elle s'effondra sur le sol en marbre de l'entrée avec un bruit sourd qui aurait dû s'accompagner d'une sensation douloureuse, et pourtant elle ne sentit rien.

Edward.

L'espace d'une atroce seconde, Viv pensa que le télégramme était une erreur.

Non, impossible. C'était la lettre d'un fantôme, les mots d'un homme mort qui n'avait pas encore rencontré son destin.

Le cœur de Viv battait douloureusement à ses tempes, à ses poignets, s'accordant au rythme du tic-tac de l'horloge de parquet. L'engourdissement réconfortant de ces deux dernières semaines s'était dissipé, et la souffrance qu'elle avait refoulée s'insinuait à présent par tous les pores de sa peau.

Ce fut presque un soulagement quand sa main heurta le bord de la table, alors qu'elle cherchait à tâtons la lettre au-dessus d'elle. Ce genre de douleur, elle la comprenait.

Elle contempla longuement le nom sur l'enveloppe, le caressa du bout des doigts, puis glissa précautionneusement un ongle sous la pliure.

Ma Viv,

Tu ne peux pas savoir à quel point je te suis reconnaissant de tes lettres. S'il te plaît, continue à m'écrire et donne-moi des nouvelles de ton amusante querelle avec Mme Croft et son caniche infernal. Les gars sont aussi curieux que moi de connaître la conclusion de l'incident avec la teinture bleue.

On n'imagine pas combien la guerre est ennuyeuse, pourtant elle n'est rien d'autre que monotonie, ponctuée de moments de pure terreur, qui t'ébranlent pendant des heures, jusqu'à ce que la sensation s'estompe, pour laisser à nouveau place à l'ennui. Tes récits nous divertissent plus que tu ne peux l'imaginer.

Sur ce front, cela va sans doute s'améliorer, Dieu merci. L'armée a eu l'idée ingénieuse de nous envoyer, à nous pauvres soldats désœuvrés, des livres de poche pour nous distraire de toutes ces bombes qui explosent à quelques mètres de nos crânes.

*Pardonne ma rudesse. Vraiment, ces livres sont une aubaine. J'ai réussi à me procurer un exemplaire d'*Oliver Twist, *et il m'a fait penser à Hale. Mon frère est trop fier pour avoir accepté ce qu'il aurait considéré comme de la charité de ma part, pourtant j'aurais aimé l'aider davantage quand nous étions jeunes. Quand je pense à toutes ses années de misère alors que je possédais tant… Bah, la culpabilité nous empêche de dormir, n'est-ce pas ? La guerre est douée pour nous rappeler ce qu'on aurait voulu faire différemment.*

Je sais que cette lettre est triste en comparaison de tes missives divertissantes mais, s'il te plaît, ne me punis pas de mon manque d'imagination en gardant tes anecdotes pour toi. Transmets tout mon amour à maman.

Bien à toi,

Edward

Viv s'efforça d'ignorer l'allusion d'Edward à son frère, Hale. Des souvenirs fugitifs de chaudes soirées d'été, de lèvres collantes de barbe à papa, de sourires aguicheurs et de mains calleuses lui revinrent en mémoire, puis s'évanouirent tels des éclairs dans la nuit noire de son chagrin.

Pourquoi penser à ce qu'elle n'aurait jamais ?

Au lieu de cela, elle relut la lettre et, pour la première fois depuis deux semaines, se laissa aller à songer à Edward. Chaque fois qu'elle avait essayé auparavant, elle n'avait vu qu'un corps meurtri et brisé, des chairs déchirées et ensanglantées, des terres brûlées et des flammes. À présent, elle l'imaginait devant un feu de camp, un espace chaleureux, la nuit, entouré de ses frères d'armes. Il tenait un livre à la main et lisait ses passages préférés à ses camarades, avant de les écouter à leur tour.

Elle se cramponna à cette image, se lova dans sa chaleur rassurante.

Après la quatrième lecture, Viv porta la main à son visage et sentit les coins de sa bouche se retrousser. C'était le premier sourire qu'elle s'autorisait depuis la mort d'Edward.

1.

New York
Mai 1944

Viv s'adossa au mur de brique de la ruelle, observant tour à tour la porte arrière du *steakhouse* le plus chic de Manhattan et le rat curieux qui s'approchait furtivement.

De son point de vue, cette opération avait nécessité trop de manigances, si bien qu'elle se demandait si son plan n'était pas voué à l'échec. Alors qu'elle considérait l'idée de battre en retraite, le plongeur qu'elle attendait pour le soudoyer fit son apparition. Elle glissa au jeune homme un billet préalablement plié, toute tremblante d'exaltation et de peur.

L'odeur nauséabonde de chou moisi s'estompa lorsqu'elle entra dans la cuisine du restaurant. Se ressaisissant, Viv endossa le rôle de femme fatale qu'elle avait préparé toute la matinée pour ce projet fantasque. Elle s'était délibérément habillée en jupe noire et jarretelles assorties, avec des bas de soie dont la couture soulignait le galbe de ses mollets. Elle avait discipliné ses cheveux en boucles parfaites – ce qu'elle ne faisait jamais, faute de temps –, et appliqué sur ses lèvres un rouge cerise censé rehausser les reflets cuivrés de ses cheveux blonds, ce qui ne lui semblait guère réussi.

Elle passa devant les fourneaux qui crachaient de la fumée et les hommes qui éructaient des jurons ; dans cette étrange atmosphère, elle eut l'impression de marcher sur les quais par une matinée brumeuse, juste après avoir assassiné un amant. À cette idée, elle ondula des hanches et redressa les épaules.

C'était important, cette sensation d'être une femme fatale. Cela renforçait sa détermination et l'aidait à calmer le tremblement de ses mains.

Car Viv n'aurait qu'une seule chance, et il n'était pas question de la gâcher.

Le sénateur Robert Taft retournerait à Washington dans la matinée, et il n'avait jamais répondu à ses lettres. Cette confrontation devait avoir lieu aujourd'hui, en personne.

Quand elle entra dans la salle à manger du *steakhouse*, Viv repéra facilement Taft. Avant de le rencontrer quelques mois plus tôt, elle l'avait imaginé petit, avec un corps rabougri, des petits yeux méchants et des lèvres pincées sur une mâchoire fuyante. La personnification de son caractère mesquin.

En réalité, il était bien plus grand que ses compagnons de table, et son crâne chauve luisait à la flamme des bougies. Il occupait tout l'espace, comme les hommes puissants ont l'habitude de le faire, le bras étendu sur le haut de la banquette circulaire.

Cela dit, Viv avait vu juste à propos de la mâchoire.

Et de la personnalité.

Un vigile lui barra le passage avant qu'elle n'atteigne le groupe. Il avait surgi des rideaux flanquant le box, une ombre menaçante dont elle aurait dû se méfier. Pourtant, elle était sur ses gardes. Elle pensait juste que le sbire serait posté à l'entrée, avec pour instruction de l'empêcher d'approcher le sénateur.

Il est vrai que, depuis six mois, Viv était une épine dans le pied de Taft. Ce dernier voulait éviter cette conversation autant qu'elle désirait l'engager. D'où le passage par les cuisines du restaurant et le pot-de-vin.

— Sénateur, si vous pouviez m'accorder une minute de votre temps…, lança-t-elle, jouant le tout pour le tout.

Les bavardages à la table cessèrent et les postures se crispèrent. Ce n'était pas le meilleur moment dans l'histoire pour être un politicien : on savourait un steak juteux et un bon whisky aux frais des contribuables tout en envoyant les fils de la nation à la mort.

Les doigts de Taft tambourinaient sur le cuir épais de la table tandis qu'il évaluait l'ampleur de l'esclandre qu'elle allait provoquer. En effet, le restaurant était bondé et le sénateur tenait à son image.

Viv avait même repéré un journaliste du *New York Post* avec qui elle avait déjà collaboré. En tant que responsable de la communication du Conseil des livres en temps de guerre, Viv s'était liée d'amitié avec bon nombre de journalistes de la ville. L'homme avait levé son verre et ses sourcils en guise de salut, l'air intrigué, et réfléchissait sans doute déjà au moyen d'inclure un entrefilet sur cette rencontre dans la rubrique mondaine.

Le geste dut attirer l'attention de Taft, dont les lèvres se plissèrent quand il reconnut le journaliste. Le sénateur fit signe à Viv de s'asseoir. Les autres convives s'éclipsèrent, et Viv se glissa bien trop près de l'homme politique à son goût.

— Madame Childs, déclara Taft dans un souffle, s'adressant à elle comme à une enfant désobéissante convoquée par le directeur de l'école. En quoi puis-je vous aider ?

Viv faillit éclater de rire. Comme s'il ne savait pas pourquoi elle était là !

Sans répondre, Viv fouilla dans son sac à main et en sortit plusieurs livres peu épais, au cœur de sa croisade contre cet homme. Elle en jeta un sur la table en face de lui.

— *Les Aventures de Huckleberry Finn*, dit Viv en soutenant son regard.

Avait-il déjà vu une édition de l'armée ? Elle lui envoyait régulièrement des exemplaires des livres de poche par la poste, mais la secrétaire du sénateur – celle-là même qui l'avait informée de ce déjeuner – lui avait fait savoir que tous ses courriers et ceux du Conseil étaient immédiatement transformés en papier de brouillon par des employés rationnés. Sinon, ces feuilles auraient probablement terminé au feu. Viv laissa tomber un deuxième livre sous son nez.

— *Les Raisins de la colère*.

— Madame Childs, je ne sais pas ce que vous pensez accomplir avec cette petite mise en scène, mais laissez-moi vous assurer…

Mais elle était lancée.

— *Candide. Yankee from Olympus. L'Appel de la forêt.*

À chaque titre, elle faisait claquer un livre à la couverture verte sur la table entre eux.

— Tous ces livres seront interdits du programme d'édition pour l'armée en vertu de votre nouvelle politique de censure, poursuivit Viv en croisant les bras pour contenir sa colère. Je continue ? Il y en a tellement.

— Ce n'est pas une politique de censure, madame Childs, répondit Taft sur un ton suprêmement rationnel qui la fit grincer des dents. Tout ce que je demande, c'est que votre petit Conseil n'utilise pas l'argent des contribuables pour envoyer à nos troupes de la propagande à peine dissimulée. (Il glissa un cure-dent entre ses lèvres pincées et le fit rouler entre ses dents.)

Il y a des centaines de livres bien écrits et agréables à lire qui n'abordent pas de sujets politiques. N'hésitez pas à en inclure dans votre programme.

— Le champ lexical des sujets indésirables est trop vaste.

Viv pria pour que le sénateur ne remarque pas le léger tremblement dans sa voix. Une partie d'elle se rendait compte qu'elle avait laissé cette histoire prendre un tour trop personnel, comme si le programme d'édition pour l'armée et la dernière lettre d'Edward étaient désormais intimement liés. Mais elle refusait de laisser Taft la traiter comme une hystérique, comme une énième veuve de guerre dans un pays où elles étaient légion.

— Si vous aviez rédigé ce texte de loi en toute bonne foi, la formulation serait différente. À l'heure qu'il est, vos restrictions paralysent nos initiatives.

Ils savaient tous les deux que le sénateur se moquait de la bonne foi. Son principal objectif avait toujours été de porter l'estocade au Conseil.

Mais elle devait tenter le coup.

— Cette question a été débattue par le Congrès des États-Unis et a été tranchée. C'est la loi maintenant, ma petite. (Entre les lignes, elle entendit *Tu as perdu.*) Vous pensez en savoir plus que le Sénat ?

Viv aurait pu lui rétorquer qu'il avait menacé la carrière politique des législateurs prêts à lui tenir tête sur le sujet. Mais cet argument ne la mènerait nulle part – Taft était manifestement fier de ses tactiques sournoises.

— Le champ est trop vaste, répéta-t-elle.

Elle s'efforça de se rappeler le scénario qu'elle avait répété tant de fois la nuit précédente, terrifiée à l'idée que les mots lui manquent au moment crucial. Elle désigna les livres sur la table.

— Regardez-moi dans les yeux et dites-moi qu'un seul de ces livres est de la propagande. (Comme il ne répondait pas, elle insista :) Si l'on suit votre politique, l'armée doit interdire son propre manuel d'instruction parce qu'il contient une photo du président Roosevelt. Quel est l'intérêt ?

— Le champ lexical doit être vaste pour ne laisser aucune faille. Certains livres inoffensifs seront sans doute pris dans les mailles du filet, mais c'est le prix à payer. Si vous connaissiez quoi que ce soit à l'élaboration des lois, vous le comprendriez. Mais ce n'est pas le cas. Maintenant, si vous voulez bien m'excuser…

— Je ne parle pas que de ces exemples, dit Viv, au désespoir. Presque toute notre sélection est concernée !

— Eh bien, vous voyez pourquoi mon amendement était nécessaire, répliqua Taft, un large sourire aux lèvres.

Elle l'imagina en plein meeting de campagne et se demanda si les gens croyaient vraiment à ses simagrées.

— Il est clair que votre Conseil a besoin d'aide pour choisir les romans appropriés pour nos soldats.

Viv cligna des yeux.

— Nos soldats donnent leur vie pour nous. Il faut aussi qu'on leur dise ce qu'ils ont le droit de lire ?

Sentant sans doute qu'il faisait fausse route, Taft gagna du temps en s'épongeant le visage avec sa serviette.

— Mon rôle est de protéger les contribuables. Ils ne veulent pas qu'on gaspille leur argent dans la propagande d'un dictateur qui veut assurer son quatrième mandat.

C'était l'origine du problème, après tout. Taft nourrissait une haine viscérale pour le président Roosevelt, cela n'avait rien d'un secret. Mais Roosevelt était si populaire que, pour lui porter atteinte, Taft devait ruser. Et Roosevelt était un ardent défenseur du Conseil des livres, qui envoyait chaque mois des millions de romans aux soldats américains sur le front. Le programme d'édition pour l'armée était devenu si populaire que Roosevelt allait l'utiliser à l'automne comme argument de campagne. Taft en était conscient. Et avec sa politique de censure, qui interdisait quatre-vingt-dix pour cent des titres choisis par le Conseil, le sénateur vidait le projet de sa substance.

— Oui, il est évident que l'argent des contribuables est un sujet de préoccupation pour vous, persifla Viv.

Ses mots dégoulinaient de mépris tandis qu'elle observait les restes d'un repas qui aurait pu financer le Conseil pendant un mois.

Taft lui empoigna le bras, ses doigts enfoncés dans les os de son frêle poignet. Elle aurait des marques le lendemain.

— J'ai été plus que patient avec vous et vos caprices, jeune fille, grinça Taft en l'acculant contre la banquette par sa simple corpulence. Mais je vous rappelle que vous vous adressez à un sénateur des États-Unis d'Amérique.

Viv n'avait pas l'intention de reculer maintenant.

— Pouvez-vous le nier ? Ce n'est rien de plus qu'une tentative de détruire le Conseil et d'atteindre Roosevelt !

— Je n'ai aucun compte à vous rendre, répondit Taft en appuyant sur le « vous ».

Elle n'était même pas une mouche à écraser. À ses yeux, elle n'était rien du tout.

Et peut-être que Viv – une femme qui, six mois plus tôt, se contentait d'organiser des déjeuners de charité pour vendre des obligations de guerre à ses riches amies – n'était rien dans la grande roue de l'existence, dans cette guerre, dans le manège politique.

Mais à cet instant, face à Taft qui cherchait à l'impressionner, convaincu qu'il pouvait intimider n'importe qui par ses accès de colère et sa brutalité, elle se sentit prête à mourir pour cette cause.

C'était sans doute un petit combat, mais c'était *son* combat.

— Nos garçons emportent ces livres sur le champ de bataille, expliqua-t-elle aussi doucement que possible pour donner du poids à chacun de ses mots.

Elle ne chercha pas à se libérer de son emprise. Peut-être qu'il sentirait le battement régulier de son pouls, la force de sa conviction.

— La semaine dernière, un homme m'a renvoyé un exemplaire des *Aventures de Tom Sawyer* taché de sang. Il voulait me remercier. Son camarade a bien ri la veille de sa mort grâce à ce livre.

Elle laissa le temps aux mots de faire leur chemin, et continua :

— Un livre qu'il n'aurait pas eu entre les mains si votre politique de censure avait été en place.

Si elle n'avait pas observé Taft attentivement, elle n'aurait pas remarqué qu'il avait la gorge nouée et qu'il déglutissait difficilement. L'espace d'un moment jouissif, elle pensa avoir réussi à l'atteindre. Mais il fouilla dans la poche de son manteau, en sortit quelques billets et les jeta sur les livres qu'elle avait apportés en lui crachant à la figure :

— Va t'acheter une jolie babiole, mon cœur. Et laisse les questions importantes aux hommes.

Puis il se leva, fit signe à ses acolytes restés en retrait de le suivre, et quitta le restaurant sans un regard en arrière.

2.

Berlin
Décembre 1932

Le froid était si vif qu'il brouillait la vue d'Althea James, et les guirlandes féeriques du marché de Noël se confondaient avec les étoiles. Des rires s'élevaient sur la petite place animée, à quelques rues de la célèbre Potsdamer Platz. Le marché bourdonnait de vie et de fête, malgré tout ce qu'Althea avait entendu sur l'incertitude économique qui gangrénait l'Allemagne depuis la fin de la Grande Guerre. Des grands-mères bossues marchandaient des bibelots et des amandes grillées avec les vendeurs, et tous prenaient des expressions graves pour cacher leur plaisir et ne pas se faire escroquer. Les enfants se faufilaient dans la foule en gloussant, les couples se promenaient bras dessus bras dessous et, non loin de là, un orchestre jouait des mélodies entraînantes tandis qu'un chœur faisait vibrer l'air de ses chants.

Berlin était magique et Althea était comme sous l'emprise d'un sortilège. Depuis son arrivée dans cette ville, elle griffonnait souvent dans son calepin pour tenter de capturer ces scènes exaltantes qui dépassaient tout ce qu'elle avait connu durant son enfance protégée dans le Maine.

Le professeur Diedrich Müller, son référent de l'université Humboldt, la regardait d'un air si affectueux qu'elle baissa la tête et rangea son calepin dans la poche de son manteau d'hiver.

— Non, surtout ne vous interrompez pas pour moi ! C'est amusant d'observer un écrivain talentueux à l'œuvre, déclara Diedrich avec le naturel d'une personne douée d'une grande intelligence sociale.

La semaine précédente, quand elle avait débarqué à Rostock après son long voyage depuis New York, elle avait failli trébucher en le voyant. On lui avait expliqué qu'un professeur de littérature viendrait l'attendre à son arrivée en Allemagne, mais elle imaginait un homme plus âgé, avec un penchant pour les vestes en tweed et les poèmes ésotériques. Pas le séduisant Diedrich Müller, aux allures de star de cinéma, les cheveux couleur sable, les yeux d'un bleu de glace et un charme désarmant qui sourdait par tous les pores de sa peau.

Même sa voix était envoûtante : son accent faisait naître des visions de château gothique au cœur d'une forêt de pins et des histoires de grand méchant loup qui dévorait les fillettes en une bouchée.

Si elle avait décrit cet homme dans un roman, son éditeur l'aurait jugé trop parfait, trop irréel.

— C'est sans importance, répliqua-t-elle, encore peu habituée à ce qu'on la regarde comme si elle avait des choses intéressantes à dire.

Avant le succès mondial de son premier roman – aussi fulgurant qu'inattendu –, la seule personne à qui elle parlait régulièrement était son frère, Joe. Mais en tant que membre de la famille, il n'avait pas vraiment le choix.

— Juste des idées stupides.

— Eh bien, j'espère que vous prévoyez d'inclure ces « idées stupides » dans votre prochain livre, avec des descriptions de notre magnifique ville.

— Bien sûr.

C'était sûrement pour cette raison qu'elle avait été invitée en Allemagne – pour dépeindre le pays sous un jour positif.

Elle ne lui avait pas avoué qu'elle se sentait incapable de raconter une histoire depuis qu'elle était brutalement sortie de l'anonymat. Chaque fois qu'elle essayait de commencer son nouveau roman, la page blanche la narguait. Comment était-elle censée surmonter cette épreuve ?

Même les carnets qu'elle avait noircis depuis son arrivée à Berlin étaient remplis de mots creux, loin d'être à la hauteur du spectacle quotidien.

— Rien n'est plus beau que Berlin en hiver, poursuivit Diedrich en lui tendant une tasse de vin chaud fumant. Sauf peut-être une demoiselle capable d'apprécier sa splendeur.

Althea sentit le rouge lui monter aux joues. Elle avait si peu l'habitude d'être complimentée par un homme.

— Seulement « peut-être » ?

Il eut un sourire amusé. *Quelle effrontée tu fais !* Sa repartie faisait-elle d'elle le petit chaperon rouge face au grand méchant loup ?

Diedrich se pencha, ses lèvres toutes proches de son oreille.

— Ça dépend de la demoiselle…

Althea ne parvenait pas à lutter contre la rougeur qui enflammait à présent son cou. Il ne parlait pas d'elle, c'était impossible !

Elle ne se faisait aucune illusion sur sa beauté. Ce n'est pas qu'elle se trouvait laide, mais elle était le genre de femme qu'on remarquait plus pour son intelligence que pour son apparence. Tout en elle était banal. Son visage n'était pas désagréable mais sans aspérité, et ses taches de rousseur, jugées charmantes quand elle était enfant, lui valaient aujourd'hui des conseils indésirables sur les crèmes pour la peau.

Ce soir, elle avait tenté de correspondre à l'image que Diedrich se faisait sans doute de l'autrice sophistiquée et mondialement connue qu'elle était sur le papier. Elle ne pouvait pas faire grand-chose de sa tignasse de cheveux indomptable, mais la veille elle était entrée dans une boutique – le genre où l'on n'ose toucher à rien – pour acheter une robe qui n'était pas démodée depuis deux décennies.

Le sourire de Diedrich s'était fait sulfureux lorsqu'il l'avait vue dans cette robe, confirmant que cela en valait la peine.

Après qu'Althea eut terminé son vin, Diedrich lui tendit une pâtisserie.

— Vous devez goûter à tout ce que la culture peut vous offrir, ma chère.

— Vous vous incluez dans cette liste, professeur Müller ?

Les joues d'Althea avaient viré au cramoisi. Avec un peu de chance, il mettrait sa réaction sur le compte du froid mordant.

— Mademoiselle James, susurra-t-il.

Il avait pris un ton faussement réprobateur, qu'elle reconnut grâce aux soirées passées dans un recoin du pub de son frère, dans leur ville natale. C'était ainsi que parlaient les hommes pour charmer une femme.

Comme chaque fois qu'elle était troublée, Althea imagina qu'elle écrivait la scène au lieu de la vivre. Que ferait-elle si elle était l'héroïne du roman et non l'amie mal fagotée qui servait de faire-valoir ? Lizzy Bennet à la place de Charlotte Collins dans *Orgueil et préjugés* ?

Rassemblant son courage, Althea se retourna avec un sourire espiègle et s'éloigna à grands pas. Un défi implicite.

Attrape-moi si tu peux.

En quittant Diedrich, Althea avait eu peur d'être désorientée, accablée. Planter son compagnon au beau milieu d'une foule pouvait donner le vertige. Surtout ici, dans une ville qu'elle ne connaissait pas et dont elle parlait mal la langue.

Mais ce marché possédait une atmosphère particulière – des épaules frôlaient les siennes, des visages se tournaient vers elle avec des sourires absents, des enfants tiraient sur l'ourlet de son manteau. Au lieu d'être emportée par une avalanche terrifiante, Althea se sentait tel un flocon de neige pris dans une tempête.

C'était ce qu'elle éprouvait depuis qu'elle était descendue du train à Berlin.

Avant ce voyage, elle n'avait quitté Owl's Head qu'une seule fois dans sa vie, pour rencontrer son éditeur à New York, le jour de la parution de son roman. L'idée de partir seule dans un pays étranger l'avait effrayée. Plus d'une fois, elle avait défait ses valises.

Mais que pouvait-il lui arriver de pire ?

Tu pourrais mourir, avait répondu la peur.

Et dans le meilleur des cas ?

Tu pourrais vivre.

Althea avait refait ses bagages et quitté son cottage au bord de la falaise.

Elle se sentait toujours en sécurité dans les imaginaires qu'elle créait pour ses personnages, alors que dans le monde réel elle avait l'impression d'être décalée. Cela dit, à Berlin, elle semblait être à sa place.

Au bout d'un moment, elle se rendit compte qu'elle s'était arrêtée au milieu de la cohue. Puis elle comprit ce qui l'avait stoppée dans sa course.

Des livres.

À croire qu'ils lui avaient jeté un sort. Comme dépourvue de toute volonté, elle s'était retrouvée face à un bouquiniste tandis que ses doigts caressaient les reliures en cuir sur le présentoir.

— Madame est connaisseuse, déclara l'homme en anglais.

Son ton légèrement hésitant indiquait qu'il n'était pas totalement à l'aise avec cette langue.

— Reinmar von Hagenau, souffla Althea en retirant sa main pour ne pas laisser d'empreintes sur ce trésor.

Von Hagenau était un *Minnesänger* cher à son cœur, l'équivalent allemand du troubadour. Né au XIIe siècle, il était très respecté par ses pairs de l'époque, auteurs de poèmes et de chansons lyriques mettant en scène l'amour courtois.

Le regard du marchand s'attarda sur le livre comme un parent observerait un enfant précoce. Quand il leva les yeux, il parut reconnaître en elle une âme sœur.

— Trop cher, oui ?

Althea sourit, haussa les épaules et tenta en allemand :

— Je suis désolée.

— Non, non.

Le marchand ignora ses excuses et s'accroupit derrière le présentoir. Il en sortit un livre épais qui, bien que relié et solide, était clairement moins précieux que celui en évidence sur sa table. Le bouquiniste le lui tendit à deux mains.

— Pour vous.

Elle le prit, passa sa paume sur la couverture pour ôter une fine pellicule de poussière, et eut un hoquet de plaisir lorsqu'elle lut le titre. C'était un volume méconnu de von Hagenau.

— Combien ? demanda Althea en cherchant son porte-monnaie.

Il était plus abordable que la version destinée aux collectionneurs, mais elle ne savait pas si elle avait de quoi le payer. L'argent que son éditeur lui avait proposé pour son prochain roman avait certes changé sa vie, mais elle le dépensait avec parcimonie, craignant de devoir rembourser l'avance si elle ne fournissait pas un travail de qualité.

— C'est un cadeau, dit le marchand en s'inclinant légèrement. (Il posa la main sur son cœur puis la pointa du doigt.) *Die Bücherfreundin*.

— « L'amie des livres », murmura Diedrich derrière elle, son torse si proche qu'elle sentit sa poitrine se soulever à chaque respiration.

— *Die Bücherfreundin*, répéta Althea.

Une partie d'elle voulait insister pour régler la note, mais refuser la générosité du marchand lui aurait coûté bien plus.

Au lieu de cela, elle fouilla dans sa sacoche et en sortit un exemplaire d'*Alice au pays des merveilles*, qu'elle considérait comme sa couverture de survie – la comparaison entre elle et une Alice désorientée parachutée dans un pays des merveilles étant si évidente qu'elle en devenait rassurante.

— Un cadeau, répéta-t-elle, en allemand cette fois, comme lui l'avait fait en anglais.

Il le saisit avec ses mains légèrement tremblantes d'homme âgé, sourit quand il découvrit de quel livre il s'agissait, et le serra contre lui.

Le bouquiniste hocha la tête en signe de reconnaissance, puis il reporta son attention sur un autre client.

Althea aurait aimé s'attarder, savourer l'expérience un peu plus longtemps, mais Diedrich l'entraînait déjà à sa suite, et elle le suivit jusqu'à la sortie du marché, vers leurs projets de dîner, et peut-être d'après-dîner si elle continuait à se prendre pour le personnage principal de la scène au lieu du second rôle. Si elle continuait à incarner la version berlinoise d'Althea James.

Alors qu'elle pensait avoir plu à Diedrich au marché avec ses minauderies maladroites, ses tentatives de séduction lors de leur trajet en bordure de la Spree tombèrent à plat. Diedrich s'était muré dans un silence pensif, qui ne correspondait en rien à son caractère avenant habituel. Leur dîner fut tout aussi calme tant elle était incapable de parler de tout et de rien. Inquiète, elle ne put s'empêcher de réfléchir à ce qu'elle avait raconté en se demandant si elle n'avait pas fait un faux pas.

Même si la communauté littéraire internationale semblait la considérer comme une personne importante, elle était en réalité une fille simple, loin de toute sophistication. Et alors même qu'elle participait à un programme culturel dont le but était de faire venir en résidence pendant six mois des « auteurs connus et respectés » d'origine allemande, elle se sentait malgré elle dans la peau d'un imposteur. Non seulement parce qu'elle ne s'était pas encore habituée à l'idée d'être une écrivaine reconnue, mais aussi parce qu'elle s'était toujours considérée américaine, rien d'autre.

Ses grands-parents étaient originaires d'un village près de Cologne, mais tout ce qu'elle savait d'eux, c'étaient les noms griffonnés dans la Bible familiale. Et sa mère n'avait jamais manifesté le moindre intérêt pour leurs origines. Ils étaient américains, personne ne dirait le contraire à Marta James.

Après la mort prématurée de Marta, Althea avait été trop accaparée par l'éducation de son frère pour se préoccuper d'autre chose que de gagner l'argent nécessaire à leur survie.

Pourtant, même si Althea n'avait pas spécialement de lien avec ses ancêtres allemands, la proposition d'une résidence d'écrivains à Berlin avait été trop tentante pour la laisser passer. Si elle acceptait de participer, elle recevrait un billet aller-retour, une rétribution, un logement dans un quartier sûr, et un professeur de l'université lui ferait découvrir la ville. En retour, on lui demandait d'assister à des rassemblements politiques et mondains, et de donner une série de conférences sur *La Lumière incassable*, le roman qui l'avait fait passer du statut d'amatrice à celui d'« auteur reconnu et respecté ».

Elle se mordilla la lèvre inférieure et étudia attentivement le visage de Diedrich. Ses sourcils n'étaient pas froncés, pas plus que son front. Son silence n'était donc pas dû à la colère, plutôt à la réflexion.

Althea allait tenter de détendre l'atmosphère – comment, elle n'en avait aucune idée – quand Diedrich sembla se départir de son étrange humeur.

— Vous aimez la littérature allemande ? demanda-t-il avec ce sourire dont il l'avait enveloppée au marché.

Elle le savoura, soulagée de ne pas avoir perdu son affection.

— Oui.

Le visage de Diedrich s'éclaira.

— Puis-je vous faire une suggestion ?

— Je vous en prie.

— C'est l'un de mes préférés, dit-il en sortant un livre à la couverture rouge de la poche intérieure de sa veste.

La lumière vacillante des bougies sur leur table en fit ressortir les lettres dorées tandis que les doigts de son compagnon caressaient la reliure usée.

À l'évidence, il tenait beaucoup à cet ouvrage, à tel point qu'il l'emportait partout avec lui.

La couverture était toute simple, presque banale.

— J'aimerais beaucoup avoir votre opinion à son sujet.

— Bien sûr.

Althea lui offrit son plus beau sourire en tapotant le titre.

Mein Kampf.

Elle lisait l'allemand mieux qu'elle ne le parlait ou l'écrivait. La traduction était facile.

— « Mon combat », dit-elle.

Diedrich eut un signe de tête approbateur.

— Je suis sûr que vous trouverez cette lecture fascinante.

Bien qu'elle ne s'intéressât guère aux autobiographies, Althea était suffisamment informée pour faire le rapprochement entre le nom de l'auteur et celui du chef du parti qui finançait son voyage à Berlin. Par politesse, elle murmura :

— J'en suis sûre.

3.

New York
Mai 1944

Sa tenue de *femme fatale** [1] s'était flétrie en même temps que sa confiance, laquelle avait été brutalement anéantie par Taft dans le restaurant.

Mais Viv n'avait pas le temps de passer une tenue moins théâtrale avant d'aller à son rendez-vous dans West Village. Lorsqu'elle avait prévu de retrouver Harrison Gardiner, l'une des étoiles montantes de la maison d'édition William Morrow, elle espérait qu'ils auraient une victoire à célébrer. Maintenant, elle voulait juste un alcool fort pour noyer le désagréable mélange de rage, de chagrin et d'humiliation qui lui enserrait la poitrine.

Elle fit le trajet à pied : le pub où ils s'étaient donné rendez-vous n'était qu'à quelques rues du restaurant et elle avait besoin d'air. Si elle prenait le métro, elle risquait de fondre en larmes et de faire couler son mascara. D'autant que lorsqu'elle se mettait à pleurer, elle semblait incapable de s'arrêter. Comme si son chagrin, toujours en embuscade, guettait le moindre

1. Les mots en italique suivis d'un astérisque sont en français dans le texte original.

signe de vulnérabilité. Généralement, elle le tenait à distance, mais c'était dans ces moments-là, où elle ressentait le besoin désespéré de parler à Edward, qu'elle souffrait le plus à l'idée de ne plus jamais le revoir.

Viv repéra Harrison à travers les vitres sales de la White Horse Taverne, en grande conversation avec une jeune femme qui semblait tout droit débarquée de l'Iowa.

Avait-elle déjà rejoint Harrison pour un verre sans le trouver en train de flirter avec la première venue ? Elle roula des yeux, mais pour la première fois depuis sa discussion avec Taft elle eut envie de rire.

Elle entra dans la taverne et se fit siffler par une sorte d'artiste débraillé accoudé au comptoir. L'homme était probablement trop ivre pour voir distinctement, sinon il ne l'aurait pas gratifiée de cette prétendue admiration.

Viv savait qu'elle attirait les regards. Elle était plus mince que les femmes ornant les pages des magazines, plus élancée que l'idéale Betty Boop épinglée par les pilotes sur le tableau de bord de leur avion de chasse. Mais sa longue silhouette, son menton prononcé, ses pommettes hautes et ses cheveux d'un profond blond vénitien avaient leur charme. « Belle comme un renard », voilà ce que lui avaient dit plusieurs fois des hommes qui se croyaient probablement spirituels. Pour autant, elle n'était pas du genre à se faire siffler par des inconnus. Du moins pas par des individus sobres.

Elle ignora l'homme et traversa la pièce pour se glisser sur la banquette à côté de Harrison. La fille de l'Iowa sursauta, ses grands yeux bleus rencontrèrent ceux de Viv, et son visage au teint laiteux vira au pourpre.

— Voilà ce qui arrive quand je suis en retard, lança Viv en pêchant l'olive dans le verre de Harrison. Tu te trouves un autre rencard ! As-tu au moins laissé la place refroidir ?

— Non, je ne suis pas…, s'empressa d'intervenir la fille.

Mais Viv lui fit un clin d'œil. La fille rougit de plus belle et se leva d'un bond, avant de se précipiter vers la sortie dans un tourbillon de jambes et de jupe.

Harrison la regarda partir puis reporta son attention sur les yeux plissés de Viv.

— Pas très gentil, ça.

Viv prit la place laissée vacante par la fille.

— Bah, ce n'est pas comme si tu étais amoureux. Tu ne connaissais même pas son prénom.

— Il y a des choses plus importantes dans la vie que les prénoms, princesse.

Mais il n'y avait pas de chaleur dans la voix de Harrison, qui faisait déjà signe au barman de leur apporter deux martinis.

— Ouais, ses mensurations par exemple, railla Viv en lui donnant un coup de pied dans le tibia avec la pointe de son escarpin.

Harrison sourit et attrapa l'olive du verre de Viv avant qu'elle ne puisse protester.

Lors de leur première rencontre, Harrison avait usé de tous ses talents de séducteur. Mince, les cheveux noirs, il était plutôt beau, malgré un visage un peu allongé et des yeux trop rapprochés. Il était surtout très drôle, et cela faisait tout son charme. Comme elle n'avait pas répondu à ses avances, il avait lâché l'affaire et ils étaient devenus amis.

Parfois, lors de longues nuits solitaires, elle languissait après les papillons qu'elle n'avait ressentis qu'une seule fois dans sa vie.

Durant les heures les plus sombres, elle rêvait de rencontrer un homme séduisant et spirituel, pour avoir ce sentiment de *possibilité* qui donnait le vertige à tant de gens autour d'elle.

Puis elle se rappelait la douleur qui accompagnait les fantômes de ces papillons, elle songeait à la douceur qui l'enveloppait à chaque nouvelle amitié. Cela lui avait pris quelques années, mais elle avait compris que l'amour n'était pas forcément un mariage blanc ; c'était aussi partager des verres et des potins un jour morose.

— Félicitations pour *Trop occupée pour mourir*, dit-elle.

Harrison était peut-être un ami, mais il était aussi un jeune homme brillant travaillant dans une grande maison d'édition, de sorte qu'elle suivait ses activités de près. Pour le Conseil, elle se devait de connaître le programme éditorial de chaque maison, les best-sellers à paraître et les projets phares des grands éditeurs. Ces données l'aidaient à déterminer la sélection mensuelle du programme d'édition pour l'armée.

Trop occupée pour mourir était un charmant roman policier mettant en scène un consultant en relations publiques aux prises avec une héroïne audacieuse, qui abusait du bourbon et excellait au craps. Viv ne l'avouerait jamais à Harrison, mais elle s'était un peu inspirée de la personnalité de l'héroïne pour élaborer son plan désespéré avec Taft.

— Je l'ai lu d'une traite.

— Tu me flattes. Qu'est-ce que tu veux ? (Il marqua une pause et jeta un coup d'œil à sa tenue.) Et dis-moi, pourquoi es-tu habillée en vamp ?

Viv prit la pose comme l'une de ces filles dans les romans noirs.

— *Une mondaine et voleuse de bijoux au cœur d'or*. J'imagine très bien la couverture.

Harrison rit et elle quitta son personnage d'un sourire malicieux.

Sa légèreté s'envola aussi vite qu'elle était venue, et Viv vida son verre d'un trait.

— Roosevelt a laissé passer le Soldier Voting Act la semaine dernière, lâcha-t-elle avec amertume.

— Et Jésus a pleuré, murmura Harrison.

Car quiconque se tenait un peu au courant de l'actualité politique savait ce que cela impliquait. Bien sûr, cette nouvelle loi devait être adoptée – après tout, il n'était pas normal que si peu de soldats aient pu voter lors des dernières élections. La loi était techniquement censée résoudre ce problème. Mais les républicains savaient que le vote massif des soldats entérinerait la victoire de Roosevelt, aussi avaient-ils tout mis en œuvre pour enrayer le processus. Dès qu'ils avaient compris que le projet de loi serait adopté par le Congrès, ils y avaient ajouté une foule de points servant leurs propres intérêts, même si ces derniers étaient inutiles, complaisants et coûteux.

L'amendement de censure de Taft en faisait partie.

Harrison chercha ses cigarettes dans sa veste. Il en tendit une à Viv et craqua une allumette. Viv plongea l'extrémité dans la flamme en songeant à la manière dont Edward lui avait appris à fumer. À l'époque, elle avait dix-huit ans et découvrait le monde. Edward donnait des formes à ses ronds de fumée, et son rire se lisait dans les prunelles de ses yeux.

Un malaise s'installa dans sa poitrine, et elle refoula le souvenir.

— Que va-t-il advenir de ton petit programme d'édition pour l'armée ? demanda Harrison après avoir tiré une grande bouffée de cigarette.

Viv eut un sourire désabusé.

— Je ne suis pas sûre que « petit » soit le terme adéquat pour une initiative qui expédie chaque mois des millions de livres aux soldats stationnés à l'étranger.

Puis elle soupira et hocha la tête quand le barman lui désigna une bouteille de gin. Harrison n'était pas sa cible – il n'était pas juste de reporter sa frustration sur lui. Agacée, elle écrasa sa cigarette après seulement quelques bouffées.

— Le programme va se poursuivre.

C'était la vérité. Et c'était bien là le problème. Le programme d'édition pour l'armée pourrait continuer sous la directive de Taft. Il serait simplement vidé de sa substance.

— C'est un vrai salaud, hein ? dit Harrison.

— C'est le moins qu'on puisse dire.

Viv but une gorgée de son deuxième martini.

— C'est frustrant de voir des hommes comme lui gagner tout le temps.

— Tu parles des politiciens ? demanda Harrison, un sourcil levé.

— Je parle des tyrans, corrigea Viv. Ce n'est pas Hitler, bien sûr. Mais il incarne une autre forme de despotisme et j'en ai vraiment ras le bol. Pas toi ?

— J'étais un binoclard maigrichon aux poumons fragiles, un amoureux des livres, et j'allais à l'école publique dans le Bronx, dit Harrison en soufflant un filet de fumée loin d'elle. D'après toi ?

— Je pensais vraiment pouvoir l'arrêter. (Elle secoua la tête tant cela lui semblait risible.) *Moi*…

— On dirait que tu baisses les bras. Allez, la Viv que je connais ne se laisserait pas abattre si facilement.

Elle se mordilla la lèvre et le regarda avec un mélange d'embarras et de détermination.

— Je lui ai tendu une embuscade pendant son déjeuner au restaurant.

Un silence surpris suivit sa confession. Puis Harrison éclata de rire, un grondement qui roula dans sa poitrine si longtemps que Viv eut un sourire ironique.

— Taft ne restait à Manhattan que deux jours, je devais agir, se défendit-elle sous le regard amusé de son ami.

— Oh ! j'aurais tellement aimé être une petite souris, railla Harrison. Bon, je suppose qu'il n'a pas immédiatement retiré son foutu texte.

— Je ne le lui ai même pas demandé. Je voulais juste qu'il le modifie, pour ne pas censurer la majorité de nos livres.

— Et maintenant ?

Viv massa son poignet douloureux en se remémorant l'haleine rance de Taft, à la forte odeur d'ail.

— Maintenant ? Je veux l'anéantir.

Elle rougit au ton sardonique de sa propre voix, mais Harrison laissa échapper ce qui s'apparentait à un ricanement. Elle avait choisi le bon partenaire pour picoler toute l'après-midi, c'était certain.

— Et comment vas-tu l'anéantir ? s'enquit Harrison au bout d'un moment.

Il avait retrouvé son à-propos.

— J'ai déjà tout tenté et je n'ai absolument rien obtenu.

— S'il s'agissait d'un roman, tu sais où on en serait maintenant ?

— Je parie que tu vas me le dire.

— Ici même, précisa Harrison en pointant du doigt la table pour appuyer son propos. Au point de non-retour.

— On dirait bien, oui.

— Et ce n'est pas la conclusion, tu le sais très bien. (Harrison était sur sa lancée.) Un roman ne se termine jamais au sommet de l'épreuve. C'est juste le point d'orgue de l'intrigue, avant la fin heureuse.

— Combien de verres as-tu bu, *darling* ? On n'est pas dans un roman.

— Ah oui ? Tu en es sûre ?

Harrison avait adopté un air faussement indigné, et regardait autour de lui avec de grands yeux. Viv lui donna un nouveau coup de pied dans le tibia.

— Écoute, reprit Harrison très sérieusement. Je sais que la vraie vie est plus morne et plus déprimante qu'un bon roman. La fin n'est pas toujours heureuse, et parfois les méchants gagnent sur toute la ligne. Mais il arrive aussi que les gentils aient gain de cause. Alors pourquoi pas cette fois-ci ?

— Parce qu'il ne suffit pas de le vouloir très fort.

Cela lui faisait mal de s'entendre dire par son ami qu'elle s'était trompée de stratégie. Si seulement elle avait été plus intelligente ou plus maligne, elle aurait pu faire rejeter l'amendement de Taft dès qu'il l'avait présenté.

— Et si tu pouvais inventer ta propre *happy end* là, maintenant ? Ton job est de raconter des histoires, Viv, et tu le fais aussi bien que n'importe quel écrivain.

— Je peux me raconter autant d'histoires que je le veux, ça ne changera rien à la politique de Taft.

— Je sais, mais…

Viv l'interrompit en levant la main.

— Tu me suggères quoi concrètement ?

— Je ne sais pas, reconnut Harrison avec un soupir.

Viv se mit à rire, peu à peu gagnée par l'optimisme de son ami.

— Mon train de pensées était lancé à pleine vitesse vers l'objectif, reprit Harrison, mais les rails se sont arrêtés abruptement au bord d'une falaise.

— Bienvenue dans ma vie de ces six derniers mois !

— Je te demande juste d'y réfléchir, insista-t-il en commandant une autre tournée. En attendant, on va boire jusqu'à plus soif.

— Ça me paraît une excellente idée ! répondit Viv en applaudissant avec enthousiasme.

Ils passèrent le reste de l'après-midi à élaborer des stratégies pour passer du point de non-retour à une fin heureuse, des idées farfelues impliquant des animaux de ferme, et d'autres plus sérieuses où Viv prononçait un discours enflammé au Sénat pour couvrir Taft de honte. Ils ne se demandèrent pas comment elle parviendrait à monter à la tribune. Tous deux se rendaient compte que la conversation avait pris un tour totalement surréaliste depuis déjà plusieurs heures.

Quand le crépuscule s'invita dans la taverne, Viv ne se sentait plus aussi oppressée. Mais ils n'étaient pas plus près de trouver un plan efficace pour contrecarrer la politique de censure du sénateur.

— Tu sais, j'ai entendu parler d'un endroit l'autre jour, dit Harrison d'une voix amollie par l'alcool. Ça vaut le coup d'aller faire un tour là-bas. Même si ça fait une sacrée trotte jusqu'à Brooklyn.

Il sortit de sa poche un calepin et un stylo, et griffonna une adresse.

— Et je suis censée trouver quoi à Brooklyn ? demanda Viv en essayant de lire par-dessus l'épaule de son ami.

Harrison lui glissa le papier avec un sourire.

— L'inspiration.

Un élan d'espoir surgit des cendres de sa défaite alors qu'elle soulignait du doigt ces mots :

La Bibliothèque américaine des livres interdits par les nazis.

4.

Paris
Octobre 1936

Hannah Brecht préférait Paris à l'approche de l'hiver. C'était une opinion peu commune. Pour la plupart des gens, pique-niquer près de la tour Eiffel par une belle journée d'été était le summum de la vie parisienne, alors que pour Hannah le Paris romantique était synonyme de chagrin d'amour et de froid mordant.

Elle arpentait le quatorzième arrondissement à bicyclette. Son pantalon large flottait dangereusement sur les rayons des roues, son bonnet de laine couleur pêche menaçait d'être emporté par le vent et quelques boucles sombres, échappées de son chignon pourtant serré, chatouillaient ses joues rosies par la brise.

La marquise rayée de sa pâtisserie préférée l'attirait comme un aimant et les lumières dorées de la vitrine semblaient tester sa capacité de résistance à la tentation. Il lui restait encore une course à faire, mais cela pouvait attendre.

Elle appuya son vélo contre le mur de l'immeuble voisin et entra dans la pâtisserie.

Des odeurs de sucre brûlé et de levure saturaient l'air, le chocolat et les grains de café ajoutant des notes plus profondes aux fragrances légères.

— Hannah ! lança Marceline derrière la vitrine, son visage rond rougi par la chaleur du four. Entrez. Un *café noisette** ?

— Oui, s'il vous plaît, répondit Hannah sans prendre la peine de dénouer son écharpe. (Elle n'avait pas trop le temps de faire la conversation.) Et un *canelé**, s'il vous en reste.

Marceline sourit, ravie comme toujours qu'Hannah ne puisse résister à l'un de ses fameux gâteaux caramélisés. Hannah avait découvert la pâtisserie de Marceline le jour de son arrivée à Paris, près de trois ans auparavant, et elle s'efforçait d'y passer au moins une fois par semaine.

Le fait que Marceline, dont le mari était d'origine allemande, parle sa langue maternelle, constituait un atout précieux. De fait, Hannah avait encore du mal à s'approprier le vocabulaire français – pour le moins lyrique –, et Marceline était l'une des rares Parisiennes qui ne la gratifiait pas d'un regard soupçonneux.

— Débordée ?

Marceline s'affairait, mettait le lait à chauffer, sortait la pâtisserie du présentoir. Elle la fit glisser sur le comptoir, et comme la boulangère n'avait pas l'habitude de faire des manières Hannah s'empara aussitôt de la fourchette. La croûte extérieure résista un peu, puis céda, révélant le cœur vanillé moelleux.

— Bah… (Marceline eut un haussement d'épaules typiquement français.) Oui et non. Xavier pense qu'il est trop raffiné maintenant pour travailler dans la boutique de sa mère. Ah, les jeunes…

Marceline jeta un regard contrit à sa cliente, qui n'avait pourtant pas la trentaine. Hannah reprit une bouchée de son gâteau en hochant la tête, comme si elle la comprenait. Ce qui était peut-être le cas.

Elle songea aux réunions de la Résistance à Berlin, à ces jeunes militants tous débordants d'énergie et pétris d'idéaux insensés. Comme ils étaient naïfs de croire qu'ils pouvaient changer le monde.

— Eh bien, il a peut-être raison, continua Marceline en ajoutant le lait à l'expresso. Qui sait combien de temps il reste à nos garçons avant qu'on les envoie faire une autre guerre.

Si Hannah appréciait tant la boutique de Marceline, c'était aussi pour une autre raison. Son mari et elle avaient suffisamment d'amis à Berlin pour savoir aussi bien qu'Hannah ce qui les attendait.

— Voilà pourquoi je ne manque jamais une occasion de manger un de vos *canelés**, dit Hannah avec un sourire, espérant détendre l'atmosphère.

D'ordinaire, c'était elle la plus cynique, mais Marceline avait trois garçons et deux filles à protéger face à la tempête qui s'annonçait. Et les enfants vous rendaient vulnérable, le cœur à vif.

— Même si à force de me régaler de vos douceurs, je ne rentrerai bientôt plus dans mes jupes, ajouta-t-elle pour faire bonne mesure.

Marceline eut un rire moqueur.

— Comme si vous n'étiez pas la plus belle femme de Paris ! (Elle se pencha en avant, des mèches grises collées à ses tempes.) Et j'inclus mes propres filles, vous savez.

— Ah, mais je ne suis qu'une pâle comparaison à côté de vous, répondit Hannah en avalant son café noisette.

— Les compliments vous donnent droit à des gâteaux gratuits, ne laissez personne vous dire le contraire, déclara Marceline en refusant le paiement d'Hannah.

Hannah lui souffla un baiser et laissa quelques pièces sur le comptoir avant de se diriger vers la porte.

Pendant sa halte chez Marceline, le ciel avait viré au gris acier, et Hannah courut vers son vélo, espérant en finir avec ses rendez-vous avant l'orage. Les brochures de la Bibliothèque allemande des livres brûlés voletaient dans son panier d'osier alors qu'elle se dirigeait vers sa dernière étape de la journée. Comme toujours, ces tracts lui rappelaient à quel point ses missions pour la bibliothèque variaient d'un jour à l'autre.

La Deutsch Freiheitsbibliothek était à la fois une maison d'édition, une bibliothèque de prêt et un lieu de rassemblement pour la communauté allemande qui avait émigré dans la Ville lumière pour fuir le régime nazi. Née des décombres d'un autre projet – rassembler des centaines de milliers de coupures de journaux, d'essais et de pamphlets sur les dangers du totalitarisme –, la bibliothèque vivait et œuvrait quotidiennement pour contrer la marée montante du fascisme en France.

Comme elle était une jolie femme, Hannah était souvent désignée pour distribuer les tracts antifascistes de la bibliothèque aux boutiques et aux organisations de la région parisienne connues pour soutenir sa mission. Parfois, Hannah se demandait ce qui lui arriverait si elle remettait un de ces petits livrets à un sympathisant nazi. Elle avait découvert qu'elle ne pouvait se fier à son propre jugement dans ce domaine – une leçon douloureuse.

Il lui suffisait de penser à Adam pour en avoir la preuve. Son frère mourait à petit feu dans l'un des horribles camps de détention d'Hitler, probablement battu et torturé tous les jours, tout cela parce qu'elle s'était fiée à la mauvaise personne.

Althea.

Son nom fut emporté par le vent alors qu'elle atteignait la dernière adresse de sa journée. Elle chassa le désespoir qui l'envahissait chaque fois qu'elle songeait à Althea et à Adam. Ses souvenirs de cette période à Berlin étaient si vifs dans sa mémoire qu'il lui semblait que c'était arrivé hier, comme les cauchemars qui la hantaient chaque nuit, tandis que les rêves doux se délitaient dans le néant.

Sa dernière étape, un magasin de violons tenu par un homme juif, elle l'avait délibérément gardée pour la fin de la journée. Elle adorait le gérant et son petit-fils, Lucien, mais chaque fois qu'elle venait avec des brochures, Lucien cherchait à la convaincre de participer à la réunion hebdomadaire de la Résistance qu'il organisait dans son arrière-boutique.

Hannah connaissait trop bien ces rassemblements de militants convaincus que la violence était le seul moyen d'endiguer la vague fasciste prête à déferler sur l'Europe. Elle ne leur donnait pas tort, mais elle avait vu le visage meurtri et brisé d'Adam après sa première nuit dans une prison nazie. Elle avait vu ses amis fouettés et battus dans les rues par les chemises brunes. Si la violence était pour eux la seule réponse possible, Hannah ne les suivrait pas.

Quand elle poussa la porte d'entrée, la cloche retentit.

Penché au-dessus d'un comptoir le long du mur, Henri, le grand-père de Lucien, leva sur elle un sourire tout en dents.

— Bonjour, mademoiselle, dit-il en maniant le manche d'un violon entre ses mains noueuses et expertes.

— *Bonjour, grand-père**.

Lors de leur première rencontre, il lui avait déclaré que ses proches pouvaient l'appeler ainsi, et elle était heureuse de compter parmi les heureux élus.

— Lucien ?

Il tourna la tête vers le couloir qui menait à l'arrière-boutique.

— *Il est derrière**.

— Merci, répondit Hannah.

Il fit la grimace en entendant son accent guttural – une petite blague entre eux.

Lucien disposait des chaises dans la petite salle de stockage pour la réunion de la Résistance prévue ce soir-là. Sans qu'il le lui demande, elle l'aida à installer les rangées de chaises face au pupitre niché dans un coin.

Leur tâche terminée, Lucien l'embrassa sur les deux joues, puis s'empara des pamphlets.

— Ta bibliothèque imprime plus de brochures qu'on ne peut en distribuer.

— Ils ne sont pas à court d'idées.

— Comme nous tous. Tu veux du thé ?

— Oui, merci.

Hannah accepta avec reconnaissance. Bien que le café de Marceline l'ait réconfortée, elle frissonnait encore après une journée à parcourir Paris à bicyclette. Le bas de son pantalon était mouillé et son cardigan ne l'avait guère protégée du vent.

Lucien l'entraîna vers la minuscule cuisine et mit la bouilloire à chauffer. Hannah observa ses mouvements gracieux depuis son siège. Il était séduisant avec ses épais cheveux bruns et son large sourire, le type même du Parisien svelte dont les filles d'ici semblaient raffoler. Elle aurait pu s'imaginer dans cette vie : une jolie boutique de violons, l'oreille attentive d'un amant avant sa réunion politique, de la musique s'insinuant par la porte entrouverte.

Mais elle ne s'était jamais vue dans la peau d'une épouse. Ou n'avait jamais voulu être la femme d'un homme. Or cela semblait la seule voie permise.

— Que faites-vous ? demanda Hannah en prenant la tasse qu'il lui tendait. Aux réunions, je veux dire.

Une lueur s'alluma dans le regard de Lucien, qui paraissait convaincu qu'Hannah était une résistante déguisée en bibliothécaire. Cela lui fit regretter sa question.

— Viens et vois par toi-même, ma grande.

Hannah baissa les yeux sur sa tasse et en caressa le bord ébréché du bout du doigt.

— J'ai assisté à assez de réunions pour toute une vie.

— Je le savais, dit Lucien en l'observant avec un intérêt manifeste. À Berlin ? C'était comment ?

— Sans intérêt, répliqua Hannah avec amertume.

Mais Lucien se contenta de sourire patiemment, alors elle reprit plus calmement :

— Ça ressemblait, disons, à un jeu de rôles. Hitler venait d'être nommé chancelier, et la situation a empiré très rapidement. Mais… on était encore en 1933, si tu vois ce que je veux dire.

— Personne ne pouvait imaginer que ça durerait aussi longtemps, renchérit Lucien, suivant le fil de ses pensées.

— Il enflammait le cœur de tant de gens, parmi ses partisans comme chez ses détracteurs. Mais je pensais que c'est le genre de flamme qui brûle intensément et s'éteint presque aussitôt. (Elle se tut un moment, se demandant si elle devait répondre à sa première question.) Les réunions étaient absurdes. On parlait de systèmes économiques et de théories politiques comme si on pouvait débattre de ces monstres sur le plan des idées. On aurait mieux fait de parler de billets de train à prendre, de comptes bancaires à ouvrir à l'étranger, de plans d'évasion.

Lucien l'observa d'un air rêveur, en se mâchouillant la lèvre inférieure.

— Au cours de notre dernière réunion, quelqu'un a fait une lecture théâtrale de *Das Kapital.*

Il prononça ces mots avec une telle autodérision qu'Hannah sourit.

— Oui, j'étais présente. (Elle eut envie de lui caresser la joue comme à un enfant, mais se ravisa.) Ce soir, demande peut-être si quelqu'un a de la famille qui pourrait cacher des gens à la campagne quand les Allemands franchiront la ligne Maginot.

— Tu penses que c'est inévitable, fit Lucien.

Elle s'étonna du doute qui affleurait dans sa voix. Cela la confortait dans sa conviction que ces assemblées de résistants n'étaient qu'un moyen de partager leurs rêves de gloire.

— La guerre n'est-elle pas toujours inévitable ? répondit Hannah avec ironie. (Puis elle changea brutalement de sujet.) Alors, dis-moi, tu as brisé beaucoup de cœurs récemment ?

Lucien eut un mouvement de recul, la main sur la poitrine.

— Tu me fais de la peine.

Hannah leva les yeux au ciel, et il lui jeta un regard presque timide, qu'elle ne lui connaissait pas.

— Qui est-ce ? interrogea-t-elle, intriguée.

— Une étudiante de l'université, avoua Lucien avec une grimace. Américaine – c'est terrible.

— Au moins, elle n'est pas nazie.

— Mmm. Et toi, Hannah ? (Il haussa un sourcil.) Tu as brisé beaucoup de cœurs récemment ?

Hannah avait eu une poignée de brèves relations pendant son séjour à Paris, mais...

— Ce ne serait pas bizarre de tomber amoureuse en ce moment ?

— Et si c'était au contraire le meilleur moment pour tomber amoureux ?

La réponse typique d'un Parisien. Il était du genre à adorer Paris les soirs d'été, avec des roses et des chocolats.

— Quoi de plus beau que se battre pour l'amour ?

— Pour toi peut-être, répondit Hannah en haussant les épaules. Moi, je risque de ne pas survivre à la tempête qui se prépare. Et je ne voudrais pas laisser une âme éplorée derrière moi.

— Hannah..., dit Lucien en lui saisissant la main. Qu'est-ce que tu racontes, petite idiote ? Tout ira bien pour toi.

— Tu le penses vraiment ?

Elle détourna le regard, sans cependant s'écarter. Il semblait que, malgré ses efforts, la conversation revenait inlassablement au même sujet.

— Parfois, j'ai l'impression que Paris est prêt à dérouler le tapis rouge aux nazis.

Lucien ne discuta pas, se contentant de lui caresser les doigts.

— Tu vas partir ?

— Avec quel visa ?

— Mais si tu pouvais ? insista-t-il.

— Paris n'est pas ma ville, ce n'est pas à moi de la défendre.

Des propos durs, sans doute, mais sincères.

— Ma ville est déjà perdue, ajouta-t-elle. C'est pourquoi je refuse de tomber amoureuse.

— Comme si tu pouvais l'empêcher, murmura Lucien.

Une autre leçon qu'elle avait apprise à ses dépens.

— Parle-moi de cette fille.

Hannah passa une heure agréable à écouter Lucien lui parler de son béguin et des rumeurs graveleuses à propos de connaissances communes. Puis, lorsqu'il la raccompagna à l'entrée de la boutique, il lui donna un coup de coude.

— Alors tu ne viens pas ce soir ?

— Mène le juste combat pour moi, d'accord ?

Hannah ignora la lueur de déception dans son regard quand elle l'embrassa pour lui dire au revoir. Elle s'arrêta sur le seuil pour saluer Henri, se demandant pendant un bref et fol instant si elle ne devrait pas rester à cette fameuse réunion.

Mais elle chassa cette pensée et dépassa un homme avec une brouette débordant de fleurs coupées pour récupérer son vélo, appuyé à la rambarde le long du canal.

Elle venait d'empoigner le guidon quand elle remarqua un couple qui se dirigeait vers elle et la regardait d'un air hostile. Parvenu à sa hauteur, l'homme lui cracha dessus. La salive lui macula la joue, puis coula sur sa mâchoire.

— *Juive**, marmonna l'homme avant de reprendre sa promenade avec sa compagne comme si de rien n'était.

Ils ne pressèrent même pas le pas.

Hannah ne s'essuya pas la joue, se contentant de les regarder s'éloigner.

Pour chaque homme comme Lucien, il y en avait deux autres capables de lui cracher dessus en plein jour dans les rues de Paris.

Cette agression aurait dû renforcer sa détermination, lui donner envie de prendre les armes. Mais, les jours passants, elle était de moins en moins certaine que le monde valait la peine d'être sauvé.

5.

New York
Mai 1944

Viv vérifia l'adresse sur le papier que Harrison lui avait donné la veille, mais il était difficile de manquer l'imposant Centre juif de Brooklyn, qui occupait tout un pâté de maisons, et abritait apparemment la Bibliothèque américaine des livres interdits par les nazis.

— Qu'est-ce que tu fiches ici ? murmura Viv pour elle-même, mais suffisamment fort pour qu'un passant lui lance un regard interloqué.

Avait-elle perdu la raison ? Il y avait des espoirs fous mais pas impossibles, et puis il y avait des quêtes désespérées, et à cet instant la frontière entre les deux lui semblait bien mince.

— Maintenant que je suis là, autant entrer, s'encouragea-t-elle, en s'intimant de la boucler quand elle était seule dans un lieu public.

Elle pénétra dans le hall, où un homme âgé l'observa à travers des verres épais comme une bouteille de Coca et lui fit répéter trois fois « Bibliothèque des livres interdits » avant de comprendre ce que Viv cherchait.

— Aile ouest, déclara-t-il en désignant un long couloir.

Puis il reporta son attention sur le livre qu'il était en train de lire.

Quand Viv eut atteint la porte, elle effleura les lettres dorées sur la vitre, puis franchit le seuil.

La salle était étonnamment petite, bardée d'imposantes étagères et de tables chargées de piles d'ouvrages. Des rais de lumière faisaient danser la poussière dans l'air ; une tasse de thé était abandonnée sur le rebord d'une fenêtre ; le poste sur le comptoir diffusait une musique douce. L'ambiance était si agréable et intimiste que Viv dut réprimer son envie de prendre un roman au hasard et de se blottir dans un fauteuil pour lire.

— Bienvenue.

Une femme émergea d'un bureau de la taille d'un placard à balais derrière l'accueil, baissa le volume de la radio et adressa un petit sourire à Viv.

— Je peux vous aider ?

Viv se fit violence pour ne pas raconter sa triste histoire à cette inconnue confiante. Ce qui lui avait paru sensé après une demi-bouteille de gin l'incitait maintenant à se demander si elle avait toute sa tête.

Je suis à la recherche d'une fin heureuse tombée du ciel.

— Euh…

Viv regarda tout autour d'elle, et respira l'odeur tenace des reliures anciennes et de la colle, s'efforçant de retrouver son assurance.

La bibliothécaire l'étudia attentivement.

— Pardonnez-moi de vous dire ça, mais vous avez l'air d'avoir besoin d'une tasse de thé.

— C'est si évident ?

Viv rit et tripota son rang de perles comme s'il s'agissait d'un talisman. C'était le seul bijou de sa mère qu'elle avait gardé. Quand elle était petite, assise sur les genoux de sa mère, elle jouait avec de la même manière, fascinée par les perles brillantes. Une nounou bien intentionnée le lui avait passé autour du cou le matin de l'enterrement de ses parents, et depuis lors Viv l'enlevait rarement.

La femme semblait intriguée.

— Venez vous asseoir, ajouta-t-elle en désignant une table de l'autre côté de la pièce.

— Merci, murmura Viv avant de prendre place sur une chaise près de la fenêtre.

Un livre en face d'elle attira son attention – elle le retourna pour en lire le titre.

— Albert Einstein, fit la bibliothécaire en posant, quelques minutes plus tard, une tasse de thé devant elle.

Viv feuilleta l'ouvrage, mais ne comprit qu'un mot sur dix.

— Il était l'orateur principal lors de l'inauguration de notre bibliothèque.

— Vraiment ?

Viv prit un air dûment impressionné. Le visage de la bibliothécaire s'éclaira.

— J'ai entendu dire que c'était une grande soirée ! Les invitations étaient aussi convoitées que le sucre et le café aujourd'hui.

— Vous n'y étiez pas ? s'étonna Viv.

— Non.

Une forme de prudence s'était glissée dans sa réponse. Viv tempéra sa curiosité.

— Et ça s'est passé quand ? Il y a plusieurs années déjà, n'est-ce pas ?

— En décembre 1934.

La bibliothécaire parut se détendre. Viv se demanda si c'était parce qu'elle parlait de la bibliothèque plutôt que d'elle-même.

— Mais l'ouverture officielle n'a eu lieu que quelques mois plus tard, pour le deuxième anniversaire de la destruction des livres à Berlin.

Viv chercha à se rappeler le mois exact.

— Alors en mai ? 1935 ?

— Oui.

La femme pointa du doigt une affiche de propagande sur le mur tout proche. *De la lumière aux ténèbres*... les mots dansaient sur les images. Comme d'autres que Viv avait vues, cette affiche était une compilation de plusieurs événements : le bûcher de livres s'élevait dans le ciel pour brûler le bâtiment du Reichstag, et le visage mesquin de Joseph Goebbels dominait l'ensemble.

Viv reporta son attention sur la bibliothécaire : elle contemplait l'affiche, un profond désespoir inscrit dans chaque trait de son visage.

— Vous y étiez, souffla Viv malgré elle.

Après un long moment pendant lequel Viv crut qu'elle n'obtiendrait pas de réponse, la femme hocha la tête.

— Oui. J'étais à Berlin la nuit des autodafés.

Viv ravala les centaines de questions qu'elle avait sur le bout de la langue. Elle ne pouvait pas se dire experte dans beaucoup de domaines, mais elle savait lire les gens. Et, là, elle était face à des murs épais, des murs qui ne se laisseraient pas facilement abattre. Elle fit un geste vers les piles d'ouvrages.

— Et ces livres, ce sont ceux qui ont été brûlés cette nuit-là ?

— Pour la plupart, oui. (La bibliothécaire les contempla comme si elle les voyait pour la première fois.) Il n'a pas été facile d'établir un catalogue complet. Bien sûr, on avait les listes. (Elle eut un sourire ironique.) Les nazis adorent les listes.

— En effet.

— Mais les autodafés n'ont pas duré qu'une seule nuit. La nuit du 10 mai a été l'occasion d'une puissante démonstration de force, mais les semaines suivantes les Allemands ont été encouragés à détruire leurs collections personnelles. Tout ce qui était considéré comme anti-allemand ou qui risquait de saper l'autorité du Reich devait être purgé par le feu.

Viv laissa ces paroles faire leur chemin dans son esprit.

— Donc… tous les ouvrages écrits par des auteurs juifs.

— Et par les communistes, les dégénérés, et tous ceux qui ne défendaient pas l'idée d'une race supérieure. Je crois qu'on ne saura jamais combien de livres ont été perdus durant ces semaines, et les années suivantes.

— Mais vous essayez de les répertorier. De les préserver.

— En effet. C'est un travail de fourmi, mais…

La voix de la bibliothécaire se brisa et son regard se riva de nouveau sur l'affiche.

Viv ne la pressa pas de continuer et fut récompensée pour sa patience.

— Les livres sont une manière de laisser notre empreinte sur le monde, pas vrai ? Ils racontent que nous étions là, que nous avons aimé, pleuré, ri, commis des erreurs, que nous avons *existé*. Ils auront beau les brûler dans le monde entier, ils ne peuvent nous enlever les mots qui ont été lus, les histoires qui ont été racontées. Ces récits vivent dans cette bibliothèque, mais le plus important c'est qu'ils ont été immortalisés par toutes les personnes qui les ont eus entre les mains.

Un feu aussi ardent que les flammes des autodafés faisait vibrer sa voix, et une chaleur puissante envahit Viv. À cet instant, elle décela quelque chose d'enchanteur derrière la façade de la bibliothécaire.

Un ange gardien. C'était une notion fantaisiste, peut-être, d'imaginer cette femme comme une protectrice des livres, mais Viv aimait cette idée.

« Je suis censée trouver quoi à Brooklyn ? » avait-elle demandé à Harrison.

« L'inspiration. »

C'était ce dont Viv avait besoin, cette passion, cette intensité. L'un des projets les plus sérieux évoqués durant son après-midi imbibée de gin avec Harrison lui revint en mémoire : un discours pour humilier publiquement Taft et l'obliger à retirer son amendement.

De toute évidence, Viv ne parviendrait jamais à s'introduire – ni à faire entrer cette bibliothécaire – dans la salle du Sénat, mais elle n'en avait pas besoin. Elle était la responsable de la communication d'une importante organisation de guerre. Pourquoi aurait-elle besoin du Sénat quand elle avait les meilleurs journalistes de la ville dans son carnet d'adresses ?

Avant qu'elle ait pu s'approprier totalement cette belle idée, la bibliothécaire se pencha vers elle.

— Maintenant, expliquez-moi, qu'est-ce qui a allumé cette ferveur dans vos yeux ?

« Cette ferveur dans vos yeux. » Viv fit rouler les mots dans sa bouche. Ils lui plaisaient.

— Eh bien, je crois que je devrais me présenter. Je suis Mme Edward Childs – mais appelez-moi Viv, comme tout le monde.

Le silence qui s'ensuivit confirma ses soupçons : la bibliothécaire n'avait pas l'intention de lui donner son nom.

— Je travaille au Conseil des livres en temps de guerre, reprit Viv pour combler le silence gênant qui s'installait quand une personne ne respectait pas les convenances.

— Le Conseil des livres en temps de guerre, répéta la bibliothécaire. J'ai bien peur de ne pas avoir entendu parler de cette organisation.

Viv ne put s'empêcher de rire.

— Eh bien, vous n'êtes pas la seule. J'aime à dire que nous sommes petits mais costauds.

Elle leva le bras à la manière de Rosie la Riveteuse sur un poster *We Can Do It*. La bibliothécaire se contentant de la regarder, Viv s'éclaircit la gorge et adopta une attitude plus formelle, comme lorsqu'elle faisait visiter le siège du Conseil aux donateurs de passage ou qu'elle citait les journalistes qui écrivaient des articles sur leurs initiatives.

— Nous sommes une organisation composée de bénévoles issus de l'ensemble du monde de l'édition, des libraires aux auteurs en passant par les bibliothécaires, les grandes maisons d'édition et les diffuseurs, expliqua Viv. Le Conseil travaille en partenariat avec le gouvernement sur plusieurs projets importants. Surtout, notre but est d'utiliser les livres pour soutenir nos soldats à l'étranger et pour rappeler aux Américains pourquoi nous sommes dans cette guerre.

— Alors qu'ils mènent les combats des puissants à leur place, commenta la bibliothécaire, dévoilant un pan de sa personnalité malgré son expression de marbre.

— Eh bien, oui.

Viv était d'accord avec cette idée, même s'il était généralement mal vu de l'admettre étant donné que son travail consistait à remonter le moral des troupes.

— Et comment tout cela vous a-t-il amenée dans notre bibliothèque ?

Viv soupira, se demandant par où commencer. Puis elle décida de lui dire la vérité.

La bibliothécaire écouta attentivement Viv raconter son bras de fer avec Taft, la manière mesquine dont le sénateur s'était vengé des démocrates, sa politique de censure qui risquait de se transformer en une arme encore plus dangereuse s'il parvenait à réaliser ses ambitions et à s'installer à la Maison Blanche.

— Tout ça fait penser à une vendetta, déclara la bibliothécaire d'un air pensif.

Vendetta. Viv aimait ce mot, l'image qu'il renvoyait. Encore une fois, elle réfléchit à la façon de relater cette histoire, de captiver les foules. Les gens aimaient les vendettas, ils les trouvaient fascinantes. Il ne fallait pas chercher plus loin que l'histoire de *Roméo et Juliette* pour s'en convaincre.

— J'aimerais vous êtes utile, dit la femme. Mais je ne vois pas comment.

Viv secoua la tête, séduite par l'idée qui venait de germer en elle.

Elle peinait depuis le début à mettre des mots sur son désaccord avec Taft. Le programme d'édition pour l'armée avait simplement fait les frais de la loi sur le vote des soldats – devenue si alambiquée que personne n'y comprenait plus rien dès qu'on entrait dans les détails.

Les Américains en avaient assez. Le sort d'un programme de livres gratuits ne pouvait guère faire de vagues dans l'océan de souffrance, de deuil et de difficultés de cette guerre sans fin. Surtout quand la bataille la plus cruciale était le droit de vote des soldats.

Mais il y avait une belle histoire à raconter, une histoire qui passionnerait le public si Viv parvenait à en montrer les enjeux. Une vendetta contre un programme qui voulait juste distraire un peu les soldats ? Cela toucherait forcément les gens.

— En fait, déclara Viv, vous m'avez été bien plus utile que vous ne le pensez.

Lorsque la bibliothécaire eut un petit rire incrédule, Viv secoua la tête, se leva et saisit son sac à main, l'esprit déjà dehors, dans la rue, impatiente de mettre en œuvre son nouveau plan. Elle s'arrêta net en croisant les yeux de son interlocutrice.

— Croyez-moi, vous l'avez été.

La bibliothécaire ne répondit pas, comme si elle s'attendait à une autre question.

— Je peux revenir ? interrogea Viv.

— Bien sûr, répondit la femme avec ces lèvres pincées qui lui tenaient lieu de sourire. Notre bibliothèque est ouverte à tous ceux qui en ont besoin. Toujours.

6.

Berlin
Janvier 1933

Althea vit d'abord les flambeaux.

Elle se figea, comme paralysée, incapable de décider s'il s'agissait d'une foule déchaînée ou d'une fête organisée.

Un jeune homme passa devant elle au pas de course, sa veste grande ouverte. Si elle n'avait pas vu son large sourire, Althea se serait mise à courir elle aussi, pour fuir une menace inconnue. Au lieu de cela, elle s'adossa au parapet du pont. Pour s'écarter de leur chemin, certes, mais aussi pour les observer.

L'homme n'était pas seul.

Derrière lui marchait une troupe de jeunes gens, les flammes vacillantes de leurs torches fièrement dressées dans l'obscurité. Des hommes vêtus de chemises brunes et noires, qu'elle associa au Parti national-socialiste des travailleurs allemands, encadraient la foule comme des gardes.

Un puissant chœur de voix enveloppa Althea, qui se rendit compte que son envie de fuir s'était évanouie, remplacée par le désir de rejoindre leurs rangs, de partager leur joie et leur triomphe.

Elle décida de prendre le risque, et saisit le poignet de la passante la plus proche.

— Qu'est-ce qui se passe ?

— Hitler est chancelier ! répondit la femme d'un air euphorique. On sera bientôt libres !

Althea eut un hoquet de surprise, mais la femme s'était déjà éloignée. Était-ce cette nouvelle qui faisait sourire Diedrich depuis plusieurs jours ? Savait-il que cela allait arriver ?

C'était la première fois depuis des semaines que Diedrich semblait optimiste quant à l'état de son parti. Avant cela, il semblait frustré par le fait que le Nationalsozialistische Deutsche Arbeiterpartei, ou NSDAP comme l'appelaient les Allemands, était encore sous le coup des élections de novembre, où ils avaient perdu des sièges malgré des efforts de campagne révolutionnaires et coûteux. Cela dit, sa ferveur pour la cause ne s'était en rien émoussée.

Pour Althea, qui s'était rarement – voire jamais – intéressée à la politique avant de venir à Berlin, la passion de Diedrich était contagieuse.

— Chancelier ?

Althea interrogea l'un des fêtards, en anglais cette fois, au cas où elle aurait mal compris.

— Chancelier ! répondit un jeune homme en renversant la tête en arrière pour le crier dans le ciel nocturne.

Son cri provoqua une clameur qui se propagea dans la foule, et beaucoup d'hommes firent le salut désormais associé à Hitler.

Des flambeaux brûlaient au-dessus des têtes des manifestants qui se dirigeaient vers l'Alexanderplatz. Althea hésita un moment, puis se laissa entraîner par le flot des corps qui scandaient des slogans qu'elle ne comprenait qu'à moitié.

Une fois de plus, comme sur la place du marché, Althea s'attendait à se sentir décalée, dépassée. En réalité, elle fut rapidement emportée par la foule, gagnée par son exaltation, sa liesse.

— Comment est-ce arrivé ? cria-t-elle à la jeune femme à côté d'elle.

Mais elle n'obtint pas de réponse. C'était idiot d'en attendre une.

Les fêtards traversèrent la ville, longèrent la Spree en direction de la chancellerie du Reich, éclairant le chemin de leurs torches. Ils chantaient en allemand, pleuraient, riaient et dansaient, et Althea pleurait, riait et dansait avec eux. Son patriotisme pour le pays de ses ancêtres vibrait dans son sang, fiévreux, vertigineux, irrépressible, aussi nouveau fût-il.

Durant ce mois passé à Berlin, l'Allemagne avait pris corps en elle plus que son Maine natal ne l'avait jamais fait. Elle s'attendait à se sentir comme Alice au pays des merveilles, où tout serait sens dessus dessous ou légèrement de guingois. En réalité, Althea ne pouvait se départir de l'idée que c'était son ancienne vie qui était déformée.

Elle avait toujours été une enfant bizarre. Les autres filles de la petite école d'Owl's Head le lui avaient bien fait comprendre. Trop petite, trop intelligente, trop pâle, trop pauvre… Et elle levait la main dès qu'elle connaissait la réponse à une question, ce qui, aux yeux de ses camarades, se produisait trop souvent.

C'était grâce à l'imaginaire qu'elle avait échappé aux railleries mesquines de son entourage et, lorsque les livres ennuyeux de la bibliothèque de sa mère n'avaient plus suffi à la divertir, elle s'était mise à inventer ses propres histoires.

Au début, elles étaient peuplées de princesses, de dragons et de châteaux, le fantastique offrant un refuge à son esprit d'enfant. Puis les récits avaient mûri avec elle. Ils étaient devenus le prisme à travers lequel elle voyait le monde, sa laideur et sa beauté. Elle s'en servait pour comprendre pourquoi les autres enfants, et par la suite les adultes, étaient à la fois beaux et cruels. Ce qu'elle n'avait pas mesuré, c'était la distance qu'elle avait mise entre elle et les autres – elle, la spectatrice, la créatrice, la lectrice ; eux, les personnages, les sujets, les marionnettes.

Au fur et à mesure qu'elle tombait amoureuse de Berlin – le sentiment inédit d'anonymat, les lumières vives, les rires, les rues interminables qui l'emmenaient dans des lieux inconnus –, elle se rendait compte à quel point son besoin de se protéger était devenu étouffant.

Il était difficile de se défaire de cette habitude, surtout lorsqu'elle était troublée, comme lors de son flirt avec Diedrich au marché de Noël. Berlin l'avait aidée à comprendre qu'elle n'avait pas besoin de se réfugier dans la fiction pour échapper à la vie. Parfois, la vie suffisait.

Alors pourquoi ne pas se réjouir de la vague de nationalisme allemand qui déferlait sur la ville ?

Quand ils atteignirent la place de la chancellerie, Althea avait les doigts engourdis par le froid, mais elle n'allait pas se laisser distraire par un détail aussi terre à terre.

— Là !

Quelqu'un à côté d'elle pointait un doigt tremblant vers le ciel. À la fenêtre du bâtiment se profilait une petite silhouette noire, la figure peu imposante d'un homme qui avait pourtant fait descendre des milliers de personnes dans les rues cette nuit-là.

Le temps que Herr Hitler ouvre les portes-fenêtres pour saluer ses partisans, la place s'était remplie, au point qu'Althea se retrouvait au coude à coude avec des étudiants. La fille à sa gauche avait les joues noyées de larmes tandis que le garçon à sa droite gardait le bras tendu au-dessus de sa tête, le visage incliné vers Hitler en signe d'allégeance.

Le nouveau chancelier ne s'exprima pas, ce qui fut une déception tant ses talents d'orateur étaient légendaires.

À présent, Hitler les observait et semblait se délecter de la dévotion et de la loyauté de la foule à son égard. Althea était assez proche de la scène pour s'imaginer qu'elle voyait les lèvres du chancelier se retrousser en un sourire satisfait.

Les gens avaient pris possession de la place, enchantés de cette fête impromptue, la bière apparaissant on ne sait comment entre les mains des hommes tandis que les chants enflaient peu à peu. Une ou deux bagarres éclatèrent, mais la violence fut tuée dans l'œuf par les chemises noires postées çà et là.

Althea repéra un groupe d'hommes près de la porte du bâtiment et reconnut Joseph Goebbels, qu'elle avait rencontré à un dîner au début de son séjour à Berlin. Elle avait tenu à lui parler, car c'est lui qui l'avait invitée à Berlin. Techniquement, son voyage était financé par le parti nazi, mais Diedrich lui avait précisé que c'était le projet favori de Goebbels. Le haut gradé allemand avait surpris Althea en affirmant que les livres, les arts, même les plus récents comme le cinéma, jouaient un rôle essentiel en politique.

D'après Diedrich, Goebbels serait nommé ministre de la Culture si Hitler devenait chancelier. Cela expliquait sans doute l'air suffisant qu'il arborait maintenant.

À côté de lui, la lumière du réverbère faisait briller des cheveux blonds, et Althea retint son souffle.

Diedrich.

Si elle avait été un tant soit peu plus grande, elle n'aurait sûrement pas pu se frayer un chemin dans la cohue, mais sa petite taille lui permit de se glisser dans l'enchevêtrement des corps. Parvenue à son but, elle trébucha, mais l'instant d'après les bras de Diedrich l'enveloppaient, une étreinte chaleureuse, rassurante, avec une légère odeur de tabac, comme toujours. Il la fit pivoter vers lui, et elle enfouit son visage dans son cou. Puis tous deux se mirent à rire, simplement parce qu'ils étaient ravis.

— Tu verras, murmura Diedrich à son oreille lorsqu'elle eut retrouvé son équilibre. Tout va s'arranger maintenant.

Althea n'en doutait pas. Elle avait entendu suffisamment d'amis de Diedrich dire combien il était urgent de porter Hitler au pouvoir. Ils le considéraient comme leur seul espoir, leur phare brillant dans la nuit, leur sauveur face à ces hommes malveillants qui maintenaient l'Allemagne dans la pauvreté pour se remplir les poches. Ces hommes voulaient que l'Allemagne se plie aux caprices cruels du reste du monde. Un monde qui rendait le pays responsable de la Grande Guerre, un monde qui préférait laisser les Allemands mourir plutôt que de leur offrir sa compassion. Les criminels de novembre avaient signé l'armistice et l'acte de décès de leur pays.

— Je sais, murmura Althea en souriant à Diedrich.

Il hésita un instant, puis posa les lèvres sur les siennes. Il avait le goût du whisky et du bonheur, et quand elle hoqueta de surprise il glissa sa langue dans sa bouche.

Un frisson de désir la parcourut alors qu'elle se pressait contre lui, confuse de ressentir des sensations totalement nouvelles.

Elle avait vingt-cinq ans, c'était son premier baiser.

Il s'écarta après en avoir déposé un autre, plus chaste, au coin de sa bouche. Quelque chose d'incroyablement tendre brillait dans ses yeux, et il rit à nouveau.

— Viens, chérie, allons chercher du champagne.

Althea se laissa entraîner.

Après tout, Adolf Hitler avait pris le pouvoir.

L'heure était à la fête.

7.

New York
Mai 1944

Au début, Viv s'était moquée de l'idée de Harrison d'imiter la grande scène finale d'un livre pour battre Taft mais, en prenant le métro pour rentrer de Brooklyn, elle ne se rappelait plus pourquoi.

Les Américains, qui s'enlisaient dans cette guerre interminable, étaient préparés depuis longtemps par le cinéma et la propagande à une fin spectaculaire, où les gentils triomphaient, où le héros embrassait la fille et où le méchant recevait la râclée qu'il méritait.

Viv pouvait leur offrir tout ou partie d'une fin grandiose.

Si elle jouait finement la partie.

Le train s'arrêta dans un soubresaut, et Viv se faufila hors du wagon juste avant la fermeture des portes. L'arrêt ne se trouvait qu'à quelques pâtés de maisons du New York Times Hall, le siège du Conseil, entre les enseignes lumineuses des théâtres de Broadway.

— Viv, tes lettres ! s'écria Bernice Westwood quand Viv entra dans le vestibule du théâtre rénové.

Son accueil déconcerta Viv, qui dérapa sur le plancher pour se tourner vers le bureau de Bernice.

— Merci, murmura-t-elle, un peu essoufflée par l'effort.

Viv saisit le sac rempli de plusieurs paquets d'enveloppes noués par des ficelles. Elles provenaient toutes de soldats stationnés à l'étranger qui écrivaient pour remercier le Conseil, réclamer d'autres livres, ou demander qu'on transfère leurs lettres aux auteurs. Quelques-unes émanaient des parents des garçons, qui désiraient obtenir des exemplaires supplémentaires pour leurs proches. Une grande partie du travail de Viv consistait à les lire, à y répondre quand c'était nécessaire, et à retenir les plus intéressantes pour les journalistes qui avaient besoin de citations.

— C'est calme aujourd'hui ? demanda Viv en jetant un coup d'œil derrière Bernice.

Parfois, il y avait trop de sacs pour qu'elle puisse les emporter en un seul voyage.

— Hmm, répondit Bernice d'un air absent.

Puis elle se pencha en avant, sa masse de boucles blondes encadrant son visage, et l'observa de ses grands yeux ronds.

— Il paraît que tu as tendu une embuscade à Taft dans un restaurant hier. C'est pour ça que tu débarques ici avec cet air penaud ?

Viv aurait dû se douter que sa confrontation humiliante avec Taft ferait le tour du Conseil. Surtout avec l'entrefilet dans le *Post*. Il se cachait dans les pages intérieures, mais beaucoup de membres du Conseil lisaient religieusement les potins du journal.

— Non, répondit Viv d'un air pincé. (Elle décida que le mieux était de changer de sujet.) J'ai une idée pour faire tomber Taft.

— Je t'écoute.

— Je dois d'abord la présenter à M. Stern. (Viv serra la main de Bernice en signe d'excuse.) Souhaite-moi bonne chance.

Bernice fit la moue, puis lui adressa un grand sourire.

— C'est bien ce que tu fais pour ces garçons, tu sais. Tu n'abandonnes pas.

Viv ne répondit pas qu'elle risquait de s'écrouler à tout moment, un sentiment qui l'habitait depuis six mois. Elle avait compris qu'en prenant l'air assuré les gens pensaient qu'elle maîtrisait la situation.

— Taft ne comprendra pas ce qui lui arrive, fit-elle avec un clin d'œil.

Philip Van Doren Stern, le chef du Conseil, était un homme avenant, grand et mince, au visage oblong. Ses lunettes à monture métallique et son costume classique lui conféraient une allure sérieuse, qui servait de camouflage à son humour discret et à sa nature espiègle.

Elle donna un léger coup à la porte ouverte, le sac de lettres calé sous son bras.

Le sourire de Stern se mua en un froncement de sourcils interrogateur quand il la vit sur le seuil. Si son altercation avec Taft était parvenue aux oreilles de Bernice, le président du Conseil était forcément au courant.

— Madame Childs.

Viv fit la grimace à son ton de reproche, qui pesa aussitôt sur ses épaules. M. Stern avait pris le risque de l'engager à l'automne, juste après la mort d'Edward, et elle ne voulait pas le décevoir.

— Je sais, je n'aurais pas dû faire ça, dit-elle en entrant dans son bureau. Mais j'ai un bien meilleur plan maintenant. Un plan qui pourrait vraiment marcher.

— Oh ! Vivian, soupira M. Stern. (Il se leva pour aller leur servir un whisky, puis entrechoqua leurs verres avant de lui en tendre un.) Il est peut-être temps de jeter l'éponge.

— Mais le Congrès modifie des lois tous les jours, objecta Viv.

Si le Soldier Voting Act était devenu une loi, cela ne signifiait pas pour autant que l'amendement de Taft ne pouvait être supprimé.

— J'imagine, oui.

— Et les membres du Congrès ne soutiennent pas vraiment sa politique de censure. Seulement, ils voulaient faire passer la loi sur le vote.

— Et ils n'ont pas osé s'opposer à Taft. Ce qu'ils ne feront pas plus maintenant.

— Voilà pourquoi nous devons les convaincre qu'il est politiquement avantageux d'être dans notre camp, renchérit Viv, avec plus de conviction qu'elle n'en avait réellement.

Peu de collègues de Taft étaient prêts à se ranger à son côté, elle le savait de source sûre.

— Mon erreur a été de me focaliser sur Taft, reprit-elle. Alors que nous devons nous concentrer sur tous les autres, leur montrer qu'ils sont du mauvais côté de l'histoire.

— Comment comptez-vous vous y prendre ? interrogea M. Stern en se massant le front comme s'il avait mal à la tête.

Ce n'était pas la première fois que Viv se sentait comparée à une migraine naissante.

— Nous allons inciter ses électeurs à faire pression sur lui, lâcha-t-elle, impatiente maintenant de lui exposer sa stratégie. Et pour ça, nous allons mettre sur pied un grand événement.

Stern agita la main pour l'encourager à poursuivre.

— On organise une manifestation, on invite la presse, le monde de l'édition, les bibliothécaires, nos meilleurs auteurs…, lança Viv, les mots se bousculant dans sa bouche.

Le concept était encore balbutiant mais, plus elle en parlait, plus elle était convaincue que cela avait une chance de fonctionner.

— Je vais appeler les grands quotidiens pour leur expliquer la situation. J'ai aussi plusieurs contacts à la radio… (Viv reprit sa respiration.) Les gens n'ont pas compris les dangers de cet amendement. Nous devons leur ouvrir les yeux.

— Et cette fois, la loi sur le vote des soldats ne brouillera pas les pistes, ajouta Stern en hochant la tête.

— Si l'opinion publique est de notre côté, les membres du Congrès ne pourront plus ignorer le problème. Ils ne se mouillent que lorsque leur réélection est compromise, vous le savez comme moi. Nous devons leur faire croire que leur financement de campagne est menacé. Taft a intimidé beaucoup de monde pour faire passer cet amendement. Mais une fois que pèsera sur eux le poids de l'indignation publique, ils changeront de camp. Comme ça ! (Elle claqua des doigts.) Toute bonne histoire a besoin d'un vilain, et heureusement pour nous Taft s'est offert sur un plateau d'argent.

Elle aurait pu se sentir coupable de vouloir faire passer Taft pour un tyran impitoyable et ambitieux. Mais derrière son allure décontractée, c'était exactement ce qu'il était. Et elle n'avait aucun scrupule à faire tomber le masque.

— Je peux y arriver, conclut fermement Viv, presque rassurée par sa propre diatribe. D'abord, on prépare le terrain avec des articles et des éditoriaux dans des journaux ciblés. On attire l'attention de nos partisans habituels, mais aussi des donateurs importants et du grand public. L'idée est de faire du bruit.

Manifestement, la résolution de M. Stern vacillait, mais il n'était pas encore totalement convaincu. En tant que représentant officiel du programme, il ne pouvait pas se mettre à dos les législateurs, même si ces derniers voulaient détruire le Conseil. Mais en tant qu'homme de conviction, il souhaitait comme elle voir l'amendement disparaître.

— L'événement se tiendra ici, avec des orateurs qui donneront gracieusement de leur temps. L'opération ne coûtera presque rien au Conseil.

D'instinct, Viv saisit le sac que Bernice lui avait remis. Stern savait combien le programme était important pour les soldats. Mais il y avait une différence entre le savoir et lire leurs lettres tous les jours, comme elle le faisait.

Elle en prit quelques-unes, les parcourut rapidement, et en tendit une qui lui sembla parfaite à M. Stern.

À qui de droit…

Je suis le sergent Billie Flick. J'appartiens au 107e régiment. Je ne suis pas un écrivain ni rien, je ne suis pas très doué avec les mots, mais je voudrais vous remercier de nous avoir envoyé tous ces livres. On a perdu un gamin il y a trois jours. Il avait menti au moment de son enrôlement, il avait dit qu'il avait plus de seize ans. Nous, on le surnommait Cisco, parce qu'il venait de San Francisco.

Ces derniers jours, il parlait en boucle d'un de vos livres. Son titre, c'est Du vent, du sable et des étoiles, *et je peux vous dire que ça nous a bien fait marrer. J'ai dit à Cisco qu'il devrait s'inscrire à un atelier littéraire. Non, il m'a dit, tu dois le lire ! Ça parle de « liens d'amitiés forgés dans le feu ». Ce sont les mots qu'il a employés, vous imaginez ?*

Il s'est pris une balle pendant qu'il pissait devant les baraquements. Un tireur boche qui s'ennuyait. Le gamin n'a rien vu venir, ce qui est toujours une bénédiction.

Sûrement que seules sa mère et sa famille se souviendront de Cisco. Il était courageux, à sa manière discrète, comme quand il a menti pour être envoyé au front. Il n'a sauvé personne, il n'a pas changé le cours de la guerre. Mais il vaut la peine qu'on se souvienne de lui.

Et je me dis qu'il vit encore un peu grâce aux gens qui ont ce livre dans leur poche.

Voilà, merci pour ça.

Respectueusement,

Sergent William Flick, 107e régiment

Billie s'était-il rendu compte qu'il n'avait même pas mentionné le vrai prénom du gamin ? Cela n'avait probablement pas d'importance. Pour ces hommes, il s'appelait Cisco, un gamin qu'ils auraient sûrement tous oublié après la prochaine dizaine de morts.

C'était typique de la guerre. Comme tout le monde avait une histoire triste à raconter, plus aucune n'avait vraiment de sens.

— Ce livre aurait été exclu du programme par l'amendement de Taft, dit Viv.

Stern ne répondit pas mais, au lieu de lui rendre la lettre, il la plia et la glissa dans la poche intérieure de sa veste.

— Quand aura lieu l'événement ?

Viv n'eut pas le temps de se réjouir, passant en revue le calendrier dans sa tête.

Elle devrait tout organiser, faire passer le message, inviter la presse, les membres du Congrès, les bénévoles du Conseil. Créer un groupe d'orateurs de choc.

Ce dernier point était la partie la plus délicate, ce sur quoi tout son plan reposait. Pour le grand final, elle avait besoin de personnes capables de faire vibrer les auditeurs les plus cyniques et les plus désabusés.

— Fin juillet. Dans un peu moins de trois mois.

— Il vous faut combien de personnes ?

— Je peux me débrouiller seule pour presque tout. J'aurai besoin d'aide le jour J, mais il s'agira surtout de coordonner les intervenants.

— Je ne devrais pas…, soupira M. Stern en regardant son verre vide. (Il tapota sa veste à l'endroit où se trouvait la lettre.) Très bien, Vivian, reprit-il en soutenant son regard. Mais n'oubliez pas le principal obstacle.

L'esprit de Vivian s'était mis en branle, listant les difficultés.

— Lequel est-ce ?

— Faire en sorte que Taft se montre, répondit M. Stern d'un ton mi-figue, mi-raisin. Et qu'il ne fasse pas un scandale quand il comprendra ce qui se passe.

Viv sentit sa poitrine se serrer quand ses doigts palpèrent l'espace nu où se trouvait autrefois son alliance.

La réponse à ce problème était évidente, mais cela ne rendait pas la chose plus facile pour autant.

Elle songea aux papillons, au vide qu'ils avaient laissé. Puis elle soupira, prête à aller jusqu'au bout.

— Vous allez devoir me faire confiance.

8.

Paris
Octobre 1936

— Bonjour, carillonna Hannah en allemand en poussant la porte de la Bibliothèque des livres brûlés du 65 boulevard Arago, trois jours après l'incident devant la boutique de violons.

La bibliothèque se nichait dans le quartier Montparnasse, sur la rive gauche de la Seine mais, malgré son emplacement hors des sentiers battus, elle accueillait un grand nombre de personnes au quotidien. Trois usagers levèrent les yeux pour lui rendre son salut.

Leur simple présence était un antidote à la haine qu'elle lisait si souvent sur le visage des gens, songea Hannah, réconfortée. La majorité des philosophes, penseurs, étudiants et lecteurs présents étaient des Juifs exilés, et aujourd'hui elle se sentait proche d'eux, ce qui n'avait jamais été particulièrement le cas à Berlin.

Ses parents penchaient pour le mouvement du judaïsme réformé qui avait vu le jour dans leur pays. Sa famille observait le shabbat, assistait aux offices au temple et respectait les principes moraux de la foi, mais accordait moins d'importance aux préceptes et aux rituels que les courants plus conservateurs.

Cela convenait à Hannah, qui n'avait jamais pu concilier entièrement qui elle était – qui elle *aimait* – avec une religion qui condamnait son style de vie.

Mais maintenant qu'elle vivait à Paris et qu'elle travaillait à la bibliothèque, son opinion avait évolué. Le mois dernier, avec des membres de sa nouvelle communauté, elle avait célébré Roch Hachana, jeûné pour Yom Kippour, et s'était souvenue, pendant Souccot, de la longue histoire qui les liait, celle d'un peuple persécuté et contraint à l'exil, et pourtant toujours capable de trouver la lumière.

Les membres du conseil d'administration de la bibliothèque étaient des pratiquants stricts, les employés portaient l'étoile de David en pendentif sous leur chemise, et même si Hannah n'était pas comme eux elle chérissait ce sentiment d'appartenance à la communauté juive, un sentiment renforcé par la haine du reste du monde.

Alors qu'Hannah s'installait derrière le bureau d'accueil pour prendre son service, la cloche de la porte retentit. Otto Koch entra en titubant, un journal à la main, et Hannah fit de son mieux pour ne pas soupirer en voyant le garçon.

Quoique *garçon* n'était sans doute pas le terme adéquat pour décrire Otto. Comme elle, il approchait la trentaine, il était donc un homme, selon la définition de la plupart des sociétés. Mais Hannah se souviendrait toujours de lui comme d'un gentil camarade de classe qui parlait trop vite, trop franchement, et trébuchait à chaque pas.

Aujourd'hui encore, il faillit tomber deux fois avant d'atteindre le comptoir.

— Hannah…

Il avait le souffle court et les joues rouges.

— Tu veux un verre d'eau, Otto ?

— Non, hoqueta-t-il en s'affalant sur le comptoir.

— Laisse-moi deviner, dit Hannah en reposant *Siddhartha* d'Hermann Hesse.

Même si Hesse était sincèrement apolitique au moment du grand exil des écrivains allemands, les nazis n'appréciaient guère ses amitiés avec des libres penseurs.

Il avait donc sa place dans cette bibliothèque.

— Un de tes auteurs américains bien-aimés donne une conférence à Paris.

— Si seulement, répliqua Otto avec de grands yeux ronds.

— Un jour, je te ferai lire des livres écrits par des femmes, et tu changeras de camp, plaisanta Hannah.

— Mon amour est éternel ! déclama Otto d'un air théâtral en se redressant, à présent qu'il avait repris le contrôle de ses poumons.

— Qu'est-ce qui t'a mis dans cet état ? interrogea Hannah en se dirigeant vers les étagères, sachant qu'Otto allait la suivre.

Elle glissa un pamphlet d'un célèbre philosophe nazi à côté de *Mein Kampf*. Quand Hannah avait fait ses débuts à la bibliothèque, elle avait eu un mouvement de recul en voyant la couverture rouge. Mais le fondateur, Alfred Kantorowicz, lui avait rappelé que tous les livres et documents qui contribuaient à informer leurs lecteurs sur l'hitlérisme et le fascisme avaient leur place dans ces rayons. Le savoir, c'était le pouvoir. Et si plus de gens en dehors de l'Allemagne lisaient le manifeste d'Hitler, ils comprendraient la folie de cet homme.

— Il va y avoir une expo de livres.

Dans le sillage d'Hannah, Otto fit légèrement bouger les ouvrages de l'étagère, tel un chat incapable de se déplacer sans déranger tout ce qui l'entoure.

— Sur le boulevard Saint-Germain. Et les nazis seront là pour vendre leur meilleure littérature.

Le souvenir d'un visage doux et rond, de taches de rousseur et d'un sourire timide s'insinua derrière les défenses soigneusement mises en place par Hannah. Une moue boudeuse et un esprit vif. Des cheveux incroyablement épais qui ne demandaient qu'à s'emmêler dans ses doigts.

Althea.

La douleur s'infiltra par tous les pores de sa peau, non plus insupportable, mais lancinante et entêtante, rappelant à Hannah son cœur brisé.

— Ça n'existe pas, la bonne littérature nazie, répondit-elle d'une voix acide.

Cela faisait deux fois qu'elle pensait à Althea en seulement quelques jours. Et cela l'agaçait au plus haut point.

« Mon amour est éternel », avait dit Otto. Mais Hannah était du genre pragmatique et son esprit ne fonctionnait pas de cette manière. Pour elle, les seules choses qui duraient éternellement étaient les rancunes, et les ponts.

— Peu importe, ils vont en faire des tonnes. On doit contre-attaquer.

Hannah s'arrêta devant la section consacrée à Ernest Hemingway, un écrivain dont beaucoup parmi son cercle littéraire parisien avaient été proches. Pour la première fois depuis qu'Otto avait franchi la porte, elle lui accorda toute son attention.

— Que veux-tu dire ?

Accoudé à une étagère, Otto se rembrunit.

— Tu ne m'écoutes jamais.

Le ton sincèrement offensé de cette déclaration la fit sourire. Otto et elle avaient grandi ensemble dans une banlieue chic de

Berlin. Leurs familles étaient proches, si bien qu'ils avaient été encouragés depuis leur naissance à être d'abord des camarades de jeu, puis potentiellement plus que cela. Comme Hannah n'avait jamais pu considérer Otto autrement que comme un frère – Otto nourrissait le même sentiment à son égard –, tous deux avaient énormément déçu leurs parents.

Cela dit, ils étaient devenus inséparables, au mépris de l'idée reçue selon laquelle deux personnes de genre différent ne pouvaient être amis. Sans doute était-ce lié au fait que ni l'un ni l'autre n'était attiré par le sexe opposé, mais Hannah évitait de s'appesantir sur le sujet.

À présent, elle ébouriffait les cheveux qu'il avait mis des heures à coiffer à son goût. Il voulut repousser sa main, mais elle avait déjà l'esprit ailleurs.

Quand elle s'éloigna avec un livre de Hellen Keller à la main, Otto lui agrippa le poignet.

— Je suis sérieux, Hannah.

Otto tombait amoureux de toutes les causes possibles et imaginables. Il était toujours très sérieux. Cela dit, son regard était franc, ses lèvres fines et pincées.

— D'accord. Que proposes-tu exactement ?

— On va trouver un plan brillant pour les humilier pendant qu'ils sont là, souffla Otto d'un ton de conspirateur.

Hannah s'efforça de ne pas rouler des yeux.

— Autour d'un verre de vin ?

Elle jeta un coup d'œil à l'horloge de parquet.

— Je finis à 17 heures.

— Rendez-vous dans notre café ? proposa Otto.

Elle hocha la tête et il lui planta un baiser sur la joue en guise d'au revoir.

Elle le regarda partir et chassa la vision d'Althea, sa peau douce sous ses doigts, le lit éclairé par les premières lueurs de l'aube. Elle repoussa aussi la pensée du coup à la porte qui avait suivi.

Une fois son service à la bibliothèque terminé, Hannah sortit dans la brise fraîche de l'automne et se dirigea vers un café situé quelques rues plus loin. Comme rien ne pressait, elle admira la lumière déclinante sur la Seine. Hannah n'aimait pas Paris autant qu'Otto. Bien sûr, elle appréciait la capitale française, mais à ses yeux la Seine n'était pas comparable à la Spree de Berlin.

« Tu aimes me contredire », lui avait reproché Otto quand elle avait évoqué la comparaison.

Et il avait sans doute raison. Mais Paris n'était pas sa ville de cœur, et ne le serait jamais. Cela dit, elle était son sanctuaire, et pour l'instant c'était le plus important.

Son seul regret en quittant Berlin était de ne pas l'avoir fait plus tôt, avant de rencontrer Althea James. Elle aurait tant aimé convaincre Adam de plier bagages et de quitter le pays, lui aussi. Alors elle ne verrait pas sa lèvre fendue, son nez cassé, ses hématomes et son regard hanté chaque fois qu'elle fermait les yeux.

Elle repéra Otto à une petite table en terrasse.

Il attendit qu'elle commande sa boisson avec impatience. Il avait entièrement fumé sa cigarette, à présent consumée entre ses doigts. Elle la lui prit et l'écrasa.

— Alors comme ça, les nazis débarquent à Paris ?

Le serveur s'était éloigné, non sans la couver d'un regard gourmand qu'elle avait ignoré. Les hommes la trouvaient attirante, on le lui avait suffisamment dit dans sa vie pour qu'elle en ait conscience. Avec ses cheveux châtain foncé, ses yeux clairs, ses courbes avantageuses, ses fossettes apparemment irrésistibles et sa peau lisse souvent comparée à de l'albâtre. Hannah le savait et pourtant s'en fichait éperdument.

— Ça fait froid dans le dos, hein ?

Otto avait adopté un ton théâtral, comme à son habitude.

Hannah prit une cigarette et adressa un faible sourire au serveur, qui posa un verre de vin devant elle avec un clin d'œil.

— Mon sang est pratiquement glacé dans mes veines.

— Tu es follement drôle.

— Et tu n'es pas très intéressant, rétorqua-t-elle en soufflant une bouffée de fumée.

— Si tu le dis, répliqua Otto en faisant tournoyer le liquide ambré dans son verre.

Il préférait le gin ces derniers temps, mais il était d'humeur versatile.

— Mais on ne peut pas les laisser s'en tirer comme ça.

— Une exposition de livres ? répéta-t-elle en haussant les sourcils.

— Ne prends pas ce ton avec moi. Et ne fais pas comme si tu ne comprenais pas les enjeux.

Elle détourna les yeux, refusant de soutenir son regard.

— Comme tu voudras.

Otto afficha un sourire victorieux et se renversa dans son siège, manquant bousculer leur pauvre serveur.

— Désolé, désolé, murmura-t-il en observant l'homme d'un regard enjôleur.

Hannah lui donna un coup de genou, et il eut une moue espiègle.

— Tu as toujours les plus beaux, minauda-t-il.

— Seulement ceux que je ne veux pas.

— Et d'autres que tu veux.

Là encore, elle ignora sa remarque.

— L'exposition, Otto.

Il ne lui en voulut pas de changer de sujet.

— En novembre. Boulevard Saint-Germain.

— Ça, tu me l'as déjà dit.

— Mais pas ce qu'on allait faire.

— Est-ce qu'on les abat un par un ? proposa-t-elle d'un air innocent.

— Quelle suggestion intéressante, répondit-il avec un sourire ironique.

— Otto, gronda-t-elle.

Pour lui, la seule réponse aux nazis était la violence. Il ne raisonnait pas de cette manière quand il était plus jeune. Il était un garçon doux, timide et drôle. Otto était toujours tout ça, mais durant les années qui avaient suivi leur départ de Berlin il avait développé une dureté qui effrayait Hannah.

Il lui rappelait son frère, Adam, avant que ce dernier ne soit emmené par les chemises noires. Il avait toujours farouchement défendu ses principes, mais ce printemps-là, quand tout avait basculé, Adam était devenu radical. Imprévisible, têtu, et méfiant.

Elle ne voulait pas que cela arrive à Otto.

— Qu'est-ce que tu suggères, alors ? demanda ce dernier en avalant le reste de son verre d'une traite.

Combien en a-t-il déjà bu aujourd'hui ? Elle s'en voulut d'avoir cette pensée. Ni l'un ni l'autre n'étaient au mieux de leur forme en ce moment.

Hannah réfléchit à sa question en frottant distraitement les callosités de ses doigts. Elle avait appris à les aimer, ces marques visibles de son combat contre les fascistes. Même si elle ne plébiscitait pas les balles et les bombes, comme les jeunes radicaux, ses efforts n'en étaient pas moins louables.

Les hommes qui recherchaient la violence ne comprenaient pas que si des armes pouvaient détruire des corps, un stylo était capable de renverser une nation.

Si les nazis venaient à Paris pour montrer leur prétendue littérature, il n'y avait qu'une seule façon de répondre à cette arme de guerre très particulière.

— Ce que je suggère toujours, dit-elle avec une tranquille certitude. Un livre.

9.

New York
Mai 1944

Viv décida de terminer sa journée de travail après son entrevue avec M. Stern et de retourner dans l'appartement de l'Upper West Side qu'elle partageait avec sa belle-mère, Charlotte.

Rester l'après-midi aurait été une perte de temps, car elle n'aurait pensé à rien d'autre qu'au moyen de s'assurer la présence de Taft à son événement. Dès le début du projet, elle avait su à qui elle voulait – et surtout *ne voulait pas* – demander de l'aide. Et elle était catégorique sur ce point. Mais elle savait mieux que quiconque que les plans les mieux préparés pouvaient dérailler à tout moment.

Alors qu'elle faisait le tour de Columbus Circle, elle ressentit à nouveau vivement l'absence d'alliance à son annulaire. Un vieil homme vendait des livres à l'angle de la 60e Rue et de Broadway – Viv lui en achetait un chaque fois qu'elle passait par là.

L'homme mâchonnait le bout de sa pipe éteinte en la regardant faire courir ses doigts sur le dos de ses précieux ouvrages.

— Vous avez envie de quelque chose ?

Sa voix était rauque et enrouée de tabac, foncièrement new-yorkaise.

Alors qu'elle s'apprêtait à lui répondre, sa gorge se noua. Son regard était tombé sur un volume vert, au titre en lettres dorées.

Oliver Twist.

Elle faillit rire ou pleurer, ou un mélange des deux. Elle n'était pas du genre à croire au destin lorsqu'il ne s'agissait que d'une simple coïncidence, mais elle ne pouvait ignorer ce signe.

« Il m'a fait penser à Hale », avait écrit Edward. Ils avaient si rarement parlé de son frère qu'elle se demandait parfois si Dieu s'était moqué d'elle quand son prénom avait surgi dans la dernière lettre d'Edward.

Viv extirpa le roman niché entre les autres et le montra au vieil homme.

Ce dernier grimaça, révélant trois dents manquantes, et cita Dickens :

— « Il y a des livres dont le dos et la couverture sont de loin les meilleures parties. »

— Mais pas celui-là.

— Mais pas celui-là, approuva l'homme en prenant le billet qu'elle lui tendait.

Il le glissa sous la casquette qui coiffait une épaisse tignasse de cheveux blancs.

Serrant le livre contre sa poitrine, Viv reprit sa route pour rentrer chez elle. Que penserait Edward s'il la voyait aujourd'hui, aux prises avec un puissant sénateur ?

« Tu peux tout accomplir, ma belle », lui avait-il dit après l'un de ces dîners mondains qui laissaient toujours à Viv un sentiment étrange, mélange de dédain, de colère et d'ignorance.

Combien de soirées avaient-ils terminées ainsi dans son bureau, bien avant leur mariage ? Lui se prélassant à moitié habillé sur le canapé en cuir, elle lovée dans son fauteuil favori.

Tous deux sirotant leur alcool fort attitré tout en déconstruisant les drames de la soirée.

C'était son souvenir préféré d'Edward : dans les heures tendres et vulnérables entre minuit et l'aube, quand ils étaient tour à tour mesquins, adorables, drôles et désabusés – toute la gamme des émotions humaines. Leur affection était si profonde que souvent ils n'avaient pas besoin de parler, ils pouvaient s'installer confortablement dans le silence l'un de l'autre.

Viv savait ce que la rubrique mondaine racontait de ces soirées où elle se rendait avec Edward. Ces mêmes dames avaient applaudi à l'annonce de leur mariage, satisfaites d'avoir vu juste depuis le début, comme si leurs insinuations n'étaient pas empreintes de pure mesquinerie.

À l'époque, Viv était heureuse que la haute société ne soit pas au courant de sa véritable relation avec Edward. C'était un lien intime, sacré et merveilleux, inimaginable pour tous ces gens qui ne pensaient qu'aux limites étroites de l'amour romantique.

Désormais, elle était seule avec son secret. Personne ne vous préparait à cela, le délicieux secret partagé qui perd son éclat quand il n'appartient plus qu'à vous.

Le soir où Edward lui avait dit qu'elle pouvait tout accomplir, il avait trouvé une manière très drôle de débiner l'héritier Vanderbilt qui avait humilié Viv quand elle s'était permise de donner son opinion sur les affaires courantes, la politique et les investissements étrangers. Elle ne se souvenait même plus de quoi il était question.

« Viens », lui avait dit Edward avec un petit signe. Elle avait gémi, puis s'était levée, vacillant un peu sous l'effet du champagne qui pétillait dans ses veines. Il lui avait pris la main, s'était dirigé vers la fenêtre qui donnait sur la Sixième Avenue et avait poussé la vitre.

« Rugis ! »

Viv avait éclaté de rire, titubant légèrement. « Quoi ? Tu es fou ! Et ivre. »

« Rugis ! » avait insisté Edward, avant de renverser la tête et de crier dans la nuit.

« Oh ! Dieu du ciel », avait murmuré Viv. Puis, comme il l'observait avec son sourire espiègle et ses sourcils haussés, elle avait roulé des yeux et tenté de l'imiter.

« Allez, tu peux faire mieux que ça ! Tu es féroce, intelligente, têtue… tu es courageuse, tu es merveilleuse. Maintenant, rugis ! »

Alors elle avait hurlé toute sa frustration et toute sa douleur après cette soirée, après toutes ces soirées horriblement convenues, jusqu'à ce que ses poumons et sa gorge lui fassent mal.

Puis un homme dans la rue, en bon New-Yorkais qu'il était, leur avait crié de la « fermer, bordel ! ». Tous deux s'étaient affalés par terre en gloussant.

« Tu peux tout accomplir », avait répété Edward avant de pencher sa tête vers la sienne et de glisser dans le sommeil.

« Qu'est-ce que je ferais sans toi ? » avait soufflé Viv en retour.

Dans l'ascenseur, Viv caressa les lettres dorées d'*Oliver Twist*, en faisant à Edward la promesse silencieuse de remporter sa guerre contre Taft. Comme elle, Edward ne supportait pas les brutes.

— C'est toi, Viv ? appela Charlotte quand elle poussa la porte.

Au lieu de crier pour lui répondre, Viv suivit la voix de Charlotte jusqu'à la cuisine.

Sa belle-mère était debout, couverte de leur ration de farine pour la semaine, une expression dépitée sur son visage rond et doux.

— Oups !

Viv se glissa sur l'une des chaises jaune vif qui flanquaient l'îlot central. La couleur ensoleillée jurait atrocement avec les comptoirs rouges et les touches de turquoise que Charlotte avait ajoutées à la pièce, mais Viv aimait le côté rassurant de ce joyeux chaos. Après la mort de ses parents, elle avait été élevée par son oncle Horace, dans un espace où tout était parfaitement ordonné, harmonieux, moderne. À l'époque, Viv avait toujours l'impression de gêner dans ce lieu, et osait à peine respirer. Ici, avec Charlotte, elle se sentait enfin chez elle.

— Tu prépares des cookies ? s'enquit Viv.

Il était difficile de trouver des œufs, du beurre et du sucre, mais Charlotte avait des relations. Et un porte-monnaie bien garni, qu'elle n'hésitait pas à ouvrir pour entretenir le marché noir de la 32e Rue.

— Un gâteau ! s'écria Charlotte en regardant d'un air navré la poudre blanche qui recouvrait les ustensiles de cuisine.

Elle campa les mains sur ses hanches généreuses et leva les yeux, pleine d'espoir.

— La moitié d'un gâteau ? (Elle haussa les épaules et cassa un œuf dans un bol). Tu as acheté un autre livre ?

Son ton trahissait un mélange d'amusement et d'agacement. Il n'y avait plus de place sur les étagères pour la collection interminable de sa belle-fille.

— *Oliver Twist*, murmura Viv en lui tendant le roman.

Le visage de Charlotte s'adoucit. Ses yeux se mouillèrent de larmes qu'elle ne verserait pas.

— Tu peux le ranger avec les autres.

Viv laissa échapper un rire tremblant. Elle ne pouvait nier qu'elle avait pris la mauvaise habitude d'acheter tous les exemplaires de ce roman sur lesquels elle mettait la main.

— Un de ces jours, j'en aurai une étagère complète.

— Et tu seras connue comme la folle qui achetait inlassablement le même livre de Dickens, plaisanta Charlotte.

Son chagrin avait fait place à un humour affectueux. Viv admirait la force de Charlotte et se reposait sur elle plus qu'elle ne le devrait, car la mère pleurait son fils unique autant que Viv pleurait son meilleur ami.

— Et au Conseil, c'était comment ?

Viv essuya ses paumes moites sur sa robe jaune et croisa les chevilles pour empêcher ses pieds de battre la mesure.

— Je crois que je vais avoir besoin de l'aide de Hale.

— Hale ! s'écria Charlotte, d'un air plus surpris que soupçonneux. Pourquoi n'y ai-je pas pensé tout de suite ?

Viv y avait pensé, elle.

Emmett Hale, le frère illégitime d'Edward, n'était plus un petit commis dégingandé, mais le digne représentant des habitants de Brooklyn au Congrès. Il était jeune, charismatique et passionné, et d'après les rumeurs sa carrière politique le mènerait à la Maison Blanche.

C'était aussi l'homme dont Viv avait cru un jour qu'il serait l'amour de sa vie.

Chaque fois qu'elle avait été tentée de faire appel à lui pour l'aider dans sa croisade contre Taft, quelque chose l'avait fait renoncer. Même si le programme d'édition pour l'armée comptait beaucoup pour elle, elle ne pouvait oublier que Hale lui avait brisé le cœur. Il l'avait traitée comme si elle était son jouet pour l'été, bon pour la poubelle dès que son éclat s'était terni.

Elle toucha son annulaire et ignora le regard appuyé de Charlotte.

— Je commence à être désespérée, je crois.

— Tu veux que je le contacte pour toi, ma belle ?

Venant d'une autre personne que Charlotte Childs, la question aurait pu sembler bizarre.

Le père d'Edward, Theodore Childs, avait fait fortune dans l'acier. Il faisait partie de ces nouveaux riches du début du siècle qui s'étaient payé des chanteuses d'opéra et des actrices avant de se tourner vers les rues mal famées où les filles n'avaient pas vraiment le choix.

L'une de ces filles était Mary Kathleen Sullivan. Elle s'était retrouvée sans le sou et enceinte après que Theodore s'était lassé d'elle.

Theodore avait nié l'existence d'Emmett, et si la vérité avait fini par éclater au grand jour c'était parce que Mary Kathleen était venue confronter Charlotte ici même, sur la Cinquième Avenue, devant le célèbre magasin Tiffany's.

Si elle l'avait pu, Charlotte aurait immédiatement donné la moitié de l'immense fortune de Theodore à Mary Kathleen. Mais les épouses avaient des ressources limitées. Aussi lui avait-elle offert tout l'argent qu'elle avait sur elle, avant de se mettre en campagne pour que Theodore subvienne aux besoins de son autre fils.

Elle n'avait eu qu'un succès mitigé sur ce front, mais au bout du compte ce n'était pas le plus important. Mary Kathleen avait rencontré William Hale, un homme charmant qui l'avait épousée alors qu'elle était enceinte de cinq mois, et qui avait donné son nom à son fils, avant de les installer avec lui de l'autre côté du fleuve, à Brooklyn.

Charlotte était restée en contact avec Mary Kathleen. Et aujourd'hui encore, alors qu'elle était décédée, Charlotte déjeunait au moins une fois par mois avec Hale.

— Non. C'est moi qui ai besoin d'une faveur, dit Viv, même si son offre était très tentante. C'est à moi de le lui demander.

— Je te reconnais bien là, ma grande ! s'exclama Charlotte en se dirigeant vers la desserte d'alcools. Ça mérite un porto.

Quand d'autres femmes mettaient la bouilloire sur le feu, Charlotte servait des liqueurs ambrées dans des verres bien taillés.

Viv l'observait à présent, la poitrine serrée par la culpabilité. L'espace d'une seconde, elle en voulut à Edward de l'avoir mise dans cette position.

Car Charlotte ne se rendait pas compte que lorsque Viv pensait à l'amour de sa vie, elle ne songeait pas à la même personne que sa belle-mère. Charlotte croyait que Viv avait perdu son âme sœur, que Viv et Edward avaient vécu une histoire d'amour digne des grandes idylles de l'histoire. Aux yeux de Charlotte, l'apothéose de leur amour – comme souvent dans ce genre de passions – n'avait d'égal que l'abysse de leur tragédie.

Ce que Charlotte ne savait pas – et qu'elle ne devait jamais savoir –, c'était qu'il s'agissait d'un mensonge.

« Tu ne peux pas le lui dire. » Telles avaient été les dernières paroles d'Edward à Viv sur le quai, juste avant qu'il embarque. Viv se les était répétées d'innombrables fois au cours des mois qui avaient suivi son départ. À certains moments, elle avait failli craquer et avouer à Charlotte qu'Edward et elle n'étaient pas amoureux lorsqu'ils s'étaient précipités vers l'autel à peine une semaine avant son camp de formation. Mais chaque fois elle avait ravalé son aveu, mue par la conviction que Charlotte était heureuse à l'idée que son fils avait trouvé le grand amour avant de perdre la vie à la guerre.

Viv saisit le verre de porto avec un sourire friable et se demanda ce que Charlotte savait ou soupçonnait à propos de l'été où Viv avait rencontré Hale et Edward. Trompait-elle vraiment sa belle-mère ? Ou l'histoire d'amour entre Viv et Edward n'était-elle qu'une jolie fable qu'elles avaient tacitement accepté de se raconter ?

10.

Berlin
Février 1933

Helene Bechstein sentait toujours la naphtaline et avait tendance à s'immiscer dans les conversations d'Althea.

— Il faut absolument que vous me racontiez cette soirée à la Chancellerie ! lança-t-elle, ses longs doigts enserrant la chair tendre du bras de son invitée.

Althea regarda s'éloigner à regret un jeune poète qui, même s'il postillonnait lorsqu'il était exalté par un sujet, était l'une des rares personnes dignes d'intérêt qu'elle avait rencontrées ce soir-là.

De tous les événements auxquels Althea se sentait obligée de participer dans le cadre du programme de Goebbels, ces soirées étaient de loin les plus ennuyeuses. Quoique les festivités d'Helene soient peut-être encore pires, et cette dernière en organisait un certain nombre.

Helene était mariée à Edwin Bechstein, l'un des principaux fabricants de pianos du pays. Cette femme élégante, de grande taille, aux sourcils foncés et au visage allongé, avait probablement été qualifiée de belle dans sa jeunesse.

D'après Diedrich, Helene adorait Hitler depuis qu'elle l'avait rencontré plus de dix ans auparavant, et elle avait été l'une des premières à l'introduire dans la haute société berlinoise à son arrivée à Berlin.

« Elle l'appelle son "petit loup". »

Althea avait essayé de ne pas lever les yeux au ciel en entendant ce surnom. Elle ne savait pas exactement quand l'éclat du parti nazi avait commencé à se ternir à ses yeux, mais c'était sans doute à peu près au moment où Diedrich avait parlé du « petit loup » avec le plus grand sérieux.

— C'est une nuit que je ne suis pas près d'oublier, expliqua Althea à Helene en prenant une bouchée au saumon fumé.

Si Althea devait se plier aux exigences de ces dames toute la soirée, autant profiter du buffet.

— Oh ! comme j'aurais aimé être là ! soupira Helene, son regard sévère braqué sur la piste de danse, où une dizaine de couples étaient enfermés dans une valse étrangement formelle et désuète.

Althea laissa son regard errer dans le superbe salon. Le manoir des Bechstein était situé dans un quartier cossu au sud du Tiergarten, sur Leipziger Strasse, où habitaient de nombreux riches marchands de Berlin. Helene avait eu la main lourde sur les dorures, mais Althea ne pouvait nier que cette débauche de luxe exerçait sur elle un certain attrait. Surtout lorsqu'il s'agissait d'une fête pour célébrer le triomphe d'Hitler la semaine précédente.

— Ne laissez pas Diedrich se soustraire à ses obligations envers vous sous prétexte qu'il est accaparé par le ministère de Goebbels, dit Helene. Il doit trouver le temps de vous faire visiter la ville.

— Ne vous inquiétez pas, la rassura Althea.

En réalité, la présence constante de Diedrich, si enivrante les premiers jours de son séjour, lui semblait pénible maintenant qu'Hitler était chancelier.

Chaque fois qu'Althea se faisait cette réflexion, elle se sentait coupable. Diedrich et le NSDAP s'étaient montrés des hôtes accueillants. Mais cela lui rappelait cruellement Owl's Head, où elle ne pouvait aller nulle part sans être épiée. Cette impression d'étouffer dans une petite ville lui était si familière qu'elle n'avait compris le sens du mot *respirer* que depuis son arrivée dans la capitale allemande. À présent, la liberté qu'elle avait tant appréciée au cours des premières semaines lui semblait un leurre.

Cela avait sans doute un rapport avec la prise de pouvoir d'Hitler. Et cela émoussait son enthousiasme pour le succès du nouveau chancelier.

— Et j'espère que Diedrich vous fait découvrir la culture appropriée, déclara Helene, en ôtant ses absurdes lunettes d'opéra pour parcourir la pièce du regard.

La culture appropriée. Althea avait entendu cette expression plusieurs fois, dans les librairies, au cours de lectures, dans les cafés où Diedrich retrouvait ses amis. Mais pour la première fois, cette formulation lui parut étrange.

— Je suis désolée, je ne…

— Eh bien, bonjour, susurra une voix derrière Althea. Nous n'avons pas été présentées, il me semble ?

Helene et Althea se retournèrent dans un même mouvement pour accueillir la nouvelle venue. Elle était un peu plus grande qu'Althea – ce qui était souvent le cas – avec des cheveux d'un noir d'encre coupés court. Au lieu de lui donner un air de garçon, la coupe mettait en valeur ses traits délicats, ses grands yeux verts ourlés de cils épais, ses pommettes hautes et sa bouche pulpeuse. Sa peau était poudrée à la perfection, avec pour seule distraction un grain de beauté au coin de la bouche. Sa robe de soie courte et décolletée épousait ses courbes douces et était assortie à la couleur de ses yeux.

Quand Althea releva la tête, l'inconnue avait un petit sourire en coin, comme si elle avait l'habitude de ce genre de réaction ahurie.

C'est alors qu'Althea se rendit compte qu'elle avait déjà vu cette femme, à la manière d'une mélodie connue dont on cherche à retrouver les paroles.

— Deveraux Charles, déclara la nouvelle venue en percevant l'hésitation d'Althea. Vous avez sûrement vu certains de mes films, si vous vous demandez pourquoi mon visage vous est familier.

Althea faillit s'écrier *Ah, oui !* mais elle savait se tenir.

— Mademoiselle Charles, déclara chaleureusement Helene en embrassant son invitée sur les deux joues avant de se tourner vers Althea. Deveraux était à Munich pour tourner un film pour Herr Goebbels, voilà pourquoi vous ne l'avez pas encore rencontrée.

— Le chancelier Hitler déteste Berlin, vous ne le saviez pas ? répondit l'actrice. Il préfère le décor munichois pour ses films de propagande.

Helene fit la moue.

— Oh ! je n'aime pas cette expression.

Mlle Charles sourit et haussa les épaules.

— J'appelle un chat un chat.

Althea observa les deux femmes tour à tour, puis opta pour une question neutre.

— Vous êtes américaine ?

L'actrice n'avait pas cherché à cacher son accent, ce roulement sirupeux qui rappelait le bayou. La Nouvelle-Orléans ou ses environs, devina Althea, même si elle n'avait jamais entendu cet accent en personne.

— Comme vous, répondit Mlle Charles. Et, s'il vous plaît, ne soyez pas aussi cérémonieuse qu'Helene. (Elle donna un coup de coude à son hôtesse.) Appelez-moi Dev.

— Deveraux est un prénom original, dit Althea.

Elle avait l'habitude de s'intéresser aux noms qui pourraient lui servir pour ses futurs personnages.

— Bah, une folie de jeunesse ! Quand j'avais seize ans, je trouvais ce prénom follement romantique et mystérieux. J'ai utilisé une fois ce nom de scène, et après il était trop tard pour faire machine arrière. Que voulez-vous ? Une fois qu'on s'est jeté dans le vide…

— Mlle Charles bénéficie du même programme culturel que vous, ma chère, dit Helene à Althea. Dommage qu'elle n'habite pas ici.

— Munich est tellement ennuyeux, soupira Dev. Trop de politique, pas assez de distractions.

Elle baissa la voix à la fin de sa phrase, et Althea rougit, sans trop savoir pourquoi.

— Je croyais que c'était un programme pour les écrivains.

Althea ne voulait pas se montrer insultante, mais elle ne savait pas quoi dire d'autre. Rester muette devant les personnes charismatiques, c'était elle tout craché.

— Elle n'est pas seulement la star de ses films, intervint Helene.

— J'en écris aussi les scénarios, même si personne ne se souvient de ce détail, dit Dev d'un air à la fois amer et résigné. Quand vous êtes à l'écran, les gens ont tendance à oublier tout le reste.

Althea était stupéfaite.

— C'est formidable.

Elle avait rencontré un certain nombre de personnes sophistiquées dans ces salons mais, une scénariste, cela lui semblait follement fascinant. C'était si différent de son approche de l'écriture. Les romans comportaient une importante part d'intériorité. Althea passait le plus clair de son temps dans la tête de ses personnages. Même leurs dialogues étaient fortement influencés par ce qu'elle voulait leur faire dire – ou taire. Ou par ce qu'ils devaient être *vus* en train de dire ou de taire.

— Je ne pourrais pas écrire un scénario.

Les yeux de Dev se plissèrent face à l'enthousiasme sincère d'Althea. Ce n'était pas un regard cruel ou moqueur, simplement amusé.

— C'est beaucoup plus facile qu'écrire un livre, ma chère, ne laissez personne vous dire le contraire. Vous vous en sortiriez très bien.

— Vous restez un moment à Berlin, mademoiselle Charles ? s'enquit Helene en faisant signe à un serveur qui portait un plateau de coupes de champagne.

— Oui, Herr Goebbels m'a donné au moins un mois pour écrire mon prochain film, répondit Dev en faisant signe au serveur de patienter.

Elle termina son vin mousseux d'une longue gorgée, déposa le verre vide sur le plateau, en prit un autre et congédia le serveur.

— J'ai l'intention de profiter de mon séjour ici, ajouta-t-elle. Je suis sûre qu'ensuite ils vont m'expédier en Bavière ou dans une autre région impossible.

— La Bavière est magnifique au printemps, très chère, la réprimanda Helene.

— Dites-ça à mes seins gelés ! s'écria Dev en vidant la moitié de sa coupe.

Althea eut un hoquet étranglé, mais Helene ne sembla pas se formaliser de ce langage.

Dev lui fit un clin d'œil.

— J'aime taquiner Helene.

— Vous devriez avoir honte, la gronda gentiment celle-ci.

Comme Althea, Dev était une invitée du Troisième Reich, ce qui leur conférait une totale impunité dans les cercles mondains, Althea s'en rendait compte à présent.

— Mademoiselle Charles, vous n'étiez pas à Berlin, mais vous avez entendu parler des menaces, n'est-ce pas ?

Le regard de Dev se voila légèrement, puis elle hocha la tête.

— Qui n'en a pas entendu parler !

— Quelles menaces ? interrogea Althea, qui ne voyait pas du tout à quoi elles faisaient allusion.

Les deux femmes tournèrent vers elle un visage surpris. Helene fut la première à se ressaisir.

— Dietrich ne vous en a pas parlé ? Non ? Je vais le sermonner.

Althea réussit tout juste à ne pas balbutier des excuses.

— Nous avons été très occupés.

Dev renversa la tête en arrière dans un éclat de rire, révélant la blancheur de sa gorge.

— J'imagine !

Althea était mortifiée. Diedrich et elle ne s'étaient embrassés qu'une seule fois. Parfois, quand la main de Diedrich descendait sur ses reins, quand il emmêlait ses doigts aux siens ou qu'il la regardait avec un feu brûlant dans le regard, elle se disait… Mais, en parfait gentleman, il n'allait pas plus loin.

— Non, je veux dire, voyez-vous…

Helene tapota le bras d'Althea.

— Ne faites pas attention à Mlle Charles, très chère. Elle aime jouer les provocatrices. Je suis sûre que Diedrich vous a emmenée à toutes sortes d'événements.

Se défendre davantage l'aurait certainement conduite à un désastre, aussi Althea répéta-t-elle simplement :

— Des menaces ?

— Ah, oui. (Helene hocha la tête.) Des communistes. Maintenant que notre cher *Fürher* est chancelier, ils rassemblent des armes pour s'en prendre aux honnêtes citoyens allemands.

Les doigts d'Althea se crispèrent sur son verre. Il était évident qu'elle avait eu une existence protégée – ce qu'elle avait vécu de plus dangereux était une effroyable tempête de neige. Elle avait bien entendu parler d'un sursaut de violence dans les rues entre les chemises brunes et les « hooligans », comme les appelait Diedrich, mais elle n'avait jamais été témoin de quoi que ce soit. L'idée d'être prise dans la mêlée la terrifiait.

La culpabilité s'insinua en elle. Peut-être était-ce pour cette raison que Diedrich n'aimait plus qu'elle se promène seule dans la ville. Il voulait seulement la protéger. Elle aurait dû lui faire confiance plutôt que de s'agacer de sa surveillance.

— Notre petit loup a émis des décrets pour fermer ces horribles fabriques à mensonges qu'ils appellent « journaux », dit Helene d'un ton méprisant. Quand on sera débarrassés de cette engeance, j'ai bon espoir qu'il se consacrera à l'aryanisation de nos commerces et de nos écoles.

— L'aryanisation ?

Le terme sonnait bizarrement aux oreilles d'Althea.

— S'assurer que les braves travailleurs allemands ne soient pas spoliés par ces gens, renchérit Helene avec un sourire satisfait.

— Ces gens ? interrogea Althea, avec l'impression d'être un perroquet particulièrement lent.

— Les Juifs, ma chère ! s'exclama Helene comme si c'était une évidence. Ils prennent, ils prennent et ne s'arrêtent jamais ! Et il ne reste rien aux Allemands méritants. Nous devons rétablir l'équilibre.

— Mais... (Althea sentit son visage prendre une expression curieuse.) Que voulez-vous... ?

— Ma chérie ! la coupa Dev en se tournant vers elle, je crois avoir reconnu Theo Carsters là-bas. Un autre artiste du programme de Goebbels. Vous le connaissez ?

Althea suivit son regard, mais la salle était trop bondée.

— Non, je ne crois pas.

— Suivez-moi, alors, dit Dev, avant d'adresser un sourire d'excuse à Helene. Ça ne vous dérange pas si je vous vole Althea, n'est-ce pas ?

— Non, non, faites connaissance, mes chères. Et amusez-vous bien, ajouta Helene d'un air absent, scrutant déjà les groupes voisins en quête d'une personnalité à saluer.

Une fois hors de portée de leur hôtesse, Dev se pencha vers Althea, qui sentit son souffle chaud sur sa nuque.

— La première règle du Reich, chérie, est de ne jamais questionner le Reich.

Althea eut un mouvement de recul, sous le choc.

— Comment ?

Dev s'arrêta net, et l'observa.

— Depuis combien de temps es-tu à Berlin, maintenant ?

— Six semaines, murmura Althea.

La chaleur qui envahit son visage n'était pas agréable tant elle se sentait piégée dans le regard de cette femme. Sur la défensive, elle croisa les bras.

— Et tu es toujours un brave petit soldat au service du Reich, n'est-ce pas ? déclara Dev, plus pour elle-même que pour Althea. Dis-moi, est-ce que tu détestes les Juifs ? les communistes ? les homosexuels ?

— Quoi ? (Althea était tellement abasourdie qu'elle eut un temps d'hésitation.) Bien sûr que non.

— Mais c'est le cas de nos hôtes, tu le sais ?

Althea secoua la tête, ne sachant plus quoi dire. C'était impossible, comment Dev pouvait-elle dire une chose pareille ? Elle n'avait jamais entendu Dietrich se montrer aussi étroit d'esprit.

Dev l'étudia un long moment, puis parut prendre une décision.

— Et si on échappait à ton mentor ce soir ?

Son regard avait trouvé Dietrich, qui se tenait parmi d'autres officiers nazis en uniforme.

— Mon mentor ?

Althea réfléchit à ce terme. Elle avait toujours considéré Dietrich comme son référent. Mais l'idée de mentor fit son chemin dans son esprit, et lui sembla juste.

Diedrich s'intéressait beaucoup à ses allées et venues, à ses fréquentations. Elle avait toléré son caractère intrusif, pensant qu'il s'inquiétait pour elle, une jeune provinciale naïve dans une grande ville inconnue. Mais était-ce la bonne analyse ?

— Voilà, murmura Dev en observant attentivement le visage d'Althea à mesure qu'elle prenait conscience de la situation. Bon, et maintenant... si je te montrais le vrai Berlin ?

11.

New York
Mai 1944

Viv prit le train pour Coney Island le lendemain, bien décidée à revoir Hale. Elle comptait trouver du réconfort dans le lieu où elle avait rencontré les deux hommes de sa vie : celui qui deviendrait son mari et celui qui lui briserait le cœur.

Il n'était pas question de retarder son voyage pour parler à Hale. Non, hors de question.

Quand le conducteur du métro annonça l'arrêt Coney Island, elle se leva, prête à sortir. À cette distance de Manhattan, les passagers n'étaient plus très nombreux dans le wagon, et elle fut la seule à en descendre.

Une odeur singulière d'embruns mêlés d'ordures rances lui agressa les narines, et le vent balaya ses boucles lâches autour de son visage. C'est pour cette raison qu'elle avait mis un pantalon, car plus d'une fois par le passé sa jupe s'était envolée sous l'effet d'une brise océane effrontée, et Viv l'avait plaquée sur ses jambes, mortifiée, rieuse et insouciante.

Mon Dieu, comme ils étaient jeunes alors !

La passerelle n'était plus que le fantôme de l'époque où Viv et les garçons couraient dessus comme si elle leur appartenait.

Elle aimait tant les lumières, la foule, le manège du Cyclone, les hot-dogs chez Nathan. Puis s'éclipser pour embrasser Hale sous la jetée pendant qu'Edward riait un plus loin et fredonnait la marche nuptiale, ravi de jouer les fauteurs de troubles.

L'été de ses seize ans, Viv avait compris que l'oncle Horace ne la voyait pas sortir de la maison en douce la nuit. En général, il s'endormait à 20 heures, un verre de brandy à moitié vide à la main.

Elle passait toujours de bons moments dans les dancings, mais rien ne valait le parc d'attractions de Coney Island.

Par une chaude soirée de juin, elle avait réussi à convaincre une amie de l'accompagner, et elle avait rencontré Edward Childs et Emmett Hale. Hale se faisait appeler par son nom de famille, une manière de rendre hommage à l'homme qui l'avait adopté.

Viv et son amie Dot attendaient leur tour pour grimper sur les montagnes russes quand Edward était descendu du manège en titubant et avait vomi sur les chaussures de Viv. Dot avait poussé un cri perçant qui avait plus gêné Viv que le liquide froid sur ses talons hauts.

Les garçons avaient proposé aux filles de leur offrir des barbes à papa en guise d'excuses, et Viv avait volontiers quitté la file, captivée par le grand garçon aux boucles sombres qui tombaient sur son front avec un charme ravageur. Elle n'oublierait jamais les fossettes de Hale quand il lui avait adressé un sourire qui semblait renfermer tous ses secrets.

Pendant ce temps, Edward avait charmé Dot. Avec son visage poupin, son rire cristallin et ses cheveux bruns bouclés, il avait toujours été un homme à femmes. Il n'était pas du genre à tomber amoureux, mais aimait les jeux de séduction.

Sombre, mystérieux, un peu dangereux, Hale semblait quant à lui avoir toujours deux conquêtes à la fois. Mais il n'avait pas vraiment de temps à consacrer aux filles, Viv l'avait compris cet été-là. Son père adoptif possédait un magasin où Hale travaillait dur, afin de faire des économies et de pouvoir s'affranchir de l'incertitude d'une vie au jour le jour.

Pendant qu'Edward était occupé à séduire Dot, Hale et Viv s'étaient réfugiés sous la jetée, à jouer au chat et à la souris entre les piliers de bois tandis qu'il lui donnait une version abrégée de son existence.

« C'est la première fois que j'ai un samedi soir de libre depuis une éternité », lui avait-il avoué, sans chercher à se plaindre. Il avait souri comme s'il venait de lui faire une confidence dont elle ne pouvait pas vraiment comprendre le sens. Peut-être était-ce le cas. Elle savait ce que signifiait ne pas être désiré par sa famille – sa vie aurait-elle été autre si un étranger l'avait acceptée et aimée inconditionnellement ? S'il lui avait donné un nom, un travail et une existence que certes elle n'aurait pas choisie, mais qu'elle pouvait au moins apprécier ?

« Et tu le passes avec Edward ? » s'était étonnée Viv. Elle avait été élevée dans l'opulence, et elle voyait bien la différence entre les deux garçons – leurs vêtements, leurs manières, leur langage. Edward Childs était manifestement de son monde à elle, tandis qu'Emmett Hale ne l'était pas. Et pourtant, ils avaient le même père. Leurs destins avaient été déterminés par une simple alliance. N'était-ce pas un terrain propice à la rancune ?

« Nous sommes frères », avait répondu Hale comme si c'était une évidence. Et peut-être que cela l'était. Viv aurait donné n'importe quoi pour qu'un frère ou une sœur lui tienne la main ces dernières années. Hale lui avait lancé un regard inquisiteur. « Il te plaît ? »

Viv avait rougi, peu habituée à un tel franc-parler.

L'oncle Horace recevait rarement, et Viv fréquentait une école pour filles dans l'Upper West Side. Même dans les dancings où elle se rendait en douce, elle n'avait rencontré que des garçons respectables qui lui parlaient des derniers films sortis au cinéma et des chansons à la mode entendues à la radio.

« Non », avait-elle répondu, si doucement que les vagues avaient failli emporter ses paroles. Mais il les avait entendues, car il avait baissé la tête pour cacher son sourire, puis il avait effleuré sa main. Une invitation qu'elle avait acceptée, mêlant ses doigts aux siens tandis qu'une douce chaleur envahissait sa poitrine.

Ils avaient passé le reste de l'été à Coney Island, du moins c'était l'impression qu'elle avait eue. Viv avait exploré d'autres quartiers de Brooklyn lors des rares week-ends où l'oncle Horace avait des engagements ailleurs. Un jour d'août particulièrement chaud, Hale l'avait entraînée dans la rue et lui avait appris à jouer au base-ball avec les enfants du quartier. Ils avaient acclamé Viv lorsqu'elle avait atteint la première base, et ensuite, sous le jet d'une bouche d'incendie, Hale l'avait embrassée, avec une odeur de sueur et un goût de glace au raisin.

Ils s'étaient fait la lecture à voix haute assis dans les escaliers de secours au crépuscule, partageant leurs citations préférées ; ils avaient passé des heures à déambuler au Metropolitan Museum, s'attardant devant les tableaux qu'ils aimaient, ou détestaient. Parfois, ils prenaient le métro, les jambes entremêlées, s'attirant les regards courroucés des dames et les œillades envieuses des filles en passe de devenir adultes.

Et puis, à la fin du plus bel été de sa vie, oncle Horace était décédé.

À seize ans, Viv avait fait valoir auprès des administrateurs qui devaient décider de son sort qu'elle était assez grande pour se débrouiller seule. Après tout, elle disposait de la fortune de ses parents. Mais on l'avait envoyée dans un pensionnat du Connecticut.

Elle n'avait même pas eu le temps de dire au revoir à Hale avant d'être contrainte à monter dans un train.

Viv grimaçait encore quand elle se rappelait les lettres qu'elle lui avait écrites, de plus en plus désespérées. À seize ans, elle ignorait qu'il ne fallait pas se dévoiler à un garçon. Elle n'avait pas compris que les jolis mots murmurés comme des promesses n'étaient parfois que des mensonges creux. On apprenait aux filles à charmer les garçons, pas à s'en protéger.

« Tu me manques chaque jour, chaque heure, chaque minute. » C'étaient par ces mots qu'elle terminait toutes ses lettres. Même quand elle avait compris qu'il ne lui répondrait jamais.

La dernière était particulièrement mortifiante. Si la lettre avait été chargée d'une juste colère, Viv aurait pu se la remémorer avec satisfaction. Mais elle était alors encore triste, perdue, et toujours aussi amoureuse.

Avais-je tort de croire que nous parlions le même langage ? Que les mots que nous avons échangés signifiaient la même chose pour nous deux ? Que l'amour se définit par des journées ensoleillées, des battes de base-ball, tes mains sur ma peau. Que pour toujours est un gage d'éternité ?

Tu m'as fait ressentir une émotion que je n'avais jamais ressentie. Et je lui ai donné un nom. Je l'ai appelée amour.

J'imagine que c'était mon erreur.

Tu me manques chaque jour, chaque heure, chaque minute. Parce que ma définition est juste.

Comme elle n'avait rien obtenu d'autre qu'un silence froid, elle avait compris qu'elle n'avait été pour lui qu'un jouet, dont il s'était débarrassé à la première difficulté.

Ces plaisirs violents ont des fins violentes, avait-elle songé, se murant dans la tragédie de *Roméo et Juliette* d'une façon qu'elle trouvait aujourd'hui embarrassante. Pourtant, même à l'époque, elle avait deviné que ses sentiments pour Hale étaient uniques.

Avant Hale, elle n'avait jamais compris la fascination des autres filles pour les garçons.

Fait pour le moins inattendu, et plutôt déstabilisant, Edward, *lui*, avait répondu à ses lettres. Cet été-là, il avait toujours été dans le paysage, mais quand il lui avait présenté ses condoléances elle avait réalisé qu'ils étaient devenus amis, même s'ils étaient tous deux occupés à flirter avec quelqu'un d'autre.

Lorsque Viv l'avait remercié de sa sollicitude, il lui avait répondu, puis elle lui avait répondu à son tour, et ainsi de suite jusqu'à ce qu'ils prennent l'habitude de s'écrire toutes les semaines.

Pendant les deux années où elle avait été forcée de rester au pensionnat, Edward était devenu son meilleur ami. Il ne mentionnait jamais Hale et ignorait ses tentatives subtiles – pas si subtiles en réalité – d'obtenir des informations sur son frère, mais c'était de bonne guerre. Ils avaient partagé leurs peurs, leurs rêves, leurs histoires embarrassantes et tout ce qui se trouvait entre les deux. D'une certaine manière, il était plus facile de coucher tout cela sur le papier, et le fait qu'ils ne se connaissent que depuis quelques mois n'avait aucune importance.

À dix-huit ans, Viv était revenue à New York et s'était rendu compte qu'Edward et elle avaient autant de facilité pour se parler en personne. Elle avait trouvé l'amour dans sa manière de lui offrir son amitié sans rien attendre en retour. Parfois, elle comprenait le besoin de Charlotte qu'Edward ait été *amoureux* avant de mourir. Viv avait pensé la même chose plus d'une fois.

Cependant, elle avait parfois envie de crier qu'il avait été aimé en retour. Et elle se demandait pourquoi, pour certaines personnes, ce n'était pas suffisant.

Un jour, environ un an avant le départ d'Edward, il lui avait glissé un regard si semblable à celui de Hale des années auparavant que Viv avait dû cacher son désarroi.

— Que s'est-il passé entre vous ?

Les frères se parlaient encore, Viv le savait, et Charlotte était en contact avec Hale. Mais Viv avait parfaitement compris le message quand elle avait seize ans.

— Un béguin d'été, avait-elle répondu avec un haussement d'épaules dédaigneux.

Comme si cela n'avait pas compté, comme si cela ne l'avait pas changée, brisée, à la manière de tous les premiers amours.

À quoi pouvait bien ressembler Hale aujourd'hui ? Avait-il bien vieilli ? À vingt ans, il avait encore la mâchoire douce d'un enfant – seuls quelques boutons d'acné entachaient la perfection de son visage. À près de trente ans, ces défauts auraient disparu. Peut-être verrait-elle quelques rides à leur place.

Le jeune Emmett Hale, commis et fils illégitime, avait disparu.

Désormais, il était le représentant au Congrès Emmett Hale, politicien bien-aimé et ardent défenseur des habitants défavorisés de New York.

Accepterait-il seulement de la recevoir ? Aurait-il une excuse pour n'avoir jamais répondu à ses lettres ? Ou feraient-ils tous les deux comme s'il ne s'était rien passé ? Agiraient-ils comme des étrangers alors que ses mains connaissaient les courbes de son corps et qu'il avait goûté ses lèvres ?

Elle aimait se considérer comme calme, confiante et avisée. Elle travaillait pour une importante organisation de guerre, discutait quotidiennement avec les personnes les plus en vue du monde de l'édition, lisait tous les classiques et les romans importants, et pourtant le simple fait de penser à lui la transformait en adolescente de seize ans nerveuse et rougissante face à un garçon qui lui tenait la main.

Un rire joyeux interrompit ses pensées, et quand elle se retourna elle vit deux jeunes filles près d'un des manèges aux lumières clignotantes.

Viv sourit machinalement, mais la joie de ces filles était presque pénible à regarder, comme les muscles sont douloureux après un intense effort physique.

Elle repoussa ces souvenirs, les enfouit dans la boîte dûment scellée où elle les gardait habituellement. C'était la guerre, après tout.

Ce n'était pas le moment de se montrer sentimentale.

12.

Paris
Octobre 1936

Même si elle était fatiguée, Hannah mettait un point d'honneur à se rendre au salon littéraire qui se tenait toutes les semaines chez Natalie Clifford Barney, dans son hôtel particulier de la rive gauche, non loin du Louvre.

Hannah lissa son cardigan lavande, un clin d'œil au public très particulier de ces soirées. « Toutes les lesbiennes de Paris ont franchi au moins une fois cette porte », lui avait dit une habituée.

Son pull faisait l'affaire, mais Hannah fit la grimace en voyant la boue qui maculait l'ourlet de son pantalon large. Elle était venue à vélo depuis la bibliothèque, ce qui était manifestement une mauvaise idée. À présent, c'était trop tard.

Cela n'avait pas vraiment d'importance. Malgré la renommée et le statut prestigieux de Natalie sur la scène littéraire parisienne, celle-ci n'était pas du genre à ergoter sur les choix vestimentaires de ses invités. Chaque vendredi, la dramaturge et poète était sur son trente-et-un – d'impressionnantes tenues de brocart plus adaptées au siècle dernier – mais elle n'avait encore mis personne dehors pour ses fautes de goût.

— Hannah ! appela une voix quand elle entra dans le vestibule.

L'instant d'après, une jeune artiste passait autour de ses épaules un bras éclaboussé de taches de peinture, qu'elle affichait fièrement. Hannah gratta une tache céruléenne de son ongle en embrassant Patrice sur les deux joues.

— Je croyais que tu étais en Grèce.

— C'est tellement ennuyeux là-bas, répondit Patrice en repoussant ses longs cheveux blonds comme les blés de son visage.

En pantalon noir et chemisier blanc, elle était l'essence même de la Parisienne, bien trop stylée et mystérieuse pour passer pour une étrangère.

— Tous les jours le soleil, la mer bleue, la nourriture délicieuse. Bah, c'est tellement prosaïque. Je préfère mille fois le Paris misérable. Tiens…

Hannah saisit sans réfléchir le verre qu'on lui tendit, et observa le liquide pétillant.

— On fête quelque chose ?

— J'expose mes œuvres la semaine prochaine, expliqua Patrice en enlaçant Hannah par la taille pour l'entraîner dans les entrailles de la demeure. Voyons, Hannah, ma petite Hannah, tu sais bien depuis le temps qu'on n'a pas besoin de faire la fête pour boire du champagne.

Hannah vida la moitié de son verre en signe d'approbation, et Patrice lui fit un clin d'œil avant de l'imiter. Elle n'était pas belle à proprement parler, mais elle avait ce genre de visage qui prenait vie sous l'objectif d'un appareil photo, des traits prononcés au magnétisme saisissant.

— Comment va Marie ? s'enquit Hannah en parcourant la pièce du regard.

Dans ces salons, il n'était pas rare de voir un écrivain ou un poète célèbre tapi dans l'ombre.

— Ah, Marie. Elle a pris une maîtresse, répondit Patrice en s'affaissant théâtralement sur Hannah.

— Je suis désolée.

— Oh ! surtout pas. Sa conquête est assez jolie, dans le genre provincial. Et elle est extraordinaire au lit, phénoménale pour prendre la direction des opérations.

Hannah s'empara de deux verres d'une boisson rose sur une desserte, puis elles gagnèrent la salle de bal.

— On dirait que tout est bien qui finit bien.

— On verra.

Patrice saisit un second cocktail d'un geste gracieux, et tendit son verre vide au premier venu – un poète en herbe sur lequel Otto avait l'habitude de s'extasier. Patrice ne prêta pas attention à l'expression indignée du poète. C'était Patrice tout craché – elle vivait dans un monde à part.

— La fille n'est pas très futée. Je ne sais pas combien de temps elle va tenir le coup. Si on n'était pas là, la ville la dévorerait toute crue.

Hannah ravala une blague grossière, probablement le résultat d'une consommation excessive et trop rapide d'alcool, et lança :

— Peut-être qu'elle va te surprendre.

— Bah, je risquerais de tomber amoureuse, ce n'est pas une bonne idée.

Patrice soupira et entraîna Hannah sur un canapé capitonné.

— Vraiment ? interrogea Hannah en songeant à sa conversation avec Lucien. Ce serait si terrible que ça ?

Natalie se laissa tomber sur le siège en face d'elle, dispensant Patrice de répondre. Un petit bouledogue noir vint s'installer sur ses genoux et les observa de ses petits yeux perçants.

— Vous avez le cœur brisé, déclara Natalie en guise de bonjour.

Leur hôtesse venait des États-Unis et n'avait pas tout à fait perdu son accent américain – ni sa rudesse américaine.

Dans une ville où les filles battaient des cils et affichaient un sourire timide, Hannah trouvait Natalie rafraîchissante. Pour autant, elle n'était pas du genre à partager facilement ses émotions, surtout avec une inconnue.

— N'est-ce pas la meilleure façon de vivre à Paris ?

Patrice éclata de rire et se leva.

— Je n'ai pas bu assez de vin pour cette conversation. Bonne chance !

Natalie plissa les yeux, ignorant le départ de Patrice, et reprit :

— Il n'y a rien de plus beau que d'être amoureuse dans la Ville lumière, vous ne trouvez pas ?

Hannah haussa les épaules, se demandant pourquoi elle participait à tant de conversations philosophiques sur un sujet qu'elle évitait soigneusement depuis trois ans. L'influence de Paris, sans doute.

— Si vous êtes une touriste, peut-être. Ou une enfant.

— Vous n'avez pas été une enfant depuis un moment, je parie.

— Non, répondit doucement Hannah. On ne tombe amoureux de cette manière qu'une seule fois, et ensuite votre cœur est brisé pour toujours. Même s'il guérit.

— C'est effroyable ! s'écria Natalie.

Le chien grogna sur ses genoux quand elle leva la main d'un air scandalisé. Natalie aimait ces scènes théâtrales autant qu'Otto.

— Réaliste, répliqua Hannah. Vous n'avez jamais eu le cœur brisé ?

— Peut-être, dit Natalie en caressant la tête du chien. Vous avez entendu parler de l'art du *kintsugi* ?

Hannah secoua la tête.

— Au Japon, quand on casse une poterie, on en recolle les morceaux avec de l'or. Ainsi, l'objet rafistolé est encore plus beau que l'original.

— Poétique, se contenta de dire Hannah pour cacher le tremblement de sa voix.

L'image était belle, mais ne correspondait pas à sa réalité. Elle aurait beau utiliser tout l'or du monde pour combler les fissures, son cœur resterait artificiel et fragile, et s'effriterait au premier trouble.

Natalie ne laissa pas démonter.

— Vous pensez que la poésie et la vie ne peuvent pas coexister harmonieusement ?

Hannah songea au visage meurtri d'Adam, assis en face d'elle dans l'austère salle des visites de la prison, puis aux larmes et aux excuses inutiles d'Althea.

— Non.

— Quelle triste vision de l'existence, ma chère, dit Natalie avec son franc-parler habituel. Vivre, c'est plus que survivre. Je pensais que vous le saviez.

— Pourquoi ? interrogea Hannah, surprise que cette femme en sache plus sur elle que son simple prénom.

— Vous travaillez dans cette bibliothèque de Montparnasse, n'est-ce pas ?

— En effet, répondit Hannah d'un ton hésitant, craignant le piège.

— N'est-il pas poétique de vivre pour empêcher une culture d'être réduite en cendres ? Votre petite bibliothèque n'est-elle pas un phare symbolique pour crier au monde que les mots sont plus puissants que les flammes ?

— Eh bien, dit comme ça…

Elle eut un petit sourire. Son hôtesse avait raison. Hannah était constamment sur la défensive. Mais c'était plus fort qu'elle dès qu'on touchait un point sensible. Et qu'était son cœur, sinon un trou béant ?

— J'ai toujours raison, ma chère, dit Natalie avec un signe de tête pour lui indiquer qu'elle ne lui en voulait pas. Maintenant, parlez-moi de votre grand amour, celui qui a mis cette sagesse dans vos yeux.

Hannah secoua la tête.

— Ce n'était pas une femme, répondit-elle, sans vraiment mentir. C'était un pays.

Natalie leva son verre de sherry pour porter un toast.

— C'est la même chose, ma chère. Exactement la même chose.

Hannah resta trop tard chez Natalie et but trop de vin, de sorte que, lorsqu'elle rentra chez elle, elle dut ramper pour grimper l'escalier qui menait à son studio, au dernier étage d'une maison dans le cinquième arrondissement, non loin du jardin du Luxembourg.

Ses parents s'étaient installés à la campagne, alors qu'Hannah avait soif de la liberté de la vie citadine et pouvait se permettre de louer une chambre grâce à la petite pension que son père lui versait chaque mois.

Elle avait besoin de cet argent, étant donné le salaire de misère que lui versait la bibliothèque. Heureusement que les employés trouvaient du sens à leur travail, sinon l'institution aurait eu bien du mal à recruter du personnel.

Mlle Brigitte Blanchett l'intercepta au milieu de l'escalier. Sa propriétaire était une femme corpulente, avec une moustache noire et une poigne de fer, qui avait connu son lot de drames. Hannah la soupçonnait d'avoir travaillé dans une maison close, et même de l'avoir dirigée, vu les allusions qu'elle avait faites.

— Courrier ! aboya Brigitte en français.

Supposant à juste titre qu'Hannah avait peu de vocabulaire dans cette langue, Brigitte se contentait de lui parler par mots.

— Merci.

Hannah prit les deux enveloppes en ignorant le regard indiscret de Brigitte. Sa logeuse aurait manifestement aimé qu'elle ouvre ses lettres en sa présence. Hannah était loin d'être un divertissement suffisant, Brigitte le lui avait répété plusieurs fois.

— *Bonne nuit**, ajouta Hannah.

Brigitte lui jeta un regard furieux, sa poitrine volumineuse se gonflant sous sa robe de chambre en soie, mais Hannah lui tourna le dos et prit l'escalier.

Elle toucha la mézouzah qui pendait depuis peu près de sa porte. Quoique de tradition laïque, ses parents en possédaient une aussi, les versets en hébreux de la Torah soigneusement rangés dans le boîtier en bois. Ils ne faisaient guère de cas de leur mézouzah, qui s'apparentait pour eux plus à un porte-bonheur qu'à une bénédiction sacrée.

« C'est une déclaration, pourtant, n'est-ce pas ? » lui avait dit l'une de ses amies de la bibliothèque quand Hannah avait évoqué l'absence de mézouzah chez elle. « Elle annonce que c'est une maison juive. Et c'est un symbole que nous pouvons aussi porter sur nous. »

Ce sentiment lui avait serré la poitrine. Elle avait pensé à toutes les manières dont l'Allemagne marquait ses citoyens juifs pour qu'ils se sentent *moins* que les autres. Les papiers d'identité, les registres, les graffitis sur les vitrines des échoppes pour indiquer leur appartenance à des Juifs.

Ils devaient revendiquer – avec force et fierté – cette partie de leur identité que certains les poussaient à haïr. Hannah craignait qu'un jour prochain la mézouzah ne soit une arme utilisée contre elle et contre les autres Juifs, mais pour l'instant elle était un moyen d'embrasser sa propre humanité.

Ce studio était bel et bien une maison juive.

Une fois à l'intérieur, Hannah se laissa tomber sur son lit, dans la douce étreinte de l'édredon jaune soleil de sa grand-mère – la seule touche de couleur dans un appartement globalement terne. Elle ramena les genoux contre sa poitrine et s'adossa au mur, les deux enveloppes dans les mains.

Elle se mordit la lèvre en lisant l'adresse d'expédition de la première.

Owl's Head, Maine.

L'écriture était si douloureusement familière que les larmes lui montèrent aux yeux. Mais elle ne pleurerait pas. Plus jamais.

Hannah se détestait de penser autant à cette femme dernièrement. Elle n'avait jamais été aussi bien que ces derniers mois : sa douleur était devenue supportable à tel point qu'elle pouvait l'emporter partout avec elle.

Même si pas une semaine ne s'écoulait sans qu'elle pense à ce qui s'était passé avant que sa famille fuie l'Allemagne, et aux conséquences douloureuses de leur exil, aujourd'hui, elle parvenait plus facilement à repousser le souvenir d'Althea, à le refouler dans un recoin de son esprit, où elle n'avait pas à le regarder en face, où elle ne suffoquait pas sous le poids écrasant de la trahison.

Hannah mit la lettre de côté sans l'ouvrir. Plus tard, elle la glisserait dans la boîte qu'elle conservait sous une planche mal fixée de son placard, avec les autres enveloppes cachetées. La boîte contenait aussi sa précieuse édition d'*Alice au pays des merveilles* avec des gribouillis de chats sur la page de titre.

Mais, pour l'instant, Hannah porta son attention sur la deuxième enveloppe. Elle avait aussi facilement reconnu l'écriture, et elle la pressa un long moment contre sa poitrine, le temps de recouvrer son souffle.

Quand elle parvint enfin à l'ouvrir, elle se rendit compte que ses joues étaient humides.

— Petite idiote, murmura-t-elle en séchant ses larmes.

Par chance, ce n'était pas ce qu'elle craignait.

Ai eu des nouvelles d'Adam aujourd'hui. En piteux état, mais toujours vivant. Rien de neuf concernant son procès. Je te tiens au courant si la situation évolue.

La signature en bas de page était celle de Johann Bauer. L'avocat faisait l'effort de lui écrire, ainsi qu'à ses parents, tous les quinze jours environ pour les tenir au courant de la situation d'Adam. Son frère était prisonnier politique dans un camp de concentration au nord de Berlin depuis trois ans, et chaque jour depuis son arrestation Hannah attendait la nouvelle de son exécution.

Leur seule chance était que Johann, l'un des rares amis restés fidèles à leur famille après l'incarcération d'Adam, réussisse à tirer les quelques ficelles qu'il avait encore au gouvernement. Mais il était le premier à reconnaître que, après avoir exercé sous le régime précédent, il n'avait plus beaucoup d'alliés dans la place.

Johann leur avait promis qu'il restait un espoir. Les parents d'Hannah croyaient à ce mensonge.

Mais au plus fort de la nuit, Hannah ne se faisait aucune illusion.

Sous le Troisième Reich, l'espoir n'était rien d'autre qu'une arme.

13.

Berlin
Février 1933

Une voiture avec chauffeur attendait Deveraux Charles devant la maison d'Helene Bechstein.

— Si tu es leur animal domestique préféré, ils vont te mettre dans une cage dorée, dit Dev avec de grands yeux ronds.

— Tu n'aimes pas les nazis, fit remarquer Althea en prenant place à côté d'elle sur la banquette arrière capitonnée.

Dev jeta un coup d'œil au chauffeur.

— Je te taquine, ma chérie.

Althea comprit le message et garda le silence pendant le reste du trajet.

Elle ne savait pas où elles se rendaient, mais cela n'avait pas d'importance. Son corps frémissait d'excitation, une sensation qu'elle n'avait pas ressentie depuis ses premières semaines passées à explorer la ville avec Dietrich. Son impression d'avoir été mise sous cloche avait atteint un nouveau stade.

« Ton mentor. »

Presque au désespoir, Althea réfléchit à ce qu'elle savait du NSDAP. La plupart des gens qu'elle avait rencontrés sur les campus universitaires évoquaient le parti avec ferveur – cela correspondait aux statistiques sur l'engouement des jeunes que Dietrich lui avait données. Les communistes n'aimaient manifestement pas le parti nazi, mais pouvait-elle vraiment s'intéresser à leurs idées, alors même qu'ils cherchaient à provoquer une guerre civile dans le pays ? Et qu'ils étaient capables d'actes terroristes ?

Tout le monde avait des opinions arrêtées en matière de politique. Par moments, Althea aurait préféré ne pas s'en préoccuper, mais cela s'avérait impossible. Il fallait choisir son camp, alors pourquoi ne pas soutenir ses hôtes ?

Elle aimait bien Dietrich, surtout quand il lui tenait la main et lui souriait comme si elle était la personne la plus adorable du monde. Certes, parfois il se montrait autoritaire, presque intransigeant quand il s'agissait de son parti et de ses convictions, mais pas plus que les communistes à qui Althea avait parlé.

Elle ne connaissait pas Deveraux, mais sans savoir pourquoi elle l'appréciait. Dev n'avait pas affirmé qu'elle était communiste, mais Althea sentait que l'actrice ne faisait pas confiance au parti qui les accueillait.

Son crâne palpitait tandis qu'elle observait les néons du quartier des théâtres par la vitre. Le problème ne serait pas résolu cette nuit. Pour l'instant, elle allait juste profiter de ce que Dev lui réservait.

La voiture les déposa devant un club sur Marburger Strasse. Chez ma belle-sœur, d'après l'enseigne au-dessus de la porte.

— C'est français ? demanda Althea en passant une main nerveuse dans ses cheveux, d'un brun terne comparé aux mèches brillantes de Dev.

Au moins, elle n'avait pas tenté une coiffure trop ambitieuse, se contentant de discipliner sa frange avec des pinces et d'aplanir le reste en douces ondulations.

Dev poussa la porte en lui faisant un clin d'œil.

— Comme tout cabaret qui se respecte.

Décadence est le terme qui vint à l'esprit d'Althea quand elle pénétra dans la boîte de nuit. Le décor faisait penser à des fresques grecques, mais c'était l'atmosphère plus que les peintures murales qui rendait l'endroit si féerique.

Althea avait été frappée par la beauté de Dev, mais cette dernière n'avait plus la même aura parmi les femmes sublimes accoudées au bar et assises aux tables de la salle. Les hommes étaient tout aussi éblouissants, et Althea ne s'était jamais sentie aussi insignifiante.

Certains dans la foule avaient les yeux braqués sur la scène où des femmes en minuscules *lederhosen*[1] faisaient des lancers de jambes comme les danseuses du Moulin Rouge – tandis que d'autres discutaient, fumaient, riaient et chantaient leurs propres versions des airs joués par l'orchestre.

Le bruit, la musique, la fumée, les femmes et les hommes resplendissants, tout cela donnait le vertige à Althea, jusqu'à ce que la réalité devienne un peu floue et qu'elle retrouve Dev.

Dev lui caressa la joue.

— Voilà le vrai Berlin, souffla-t-elle.

L'actrice la présenta à un groupe après l'autre. Elle semblait connaître tout le monde et tout le monde l'adorait. L'étoile la plus étincelante de toutes.

Certains s'intéressaient aussi à Althea, une bizarrerie à laquelle elle n'était pas habituée.

1. Costume traditionnel bavarois.

— Vous êtes écrivaine ? s'étonnaient-ils. Et alors, vous connaissez des célébrités ?

— Bah, vous avez sans doute entendu parler d'elle, répondit Althea à une femme particulièrement insistante. Deveraux Charles, une scénariste en vogue, au talent phénoménal.

Le groupe éclata de rire. Dev fit un clin d'œil à Althea, un peu ivre de toute cette attention.

— Tu as appris pour l'Eldorado ? demanda un homme à Dev, qui prit un air outragé.

— Ne m'en parle pas !

— Ludwig l'a laissé à ces brutes de SA. (L'homme – Althea pensait qu'il s'appelait Peter – secoua la tête tristement.) Ils l'utilisent comme quartier général maintenant.

— Sacrilège ! s'écria Dev. Ah, pauvre Ludwig, il n'avait pas le choix.

— Non, pas avec la répression. Il était sûr d'être arrêté un jour.

Dev se tourna vers Althea.

— L'Eldorado était *le* club pour les gens qui apprécient la compagnie de… (Peter et Dev échangèrent un regard.) Enfin, c'était le club du moment. Comme c'est triste.

— Quelle répression ? demanda Althea, avec l'impression d'être une gamine qui mendie des informations.

— Je t'expliquerai plus tard, lui dit Dev en aparté.

Puis elles discutèrent avec un autre groupe, se plaignirent du couvre-feu, de la fermeture des clubs et de la pénurie de café. Althea laissa son esprit vagabonder, songeant aux SA.

La *Sturmabteilung*. La section d'assaut du parti nazi.

C'était le nom officiel des chemises brunes, omniprésentes dans les rues. Il y avait aussi les SS, ou chemises noires, qui faisaient office de gardes du corps d'Hitler et de ses hauts fonctionnaires. Mais les SA étaient ceux qu'Althea voyait le plus.

Pourquoi s'en prendraient-ils aux cabarets ?

Dégénérés, se dit-elle en scrutant la foule qui l'entourait. Des hommes maquillés et des femmes aux cheveux courts et gominés, vêtues de costumes. Des femmes avec d'autres femmes, des hommes avec d'autres hommes. Elle se demanda ce que Diedrich penserait de ce spectacle. Il n'en parlait pas beaucoup, mais elle savait d'instinct que c'était à cela qu'il faisait allusion quand il employait cet adjectif.

« Ton mentor. »

« La première règle du Reich, c'est de ne pas questionner le Reich. »

Dégénérés. Althea ne savait peut-être pas grand-chose du monde actuel, mais elle ne désignerait jamais personne par ce terme.

S'était-elle trompée du tout au tout ?

Elle avait perdu la notion du temps en regardant les danseurs sur scène. Un maître de cérémonie apparaissait entre les numéros et racontait des blagues.

— *Heil*... *!* Bon sang, j'ai oublié son nom..., s'écria-t-il sous les hurlements de la foule.

À un moment, il brandit des portraits d'Hitler, de Goebbels et de plusieurs autres hommes qu'Althea ne reconnut pas.

— Alors, déclara-t-il au public captivé, qui attendait impatiemment la chute, je les pends ou je les aligne contre le mur ?

Des applaudissements approbateurs s'élevèrent.

— Vous savez à quoi devrait ressembler le nouveau maître de la race supérieure, hein ? demanda-t-il à la foule enthousiaste. (Nouvelles huées pendant qu'il hochait la tête.) Mince comme Göring, blond comme Hitler et grand comme Goebbels !

Le voisin de Dev secoua la tête.

— Il devrait se méfier. S'il continue, il va recevoir une petite visite de courtoisie des hommes de Göring.

— Détrompe-toi, les nazis l'adorent, répliqua Dev. Je pense qu'ils le voient comme une soupape. Un comique inoffensif qui permet aux gens de se défouler. Du moins pour l'instant, ajouta-t-elle en haussant les épaules.

— J'imagine que tu sais de quoi tu parles, répondit l'homme d'un air sombre. Mais ils ne vont pas tolérer ce genre d'humour très longtemps.

Elles se trouvaient dans le club depuis une heure quand Dev poussa un cri de surprise.

— Oh !

L'instant d'après, Dev saisissait le poignet d'Althea et l'entraînait à une table un peu à l'écart.

— Ma chérie, ça fait une éternité ! lança Dev à une femme qui se leva pour la saluer.

— Voilà ce qui arrive quand ils te cachent à Munich, répondit celle-ci en embrassant Dev sur les deux joues.

Comme le reste de la foule, elle était presque trop belle pour être réelle. Ses boucles sombres retenues par des pinces révélaient des traits parfaits – des pommettes hautes, des yeux immenses et des lèvres douces enroulées autour d'une fine cigarette. Elle laissa Althea la regarder sans un mot pendant qu'elle soufflait une bouffée de fumée sur le côté.

Se sentant rougir jusqu'aux oreilles, Althea ne parvenait pas à détacher le regard de la nouvelle venue. Sa tenue n'avait rien de provocant – une robe noire cintrée avec un col en V qui soulignait ses clavicules saillantes. Mais la femme la portait comme si elle voulait qu'on la lui enlève.

Althea se força à reporter son attention sur le compagnon de l'inconnue. Il était tout aussi fabuleux, même si elle hésitait à employer ce terme pour qualifier un homme. Pourtant, c'était le mot le plus approprié pour le décrire. Il ressemblait à un poème de Byron – échevelé et follement romantique, même au fin fond d'un cabaret enfumé de Berlin.

Il sourit à Dev.

— Dieu merci, tu es de retour ! Berlin était affreusement ennuyeux sans toi.

— Je suis sûre que tu as su trouver des distractions, dit Dev avec un clin d'œil taquin.

Elle se tourna vers Althea pour l'inclure dans la conversation.

— Mes chéris, voici Mlle Althea James. Une écrivaine américaine trop intelligente pour son propre bien.

Althea rougit sous le compliment et leur adressa un bonjour timide.

— Cette fripouille qui n'est pas assez bien élevée pour se lever et saluer une dame…

— Quand j'en verrai une, je me lèverai, la coupa le jeune homme avec un sourire effronté.

— … s'appelle Otto Koch, continua Dev comme s'il n'avait rien dit. Un des meilleurs comédiens que l'Allemagne ait jamais produits.

Otto se leva d'un bond et s'inclina théâtralement. Puis il porta la main d'Althea à sa bouche et l'embrassa du bout des lèvres.

— Enchanté.

Dev lui donna un coup d'épaule. Puis elle désigna la femme à ses côtés.

— Et voici Hannah Brecht.

14.

New York
Mai 1944

Viv s'était rendue directement de Coney Island à l'immeuble de bureaux décati d'Emmett Hale, le parlementaire bien-aimé des habitants de Brooklyn, mais elle tergiversait devant l'entrée depuis si longtemps qu'elle s'attira les regards interrogateurs des anciens qui jouaient aux dames au bout de la rue.

Dans ce quartier, les gens se montraient protecteurs envers Hale, c'était évident. Le moyen le plus rapide de se retrouver nez à nez avec un cran d'arrêt était de dire du mal du législateur. Viv adressa un sourire qui se voulait rassurant aux joueurs de dames, ce qui parut provoquer l'effet inverse. L'un d'eux se leva, les yeux plissés, incitant Viv à grimper les marches du perron.

La porte du bureau de Hale s'ouvrit avant qu'elle ait levé la main pour frapper.

— Je me demandais si tu allais rester plantée là toute la journée.

À la vue de Hale, sa bouche se fit sèche comme la craie et son cœur se mit à tambouriner dans sa poitrine. Il était nonchalamment appuyé à l'embrasure de la porte, en chemise et gilet déboutonné, du même gris anthracite que le pantalon qui moulait ses cuisses musclées. Ses boucles sombres tombaient sur son front avec le même charme ravageur qu'autrefois. Il lui adressa un large sourire, une lueur amusée dans le regard.

— Je me demandais si je n'allais pas attraper la tuberculose en entrant dans ton bureau, répliqua Viv sans se démonter, bien décidée à ne pas lui laisser entrevoir la moindre faille.

Faire semblant suffisamment longtemps, du moins…

Bien qu'elle soit grande, Hale la dominait largement. En ce moment même, avec ses larges épaules et son imposante stature, il lui donnait l'impression d'être toute petite.

Le regard de Hale se posa sur sa main nue avant de rencontrer ses yeux. Les siens recelaient un mélange de vert, d'or et de bleu – une couleur impossible à déterminer.

— Bonjour, très chère sœur.

Viv sourit pour ne pas grimacer.

— Bonjour, très cher frère, répondit-elle sur le même ton. Tu as l'air bien vivant.

Grâce aux allusions de Charlotte, Viv savait que c'était un point sensible pour Hale – la mort tragique et prématurée d'Edward alors que lui était toujours de ce monde.

Le sourire de Hale se voila un bref instant, puis s'élargit à nouveau. Il désigna le ciel.

— Pas assez de bombes par ici.

— Oui, j'imagine que ça aide.

— Bon, même si cette conversation est très divertissante…

Viv inspira et expira, les ongles plantés dans les paumes.

— J'ai une faveur à te demander.

— Je m'en doutais. Contrairement à ce que tu pourrais penser, je ne suis pas idiot, dit-il sans la moindre contrariété dans la voix.

C'était l'une des choses qu'elle aimait chez lui, cet air impassible. Mais maintenant qu'elle voulait le provoquer, ce trait de caractère était exaspérant.

— Quoi d'autre pourrait amener Mme Childs à venir s'encanailler ici ? (Il leva une main.) Ne me dis rien, laisse-moi deviner.

Hale inclina la tête tout en l'étudiant attentivement pendant une minute affreusement longue, puis claqua des doigts.

— Je sais. (Il fit mine d'avoir une illumination, comme les diseuses de bonne aventure du parc d'attractions de Coney Island.) La loi sur le vote des soldats et un certain sénateur dont on ne doit pas prononcer le nom.

Agacée, elle ignora la sensation de chaleur qui s'insinua dans son ventre à l'idée qu'il ait pris des renseignements sur elle. Avant, c'était un jeu entre eux, presque une danse. À présent, elle lui en voulait de jouer avec ses nerfs.

— Arrête, dit Viv en tournant les talons.

Elle trouverait un meilleur moyen.

Mais les doigts de Hale enserrèrent son poignet, l'empêchant de s'éloigner.

— Ah, Viv, avant, tu avais le sens de l'humour.

— Mais tu savais quand j'étais sérieuse, répliqua-t-elle en soutenant son regard.

Enfin – Dieu merci –, son expression ironique disparut.

Il soupira et sortit sa montre à gousset en argent, le seul objet qu'il avait hérité de Theodore Childs.

— J'ai dix minutes à t'accorder. Pas une de plus.

— C'est juste ce qu'il me faut, promit-elle en entrant dans la pièce.

Malgré l'idée qu'elle se faisait du lieu, le bureau était propre et ordonné, quoique exigu. Ce qu'elle pouvait difficilement lui reprocher. Plusieurs années auparavant, Hale avait refusé l'argent qu'Edward lui avait proposé pour financer sa campagne au Congrès.

Il s'assit derrière une table solide dans la sobre pièce. Un dessin d'enfant était accroché au mur derrière lui – sans doute celui d'un jeune électeur –, à côté de photos encadrées de lui avec des membres de sa communauté. Il était loin d'en mettre plein les yeux à ses visiteurs.

Viv savait qu'il cultivait cette image – un homme du peuple. Elle savait aussi qu'il était sincère. Parfois, sans doute rarement, on pouvait être les deux.

— Tu as raison, bien sûr, c'est pour ça que je suis là.

Il ne profita pas de l'occasion, comme il l'aurait fait quelques minutes plus tôt, pour lui asséner une repartie du genre *J'ai toujours raison.*

— Le programme d'édition pour l'armée s'est retrouvé piégé par la loi sur le vote des soldats, déclara Hale très sérieusement. J'ai essayé de convaincre plusieurs de mes collègues de supprimer le texte, mais…

Elle était rarement surprise, mais cette annonce lui causa un choc.

— Tu t'es battu pour nous ?

— Pour le projet, rectifia Hale, les yeux plissés. Tu n'es pas la seule à recevoir des lettres réclamant d'autres livres.

— Eh bien, alors, tu sais combien c'est important.

— Je te l'ai dit, j'ai essayé.

Hale ouvrit distraitement sa montre et la referma sans même regarder l'heure.

Viv se mordit la lèvre, s'efforçant de ne pas prononcer les mots qui rouvriraient ses blessures. Voilà le plus dangereux quand on connaît bien une personne : on sait comment la blesser. Et, même après huit ans de silence, elle ne pouvait s'empêcher de penser qu'elle connaissait encore bien Hale.

— Je pense que tu n'as pas *vraiment* essayé.

La mâchoire du politicien se crispa.

— Ne dis pas ça. Tu ne sais pas de quoi tu parles, Viv.

— Je ne sais pas de quoi je parle ? répéta-t-elle, piquée au vif. Je sais que tu ne peux pas t'imaginer ce que c'est d'être là-bas avec juste des chaussettes mouillées et la menace constante de la mort. Tu n'as aucune idée de ce que signifie être responsable de la vie d'autres hommes.

Hale prit une grande inspiration, comme s'il sentait que l'un d'entre eux devait tenir les rênes de cette conversation avant qu'elle ne les laisse tous deux en sang, brisés sur le sol. Elle entendit presque le *Parce que toi, tu le sais ?* dans le silence qui s'ensuivit, mais il réussit à le garder pour lui.

— C'est quoi, ton plan ?

Son ton était de nouveau égal. Ils avaient manifestement eu tous deux besoin de cracher un peu de venin avant d'avoir une discussion normale.

— Je vais organiser un grand événement pour forcer Taft à revenir sur l'amendement, dit Viv avec une assurance qu'elle était loin d'éprouver.

— Pour lui faire honte publiquement, tu veux dire.

— S'il faut en arriver là, oui.

— Viv, nous avons débattu de ce projet de loi pendant près d'un an. Taft ne va pas céder face à une poignée de bibliothécaires.

Viv se redressa et le toisa. Elle avait appris à donner une réplique acerbe rien qu'avec sa posture.

— Je vois.

Elle fit mine de se lever, mais Hale émit un grognement de frustration et leva la main.

— Viv, je ne voulais rien insinuer de particulier.

— Oh vraiment ? fit Viv d'un ton glacial. Et comment dois-je considérer cette *poignée de bibliothécaires* ? Ne me dis pas que ce n'était pas dédaigneux.

— Je suis un imbécile, désolé, répliqua-t-il en passant une main dans ses cheveux. J'ai pris un ton désinvolte pour faire passer le message, mais c'était irréfléchi de ma part. Je sais que c'est important.

Surprise, Viv se rassit. Elle connaissait de nombreux hommes et très peu étaient capables de s'excuser aussi facilement – et avec sincérité.

— D'accord, dit-elle prudemment.

— Qu'attends-tu de moi exactement ?

Voilà, on en arrivait à la partie difficile.

— J'ai besoin que les collègues de Taft le pressent d'assister à l'événement. Et ensuite, qu'ils l'empêchent de partir une fois qu'il aura compris ce qui se passe.

Hale poussa un long sifflement.

— Taft ne va se laisser si facilement humilier en public. Et même si vous le forcez à retirer son amendement, il se vengera d'une autre manière.

Viv contempla ses mains. Elle ne pouvait pas garantir que Taft ne passerait pas ses nerfs sur tous ceux qui la soutenaient, elle et son idée folle. Ils le savaient tous les deux.

— Quel est ton livre préféré ? demanda-t-elle au lieu de continuer à foncer droit dans le mur.

Viv ne lui avait jamais posé la question – elle avait toujours voulu le faire, mais s'était retenue un millier de fois. Par crainte d'être déçue.

— Peut-on vraiment en choisir un ?

— Ne joue pas au politicien avec moi, bougonna Viv, en se détendant pour la première fois depuis qu'elle était arrivée devant son bureau.

Hale rit, se renversa sur sa chaise et croisa les mains derrière sa nuque.

— Tu veux la réponse que je donne à tout le monde ? Ou bien la vérité ?

— Je pense que tu le sais. Mais maintenant, je veux les deux.

— Et qu'est-ce que j'obtiens en retour ?

Elle retint son souffle, soudain nerveuse.

— Qu'est-ce que tu veux ?

Son regard pesait sur elle comme une chape de plomb. Elle ne se sentait pas indésirable, mais pas vraiment la bienvenue non plus. Elle lutta pour soutenir son regard intense.

— Je veux une réponse, finit par dire Hale.

— À quelle question ?

— Je ne sais pas encore.

Son regard se fit sombre.

Pourquoi as-tu épousé Edward ?

Les mots étaient aussi puissants que s'il les avait prononcés à haute voix. C'était ce qu'il voulait lui demander, elle le savait, même s'il ne le ferait jamais. Et elle pourrait toujours lui mentir.

— D'accord.

Il lui tendit la main.

— Tope là.

Elle s'esclaffa, et se pencha malgré tout pour glisser sa paume dans la sienne. Ils échangèrent une poignée de main sans étincelles, sans électricité. Même les fantômes des papillons étaient exorcisés. Viv reprit possession de sa main sans savoir si elle était satisfaite, ou déçue, et sans vouloir s'interroger davantage.

— Je dis à la plupart des gens que c'est *Des Souris et des hommes*, déclara Hale.

— Steinbeck. Nous n'avons pas mis ce livre dans notre sélection pour l'armée, mais *Tortilla Flat* a été l'un des premiers sur la liste.

— Je n'ai pas lu celui-ci.

Il n'était pas sur la défensive comme tant de gens à qui elle donnait des titres de romans.

— Camelot en Californie, avec une joyeuse bande de chevaliers. J'ai bien aimé.

— Comme j'ai bien aimé *Des Souris et des hommes.*

— Ce n'est pas la plus gaie des histoires. Alors, ton livre préféré ?

— Don Quichotte, avoua Hale. Ou plus précisément, *L'Ingénieux Chevalier Don Quichotte de La Manche.*

Cela la surprit tellement qu'elle faillit sourire.

— Une âme romantique. J'aurais dû le deviner.

Il fredonna en signe de satisfaction, un sourire aux lèvres. Il était heureux qu'elle s'en souvienne, apparemment.

Au lieu d'évoquer leur passé commun, Viv vit là une occasion de pousser son avantage.

— Tu es d'accord avec Cervantès alors ?

Il marqua une pause, manifestement tout à ses réflexions. Puis il cita :

— « Quand la vie semble démente, qui sait où couve la folie ? Une trop grande santé mentale peut être folie – et le plus fou : voir la vie telle qu'elle est, et non telle qu'elle devrait être ! »

— Bravo.

— Voilà pourquoi je ne dis pas aux gens que c'est mon livre préféré, dit Hale, l'air amusé. Ce serait utilisé contre moi sans vergogne. (Il se pencha en avant pour incarner le sérieux membre du Congrès qu'il était.) J'admire tes efforts, tu sais, Viv. Mais j'ai peur que tu n'aies pas plus de succès contre Taft que Don Quichotte contre les moulins.

— Alors quoi, on abandonne ? s'écria Viv, que cette idée horripilait. Tu ne veux pas voir la vie telle qu'elle devrait être plutôt que telle qu'elle est ?

— Je suis un politicien, pas un chevalier errant.

— Je pense que notre monde serait meilleur avec plus de chevaliers errants et moins de politiciens.

Il l'observa un long moment.

— Tu ne serais pas devenue manipulatrice, par hasard ?

C'était présenté comme un compliment.

— Ça veut dire que tu vas le faire ?

— Je ne peux rien te promettre. Je suis à la Chambre des représentants, lui est au Sénat.

— Mais tu es extrêmement populaire. Tout le monde veut te soutenir, car il est clair que tu iras loin. Je vais m'assurer que l'opinion publique fasse pression sur lui. Je te demande simplement de rallier tes collègues pour que Taft ne se dérobe pas.

— Plus on aura de législateurs, mieux ce sera, en effet. Je te l'ai dit, je vais essayer.

Hale faillit ajouter quelque chose, puis se ravisa.

— Quoi ? l'encouragea-t-elle.

Quand il s'agissait de lui, elle était incapable de renoncer.

— Tu sais qu'il ne suffira pas de le faire venir, dit Hale avec prudence.

— Oui, merci, je m'en doute bien.

Il leva les mains.

— Je dis simplement que Taft est un vieux renard. Il ne se laissera pas faire.

— Il ne s'agit pas de Taft, riposta Viv.

Les paroles de Hale la rendaient vulnérable. Elle ne voulait pas de son opinion ni de son jugement, pourtant elle avait désespérément besoin de son approbation. Non pas parce que son avis comptait plus pour elle que celui des autres, mais parce qu'il avait gagné sa circonscription avec soixante-dix pour cent des voix. Il était un animal politique, et son combat, à défaut d'autre chose, était politique.

— Il s'agit de ses électeurs. De tous les électeurs, en fait. Au bout du compte, je ne cherche pas vraiment à convaincre Taft. Je voudrais que les autres législateurs comprennent à quel point cet amendement est dangereux et qu'ils s'y opposent.

— Et pour ça, tu vas mettre leur électorat en ébullition, dit Hale avec un hochement de tête approbateur. Mais je te préviens, la plupart des gens sont trop épuisés pour se soucier d'autre chose que… eh bien… de survivre.

— Je sais, fit Viv, qui était épuisée, elle aussi.

Ces dernières années avaient été sombres. Les morts, le rationnement, le désespoir de la guerre les avaient tous profondément affectés.

— Mais tu sais mieux que quiconque que les gens aiment les belles histoires, reprit-elle. Je dois juste trouver laquelle raconter.

15.

Berlin
Février 1933

— Tu écris ?

Althea posa son crayon sur le papier. Elle avait reconnu la voix, même si elle ne l'avait entendue qu'une seule fois.

Hannah Brecht.

Une semaine s'était écoulée depuis leur première entrevue au cabaret, où elles avaient eu un bref échange avant que Dev ne l'entraîne vers le groupe suivant. Althea avait rencontré tellement de gens ce soir-là que leurs visages se confondaient dans son souvenir brumeux.

Pour une raison qu'Althea ne parvenait pas à comprendre, elle n'avait aucun mal à situer Hannah Brecht.

Elles se trouvaient dans un autre cabaret à présent, plus petit, mais à l'ambiance tout aussi festive. Dev semblait s'être donné pour mission personnelle de traîner Althea dans toutes les boîtes de nuit de Berlin. C'était la quatrième qu'elles écumaient, et malgré son épuisement Althea ne s'était jamais sentie aussi libre.

Diedrich la harcelait de questions sur les endroits où elle passait son temps libre, mais Althea parvenait facilement à l'ignorer, toute à la joie que lui procuraient ces folles nuits.

Hannah Brecht prit place en face d'Althea sans attendre sa réponse – heureusement, car Althea ne trouvait pas ses mots.

La semaine passée, Hannah n'avait cessé d'occuper ses pensées. Althea s'était convaincue qu'elle avait exagéré la beauté de cette femme, que l'atmosphère et l'exaltation du lieu lui avaient fait voir tous les fêtards sous un jour lumineux.

En fait, Hannah était encore plus impressionnante ce soir, dans sa robe jaune moulante, fendue sur les côtés pour révéler la cage thoracique et le dos. Un aperçu de sa peau d'autant plus intéressant que la robe couvrait entièrement la poitrine et les jambes. Une allure savamment étudiée.

Un courant chaud s'insinua dans ses veines. Qu'est-ce que cela pouvait être, sinon de la jalousie ? Aucune autre raison ne pouvait expliquer sa fascination pour la manière dont le corps d'Hannah se mouvait sous la soie.

Leur table minuscule était nichée dans un coin sombre de la salle, et quand la cheville d'Hannah frôla la sienne Althea se recula vivement, pour conserver une certaine distance. Sa maladresse sembla amuser Hannah.

— Ou bien tu prends des notes pour tes maîtres nazis ? interrogea Hannah en désignant du menton le calepin dans lequel elle griffonnait.

Althea rougit et rangea précipitamment calepin et stylo dans son petit sac à main, gênée de quoi, elle n'en savait rien. D'être écrivaine ? De se comporter comme une écrivaine en public ?

— Je ne suis pas… Ils ne sont pas…

Alors qu'elle était incapable de formuler une phrase cohérente, la main de Dev atterrit sur son épaule.

— Hannah, tu ne traumatises pas notre petite colombe, n'est-ce pas ?

Althea trouva l'intervention aussi salutaire que désagréable.

— Non, je ne crois pas lui faire peur. Pas au sens où tu l'entends, répondit Hannah en étudiant l'expression d'Althea.

Avant qu'Althea ne puisse demander de quoi elle parlait, Hannah leva les yeux sur Dev.

— Tu lui fais faire une tournée éclair, hein ?

— On rattrape le temps perdu, répondit Dev en caressant les cheveux d'Althea.

Otto Koch apparut derrière Hannah, essoufflé, ravi, et trop beau pour être vrai.

— Je viens de me faire plumer à la table de poker. Viens danser avec moi, Dev, s'il te plaît. Aide-moi à oublier cette injustice.

— Comment dire non à ce visage ? interrogea Dev en lui empoignant le menton.

Otto éclata de rire et lui saisit la main pour l'entraîner vers le petit espace réquisitionné par les danseurs. Par-dessus son épaule, Dev lança :

— Sois gentille, Hannah.

— Je suis toujours gentille, répliqua l'intéressée.

Mais ses yeux étaient rivés sur le visage d'Althea, et Dev n'avait sans doute pas entendu sa réponse.

— Alors tu es écrivaine ?

— J'ai été publiée une fois, corrigea Althea.

Les coins de la bouche d'Hannah se retroussèrent, comme si elle saisissait parfaitement la nuance.

— Et ton prochain livre sera sur les nazis ? Une histoire d'amour, peut-être, entre une jeune Américaine et un robuste Allemand dévoué à Hitler ?

Althea rougit en songeant à ce jour au marché de Noël où elle s'était imaginée être l'héroïne d'un film flirtant avec son référent, un séduisant étranger aux cheveux blonds. Le sourire de sa comparse s'élargit. Elle était manifestement ravie de sa boutade.

— Tu les détestes, dit Althea au lieu de se défendre. Sont-ils vraiment si terribles ?

Tout le monde au cabaret parlait des nazis de la même façon que Dietrich et ses amis parlaient des communistes. C'était… perturbant, d'autant qu'elle avait du mal à se faire une idée précise de la situation politique du pays.

Hannah pinça les lèvres et Althea ne put s'empêcher de baisser le regard. Elle cligna des yeux et se concentra à nouveau.

— Si je te disais que oui, ils sont si terribles, tu en penserais quoi ?

— Je… Je ne sais pas, murmura Althea.

— Si, tu le sais. Tu penserais que nous sommes les deux faces biaisées d'une même médaille.

Elle avait raison, bien sûr. C'était exactement ce que pensait Althea depuis qu'elle avait réalisé que Dev ne faisait pas confiance à ses hôtes.

Tous avaient des histoires à raconter sur les monstres de l'autre camp, des anecdotes tout aussi atroces. Pourtant, personne ne lui avait causé de tort. Il était difficile de les juger. Les habitants d'Owl's Head étaient gentils avec elle maintenant qu'elle était une écrivaine célèbre – ces mêmes gens qui l'avaient forcée à se réfugier dans les livres.

Pour juger une personne, il faut regarder son attitude non pas avec ceux qu'elle veut impressionner, mais avec ceux qui ne peuvent rien lui apporter.

Cela dit, à quoi Althea pouvait-elle se référer ? Elle avait passé son temps dans des librairies, des conférences, des cabarets et des cafés, et n'avait été témoin que de comportements civilisés des deux côtés.

— Alors pourquoi gaspiller mon énergie ? interrogea Hannah comme si elle lisait dans ses pensées.

— Dev ne les aime pas non plus, dit Althea, sans trop savoir pourquoi elle insistait alors qu'Hannah lui offrait une porte de sortie.

La résignation se lisait sur le visage d'Hannah, sans qu'Althea comprenne vraiment pourquoi. Hannah était une étrangère, alors pourquoi Althea recherchait-elle son approbation ?

— Pourtant elle travaille toujours pour Goebbels.

Et tu es amie avec elle, faillit-elle ajouter. Mais cela l'aurait rendue vulnérable, un rappel de ses années de jeunesse où elle voulait si désespérément être aimée.

Hannah semblait lire en elle.

— Ne te laisse pas tromper par la propagande, ma colombe. La ferveur pour Hitler n'est pas aussi puissante que les nazis veulent te le faire croire. Beaucoup de gens travaillent avec lui en fermant les yeux.

Sans savoir pourquoi, Althea trouvait que c'était pire que de choisir un camp.

— La vie n'a rien d'un conte de fées, reprit Hannah, qui, manifestement, la comprenait bien mieux qu'elle ne le devrait après deux brèves rencontres. Des gens bien font de vilaines choses ; des gens mauvais font de bonnes choses. Et la plupart essaient juste de survivre. (Hannah éteignit sa cigarette.) Maintenant, dis-moi ce que tu écris.

— Bah, juste des détails, dit Althea, ses yeux papillonnant autour de la pièce.

Deux hommes en robe de chambre, les cheveux gominés comme ceux de Dev, dansaient en faisant claquer leurs talons sur le carrelage ; une chanteuse à la voix sucrée entonnait un refrain sentimental, la larme à l'œil ; à une table, deux touristes françaises d'une soixantaine d'années s'étaient manifestement retrouvées là par hasard et affichaient un sourire ravi.

— Je... n'ai pas beaucoup voyagé.

Elle réussit à ne pas bégayer comme Hannah changeait de place, le drapé de sa robe laissant deviner le creux de ses reins.

— Avant, quand j'écrivais, je me fiais aux magazines et aux livres et, si j'avais de la chance, aux photos des lieux que je décrivais.

— Je n'avais jamais pensé à ça, répondit Hannah, dont la cuisse lui toucha le genou.

Althea repoussa son verre, les bulles lui montaient à la tête. Ou peut-être était-ce simplement l'intérêt que Hannah lui prêtait, son dédain ayant laissé place à la curiosité.

— Il y a des détails universels, poursuivit-elle en lui montrant sa paume. Un poignet sera toujours un poignet. Les veines affleurent sous la peau douce et fine comme du papier. Si tu touches ici...

Elle s'interrompit brusquement. Hannah avait posé un doigt sur une ligne bleue au creux de son coude et en suivit le tracé délicat jusqu'à sa paume. Puis son doigt fit le chemin inverse. Althea avait l'esprit vide, la bouche sèche et les oreilles bourdonnantes.

— Si tu touches ici..., répéta Hannah d'une voix éraillée, où perçait l'amusement.

— ... tu peux sentir le cœur battre, articula péniblement Althea. (Hannah soutint son regard.) Mais il y a des choses que tu ne peux pas simplement imaginer.

— Non.

Althea fut la première à détourner les yeux, puis regretta le contact des doigts d'Hannah quand celle-ci se recula.

Son regard se posa sur deux hommes enlacés contre un pilier non loin de leur table, qui échangeaient un baiser torride. L'avidité de leurs bouches la rendit par trop consciente de la jambe d'Hannah contre la sienne.

Si tu touches ici…

Un filet de sueur s'écoula le long de sa colonne vertébrale tandis qu'une vague brûlante traversait son corps et que ses membres étaient parcourus de frissons.

— Ça ne va pas ? demanda Hannah, dont l'expression ne laissait rien transparaître.

Mais il était évident que la réponse l'intéressait.

— S… si. (Althea s'éclaircit la gorge et chassa l'hésitation de sa voix.) Si, si, ça va.

— Tu me parlais des détails…

Althea tenta désespérément de se rappeler ce qu'elle venait de dire.

— Eh bien… à partir de certains détails, on peut facilement extrapoler. Un poignet est un poignet. Il peut y avoir de petites différences, la couleur de la peau, la finesse et la taille des os, mais les caractéristiques de base sont les mêmes partout dans le monde. Une voiture est une voiture, une glacière est une glacière… Je peux ainsi construire un univers réaliste pour mes lecteurs. Car nous savons tous qu'un poignet ne peut pas se plier entièrement, qu'une glacière préserve la fraîcheur et qu'une voiture permet de se déplacer rapidement. Mais tout n'est pas aussi simple. Je sais à quoi ressemble un restaurant dans le Maine, mais qu'en est-il en Inde ? Qu'est-ce qui le différencie d'un établissement en Australie ou en Californie ?

— À quoi ressemble un cabaret à Berlin ? renchérit Hannah, suivant son raisonnement.

Althea acquieça.

— Alors je fais des recherches, des suppositions, en espérant ne pas me tromper. Mais grâce aux détails, on peut facilement deviner si un écrivain est déjà sorti de sa ville natale. (Elle regarda autour d'elle, s'imprégnant à nouveau de l'atmosphère de la salle.) Je n'aurais jamais pu imaginer tout ça.

— Et ça te plaît ? demanda Hannah d'une voix douce.

La fascination d'Althea était sans doute visible.

— C'est l'essence même de la vie, non ? dit Althea en rougissant de sa franchise. C'est à croire que la lumière des cabarets rend tout plus vibrant, plus intense. La colère, la joie, la… passion. La vie. Tout est *plus* ici.

L'expression d'Hannah était si chaleureuse qu'Althea eut envie de se baigner dans son aura.

— Alors dis-moi, petite colombe, tu danses ?

Prise de court par sa proposition, Althea se contenta de cligner des yeux en imaginant leurs membres entremêlés, leurs cuisses serrées, leurs ventres pressés l'un contre l'autre, ses doigts effleurant la soie de la robe, le velouté de la peau d'Hannah.

Si tu touches ici…

— Non, je n'ai jamais… Je ne le fais jamais. (Elle s'en voulut de sa réponse maladroite.) Non. Je ne danse pas.

Pendant un temps, Hannah ne réagit pas. Puis elle se leva juste au moment où une petite femme brune heurta leur table. La jeune femme sourit à Hannah avec un aplomb qui éteignit les étincelles sous la peau d'Althea.

— Dommage, déclara Hannah sans quitter la fille des yeux.

Althea n'eut d'autre choix que de regarder les deux femmes se fondre dans la foule.

Dev se laissa tomber sur le siège laissé vacant par Hannah, passa un bras autour de ses épaules et l'embrassa sur la tempe.

— Courage, chérie. Il n'y a pas de vraie nuit au cabaret sans un petit pincement au cœur.

— Tu sais que tu n'es pas aussi rassurante que tu le crois.

Dev se contenta de rire, un rire brillant comme un carillon emporté par le vent, puis elle la tira de sa chaise et l'entraîna sur la piste de danse, ignorant ses protestations.

— Et tu n'es pas aussi ennuyeuse que tu le crois.

— Pas rassurante du tout ! répéta Althea.

Pourtant elle ne put s'empêcher de glousser quand Dev la fit virevolter. Personne dans la boîte de nuit ne faisait attention à elles. Peut-être que quelques têtes se tournèrent à cause de Dev, mais pas parce que deux femmes dansaient ensemble.

Althea se retrouva pressée contre Dev, un bref instant, un contact bien plus intime que la jambe d'Hannah contre la sienne un peu plus tôt. Et pourtant, malgré la beauté indiscutable de son amie, ses paumes n'étaient pas moites, son cœur ne s'emballait pas. Elle était heureuse, mais simplement parce qu'elle s'amusait avec sa nouvelle complice.

Elle ne put résister à l'envie de trouver Hannah et sa partenaire, de plonger ses yeux dans les siens au cœur de la foule. La jeune fille brune s'était lovée dans les bras d'Hannah, avec un déhanché sensuel et envoûtant.

La chanteuse entama un morceau plus rapide, toujours aussi mélancolique, des trompettes endiablées et des cordes aux accents bluesy se superposant à sa voix. Les danseurs se mirent en couple pour suivre le rythme entraînant. La foule entonna le refrain en chœur, les tables et les chaises crissant sur le sol alors que d'autres fêtards se levaient pour gagner la piste de danse.

Et pendant tout ce temps, Hannah ne quitta pas Althea des yeux. Lentement, très lentement, elle porta le poignet de sa partenaire à sa bouche et pressa les lèvres contre la peau fine veinée de bleu.

Althea sentit presque son souffle chaud contre son propre poignet.

Si tu touches ici… tu peux sentir le cœur battre.

16.

New York
Mai 1944

Une semaine s'était écoulée depuis la visite de Viv à la Bibliothèque des livres interdits de Brooklyn, et pour une raison étrange l'idée d'y retourner la rendait nerveuse. Peut-être parce que la bibliothécaire lui semblait la complice idéale pour son épreuve de force avec Taft, mais qu'elle refuserait probablement de s'impliquer.

Viv avait mieux à faire que de se rendre à Brooklyn. Il lui restait environ deux mois pour organiser seule un grand événement médiatique. Mais chaque fois qu'elle doutait d'elle-même, elle pensait à ce lieu, à la bibliothécaire et à la ferveur dans sa voix.

Une nouvelle immersion là-bas lui ferait le plus grand bien.

Cette fois-ci, au lieu d'être perdue au milieu des étagères, la bibliothécaire aidait une jeune femme à son bureau, toutes deux penchées sur un livre ouvert.

Viv ne voulait pas les interrompre mais, lorsque son talon érafla le parquet, les deux femmes levèrent brusquement la tête. L'une avait le regard paniqué, l'autre affichait une expression glaciale.

— Euh…

Viv eut l'impression désagréable d'être un policier qui venait de pousser la porte d'un bar clandestin.

L'instant d'après, la jeune femme se rua vers la sortie, bousculant Viv dans sa course désespérée pour s'échapper.

Viv la suivit des yeux, consternée. Quand elle se retourna vers la bibliothécaire, cette dernière avait le visage impénétrable.

— Je suis vraiment désolée. Je ne voulais pas…

La bibliothécaire soupira et referma le livre dans lequel la jeune femme et elle étaient plongées.

— En quoi puis-je vous être utile, madame Childs ?

— Je vous dérange, désolée, dit-elle de nouveau, énervée contre l'univers qui l'avait envoyée là au plus mauvais moment.

Les yeux de la bibliothécaire se tournèrent vers la porte par laquelle sa visiteuse s'était enfuie.

— Vous n'y pouvez rien.

Viv s'approcha pour voir la couverture du livre, mais la bibliothécaire le pressa contre sa poitrine. Un geste de protection.

Et une fois de plus, Viv vit en cette femme autre chose.

Un ange gardien.

Cette idée était si convaincante qu'elle ne parvenait pas à s'en défaire, même si elle n'était pas en droit de demander une faveur à cette inconnue.

— En revanche, je pourrais vous donner un coup de main, proposa Viv en s'essuyant les mains sur sa jupe rouge élégante avant de faire un geste vers le chariot chargé de livres à côté du bureau. Et nous pourrions parler un peu plus de la bibliothèque.

— Très bien, répondit la bibliothécaire, une chaleur nouvelle dans le regard. Alors suivez-moi.

Sautant sur l'occasion, Viv saisit les poignées du chariot en métal brun et le poussa.

Les livres vacillèrent mais ne basculèrent pas.

— Saviez-vous que, cette nuit-là à Berlin, on n'a pas brûlé que des livres ? lança la bibliothécaire alors qu'elles se dirigeaient vers les étagères du fond. Peu de gens sont au courant que, quelques jours seulement avant les autodafés, des étudiants ont fait une descente à l'Institut für Sexualwissenschaft. (Devant le silence confus de Viv, la femme la regarda par-dessus son épaule et ajouta :) L'Institut de sexologie.

Viv se sentit rougir.

— Oh.

— Ils ont détruit l'édifice qui menait des recherches révolutionnaires sur les femmes, les homosexuels et les intersexuels, expliqua-t-elle sans un tremblement dans la voix.

Viv aurait aimé être aussi sophistiquée, blasée mais, dans les cercles où elle évoluait, elle n'avait jamais entendu ces mots prononcés à haute voix.

— Intéressant, bredouilla-t-elle.

— Les vandales ont volé le buste du fondateur Magnus Hirschfeld dans le hall de l'institut et, quelques jours plus tard, ils l'ont trimballé comme un trophée de guerre sur l'Opernplatz, où ont eu lieu les autodafés. Ils ont brûlé une grande partie de ses travaux. Cela a renvoyé le monde de la recherche des décennies en arrière.

Enfin, Viv surmonta son malaise.

— C'est terrible.

La bibliothécaire s'arrêta devant une section consacrée aux essais et remit en place celui qu'elle tenait encore serré contre sa poitrine. Viv aperçut le nom de l'auteur.

Hirschfeld.

Oh.

« Les femmes, les homosexuels et les intersexuels. »

Viv songea à la jeune femme effrayée par sa présence et plaqua la main sur son cœur.

— Oh.

— Mais comme je vous l'ai dit, on ne fait pas disparaître les mots en les brûlant, reprit la bibliothécaire. Les idées ne peuvent pas simplement être effacées. Les gens non plus. (Elle toucha le dos du livre avec révérence avant de poursuivre :) Brûler des livres qui traitent de sujets que vous n'aimez pas ou ne comprenez pas ne les annihile pas.

— C'était comment, cette nuit-là ? demanda Viv à voix basse tant elle avait besoin de le savoir.

La bibliothécaire ne la quittait pas des yeux. Que redoutait-elle ?

De la curiosité mal placée, peut-être ?

Certes, ses intentions n'étaient pas totalement pures – Viv était toujours à la recherche d'une histoire qui arracherait les gens à leur apathie et les réconcilierait avec la politique –, mais elle voulait aussi apprendre à connaître cette femme.

— Trempé, répondit-elle d'un ton ironique, tout en tendant la main vers un autre livre.

Le rire de Viv emplit l'espace entre elles.

— Vraiment ?

— Les nazis ont eu du mal à entretenir le feu. (Les lèvres de la bibliothécaire se retroussèrent, trahissant un mélange d'amusement et de cynisme.) Ils ont été obligés de verser régulièrement de l'essence sur les piles de livres.

— Mais ils ont fini par y arriver.

— Parfois, ce sont les livres qu'ils n'ont pas brûlés qui me dérangent le plus, ajouta-t-elle en rangeant un ouvrage de Freud.

— Qu'est-ce que vous voulez dire par là ?

La bibliothécaire lui jeta de nouveau un regard méfiant. Elle l'avait mérité, songea Viv.

— Qu'arrive-t-il d'après vous aux livres des Juifs déportés dans les camps de concentration ?

— Je... Je n'y ai jamais réfléchi.

La bibliothécaire inclina la tête.

— Vous n'êtes pas la seule. Eh bien, les nazis se sont mis à piller les bibliothèques personnelles des citoyens juifs d'Allemagne à peu près à l'époque où ils voulaient faire leur grand feu de joie. Ils n'ont jamais arrêté depuis.

— Ils les ont pillées ? Comme avec l'Institut für Sexualwissenschaft ?

Cela lui valut presque un sourire.

— Oui. Les SS ont confisqué les livres non allemands des librairies communistes, des bibliothèques de prêt, des particuliers. À l'époque, un immeuble à Berlin abritait et protégeait les écrivains qui luttaient activement contre la censure. Ses cinq cents appartements ont été fouillés et vandalisés avant les autodafés.

— Et ils ont brûlé tous ces livres ? demanda Viv en passant un doigt sur l'un des volumes du chariot, la poitrine serrée à l'idée qu'il soit réduit en cendres.

— Je ne crois pas, non. Je pense plutôt qu'ils les ont conservés. Ces barbares les étudient.

— Connais ton ennemi, souffla Viv.

La bibliothécaire hocha la tête.

— La propagande dépeint les nazis comme des ignorants et des anti-intellectuels. Mais leurs dirigeants ont compris que la connaissance est une arme puissante. C'est pourquoi ils veulent la contrôler.

Viv ne pouvait s'empêcher de penser à Taft, mais elle ne voulait pas que la bibliothécaire dévie de son sujet à cause de ses problèmes.

— Ils ont un club de lecture national, vous le saviez ? reprit son interlocutrice d'un ton à nouveau sarcastique.

— Les nazis ?

Viv ne savait pas pourquoi, mais cette idée l'horripila. Ce n'était certainement pas la chose la plus atroce qu'Hitler ait faite, pourtant cela lui apparaissait comme une violation.

— Ils ont des centaines de milliers de membres qui lisent Goethe et Schiller, et veulent propager toute la littérature pro-germanique. (Elle secoua la tête.) Je suppose que c'est comme votre programme de lecture pour les armées.

— Non, se défendit Viv. Pas du tout. Nous n'avons pas d'intentions politiques.

La bibliothécaire lui lança un regard dubitatif.

— Tout le monde a des intentions politiques. Désolée, je n'aurais pas dû vous dire ça.

Mais Viv était piquée au vif.

— Qui dirige ce club de lecture ?

— Oh ! le ministère de la Propagande de Goebbels a une Chambre nationale de la littérature.

Le visage de la bibliothécaire prit soudain une expression sombre. De nouveau, elle s'était refermée, et Viv se sentit déstabilisée par ce changement brutal.

À l'aveuglette, elle rangea le dernier livre, puis contempla le chariot vide.

— Eh bien, je ne vous ai pas beaucoup aidée, madame Childs.

— Vous avez fait plus que vous ne le pensez, répondit Viv avec sincérité.

— Vous me l'avez déjà dit, mais je ne vous crois toujours pas, déclara la bibliothécaire en retournant à la réception.

— Je crois que cet endroit a une aura… (*Et vous aussi*, songea Viv, gardant prudemment cette pensée pour elle). Une mission, une histoire… Nos combats sont différents, mais quand je viens ici je sais pourquoi je me bats avec autant de conviction.

— Les fous parlent fort, mais nous en sommes capables aussi. À notre manière.

Au lieu de lui demander de venir dévoiler ses secrets devant les politiciens et la presse de New York, Viv lui lança :

— Quel est votre livre préféré ?

— Mon livre préféré ? répéta la bibliothécaire en se perchant sur le tabouret. Je crois que c'est comme le plus beau jour de votre vie. Vous pouvez en nommer un, mais ça ne signifie pas qu'il n'y en a pas des centaines d'autres tout aussi importants. (Avant que Viv puisse réagir, elle enchaîna :) J'ai un livre de chevet, que je reprends chaque fois que je veux avoir la sensation d'un thé chaud par une journée neigeuse.

— Lequel ? interrogea Viv, impatiente de connaître la réponse.

— *Parnassus on Wheels*, de Christopher Morley, répondit-elle avec un sourire, le regard un peu rêveur, lointain. « Quand vous vendez un livre à un homme, vous ne lui vendez pas seulement douze onces de papier, d'encre et de colle, vous lui vendez une toute nouvelle vie. L'amour, l'amitié, l'humour, et des bateaux la nuit en haute mer – il y a le ciel et la terre dans un livre. »

C'était comme si on avait pris l'existence de Viv et qu'on l'avait résumée en une citation.

— J'aimerais beaucoup le lire.

— Je crois qu'il vous plairait.

Son ton avait quelque chose de définitif, et Viv décida de prendre congé pour ne pas abuser de son hospitalité. Mais avant de s'éloigner, elle tenta sa chance.

— Puis-je connaître votre nom ?

Une partie d'elle ne voulait pas vraiment le savoir, tant le mystère faisait partie du charme de cette femme.

C'est pourquoi elle ne fut pas contrariée quand la bibliothécaire l'étudia un long moment avant d'incliner la tête, comme elle le faisait si souvent.

— Peut-être une autre fois.

17.

Paris
Novembre 1936

La Bibliothèque des livres brûlés s'était transformée en une sorte d'atelier de travail pour contrer la prochaine exposition des nazis.

Les membres du conseil d'administration de la bibliothèque étaient d'accord avec Hannah et avaient décidé d'imprimer un texte pour donner leur propre vision de l'idéal allemand – celle de la communauté installée en France. Mais le plan avait pris une tout autre ampleur au cours de la semaine passée.

La bibliothèque ne voulait pas seulement s'opposer aux nazis, mais atteindre les habitants de Paris. Peut-être pas ceux qui espéraient que le programme politique d'Hitler s'étende à la France, mais ceux qui avaient des doutes, qui voulaient démêler le vrai du faux.

Des étudiants et des bénévoles fabriquaient des brochures sur l'îlot central pendant que les membres du conseil d'administration installés dans le fond sélectionnaient les meilleurs documents à présenter dans l'espace d'exposition.

Toute cette agitation ne dérangeait pas Hannah. Il était exaltant d'agir pour démonter la rhétorique haineuse des nazis.

La dernière fois qu'elle avait ressenti un espoir aussi puissant, c'était au printemps 1933, avant l'arrestation d'Adam.

Heinrich Mann, le directeur de la bibliothèque, avait chargé Hannah de rendre visite aux libraires du quartier. Elle avait pour mission de requérir leur aide pour mettre en valeur le meilleur de la littérature allemande. Et elle devait aussi les persuader de donner des exemplaires gratuits, afin que les curieux puissent les feuilleter sans obligation d'achat.

Au moment où Hannah enfilait son manteau, la sonnette au-dessus de la porte retentit. Lucien, du magasin de violons, se tenait sur le seuil, les mains enfoncées dans ses poches.

— Tu voulais me voir ? demanda Hannah, un peu surprise.

Elle n'avait pas distribué toutes ses brochures et avait encore plusieurs personnes à voir.

Le regard de Lucien se fit fuyant, comme s'il ne voulait pas être là. L'excitation d'Hannah retomba. Cela ne ressemblait pas à une visite de courtoisie.

— Tu as un moment ? demanda-t-il.

Elle jeta un coup d'œil à l'horloge. La librairie Shakespeare and Co fermait bientôt, et elle devait absolument parler à Sylvia Beach.

— On peut discuter en marchant ?

Il ne prit pas la parole tout de suite, et elle ne voulut pas le brusquer. Mais elle perçut son inquiétude rien qu'à son front plissé et à ses lèvres pincées.

— Tu es amie avec Otto Koch, n'est-ce pas ? finit-il par demander quand ils entrèrent dans le jardin du Luxembourg.

— Oui.

— Il n'est pas blessé, s'empressa de la rassurer Lucien, conscient sans doute de la gravité de son ton. Mais il est venu à quelques-unes de nos réunions…

Sans qu'Hannah sache pourquoi, cela la surprit : elle avait présumé qu'Otto était aussi frileux qu'elle concernant les réunions de la Résistance. Il était proche d'Adam, lui aussi.

— Il s'est passé quelque chose, sinon tu ne me dirais pas ça, déclara-t-elle le plus calmement possible.

Une fois encore, il garda le silence. C'était dans ces moments-là qu'elle ressentait le plus fortement les différences culturelles. Un Allemand n'aurait pas eu peur de la choquer ou de la blesser.

— Dis-moi ce qui se passe, s'il te plaît.

— Tu m'as dit que tu avais un frère détenu par les nazis…

Hannah planta les ongles dans ses paumes pour se calmer et ne pas le supplier de tout lui dire sur-le-champ.

— En effet.

— Otto est… il parle comme s'il allait se mettre dans le même genre de pétrin que ton frère. Au début, quand il venait aux réunions, il s'asseyait dans le fond et restait silencieux. Ensuite, il a commencé à s'exprimer. Et puis hier soir, il a agressé un militant. (Il se tut et la regarda.) Il en est venu aux mains, Hannah.

Elle poussa un soupir tremblant. Ce n'était pas une bonne nouvelle, mais cela aurait pu être pire.

— J'ai dû le mettre dehors. Je lui ai dit de ne pas revenir.

Ils savaient tous les deux ce que cela signifiait. Otto risquait de chercher un groupe plus radical qui accueillerait à bras ouverts son tempérament ardent et attiserait sa colère au lieu de la canaliser.

— Je dois penser aux autres, reprit Lucien, comme s'il lui demandait pardon.

Elle se rendit compte qu'elle n'avait rien dit depuis plusieurs minutes.

— Bien sûr, mon cher, dit-elle en s'arrêtant pour l'étreindre.

Elle lui souffla un baiser pour lui montrer qu'ils étaient toujours amis. Il avait fait ce qu'il fallait pour protéger le groupe.

— Je vais lui parler, ajouta-t-elle.

— Merci, fit-il, libéré d'un poids.

Il fit mine de s'éloigner, puis se retourna.

— Nous avons besoin de ferveur comme la sienne. Mais si nous brûlons le monde pour détruire les nazis…

— … il ne restera rien du monde quand ils seront partis, termina Hannah.

Hannah se réveilla péniblement, sans savoir ce qui l'avait tirée de son cauchemar peuplé de corps battus et d'os brisés, mais reconnaissante d'en être sortie.

Jusqu'à ce qu'elle se rende compte qu'on tambourinait à la porte de la maison.

Une sombre prémonition lui tordit le ventre, et elle rejeta d'un coup de pied ses fines couvertures, dégringola de son lit et se rua vers la fenêtre de son studio au troisième étage.

— Hannah…, disait une voix étranglée. Hannah.

Des sanglots déchirants. Désespérés.

— Otto, arrête.

Elle avait prononcé ces mots tout bas, pourtant il semblait les avoir entendus, car il leva les yeux et chercha son visage dans l'obscurité.

L'instant d'après, la porte de la maison s'ouvrit, et Brigitte attrapa Otto par le col de sa veste et le secoua. Brigitte n'était pas à cheval sur les bonnes manières, mais elle ne supportait pas d'être réveillée au beau milieu de la nuit. Otto aurait de la chance s'il s'en sortait sans un œil au beurre noir.

Hannah enfila sa robe de chambre et dévala les marches.

— *Mademoiselle, je suis désolée, vraiment désolée**, bafouilla Hannah. S'il vous plaît. S'il vous plaît !

L'urgence dans sa voix attira l'attention de la propriétaire, qui cessa de malmener Otto pour lui jeter un regard interrogateur. Puis Brigitte se mit sans doute à les maudire tous deux copieusement, sans lâcher un Otto en larmes. Enfin, elle le poussa dans la direction d'Hannah et se retira dans son appartement.

Tant qu'il n'était pas question d'expulsion, Hannah prenait le déluge d'injures de Brigitte comme un moindre mal.

— Otto, mon ange, qu'est-ce que je vais faire de toi ?

Elle se parlait presque à elle-même tant Otto était absorbé par son propre tourbillon émotionnel. Elle passa un bras autour de sa taille et l'aida à grimper les trois étages. Quand elle atteignit sa chambre, elle avait les bras en feu.

Hannah le manœuvra de telle sorte que, lorsqu'elle le lâcha, il bascula sur son lit.

Otto la regardait fixement, son regard insondable rougi de larmes, son menton tremblant alors qu'il s'efforçait de reprendre contenance. Hannah s'assit derrière lui et lui caressa les cheveux. Elle aurait voulu ignorer l'avertissement de Lucien plus tôt dans la journée, mais c'était impossible.

Sur le ton qu'on emploierait avec un enfant malade, elle demanda :

— Que s'est-il passé, chéri ?

— Je les hais.

Cette ardeur dans sa voix, si belle et en même temps si dangereuse.

— Je sais, dit Hannah avec douceur, en déroulant affectueusement l'une de ses boucles.

— Ils nous ont tout pris, dit Otto.

Ce n'était pas un gémissement, plutôt un murmure. Cela l'effrayait encore plus, cette détermination dans son expression.

— Tout, répéta-t-il.

— Pas nos vies, lui rappela Hannah.

— Seulement parce que nous faisons partie des chanceux, dit Otto dans un souffle. Les rares chanceux.

— Que s'est-il passé, chéri ? répéta-t-elle.

Même si Otto sentait l'alcool à plein nez, ce n'était pas seulement la boisson qui l'avait mis dans cet état.

Il ressentait le monde avec une telle acuité parfois. Sa joie, mais aussi sa cruauté. Pourtant, au cours des derniers mois, cela semblait avoir empiré, ces émotions destructrices attisées par l'alcool – et sans doute par une consommation occasionnelle de drogues. Ce qu'elle avait refusé de voir, jusqu'à que Lucien l'oblige à ouvrir les yeux.

Elle aurait dû intervenir plus tôt, s'interposer. Mais elle n'avait pas envie de se battre. Certains jours, le simple fait de survivre était épuisant.

À présent, Otto souriait, et la regardait. Puis il souleva sa chemise, révélant ses hanches étroites. Et la crosse métallique d'un pistolet.

Hannah retint son souffle, la gorge soudain douloureusement nouée.

— Otto, non.

— Je me suis fait des amis.

— Ce ne sont pas de vrais amis s'ils te donnent des armes, répliqua Hannah en percevant dans sa propre voix une fêlure qu'elle détestait.

Tout ce qu'elle voyait, c'était le visage d'Adam quand il parlait de détruire un bâtiment nazi à Berlin. Il dégageait alors une ardeur qu'elle n'avait pas réussi à atténuer avec des arguments logiques et des avertissements prudents. Elle lisait le même feu dans les yeux d'Otto en ce moment, même s'ils brillaient de larmes.

— Je leur ai parlé de l'exposition, continua Otto comme si elle n'avait rien dit. Ils la voient venir aussi, Hannah. La guerre. Ils *savent*, comme nous.

— Te faire tirer dessus par les nazis ne changera rien, l'avertit Hannah en luttant contre la peur primale dans sa tête.

Elle devait réfléchir, trouver un moyen de l'arrêter.

— Peut-être que si. Peut-être que ça réveillera Paris. Ça leur révélera qui ils sont vraiment. Des barbares.

— Non ! (Hannah saisit les mains d'Otto dans ses paumes moites.) Non, Otto. Tu connais les nazis, tu sais ce qu'ils feront si tu tues l'un d'entre eux. Ils s'en prendront aux Juifs. J'ai raison, tu le sais. Ils feront de la victime un martyr de la violence juive.

— On ne raisonnera jamais les nazis, dit Otto, qui semblait beaucoup plus lucide à présent. Ce n'est pas eux que nous devons convaincre. Mais tout le monde.

— Tes amis se servent de toi, Otto. Ils vont causer des problèmes. L'anarchie, ça ne persuadera personne.

— L'anarchie est-elle une si mauvaise idée ? Quand l'alternative est Hitler ?

Hannah se mordit les lèvres pour ne pas répondre. Il ne l'écouterait pas, pas dans cet état d'esprit.

— Parle-moi d'eux. De tes amis.

Il la regarda d'un air méfiant, comme s'il sentait le piège. Mais il était trop habitué à se confier à Hannah pour se taire.

— Ils sont déjà en train de former un groupe de résistance. Avec des mots de passe et des planques, pour être prêts quand les Allemands arriveront.

— Ils en sont si sûrs ? interrogea Hannah alors qu'elle était sans doute la plus convaincue de l'inévitabilité de la guerre.

Mais elle avait tellement l'habitude des réactions incrédules qu'elle s'étonnait que d'autres comprennent ce qui se passait.

— Ce sont des scénaristes, des comédiens. Ils ont des proches en Allemagne. Ils ont vu la même chose que nous. Ils *savent*.

Il répéta ces derniers mots plusieurs fois jusqu'à ce qu'ils deviennent un peu flous.

Hannah s'efforça de conserver une voix égale.

— Et ils veulent que tu viennes armé à l'exposition ?

— Ils n'ont pas eu à me le demander, répondit Otto d'un ton buté. Ils n'ont pas eu à me persuader, c'est moi qui le leur ai proposé.

— Je comprends, mon chéri, roucoula Hannah en lui caressant à nouveau les cheveux.

Demain matin. Elle lui parlerait le lendemain matin. Pour lui faire entendre raison.

Les paupières d'Otto se fermèrent sous l'effet de sa tendresse, sa respiration s'apaisa.

Le ciel commençait à s'éclaircir au moment où Hannah prit sa décision. Les rayons striaient sa moquette usée. Avec la même lenteur qu'Otto un peu plus tôt, elle souleva la chemise de son ami, les yeux rivés sur son visage. Comme il ne réagissait pas, elle tira sur la crosse du pistolet à deux doigts, répugnant à prendre l'arme à pleine main.

Après avoir ôté le pistolet de son pantalon, elle l'enveloppa dans un vieux châle. Puis elle s'agenouilla près du placard et tâtonna pour trouver l'encoche qui permettait de soulever la planche. Puis elle laissa tomber l'arme dans le trou sombre.

18.

Berlin
Février 1933

Dev demanda à Althea de presser le pas, tout en jetant des regards nerveux autour d'elle tandis que la nuit les enveloppait peu à peu. Cette prudence parut étrange à Althea, car Dev n'avait jamais eu peur de se promener seule dans les rues de Berlin.

Ce soir, cependant, elle était sur les nerfs.

— Qu'est-ce qui ne va pas ? demanda Althea en trottinant pour suivre le rythme endiablé de Dev.

— J'ai quelque chose à te montrer.

Une réplique familière. Combien de fois Dev s'était-elle présentée à sa porte avec cette annonce depuis leur rencontre il y a trois semaines ?

« J'ai quelque chose à te montrer » pouvait signifier n'importe quoi : un numéro grivois dans une boîte de nuit, un tableau dans une galerie de l'île aux Musées, ou alors une fanfare de rue particulièrement entraînante dans le Tiergarten. Althea avait bien plus exploré la ville au bras de Dev qu'elle n'aurait pu le faire avec Diedrich.

Althea n'avait jamais eu de véritable amie auparavant. Elle aimait son frère – et il était toujours là pour elle quand elle avait besoin de lui. Mais ses amis, elle les avait toujours trouvés dans les pages des livres ou dans son travail d'écriture. C'était une complicité qu'elle ne pouvait qu'imaginer et qu'elle n'avait jamais réellement connue.

Maintenant que Dev était entrée dans sa vie, avec sa présence de tous les instants, Althea se rendait compte à quel point cela lui avait manqué.

Dev s'arrêta net, et lui saisit le poignet pour l'entraîner dans la ruelle la plus proche. Elles marchèrent à grandes enjambées dans le passage noyé d'ombre. Cinq minutes plus tard, Dev franchissait, un peu essoufflée, la porte d'un café. Il n'y avait pas de nom sur l'enseigne ni sur la devanture, simplement le dessin d'une tasse de café. Pourtant, Dev avait poussé la porte sans hésiter.

C'était un lundi soir tranquille, avec quelques clients solitaires disséminés aux petites tables. Mais au fond se trouvait un groupe d'hommes et de femmes de l'âge d'Althea, voire plus jeunes. Sur les quatre tables qu'ils avaient rassemblées traînaient des tasses et même quelques verres de vin. Un jeune homme debout tenait son auditoire en haleine, en faisant de grands gestes à la manière d'un comédien shakespearien.

Quand il aperçut Dev, il poussa un cri et traversa la salle en trombe pour la serrer dans ses bras.

Dev riait lorsqu'il la lâcha pour se tourner vers Althea, qui recula d'un pas pour ne pas recevoir la même démonstration d'affection. Elle s'habituait à rencontrer de nouvelles personnes tout le temps, mais n'avait aucune envie d'être étreinte par cet homme étrange.

Il comprit le message et se contenta de lui sourire.

— Eh bien, bonjour.

L'homme avait les yeux d'un chiot, d'un brun liquide, si attendrissants qu'il avait sûrement l'habitude d'obtenir tout ce qu'il désirait. Ses joues rouges et ses cheveux bruns ébouriffés ajoutaient au sentiment d'exaltation qui exsudait de tout son être.

Althea se surprit à vouloir le suivre partout où il irait. Elle avait lu des articles sur des personnes qui inspiraient ce genre de dévotion immédiate, mais n'en avait jamais croisé dans la vie réelle.

— Althea, tu connais déjà Hannah, dit Dev d'un ton lourd de sous-entendus. Eh bien, je te présente M. Brecht.

L'espace d'un instant déchirant, Althea crut qu'elle venait de rencontrer le mari d'Hannah. Aussitôt, elle parcourut du regard l'assemblée, à la recherche d'Hannah. Et la découvrit en train de les observer. Celle-ci haussa un sourcil lorsqu'elle croisa le regard d'Althea.

— Le frère d'Hannah, précisa l'homme.

Althea respira à nouveau. Cela dit, Dev avait l'air trop satisfaite d'elle-même pour ne pas l'avoir fait exprès.

— Tu es une amie de Dev et Hannah, je crois, alors appelle-moi Adam.

Le groupe accueillit Dev avec enthousiasme. Tous se levèrent, apportèrent des chaises supplémentaires, et quand l'agitation se calma Althea se retrouva collée à Hannah.

Hannah était habillée de façon décontractée – ce qui n'avait rien d'étonnant puisqu'elle ne se trouvait pas dans une boîte de nuit, cette fois. Mais elle était toujours aussi belle dans son pantalon taille haute et son pull couleur prune, ses cheveux relevés en un chignon qui soulignait ses traits, comme son rouge à lèvres.

Elle sentait l'orange, le lin frais et le tabac, un parfum qu'Althea associait désormais à Hannah.

— Bienvenue dans notre groupe d'étude, murmura Hannah, alors qu'Adam captait une fois de plus l'attention de son auditoire.

— Un groupe d'étude ?

Hannah fit un clin d'œil.

— Aujourd'hui, *Les Misérables.*

Althea sentait qu'il lui manquait une information, mais à cet instant Adam posa un pied sur la chaise, les bras écartés.

— « Il y a des gens qui observent les règles de l'honneur comme on observe les étoiles, de très loin », déclama-t-il comme s'il était sur scène.

La fille au comptoir roula des yeux, un sourire en coin. Les rares autres clients du café ignoraient le groupe et ne semblaient pas trop perturbés.

— « Mourir n'est rien. Ne pas vivre est un drame. »

— Est-ce qu'il lance juste des citations au hasard ? souffla Althea. Elles n'ont aucun rapport entre elles.

Les yeux d'Hannah s'arrondirent, puis sa bouche se plissa. L'avait-elle vexée ? Mais elle se rendit compte que les épaules d'Hannah tremblaient et qu'en réalité elle retenait un fou rire. Au bout du compte, Hannah lâcha prise et éclata de rire. Un rire de gorge qui lui allait merveilleusement bien, et qu'Althea eut envie d'entendre à nouveau.

Et de provoquer.

— Oh mon Dieu ! dit Hannah en s'essuyant le coin de l'œil. S'il te plaît, ne le répète pas à Adam, il serait désespéré. Il pense que ses diatribes sont le summum de l'inspiration.

— Pour être honnête, son public semble inspiré, dit Althea.

Tout le groupe était penché vers Adam, absorbé par son enthousiasme, son magnétisme, son ardeur juvénile.

Elle fut frappée par la différence entre le frère et la sœur, entre l'exubérance d'Adam et le calme d'Hannah. Le soleil et la lune.

— Mais on se demande s'ils ont vraiment lu le livre.

Hannah eut un autre rire sous cape, et posa la main sur la cuisse d'Althea.

— Attends, attends, c'est la meilleure partie…

À présent, Adam était debout sur la chaise, les mains tendues devant lui.

— « Même la nuit la plus sombre prendra fin… »

Althea connaissait la citation, mais fut surprise que plusieurs personnes autour de la table se dressent, le poing levé, et scandent à l'unisson :

— « … et le soleil se lèvera. »

Une clameur s'éleva quand Adam sauta à terre et tapa sur l'épaule de ses admirateurs les plus proches, avant d'échanger moult poignées de main et étreintes fraternelles.

Althea jeta un regard surpris à sa voisine, qui avait les larmes aux yeux tant elle était hilare.

— Ils sont jeunes et se prennent vraiment au sérieux parfois. C'est touchant mais aussi…

Elle n'avait pas besoin de terminer sa phrase, Althea la comprenait très bien. En général, elle se méfiait des gens qui se prenaient trop au sérieux. C'était la première chose qui l'avait rebutée chez ces dames de la haute société que Diedrich lui avait présentées. Elle ne pouvait pas apprécier une personne qui appelait Hitler son « petit loup » sans la moindre note d'ironie.

Mais l'ambiance était différente ici, dans ce petit café chaleureux où tout le monde semblait prêt à grimper sur les barricades pour défendre la liberté. Oui, c'était touchant, mais cela donnait aussi à Althea le sentiment d'être une vieille cynique.

Cela dit, elle ne pouvait pas ignorer la chaleur qui la submergeait, une sensation qu'Hannah semblait partager.

— C'est vraiment un groupe d'étude ? interrogea-t-elle, au risque de passer pour une idiote.

Hannah se mordilla la lèvre, et son regard papillonna entre Althea, Dev et Adam, avant de revenir sur elle.

— Tu as peur que j'en parle à mes « maîtres nazis », devina Althea. Tu n'as pas à t'inquiéter, je t'assure.

— On dirait que Dev te fait confiance, répondit Hannah. Mais que signifie la confiance sous le régime nazi ?

Une partie d'Althea aurait aimé s'en aller, juste pour échapper à ces discussions politiques. Tout le monde ne parlait plus que du nouveau régime, or elle ne voulait pas décevoir Hannah en débitant des idées absurdes. Si seulement elle savait quoi penser !

Althea se tourna pour étudier à nouveau le groupe, les visages radieux, les corps serrés, qui ne semblaient pas avoir besoin d'espace vital, la joie partagée – quoiqu'il ne s'agissait pas vraiment de *joie*, plutôt d'*impatience*.

— Je ne voudrais pas que l'un de vous souffre, dit-elle.

Cela, Hannah sembla le croire. Elle écrasa sa cigarette dans un cendrier difforme et soupira.

— Les nazis s'en prennent aux réunions politiques. Ils tabassent les participants et en arrêtent au moins la moitié.

— Quoi ?

Althea en resta bouche bée.

— Quand ces brutes ne les tuent pas sur le coup, ajouta Hannah très calmement, comme si elle parlait de la météo.

— Ils ne peuvent pas simplement tuer...

— Herr Göring veille à ce que la loi de Prusse soit appliquée, répondit Hannah, sans chercher à la convaincre, simplement en exposant les faits. Les assassinats ne sont même pas signalés là-bas. On ne sait donc pas combien d'opposants politiques au régime ont été tués, juste que ça va empirer. (Hannah désigna les exemplaires des *Misérables* sur la table.) Alors on est un groupe d'étudiants de l'université locale.

Althea jeta un coup d'œil aux autres personnes présentes dans le café, et Hannah sembla lire la question tacite sur ses traits tendus.

— On est en sécurité ici. (Hannah fit une pause, puis ajouta :) Pour l'instant.

Avant qu'Althea ne puisse insister, Adam poussa gentiment le voisin d'Hannah et prit sa place. Avec ses cheveux humides de sueur et la flamme dans son regard, il semblait tout droit sorti d'un roman de Victor Hugo.

— J'ai lu ton livre, dit-il à Althea en se penchant pour lui accorder toute son attention.

— Tu l'as lu ? s'étonna Hannah.

Puis elle pinça les lèvres, comme si elle regrettait d'avoir manifesté son intérêt.

— Oui, dit-il avec un sourire en coin à sa sœur. Je te le prêterai, Hannah, si tu me le demandes gentiment.

— Fripouille.

— Je l'ai trouvé fascinant, reprit Adam en se tournant vers Althea.

Sa voix vibrait de sincérité. Les amis de Diedrich avaient déprécié son travail. Certains s'étaient moqué d'elle parce qu'elle ne pouvait écrire qu'en anglais, d'autres lui avaient demandé d'un ton sarcastique comment elle pouvait passer autant de temps sur une chose aussi *frivole* que de la fiction.

— Et c'est votre premier roman. Très impressionnant.

— J'ai écrit vingt-cinq romans, admit-elle avec un sourire timide. Et c'est le premier publié.

— Ne dis jamais ça, lança Dev derrière elle.

Althea avait presque oublié sa présence, tant elle était fascinée par la fratrie Brecht.

— Je pensais que tu étais sortie de l'ombre du jour au lendemain, ajouta-t-elle.

— C'est en partie vrai, dit Althea en se reculant pour inclure Dev dans la conversation.

Otto Koch, affalé sur une chaise à côté de Dev, se pencha lui aussi vers elle, et Althea s'efforça de ne pas rester muette face à tant d'attention.

— C'était un coup de chance, vous savez. Le train de mon éditeur est tombé en panne près de ma petite ville et il a dormi dans la chambre au-dessus du pub de mon frère.

C'était une histoire passionnante, elle le savait. Son éditeur s'en était servi pour vendre le livre, amusé d'avoir pêché un diamant brut dans les profondeurs d'une bourgade de pêcheurs.

— Je publiais des histoires à suspense dans le journal local, qui n'avait pas grand-chose d'autre pour remplir ses pages. Mon frère avait laissé des exemplaires dans la chambre pour que ses locataires aient de la lecture. Mon éditeur a lu toute la série, et le lendemain il a voulu savoir qui j'étais et si j'avais des inédits à lui montrer.

— Et tu es devenue une célébrité dans le monde littéraire, conclut Dev comme une évidence.

— Je ne me suis pas encore faite à cette idée, avoua Althea, ce qui était un euphémisme.

Tous éclatèrent de rire, même si ce n'était pas une blague.

— Je pense que mon éditeur aimait l'idée de me découvrir *moi*, plus que le livre. Mais il voulait que le roman fasse un carton. Voilà, c'est tout.

— Et ton livre a atterri sur le bureau de Goebbels, déclara Adam en secouant la tête, toujours avec ce grand sourire.

Elle voyait les similitudes avec Hannah maintenant, même si l'expression d'Hannah n'était jamais aussi ouverte et amicale.

— Je ne sais pas vraiment comment c'est arrivé, reconnut-elle.

Les autres échangèrent des regards entendus.

— Les nazis aiment les auteurs originaires de la mère patrie, dit Adam avant d'ajouter : Il paraît que tu n'as pas d'opinion claire sur la politique actuelle.

L'inquisition était plus clémente que celle d'Hannah, mais plus directe que celle de Dev.

— J'avoue que je ne sais pas trop quoi en penser, répondit Althea, les yeux fixés sur la table pour éviter les regards. La politique ne m'a jamais vraiment intéressée.

— Ça doit être bien de pouvoir choisir l'ignorance, déclara une fille toute petite aux cheveux coupés à la garçonne en se glissant sur les genoux d'Adam.

Il déposa un baiser au coin de sa bouche, puis se blottit contre sa joue – et une fois de plus, il lui fit penser à un chiot.

L'expression d'Hannah se fit tendre et amusée à la fois en les voyant ensemble.

— Bonjour, Cl…

Hannah s'interrompit quand la fille lui donna un coup de pied dans la cuisse.

— Inutile de donner des noms. Ce n'est pas parce que vous croyez que cette petite souris ne va pas retourner en couinant chez les *Schutzstaffel* qu'on ne va pas tous se faire tuer.

— Jamais je ne...

Althea savait que ce vocable désignait les hommes en chemises noires qui assuraient la sécurité d'Hitler. C'est alors qu'elle s'aperçut que la fille avait de l'encre sur ses paumes, ses poignets, ainsi que sur son pantalon d'homme et son gilet.

— Vous imprimez quelque chose ?

La fille lui jeta un regard noir.

— Ne fais pas attention à elle, dit Adam. (Il n'avait pas employé son prénom, respectant son souhait.) Elle devient bougon à l'approche de l'échéance.

— L'échéance ?

— Les nazis ont fait fermer presque tous les journaux d'opposition, expliqua Adam tandis que la fille lui mettait la main devant la bouche, comme si elle voulait l'empêcher de parler. Si nous voulons que les gens soient au courant des atrocités qu'ils commettent, nous devons imprimer le nôtre en secret.

— *Secret* étant le mot-clé, persifla la fille en se levant des genoux d'Adam. Je dois y retourner, je passais juste vous dire bonjour.

— Sois prudente, dit Adam en lui prenant la main pour déposer un baiser sur sa paume, sans tenir compte de l'encre.

Le ventre d'Althea se serra quand elle se rappela sa première soirée au cabaret, la manière dont Hannah avait porté le poignet d'une fille à sa bouche, sans la quitter des yeux.

Elle l'observa à la dérobée – Hannah la regardait, un petit sourire aux lèvres. Elle semblait toujours amusée par Althea.

Mais ce n'était pas les rictus malveillants de son enfance. Au contraire, c'était un sourire doux, qui l'enveloppa tout entière.

— Ce n'est pas à moi qu'il faut rappeler d'être prudente, dit la fille aux cheveux courts en jetant à Althea un dernier regard.

— Je n'ai pas demandé à venir, murmura Althea à l'intention d'Hannah.

— Une idée de Dev, répondit Hannah. Elle t'aime bien et elle pense qu'elle te connaît mieux que tu ne te connais toi-même.

— Ce n'est pas difficile.

Hannah sourit de nouveau.

— Elle pensait aussi qu'Adam…

Hannah ne termina pas sa phrase, mais Althea devina la suite. Adam avait une telle aura qu'il pouvait ranger n'importe qui à son avis. Rien qu'à sa manière de vous regarder, comme si vous étiez la seule personne au monde. Il y avait aussi le fait qu'il avait lu son livre pour créer un lien avec elle. Et puis, il avait ce charme inné que peu de gens possédaient.

— Dis-moi, dit Hannah, cette fois d'une voix normale, tu penses toujours qu'on est des monstres d'un autre genre que les nazis ?

Soudain, tout le groupe ou presque était suspendu à ses lèvres.

De toute évidence, si ce qu'ils affirmaient était vrai, les nazis étaient des barbares qui éliminaient leurs opposants politiques pour asseoir leur pouvoir. Mais les nazis en disaient autant de leurs ennemis.

Cela dit, toutes les informations n'étaient pas fiables, pas plus que leurs sources. Althea songea aux nazis qu'elle avait rencontrés, à leur supériorité affichée, à la morgue dans leurs échanges. Elle songea à Helene, qui parlait des *vrais* Allemands, aux commentaires dédaigneux de Diedrich chaque fois qu'elle évoquait certains auteurs.

Puis elle pensa à l'accueil chaleureux de ce nouveau groupe, à la curiosité et à l'ouverture qu'ils manifestaient pour le monde, à la gentillesse dont ils faisaient preuve envers les gens différents, marginaux, des gens qui avaient probablement été rejetés toute leur vie, un sentiment qu'Althea connaissait bien.

Le silence se prolongea trop longtemps. Les expressions se fermèrent, ce qui la mit mal à l'aise. Pourquoi répugnait-elle à croire que ses hôtes étaient mauvais ? Une minuscule partie d'elle préférait ne pas avouer ce que cela disait d'elle. Après tout, c'étaient les nazis qui l'avaient invitée. Elle leur avait suffisamment plu pour qu'ils lui offrent ce séjour en Allemagne.

Et elle ne voulait pas le reconnaître.

Elle ouvrit la bouche, décidée à leur donner un démenti, une explication, un plaidoyer – elle ne savait pas au juste.

Mais cela n'avait pas d'importance.

La porte du café s'ouvrit toute grande. Un jeune homme s'arrêta sur le seuil, haletant, les mains sur ses cuisses, le visage rouge.

Le silence tomba sur la salle, et un frisson parcourut l'échine d'Althea.

Quand le nouveau venu se redressa enfin, il annonça d'une voix empreinte de terreur :

— Le Reichstag est en feu.

19.

Paris
Novembre 1936

Hannah rangea le dernier livre sur le chariot de retour – *À l'Ouest rien de nouveau,* d'Erich Maria Remarque – et s'étira. La journée avait été longue à la Bibliothèque des livres brûlés, l'exposition sur le boulevard Saint-Germain étant prévue dans un peu plus d'une semaine.

Elle retourna au bureau qu'elle occupait et jeta instinctivement un coup d'œil à la photographie au-dessus, où Goebbels présidait aux autodafés de Berlin trois ans plus tôt. Chaque fois qu'elle était là, elle se forçait à la regarder. Un jour, elle avait demandé pourquoi ils avaient affiché cet homme diabolique sur leurs murs – et pourquoi ils gardaient les livres de ces hommes ignobles sur leurs étagères –, et on lui avait répondu que c'était une décision du fondateur en personne, Alfred Kantorowicz.

Pour que personne n'oublie jamais le but de la bibliothèque.

L'histoire prouvait qu'avec le temps et la distance les gens avaient tendance à oublier.

— Vous devriez vous reposer, mademoiselle Brecht, déclara M. Mann derrière elle.

Elle se retourna et observa les traits tirés de l'homme. En tant que directeur de la bibliothèque, il travaillait encore plus que les autres. Elle ne put s'empêcher de lui poser la question qui la tiraillait.

— Vous pensez que nous pouvons faire la différence ?

Son silence était plus réfléchi que résigné.

— J'imagine que c'est comme la bibliothèque elle-même, finit-il par répondre. Il est important que les nazis sachent que le monde n'est pas de leur côté. Ces efforts de résistance sont essentiels. Même si ce sont de petits pas. Même si ce n'est que pour leur montrer que leur voix n'est pas la seule dans le monde.

— En Allemagne, ils sont la seule voix qu'on peut entendre, répliqua-t-elle avec amertume.

— Mais pas à Paris, dit M. Mann avec un hochement de tête décisif.

Elle s'accrocha à son optimisme tout au long de son trajet pour rentrer chez elle.

Brigitte l'intercepta au pied de l'escalier menant à son appartement et aboya :

— Courrier !

Depuis la scène avec Otto, sa logeuse était encore plus laconique que d'habitude, mais elle ne l'avait pas mise à la porte, ce dont Hannah lui était reconnaissante.

Hannah saisit l'enveloppe avec un sourire forcé, puis vit le timbre prioritaire. Ses genoux flanchèrent, et elle entendit à peine la question inquiète de Brigitte derrière le bourdonnement dans son crâne.

Elle déchira le papier, terrifiée à l'idée de tout déchiqueter, et pourtant incapable d'attendre une seconde de plus. Les mots étaient flous, mais elle reconnut immédiatement la signature de Johann en bas de la page. Hannah serra les paupières avant de tenter à nouveau de saisir le sens des mots sur la page.

Le procès d'Adam était une farce. Il s'est tenu le 2 novembre 1936, et Adam a été exécuté le lendemain. Je suis désolé, Hannah. Mes pensées vous accompagnent, vous et votre famille.

Un cri rauque et plaintif emplit tout l'espace, et ce n'est que lorsque Brigitte secoua doucement Hannah par les épaules qu'elle comprit que ce feulement venait d'elle.

— *Je suis désolée**, bredouilla Hannah en séchant ses larmes. *Je suis**…

Ses paroles étaient entrecoupées de sanglots qui lui ressemblaient si peu qu'Hannah se fit peur. Brigitte soupira, puis la soutint par le bras pour l'aider à gagner le petit appartement du rez-de-chaussée.

Brigitte drapa une couverture sur ses épaules, puis lui glissa dans les mains une tasse de thé allongé de whisky. L'alcool lui brûla la gorge, et le monde retrouva ses aspérités tranchantes quand le liquide atteignit son estomac.

Son pouls battait toujours à ses tempes, mais la nausée avait laissé place à une sensation plus supportable.

— Ton amoureux ? interrogea Brigitte.

Pressant la lettre sur sa poitrine comme si elle pouvait sentir les battements de cœur d'Adam dans le bois mort et la colle, Hannah secoua la tête.

— Mon frère.

— Ah.

Brigitte, renonçant aux bienfaits du thé, ajouta une bonne dose d'alcool dans leurs tasses.

— Bénie soit sa mémoire, dit-elle dans un anglais parfait.

Elle entrechoqua sa tasse avec celle d'Hannah qui prit l'air interrogateur.

La logeuse haussa les épaules.

— J'ai eu des amants juifs. Et anglais.

Elles restèrent assises dans un silence réconfortant. Hannah n'était pas pressée de bouger les jambes.

Elle connaissait le destin d'Adam quand il avait été arrêté, et elle avait fait son deuil ces trois dernières années. Cela lui avait presque paru cruel qu'ils le maintiennent en vie, qu'ils le torturent. Le plus souvent, lorsqu'elle pensait à lui, elle le revoyait dans le parloir du centre de détention, les gardes nazis autour d'eux.

Hannah et ses parents lui avaient apporté son gâteau préféré, une paire de chaussettes, un jeu de cartes… Tout avait sans doute été confisqué, mais que pouvaient-ils faire de plus ?

Même meurtri, la lèvre fendue et les joues décharnées, Adam avait essayé de sourire. De les *réconforter*. Les années précédant son arrestation, Hannah n'avait cessé de se moquer de son optimisme – une taquinerie entre frère et sœur. Hélas, elle ne lui avait jamais dit combien il l'inspirait.

Si elle avait beaucoup de regrets dans la vie, c'était assurément le plus grand de tous. Elle aurait dû lui dire combien elle l'admirait d'être capable, en regardant le monde froid et aride, de voir non pas la haine, la mort et la destruction, mais les possibilités.

Pour une fois, Hannah l'imagina non pas dans cette prison, mais bien avant, le tout premier soir où elle avait vu le feu brûler dans son regard. C'était l'été 1930, quand le chancelier de l'époque avait promulgué des décrets d'urgence afin de faire passer des lois sans l'approbation du Reichstag. Adam avait toujours été un passionné, un leader naturel, curieux et intelligent, et un amoureux des livres. Mais jusqu'à ce jour, il n'avait pas trouvé le bon exutoire.

« Qu'est-ce qu'on peut faire ? » lui avait demandé Hannah, sûre que la réponse serait : *Rien*.

« On doit faire quelque chose, n'importe quoi, avait-il répondu. Ce n'est pas l'échec qu'il faut craindre, c'est l'inaction. »

Elle avait décidé de l'imaginer de cette manière dorénavant, en homme convaincu que, pour vivre dans un monde meilleur, il devait tout faire pour le changer.

— Je savais que ça allait arriver, murmura Hannah à Brigitte. Son exécution.

— Mais ça fait quand même mal, dit la propriétaire en buvant directement au goulot de la flasque. On a déjà eu trop de morts. Et le plus triste ? Ce n'est que le début, j'en ai peur.

— Une trêve, dit Hannah.

Voilà où ils en étaient. La Grande Guerre avait peut-être achevé son premier acte, mais c'était loin d'être terminé. Et elle continuerait à réclamer la vie de ses spectateurs dans les années à venir.

— Prions pour qu'il n'y ait pas de rappel, marmonna Brigitte.

Au bout d'un long moment, Hannah trouva la force nécessaire pour grimper l'escalier. Elle s'attarda près de la mézouza plus longtemps que d'habitude, et quand elle embrassa le bout de ses doigts elle pensa à Adam. « Bénie soit sa mémoire », avait dit Brigitte. Dans la tradition juive, cela signifiait qu'il était de la responsabilité des vivants de glorifier sa mémoire.

Hannah considérait son travail à la bibliothèque comme l'antithèse de l'action d'Adam, mais peut-être qu'elle se trompait.

« Il est important que les nazis sachent que le monde n'est pas de leur côté », avait dit M. Mann.

Demain, elle distribuerait des prospectus pour l'exposition de livres, mettrait en rayon les ouvrages que les nazis voulaient interdire, trimerait aux côtés de ceux que tant de gens avaient appris à haïr.

Ce soir, c'était le temps du chagrin.

Mais demain, demain et tous les jours suivants, elle glorifierait la mémoire d'Adam.

20.

New York
Mai 1944

Viv leva les yeux quand Edith Stone, une bibliothécaire qui travaillait avec le Conseil sur les sélections de livres pour l'armée, passa la tête dans son bureau.

— *Strange Fruit* a été approuvé pour l'année prochaine. À condition que vous gagniez contre Taft, ajouta Edith. Ce que vous allez faire.

Viv brandit le poing en l'air.

— Edith, tu es un don du ciel. Tu savais que j'avais besoin d'une victoire, n'est-ce pas ?

Strange Fruit, une histoire d'amour interraciale dans le sud des États-Unis, avait été publié en février dernier, mais interdit depuis à Boston et à Detroit. En mai, l'US Mail, le service postal américain, avait voulu se joindre au mouvement. Une décision annulée grâce à l'intervention d'Eleanor Roosevelt en personne. Cela dit, le roman restait un sujet de controverse.

Edith en avait fait sa priorité, convaincue que les soldats postés à l'étranger l'adoreraient. Outre les récits qui leur rappelaient leur foyer – comme *Le Lys de Brooklyn* et *Du poulet tous les dimanches* –, leurs lectures préférées portaient sur, eh bien, le sexe. Le sexe, les scandales, et tout ce qui combinait les deux.

— Raconte-moi toute cette affaire avec Taft, déclara Edith en prenant place en face de Viv.

— Eh bien, j'ai dressé une longue liste de tâches, répondit Viv en plaisantant à moitié. Et chaque fois que je la regarde, j'ai des sueurs froides.

— Laisse-moi t'aider, proposa Edith en prenant un dossier au hasard sur la table.

— Tu es déjà débordée, protesta Viv.

C'était le cas de tous les bénévoles, mais les bibliothécaires comme Edith, qui avait un autre emploi, étaient particulièrement sollicités.

— J'arriverai à tout faire, c'est juste que…

— Quel est ton objectif ? (Edith agita la main devant l'air confus de Viv.) Je connais ton but ultime. Mais aujourd'hui ? Quel est ton objectif ?

— Intéresser les gens, répondit Viv sans hésiter.

— Et comment vas-tu t'y prendre ?

— Eh bien, tout d'abord, je voudrais faire parler de nous. (Elle tapota les documents sur le bureau.) Je vais contacter les grands quotidiens de tout le pays, en particulier ceux qui ont déjà écrit des articles sur notre programme. Ensuite, j'ai une liste de journaux que Taft trouve influents. (*Grâce à Hale*, songea-t-elle.) J'ai préparé une lettre pour leur expliquer la situation et les inviter à couvrir l'événement.

— Ça semble un bon début. Quoi d'autre ?

— J'ai un ami au *New York Times* qui va m'aider à placer des articles chez eux.

— Alors du côté de la presse, tu n'es pas en reste. Ensuite ?

— Ensuite, la liste des invités et des conférenciers.

Là, la situation se corsait. Appeler des journalistes pour leur demander des papiers était devenu une seconde nature chez elle, avec ses missions de responsable de la communication pour le Conseil. Organiser un événement d'une telle ampleur était très différent. Et important.

— Je peux t'aider à préparer les invitations pour les bénévoles, suggéra Edith.

Viv lui adressa un grand sourire.

— Ce serait formidable, dit-elle en s'efforçant d'ignorer le serrement coupable dans sa poitrine.

C'était sa croisade, et elle répugnait à entraîner d'autres personnes avec elle, sachant le peu de chances qu'ils avaient d'obtenir gain de cause.

— J'aimerais faire un coup d'éclat avec les invités. Des personnalités, des donateurs politiques, etc. Je veux que les membres du Congrès comprennent que cela peut affecter le financement de leur campagne.

— Bien sûr, et je veux un million de dollars ! plaisanta Edith. Comment vas-tu faire pour attirer le gotha à un événement sur un programme de livres gratuits ?

— Charlotte, répondit Viv avec un sourire malicieux. Elle est mon arme secrète.

— Ah, la belle-mère. (Edith hocha la tête en connaissance de cause.) L'alliée rare mais puissante.

— Charlotte connaît toutes les personnalités qui ont les moyens de financer des campagnes politiques. (Elle saisit un stylo et ajouta une note sur sa liste des choses à faire.) Ça me rappelle que je dois aussi envoyer une invitation aux chroniqueurs des rubriques mondaines. Ce sera l'événement de l'été.

— Qui aurait pensé qu'un débat sur la censure serait de nature à attirer les journaux à scandale ? railla Edith.

Viv détestait les ragots, mais toutes deux savaient que ces dames de la haute société étaient influentes.

— Bon, cela m'amène à mon plus gros problème, reconnut Viv.

— Lequel ?

— Je n'ai pas encore ma tête d'affiche. Un moyen de rallier les gens à notre cause. Avoir les mêmes vieux orateurs prêcher pour leur paroisse ne va pas faire de vagues. Je pourrais inviter Roosevelt en personne, si je ne sors pas une sorte de gros calibre les gens auront tout oublié dès le lendemain.

— De nombreux articles élogieux ont déjà été écrits sur notre programme, et ça n'a pas suffi à déstabiliser Taft.

— Exactement. Il me faut une accroche détonante, que les gens ne pourront ignorer.

— Sur quels intervenants peux-tu compter ? demanda Edith d'un air songeur. L'un d'eux pourrait faire sensation ?

— Betty Smith a dit qu'elle serait heureuse de participer.

— Voilà un gros morceau !

Edith savait comme Viv que *Le Lys de Brooklyn* était un roman très populaire, à tel point qu'ils allaient l'envoyer une deuxième fois aux soldats.

— Ses intentions ont toujours été claires, ajouta Edith.

— En effet. Et j'en ai plusieurs autres, moins connus. Des responsables de l'armée, et aussi des soldats.

— Mais ? l'encouragea Edith.

— Les partisans de Betty Smith et des soldats soutiennent déjà notre action. Comment attirer les autres ?

Elle songea à la bibliothécaire de Brooklyn, à sa manière de dire : « J'étais à Berlin la nuit des autodafés. » Cela suffirait-il ?

Les gens étaient fascinés par la période où Hitler avait pris le pouvoir. Si cette bibliothécaire parlait de son séjour en Allemagne, cela pourrait susciter une importante couverture médiatique.

Edith l'arracha à ses pensées.

— Tu connais Althea James ?

— Qui ne la connaît pas ?

L'écrivaine était une solitaire légendaire. Elle avait écrit deux des plus gros best-sellers de ces deux dernières décennies et n'avait pas donné une seule interview. Le fait qu'elle était une ermite la rendait d'autant plus fascinante pour le public. Tout le monde savait qui était Althea James, mais personne n'avait réussi à l'approcher. Viv ne savait même pas à quoi elle ressemblait. Et elle n'était sans doute pas la seule.

— Tu as lu ses livres ? demanda Edith.

— Pas encore, répondit Viv, un peu honteuse. Mais nous l'avons inscrite sur la liste d'automne pour nos soldats. Enfin, si je réussis à faire reculer Taft.

— *Une inconcevable obscurité*, dit Edith d'un air absent. Ce roman parle de censure.

— Vraiment ? demanda Viv en se tournant vers elle comme si un exemplaire allait se matérialiser sur le bureau.

— Oui, et il l'a rendue encore plus célèbre que le premier…

— *La Lumière incassable.*

— Oui, je crois qu'il te plairait.

Edith était sa meilleure conseillère en matière de lectures, aussi prit-elle mentalement note de lire ce roman.

— C'est à propos de la guerre de Sécession. Une famille avec des enfants dans les deux camps. C'est assez…

— Morose ? avança Viv.

Edith secoua la tête et chercha le mot juste.

— Naïf. Mais plein d'espoir.

— Et tu penses que ça me plairait ? interrogea Viv en essayant de ne pas se vexer.

— Ne me fais pas croire que tu n'es pas une sentimentale.

— Totalement faux ! Et son deuxième ?

— Plus sombre. Beaucoup de critiques ont été surpris par le changement de ton. C'est assez frappant.

— Ça s'est passé avant la guerre ?

Edith opina.

— Alors, ce n'est pas ça qui l'a influencée.

— Peut-être quelque chose de personnel. (Edith haussa les épaules.) Mais le roman tout entier est construit comme un procès. Le conseil d'administration d'une école est poursuivi pour avoir retiré du programme un livre scandaleux au motif que l'auteur est un ancien esclave.

— Un livre réel ?

— Non. Mais toute l'histoire est plutôt sinistre. Pas de fin heureuse comme dans les contes de fées, pas de chevalier qui vient sauver la situation. C'est plutôt… brutal. Douloureux, même. Une leçon sur les combats justes, souvent perdus au bout du compte.

— Ça me rappelle quelque chose… Et c'est parfait !

— Elle fera déplacer les foules si tu la persuades de participer, déclara Edith. Les gens joueront des coudes pour dire qu'ils ont vu Althea James en personne !

Le pouls de Viv s'accéléra, un crépitement sous sa peau. C'était la personne idéale. Elle le sentait. Une célèbre recluse qui avait écrit sur le sujet même qu'elle défendait.

— Elle n'acceptera jamais, hein ? demanda Viv en voyant le regard fixe d'Edith.

Le sien était écarquillé et étourdi de possibilités.

— Difficile à dire. Mais tu sais quoi ? (Edith tapota un ongle contre son menton, l'air pensif.) Je préfère ne pas parier contre toi quand tu veux quelque chose. Au fait, sa maison d'édition est Harper & Brothers.

Viv se leva, contourna le bureau et déposa un gros baiser sur la joue d'Edith.

— Tu es une reine.

— Et ne l'oublie pas.

Althea James. C'était sûrement un coup de poker, comme cette bataille. Mais si elle devait la perdre, elle la perdrait en beauté.

21.

Berlin
Mars 1933

Althea n'avait jamais entendu le bruit caractéristique du fouet qui écorche les chairs.

Le cuir claquait dans l'air, tranchant les gémissements et le craquement sourd de l'articulation contre l'os.

Au début, elle ne comprit pas ce qu'elle voyait.

Les poings levés et les mouvements frénétiques lui rappelèrent la foule en liesse devant la Chancellerie. Mais personne ne souriait sur cette petite place d'un quartier quelconque au cœur de Berlin.

Sa vision se brouilla de larmes avant qu'elle puisse saisir pleinement l'horreur de la scène sous ses yeux. Elle les chassa sans ménagement et s'efforça de calmer sa respiration.

Des corps, indénombrables, gisaient sur le sol, les visages ensanglantés, les membres tordus selon des angles improbables, et de cet ensemble s'élevaient des geignements qui faisaient plus penser à des feulements d'animaux blessés qu'à des êtres humains.

Une poignée d'hommes se battaient encore en se jetant des obscénités à la figure. Des chemises brunes contre des civils, mais aucun de ceux à terre ne portait d'uniforme.

Althea plaqua une main sur sa bouche pour étouffer un sanglot, le ravaler de force pour ne pas attirer l'attention sur elle.

Une croix de Saint-André avait été plantée au centre de la place. Un homme y était attaché par les poignets. Son dos, face à la foule, était tellement lacéré qu'il n'avait presque plus de peau pour le protéger des lanières cinglantes.

Une femme à genoux sanglotait à ses pieds.

— Par pitié, arrêtez, gémissait-elle. Pitié ! Pitié !

Pas la moindre lueur de compassion ne se lisait dans l'expression de la chemise brune qui se tenait au-dessus des deux malheureux. Sans hésiter, l'homme fit claquer son fouet sur les muscles à vif.

Du sang éclaboussa les bottes de l'officier et le visage de la femme. L'homme sur la croix ne pleurait pas, ne criait pas. Il était évanoui.

Ou mort.

— Ce sont des bolcheviks, ma chère, chuchota une femme d'âge mûr à côté d'Althea. Ne gaspillez pas vos larmes pour eux.

La désinvolture de ces paroles la fit flageoler. Elle avança d'un pas pour s'éloigner de la femme. Puis son coude heurta une personne derrière elle.

Elle se retourna et rencontra le regard glacial d'un homme en uniforme de SA, aux lèvres minces, qui l'observa attentivement. Elle baissa aussitôt le regard, les bras engourdis à l'idée d'être mêlée à toute cette violence.

Mais le soldat n'avait pas de temps à perdre avec Althea. Son attention se reporta sur la personne qu'il traînait derrière lui. Une femme au crâne rasé qui portait autour du cou une pancarte : TRAÎTRE À LA RACE. La lumière du soleil fit étinceler l'alliance en or de la femme, et son regard empli de haine pure, de mépris infini, glissa sur Althea. Qui sentit une brûlure se répandre dans son corps soudain vidé.

Puis la chemise brune tira sa prisonnière derrière lui, et Althea ne fut plus qu'un visage anonyme dans la foule des badauds qui ne faisaient absolument rien pour empêcher cette abomination.

La femme fut jetée à terre, mais elle ne laissa échapper aucun gémissement, ne s'échoua pas comme une misérable. Au contraire, son corps vibrait de rage contenue, tendu à l'extrême. Elle releva le menton d'un air de défi tandis qu'un filet de salive atterrissait près de la botte du SA.

Althea n'osait pas la regarder tant elle était rongée par la honte. Si elle avait écrit cette histoire, elle aurait accouru sur la place, se serait interposée entre le nazi et sa prisonnière, affrontant son bourreau sans craindre les conséquences. Dans la vraie vie, Althea resta dans l'ombre et observa la scène.

Le soldat donna un coup de pied à la femme pour la renvoyer face contre terre.

— Qu'est-ce qu'elle a fait ? demanda Althea dans un souffle.

La femme d'âge mûr qui lui avait parlé plus tôt se pencha vers elle, apparemment pas rebutée par l'indignation d'Althea.

— Elle a épousé un Juif, répondit-elle.

Comme une évidence.

Althea faillit vomir dans la rue.

La femme au crâne rasé s'était redressée sur les genoux, avec une grâce incommensurable, une traînée de sang au coin des lèvres.

Au bout du compte, ce ne furent ni le sang, ni la peau bleuie, ni les chairs meurtries, ni les os brisés qui firent fuir Althea. Ce fut le regard de cette femme.

Les mains tremblantes, les joues noyées de larmes, elle tituba vers la ruelle, ses jambes flageolantes l'entraînant vers les égouts où elle pensait être à sa place.

Sale. Voilà comment elle se sentait. Et elle aurait beau frotter, frotter, et frotter encore sa peau avec de l'eau bouillante, elle ne se débarrasserait jamais de cette souillure.

Son cœur cognait si fort contre ses côtes qu'elle crut que ses os allaient éclater, et sa respiration était saccadée. Quelqu'un l'aborda et lui demanda si elle allait bien, d'abord en allemand puis en anglais. Elle secoua la tête.

Puis d'autres mains lui saisirent les bras.

La ramenant vers la place.

Où la peau de son dos serait arrachée par le fouet diabolique.

Non. *Non !* L'homme la laissa partir et s'éloigna.

Elle devait trouver Diedrich, pour qu'il lui explique, qu'il donne un sens à ce dont elle venait d'être témoin.

Elle s'arrêta et s'appuya au mur, le souffle court.

Un mince filet de sang sur un menton relevé.

Diedrich. Il était sûrement au café où il passait la plupart de ses après-midi. Ses amis se retrouvaient tard le soir dans l'arrière-salle pour vider quelques pintes.

Elle aperçut ses cheveux blonds dès qu'elle franchit le seuil.

Un instant après, il était à ses côtés.

— Althea, ma chérie, murmura-t-il, ses mains chaudes massant son dos en cercles réconfortants.

D'instinct, elle s'écarta de lui.

— Pourquoi ? parvint-elle à articuler.

Ses yeux bleu de glace qu'elle avait trouvés si séduisants au début de son séjour à Berlin papillotèrent. À présent, ils étaient seulement froids. Calculateurs.

— Ils ont battu une femme, dit-elle en se demandant où elle trouvait la force de décrire ce qu'elle avait vu. Parce qu'elle a épousé un Juif.

Diedrich resta impassible.

— Ah.

— Pourquoi ? répéta-t-elle.

— C'est la guerre civile, dit Diedrich d'un ton bas et pressant. (Il avait tourné le dos à ses amis pour qu'ils n'entendent pas leur conversation.) Depuis l'attentat du Reichstag, tu sais que les rues ne sont pas sûres.

Althea hocha la tête – oui, elle était au courant. Ce soir-là, le groupe d'Adam s'était dispersé dès que l'homme essoufflé avait fait son annonce. Pourtant, il lui avait fallu plusieurs jours pour saisir pleinement à quel point ils avaient été en danger.

Depuis l'incendie, des milliers de communistes avaient été arrêtés. Parmi eux, la fille qui s'était assise sur les genoux d'Adam. Althea avait failli pleurer quand Dev lui avait annoncé la nouvelle, alors que cette fille ne signifiait rien à ses yeux.

Diedrich et les journaux nazis avaient justifié ces arrestations, bien sûr. Ils mettaient la population en garde contre les bandes de communistes qui erraient dans les rues et assassinaient des enfants sans défense. Ils étaient des monstres décidés à réduire l'Allemagne en cendres. Et regardez, ils avaient commencé par mettre le feu au siège du pouvoir !

Les nazis ne faisaient que protéger les braves citoyens allemands respectueux des lois.

— Mais… pourquoi ? bredouilla-t-elle de nouveau, consciente qu'elle avait l'air incohérente.

Cette femme sur la place était si frêle, son visage tuméfié bien avant qu'elle ne soit forcée de s'agenouiller devant son bourreau.

— Althea, tu ne peux pas comprendre.

Il était évident que Diedrich voulait l'apaiser. Il prit doucement son menton dans sa paume.

— Tu as peur, je sais. Mais tout va bientôt s'arranger. Je te le promets. C'est la guerre, ma chérie. Ce n'est pas beau, mais c'est nécessaire. Pour notre sécurité à tous.

Elle avait envie de se reposer sur lui. C'était tellement plus facile de croire ce qu'il disait plutôt que d'affronter sa propre honte.

Elle fit un pas en arrière. S'écarta de ses bras. Tourna les talons. Sortit du café et marcha dans les rues.

Personne ne chercha à l'arrêter cette fois.

Dans ce café avec le groupe d'Adam, Althea n'avait pas réussi à dénoncer les nazis car, si elle reconnaissait qu'ils étaient des monstres, cela signifiait qu'elle en était un elle aussi. Personne ne voulait être le vilain de sa propre histoire.

Althea n'avait peut-être pas étudié la littérature dans une université prestigieuse, mais elle avait suffisamment de talent pour créer un méchant convaincant. Aucun personnage n'était jamais entièrement bon ou mauvais, mais il était doté de certains traits de caractère. C'étaient les caractéristiques et les choix qu'il faisait qui déterminaient son rôle dans l'histoire.

Un héros pouvait avoir un caractère intransigeant et s'en servir pour défendre sa patrie. Un méchant pouvait avoir un caractère intransigeant qui l'empêchait de reconnaître l'immoralité de ses actes. Seuls quelques traits de caractère étaient intrinsèquement mauvais.

La lâcheté en faisait partie.

En regardant autour d'elle, Althea brûlait de remords. Elle voyait enfin ce qu'elle refusait de voir avant, tout ce qui aurait dû l'horrifier depuis le début. Ce contre quoi tant de gens l'avaient mise en garde.

Les vitrines des magasins brisées, le mot *Juif* peint en jaune vif sur les derniers bris de carreaux. Personne ne se saluait dans la rue, tout le monde marchait tête basse, d'un pas pressé et déterminé. Des affiches recouvraient les murs dans l'espace public, elles criaient en gros caractères les atrocités commises par les rouges et les Juifs à l'encontre des Aryens.

Lorsqu'elle arriva chez elle, elle eut l'impression d'être enveloppée dans du fil barbelé, le corps sanguinolent.

Elle tomba à genoux près de la bibliothèque où elle avait rangé l'exemplaire de *Mein Kampf* que Diedrich lui avait donné des mois auparavant. Elle n'avait jamais réussi à dépasser le premier chapitre, mais à présent elle se forcerait à le lire jusqu'au bout.

Le crépuscule tombait lorsqu'elle le referma.

Althea n'était pas une femme simple, quoi qu'en pensent les Berlinois. Elle préférait seulement le sanctuaire des livres à la dure réalité. Pour le meilleur ou pour le pire, les histoires fictives lui permettaient de porter des œillères, de côtoyer des personnages, fussent-ils inventés, sans avoir à se dévoiler, à se sentir vulnérable. Lorsqu'elle avait six, neuf, treize ans, les livres lui avaient offert un refuge, un lieu rassurant, un meilleur ami qui n'existait pas dans la vie réelle, et parfois même une volonté de revanche sur ses ennemis qu'elle ne mettrait jamais à exécution, mais à laquelle il était plaisant de réfléchir.

Quand Goebbels lui avait proposé cette résidence d'écrivain, elle était allée à la bibliothèque et avait demandé à la vieille Mme Malikowski de l'aider à trouver des articles sur le NSDAP. Personne ne l'avait dissuadée d'aller en Allemagne.

Quand Diedrich l'avait accueillie au port et lui avait parlé de littérature et de style, rien n'avait amené Althea à penser : *cet homme est le diable.*

Elle avait été élevéc pour faire confiance à son gouvernement, aux gens qui la traitaient avec respect.

Elle n'avait jamais appris à voir le monde avec méfiance.

Mais à présent qu'elle avait lu *Mein Kampf*, toute l'innocence qui lui restait encore après cette après-midi-là était bel et bien perdue.

C'était le rare livre qui ne lui avait offert aucune sécurité, juste une laide et terrible réalité.

22.

New York
Mai 1944

Une odeur de graisse flottait dans l'air de la pizzeria du centre-ville, où le bavardage des travailleurs et des familles emplissait l'espace. Avec les fours au fond de la salle qui augmentaient la température déjà élevée et la foule de l'heure du déjeuner qui se pressait dans le restaurant, Viv avait l'impression d'étouffer.

La veille, elle avait décidé qu'Althea James serait sa meilleure chance de battre Taft mais, tandis qu'elle élaborait son plan d'attaque, Charlotte l'avait interrompue :

— On est samedi et tu t'épuises à la tâche. Fais une pause, au nom du ciel !

Comme Viv s'était contentée de la regarder fixement, ne sachant pas quoi faire de son temps libre, Charlotte avait levé les yeux au ciel.

— Tu as vingt-quatre ans et tu ne sais pas comment passer une journée agréable dans l'une des plus belles villes du monde ? C'est une aberration !

Il était impossible de la contredire, aussi Viv s'était-elle laissée convaincre de prendre un jour de congé.

Puis elle s'était promenée au hasard des rues, agacée de ne pas savoir où aller.

Elle avait fini par tomber sur une pizzeria qui vendait des parts plus grosses que sa tête et elle riait de voir le fromage dégouliner dans son assiette alors qu'elle essayait de faire entrer la chose dans sa bouche.

— Il faut la plier, lança le gamin à côté d'elle.

Elle se tourna pour le regarder.

Ce n'était pas un gamin, pas vraiment, mais il se semblait pas avoir beaucoup plus de dix-huit ans, l'âge minimal requis pour s'engager. Le joli bleu de son uniforme de marin faisait ressortir le vert de ses grands yeux. Il avait des boutons sur le menton, des cils épais et la coupe militaire que Viv voudrait ne plus jamais revoir une fois cette foutue guerre terminée.

— Comme ça, précisa-t-il avec un accent traînant.

Originaire de Géorgie, devina-t-elle.

Et elle décida de l'appeler « Georgie ». Il rit et ne la corrigea pas. Elle songea à Cisco, le soldat de seize ans qui s'était fait tuer par un tireur allemand et qui avait aimé *Du vent, du sable et des étoiles*.

Puis elle ne pensa à rien d'autre qu'à la soudaine saveur de l'origan sur sa langue.

— Je pars demain, déclara Georgie en regardant la cigarette qu'ils se partageaient se consumer sur la table.

— Je parie que tu dis ça à toutes les filles, plaisanta Viv malgré la boule dans sa gorge.

Georgie la regarda. D'un regard franc. Juvénile.

— Non, m'dame, ce n'est pas le cas.

— Eh bien, allons visiter la Grosse Pomme alors.

Elle l'emmena voir tous les sites touristiques qui lui vinrent en tête. Au pied de l'Empire State Building, ils débattirent des mérites de *King Kong*. Viv ne précisa pas combien Hitler aimait le film, et Georgie ne fit qu'un seul commentaire sur les hanches de Fay Wray.

Viv le traîna au Metropolitan Museum, et l'en fit ressortir quand elle vit son regard vitreux. Sa dernière journée aux États-Unis devait être une partie de plaisir, pas un chemin de croix. Non loin des marches du musée, elle lui acheta un hot-dog et lui montra comment le badigeonner de moutarde avant de le manger dans la rue. Ils flânèrent dans Central Park, puis elle le laissa mêler ses doigts aux siens.

— Souhaites-tu faire quelque chose de spécial ? dit Viv en regardant s'envoler au-dessus des arbres le ballon qu'une petite fille avait malencontreusement lâché.

En cette fin d'après-midi, le tissu de sa robe bleu clair, humide de sueur, collait au bas de son dos. Elle tira dessus de sa main libre, s'assurant de ne pas lâcher celle de son compagnon.

— C'est moi qui ai décidé de tout jusqu'à présent, ajouta-t-elle.

Georgie lui coula un regard langoureux, et elle lui donna un coup de coude.

— Oh !

Il rit, et elle se rappela une fois de plus à quel point il devait être jeune.

— Je pensais à un gâteau au chocolat, ricana-t-il.

— Bien sûr…

L'une de ses boulangeries préférées n'était qu'à dix minutes de marche de Central Park.

Ils s'installèrent à une petite table près de la fenêtre en se cognant les genoux. Une des employées était en train de passer le balai – c'était l'heure de la fermeture –, mais la propriétaire avait regardé Georgie avec des yeux larmoyants et lui avait découpé une grosse part de gâteau au chocolat, en y ajoutant de la crème glacée pour faire bonne mesure.

Viv se demanda fugitivement si la femme avait perdu un fils ou un mari, puis chassa cette idée. Aujourd'hui, elle ne voulait pas réfléchir.

— Quel est ton livre préféré ? demanda Viv, même si la question flirtait avec la liste des sujets interdits que Charlotte lui avait lue avant de la mettre à la porte ce matin-là.

Georgie avait une lueur espiègle dans le regard, déjà familière après quelques heures passées avec lui. Ce qui le rendait si attendrissant, c'était qu'il ne semblait jamais se prendre au sérieux. Il la taquinait comme si elle était une camarade de classe.

— Est-ce que les *bluesies* comptent ? demanda-t-il en se penchant vers elle.

Elle prit l'air offensé, préférant ne pas lui avouer qu'elle avait suffisamment d'amis hommes pour ne pas rougir à la mention de bandes dessinées cochonnes. Elle en avait même feuilleté quelques-unes, sans en comprendre l'intérêt.

— Bien tenté.

Comme il se contentait de sourire, puis de prendre une autre bouchée de son gâteau, elle lui donna un coup de genou, intentionnellement cette fois.

— Donne-moi ta vraie réponse.

L'expression amusée de Georgie s'envola, et quand son visage se ferma Viv se rendit compte à quel point cet humour faisait partie de lui.

— Hum. Je n'ai jamais été un très grand lecteur.

Cette réponse, Viv l'avait entendue des centaines de fois. Mais elle eut le sentiment que la réticence de Georgie n'était pas due au simple désintérêt pour les livres. Sans le brusquer, elle chercha à en savoir plus.

— Pourquoi ça ?

— Les lettres dansent toujours trop pour moi.

— Oh, murmura Viv.

Une vague de culpabilité s'insinua dans sa poitrine. C'était à l'évidence un sujet sensible.

— Ce n'est pas grave, fit-elle.

— Bah, continua Georgie, la gorge nouée, j'imagine que je suis juste un peu lent. Ça ne m'a jamais vraiment dérangé, mais j'ai peur de ne pas pouvoir lire les lettres de ma mère. (Il se mordilla la lèvre inférieure, puis ajouta inutilement :) Quand je serai là-bas.

Viv avait envie de le serrer dans ses bras, mais cette démonstration d'affection risquait de passer pour de la pitié.

— Tu n'es pas lent. (Elle posa sa fourchette et décida que ça valait le coup d'enfreindre les règles de Charlotte.) Quelqu'un te les lira.

Il soutint enfin son regard.

— Quoi ?

— Je reçois des lettres de soldats tous les jours. Ça fait partie de mon travail de… (Elle balaya l'air de sa main.) Peu importe. Ce qui compte, c'est qu'il y a beaucoup d'hommes sur le front qui ne lisent pas bien. Les autres les aident. N'aie pas peur de demander.

— Ils ne vont pas se moquer de moi ?

— C'est possible, reconnut Viv, jouant la carte de l'honnêteté puisqu'ils parlaient des GI. Mais ce ne sera pas bien méchant.

Ensuite, ils te liront les lettres. Et tu pourras leur dicter une réponse, fais-moi confiance.

Georgie pinça les lèvres, hocha la tête, puis reprit son air facétieux.

— Est-ce qu'ils me liront aussi des *bluesies* ?

— Comme si l'histoire t'intéressait ! railla Viv en levant les yeux au ciel.

Il eut un petit rire. Viv aurait voulu capturer cet instant, comme un instantané. Pour le garder en sécurité dans une photo, et le libérer une fois la guerre terminée. Il pourrait alors retourner en Géorgie, chez sa mère, et reprendre le cours de sa vie.

Elle se força à sourire en retour et le laissa changer de sujet.

Après la boulangerie, ils allèrent dîner, puis prirent un taxi pour se rendre dans un club de jazz dont Georgie avait entendu parler.

Ils retrouvèrent un de ses amis dans une boîte de Harlem, et peu après Viv se retrouva serrée sur une banquette avec trois hommes en uniforme et deux filles drapées de soie et de sequins. Elles étaient magnifiques, ce que Viv ne serait jamais, et les regards de ces jeunes femmes la mettaient mal à l'aise.

— Je te trouve très jolie, lui murmura Georgie à l'oreille, d'une voix encore plus tendre après tout l'alcool qu'ils avaient consommé depuis leur arrivée au club.

Il était gentil, elle s'en était rendu compte au cours de l'après-midi, avec son humour grivois et sa curiosité insatiable. Dans une autre vie, il aurait fait un excellent mari.

Dans cette vie, il finirait probablement en chair à canon.

Viv fit comme si elle n'avait pas le souffle coupé et lui donna un coup de hanche.

— Viens, on va danser.

Georgie n'hésita pas et la prit dans ses bras, le gémissement cuivré des trompettes et le vibrato du violoncelle les entraînant dans un duo plus intime que Viv ne l'aurait permis en d'autres circonstances.

— Je pars demain, répéta Georgie, sa bouche tout contre sa joue.

Aucun désir ne surgit au creux de ses reins. À la place, elle ressentit le chagrin de ces millions de femmes qui ne pouvaient rien faire d'autre que regarder leurs hommes s'en aller.

— Je parie que tu dis ça à toutes les filles, souffla-t-elle.

Puis, parce qu'il partait le lendemain, elle le laissa capturer ses lèvres.

Et elle ne pensa plus à rien.

23.

Berlin
Mars 1933

— Tu es bien silencieuse, commenta Dietrich d'une voix chargée d'inquiétude.

Deux jours s'étaient écoulés depuis qu'Althea avait vu les chemises brunes déchiqueter le dos d'un homme et frapper une femme au visage, et tout ce que Diedrich trouvait à dire, c'était qu'elle était « bien silencieuse ».

Elle pouvait s'estimer heureuse. Silencieuse, c'était mieux que terrifiée, perturbée, enragée.

Depuis, elle s'était comporté le plus normalement possible, ne sachant quelle autre attitude adopter. Lorsqu'elle s'était rappelé qu'elle était attendue à cette soirée, pour fêter les élections, elle avait machinalement enfilé sa robe, ses chaussures, et s'était glissée dans l'élégante berline noire que Diedrich avait envoyée pour elle.

Faire quoi que ce soit d'autre lui semblait trop difficile pour le moment.

Diedrich porta sa main à sa bouche et l'effleura de ses lèvres. Il la regarda droit dans les yeux, rendant ce moment aussi intime que leur baiser devant la Chancellerie en janvier dernier.

Elle eut l'impression d'observer la scène de loin, comme si son esprit était séparé de son corps, et prit enfin la mesure du stratagème. Chaque fois qu'elle avait des doutes, qu'elle s'interrogeait sur les nazis, Diedrich devenait romantique. Un baiser, une main au bas du dos, un murmure, une taquinerie. Il était naturellement charmant, mais se comportait en amoureux seulement quand il cherchait à la contrôler.

L'acide lui brûlait la gorge et elle déglutit pour ne pas pleurer. Elle n'avait pas été assez stupide pour croire qu'il était tombé amoureux d'elle, mais elle n'avait pas compris à quel point Diedrich devait être détaché pour continuer cette mascarade.

— On dirait que tu as vu un fantôme, ma chérie, déclara Lina Fischer en s'approchant d'eux.

Lina était une jeune étudiante en littérature et en histoire. Althea la trouvait extrêmement intimidante. Elles s'étaient rencontrées à l'une des lectures d'Althea, et quand Diedrich avait voulu donner un exemplaire de son livre à Lina, cette dernière avait répondu : « Je n'ai pas le temps de lire ce genre de mièvreries. »

Diedrich et Lina avaient été amants à une époque, et peut-être l'étaient-ils encore. Comme ils avaient tendance à oublier de maintenir une distance entre eux, Althea pensait qu'ils étaient encore ensemble, mais qu'ils se montraient discrets devant elle.

Chaque fois que Lina parlait à Althea, sa voix était empreinte d'une profonde condescendance, mais ce soir c'était encore plus pénible, avec tous ces gens qui voulaient parler à Althea, la célèbre écrivaine.

Ils étaient censés faire la fête ce soir. Les nazis n'avaient pas obtenu suffisamment de sièges aux élections de la semaine précédente pour avoir la majorité au Reichstag, mais Hitler avait officiellement exclu les quatre-vingt-un communistes élus le lendemain. Après tout, c'étaient les communistes qui avaient comploté pour brûler le Reichstag, avait expliqué Diedrich. Si vous vous comportez en traître, ne vous plaignez pas d'être traité comme tel.

Cela l'avait fait s'interroger sur le moment de l'incendie – juste avant les élections, alors que les nazis avaient plus que jamais besoin de voix. Désigner le représentant de tout un parti comme un incendiaire fou, n'était-ce pas l'excuse idéale pour brandir la menace imminente d'une guerre civile ?

La famille qui organisait la fête était fabuleusement riche, même aux yeux des gros donateurs des campagnes des nazis. Le champagne coulait à flots et la nourriture abondait. À croire que les difficultés économiques n'existaient pas.

Les invités entonnèrent le chant de guerre nazi *Kampflied der Nationalsozialisten* et le *Horst-Wessel-Lied*, puis ils dansèrent, rirent et s'étreignirent comme s'ils étaient du bon côté de l'histoire.

— Un fantôme, répéta Lina face au silence d'Althea. C'est le mot juste, n'est-ce pas ?

— Absolument, la rassura Diedrich, la main d'Althea toujours dans la sienne.

Il la serra et Althea se rendit compte que, avant, elle aurait considéré ce geste comme une marque d'affection sincère.

Elle croisa son regard et se souvint du jour où il lui avait donné *Mein Kampf.* Il s'agissait de l'exemplaire de Diedrich, qui en avait fait bon usage. Il l'avait beaucoup lu, comme le prouvaient les pages froissées et les plis dans la reliure.

« Excusez-moi » fut tout ce qu'elle réussit à dire avant de se libérer de son étreinte.

Elle se força à marcher au lieu de courir comme elle en mourait d'envie. Calmement, sans précipitation. La foule des invités en liesse l'avala immédiatement. Les corps se pressèrent autour d'elle, le vin éclaboussa ses chaussures, et pendant tout ce temps Althea lutta contre les sanglots qui menaçaient d'éclater depuis deux jours.

Depuis son arrivée à Berlin, elle partageait le lit de monstres. Ils s'étaient servis d'elle, l'avait brandie comme un étendard de la race supérieure.

Et elle avait joué le jeu volontairement, le sourire aux lèvres et des étoiles dans les yeux, parce qu'un homme lui avait enfin témoigné de l'intérêt. Pour une fille qu'aucun garçon n'avait jamais invitée à sortir, c'était enivrant, bouleversant, vertigineux. Diedrich n'avait pas été choisi par les nazis pour être son référent parce qu'il était un grand professeur de littérature à l'université. Mais parce qu'il avait un regard envoûtant, de beaux cheveux et un charmant sourire, dont il usait sans vergogne.

Une fois de plus, Althea déambula dans les rues sans but, jusqu'à ce qu'elle regarde autour d'elle et reconnaisse le quartier.

Quand elle atteignit la maison de Dev, l'obscurité était tombée.

Une partie d'elle lui murmura qu'il était dangereux de sortir cette nuit-là, avec toute la violence qui sourdait dans la ville.

Une autre partie d'elle lui souffla qu'elle méritait peut-être la haine qu'elle rencontrerait.

Elle sonna et attendit. Quand Dev ouvrit la porte, son visage s'éclaira, puis s'assombrit.

— Oh ! ma chérie.

Dev l'attira dans ses bras et l'étreignit, l'enveloppant d'un parfum de rose mêlé de cigare et d'une fragrance épicée qu'Althea ne reconnut pas. Sa sensation de réconfort dépassait tout ce qu'elle pouvait imaginer.

— Viens, on est en train de se bourrer la gueule.

Althea ne prit pas la peine de demander de qui elle parlait et suivit Dev dans l'escalier qui menait à un appartement luxueux – comparé au sien. Hannah Brecht était étendue sur le canapé en velours, dans une robe en soie émeraude qui épousait ses courbes comme une caresse amoureuse. Otto était nonchalamment allongé par terre à côté d'elle.

— Regardez ce que le chat nous a ramené.

Hannah la couva d'un regard inquisiteur. La dernière fois qu'elles s'étaient vues, c'était au café, la nuit de l'incendie. Le soir où Hannah lui avait demandé si elle pensait toujours que les communistes étaient comparables aux nazis. Le soir où Althea avait hésité trop longtemps avant de répondre.

Dev glissa un verre de tord-boyau dans ses mains et dit à Hannah :

— Elle a eu une *épiphanie*, comme on dit aux États-Unis.

Hannah éclata d'un rire guttural, sexy et un peu dédaigneux.

— C'est un peu tard pour ça.

— Il n'est jamais trop tard, répliqua Dev, avec un sérieux qui ne lui ressemblait pas.

Althea chassa ses larmes et avala l'alcool.

Elle toussa comme le liquide lui brûlait la gorge et se déposait, chaud et coupable, dans son ventre.

— Je ne savais pas, articula Althea d'une voix brisée.

— Tu ne *voulais pas* savoir, corrigea Hannah, l'air pincé, en étudiant Althea.

— Tu aurais pu te poser des questions, renchérit Otto, faisant front commun avec Hannah.

Althea ne savait pas quoi penser d'eux. Il était rare de les trouver l'un sans l'autre. Ils étaient manifestement proches, mais ils se comportaient plus comme des frère et sœur que comme des amants.

— Personne ne veut être le méchant de l'histoire, murmura Althea en s'asseyant sur le canapé en face d'Hannah.

Dev s'installa dans un élégant fauteuil près de la fenêtre, un verre d'un alcool ambré à la main. Elle ne semblait pas disposée à apaiser les tensions entre Hannah et Althea.

— La méchante. C'est ce que tu es ? interrogea Hannah.

Althea chercha la bonne réponse au plus profond d'elle-même.

— Comment tu appelles une personne qui fait l'autruche alors que le mal déferle partout autour d'elle ?

Les coins des yeux d'Hannah se plissèrent.

— Un Allemand, fit-elle.

La repartie resta suspendue entre eux pendant une pénible minute, puis Althea plaqua la main sur sa bouche pour étouffer le fou rire qui montait en elle.

— Oh ! tu ferais une animatrice géniale dans les cabarets !

— Il est vrai que le public est particulièrement indulgent avec ces gens-là. Mais je crois que je n'aurais pas autant de succès.

L'humour d'Althea s'envola.

— Tu dois me détester.

— Je t'en prie, tu n'es pas pire que les autres, pas différente de tous ces dirigeants qui voient Hitler comme un fou qui est arrivé au pouvoir un peu par hasard. (Otto leva son verre pour applaudir aux propos d'Hannah.) Le mal devrait être évident pour eux, pourtant ils refusent de le regarder en face. Je ne t'en veux pas.

— Tu devrais, murmura Althea non sans sentir la lame tranchante de ses mots dans sa gorge. Comment va Adam ?

Les yeux d'Hannah s'étrécirent.

— Pourquoi cette question ? demanda-t-elle, l'air méfiant.

Althea pensa aux yeux de chiot d'Adam, à son chaleureux « J'ai lu ton roman ».

— Comment va-t-il ? répéta-t-elle.

— Il est désemparé, répondit Hannah. (Otto émit un gémissement approbateur.) La fille, celle avec les taches d'encre partout, elle a été arrêtée cette nuit-là.

Althea observa Dev à la dérobée.

— Je sais.

— Ils ne la tueront probablement pas, ajouta Hannah d'un ton désinvolte. Mais j'ai peur de la réaction d'Adam. De sa colère.

— Hannah, murmura Otto sans quitter des yeux Althea.

Ils devaient se montrer prudents, Althea le comprenait. Elle se demandait seulement combien de fois elle devrait leur répéter qu'elle ne les trahirait pas.

— Je me suis trompée sur eux, reconnut-elle.

— Tu te prends tellement au sérieux, soupira Hannah en s'enfonçant dans un coin du canapé.

Elle tapota un ongle contre son verre en regardant Dev et Althea tour à tour.

— Ce que je vais te dire ne sera pas facile à entendre…

Althea se ressaisit. Elle n'avait plus d'excuses à offrir, plus de protestations.

Hannah prit une profonde inspiration et se pencha vers elle comme si elle était sur le point de lui révéler un secret.

— Tu rapportes toujours tout à toi. En ce moment même, il ne s'agit pas de toi. Il s'agit d'un dictateur qui veut éliminer tous les non-Aryens du monde. Et crois-moi, s'il réussit cet exploit, il se débarrassera ensuite des Aryens aux yeux marron, puis de ceux qui ont des doigts trop longs ou des dents de travers. (Elle fit une pause et poussa un gros soupir.) Il ne s'agit pas de toi.

— Mais si je…

— Si tu les contredis, si tu enfreins une de leurs règles, si tu offenses ton cher mentor, tu sais ce qui va se passer ?

Hannah affichait un regard franc. Ses paroles étaient dures, mais elles n'avaient pas pour but de la culpabiliser.

— Eh bien, Hitler continuera à traquer les communistes pour remplir ses petites prisons, il poursuivra sa guerre contre les Juifs, il éliminera ses opposants politiques par dizaines. Il ne s'agit pas de toi.

Elle avait répété cette phrase avec suffisamment de force pour qu'elle s'installe dans l'esprit d'Althea, encombrante et douloureuse. Mais Althea ne put s'empêcher de demander :

— Tu ne crois pas qu'une personne peut faire la différence ?

— Si, je pense qu'une personne peut faire la différence, répondit Hannah sans ciller. Mais je ne pense pas que tu sois cette personne.

Althea était habituée à réfléchir en termes de personnages principaux. Ils étaient la raison d'être de l'univers dans lequel ils évoluaient – où ils sauvaient la situation, la princesse ou l'humanité. Ils donnaient un sens à toute l'histoire.

Mais elle ne vivait plus dans un roman.

Hannah soupira, la soie de sa robe glissa sur la peau satinée de ses épaules.

— Je ne te défendrais pas si tu savais explicitement ce qu'ils faisaient et que tu les soutenais. Mais, apparemment, tu as découvert leur vrai visage et tu les désapprouves, alors tu devrais passer à autre chose.

— Et je fais quoi ? Je m'en vais ?

Elle avait bien assez d'argent pour acheter son billet de retour aux États-Unis. Si Hannah disait vrai, Althea ne pouvait rien faire ici pour arrêter cette folie. Ne valait-il pas mieux qu'elle quitte le pays ?

Dev émit un gémissement, une vague contestation. Comme si elle comprenait la logique du raisonnement mais ne voulait pas l'accepter.

C'est Hannah, cependant, qui répondit :

— Tu pourrais t'en aller. Ou bien…

— Ou bien ?

Hannah jeta un coup d'œil à Dev, qui lui fit un petit signe de tête.

— Tu veux agir ?

— Oui ! s'écria Althea, terrifiée mais sûre de son fait.

— Alors reste. Observe le vrai Berlin pendant les trois prochains mois. *Notre* Berlin. Et quand tu seras de retour en Amérique, assure-toi que les gens comprennent ce qui se passe ici. Pas seulement ce qui est mis en avant dans les gros titres des journaux, ce qui se passe *vraiment*. Tu peux rétablir la vérité, en parler à une personne qui en informera une autre, et encore une autre. Combattre le fanatisme en douceur. Ce sera un premier pas, peu importe que ce ne soit pas le coup d'éclat dont tu as envie dans ton état émotionnel actuel.

Althea secoua la tête.

— Ça ne marchera pas… Je ne suis pas aussi importante que tout le monde le pense ici.

À cet aveu, la rougeur lui monta aux joues. Elle venait de révéler le secret qu'elle gardait jalousement depuis son arrivée en Allemagne.

— Qui sait, dit Hannah en l'observant attentivement, tu seras peut-être l'héroïne de cette histoire…

24.

New York
Mai 1944

Charlotte avait raison, Viv ne pouvait le nier. Le samedi de congé, l'aveu embarrassé de Georgie, le fait de ne plus penser uniquement à Taft et aux éditions pour l'armée l'avaient revigorée. Le lundi suivant, elle était prête à lancer sa campagne pour convaincre Althea James de participer à son événement.

La première étape constituait à débusquer la célèbre autrice, et pour cela elle devait se rendre dans un lieu précis.

Elle ajusta la bride de sa chaussure avant de monter les marches de la New York Public Library, saluant affectueusement l'un des lions sur son passage.

L'édifice était très impressionnant, pourtant Viv se surprit à comparer les hauts plafonds ostentatoires et les sols en marbre au confort douillet de la bibliothèque de Brooklyn, qui avait sa préférence.

Une jeune femme était assise au bureau d'accueil, ses cheveux noirs coiffés en vagues élégantes, son chemisier impeccable et sa jupe gris tourterelle à la pointe de la mode.

— Je peux vous aider ?

— Je cherche de vieux journaux, datant d'une dizaine d'années, lui dit Viv.

— Bien sûr, répondit la femme en l'invitant à la suivre. Je m'appelle Missy.

La facilité avec laquelle la réceptionniste lui avait donné son prénom faillit la faire sourire.

— Vivian.

Missy l'aida à localiser les journaux à l'époque de la publication des livres d'Althea, puis l'installa à une table au fond de la salle de lecture.

Le soleil inondait la pièce, glissant sur ses mains, ses bras, ses épaules. Elle dut se décaler quand ses yeux se mirent à larmoyer, et dans cette ambiance particulière le temps parut suspendre sa course.

Edith avait raison à propos des critiques. Les premières mentions d'Althea étaient parues quelques jours avant la sortie de *La Lumière incassable*. Les critiques ne tarissaient pas d'éloges sur le style d'Althea, sa finesse psychologique et sa capacité à faire entrer le lecteur dans la tête du personnage principal. Viv ne trouva qu'une seule critique qui n'était pas totalement dithyrambique, regrettant une fin trop facile.

Cela dit, elle nota un ton légèrement condescendant dans tous les articles. Les chroniqueurs ne manquaient pas de rappeler qu'Althea n'avait pas fait d'études, comme si eux-mêmes étaient doués de talents exceptionnels, et plusieurs mauvaises langues s'étonnaient de ses qualités *pour une femme*. Son éditeur, qui l'avait découverte grâce à un caprice du destin, n'était pas en reste de commentaires, ce qui n'aurait pas été le cas si Althea avait été un homme.

Viv fit défiler les années pour trouver les critiques d'*Une inconcevable obscurité*. Cette fois, tous étaient conquis. Ils évoquaient l'écriture subtile d'Althea, la profondeur des personnages à la moralité ambiguë, loin de la moralité stricte de *La Lumière incassable*. Et l'abandon de la structure du conte de fées avait clairement séduit les lecteurs les plus exigeants.

Le rédacteur en chef du *New York Post* pensait que le changement était peut-être lié au fait qu'Althea avait passé six mois à Berlin, entre 1932 et 1933, en tant qu'invitée de Joseph Goebbels – le dirigeant nazi avait mis en place un programme pour attirer des auteurs à succès en Allemagne et afficher la supériorité de la race maîtresse.

Cette information était incidemment mentionnée à la fin de l'article, mais elle avait accroché le regard de Viv. Elle dut relire la phrase trois fois, son esprit passant en revue toutes les possibilités avant d'accepter l'effroyable vérité.

Althea James était une sympathisante nazie.

Le choc fut si brutal que Viv resta un moment sans réaction, avant de secouer la tête.

Non. Ce n'était pas nécessairement vrai. Certes, le mouvement fasciste avait fait beaucoup d'émules aux États-Unis dans les années 1930, mais il était plausible qu'une fille originaire d'une petite ville rurale du Maine n'ait pas compris dans quoi elle s'engageait en participant à ce projet culturel.

Pourtant, Viv ne pouvait passer ce fait sous silence. Elle prit une minute pour se féliciter de vivre à New York et d'avoir accès à cette formidable bibliothèque. Puis elle approfondit ses recherches.

Elle trouva les éditions du *Portland Daily News* de novembre et décembre 1932, et se dirigea à sa table, avant de se raviser. « *Six mois.* » Les numéros de juin 1933 s'ajoutèrent à la pile.

Il lui fallut une heure pour trouver une mention de l'invitation à Berlin de l'éminente écrivaine Althea James, et quarante minutes supplémentaires pour dénicher un article sur son retour au pays.

Aucun des deux écrits n'était accompagné de photos. Les revues qu'elle avait consultées précédemment ne comportaient pas non plus de portrait. Si Viv ne l'avait pas encore compris, c'était à présent une évidence. Cette femme protégeait jalousement sa vie privée. Cela n'augurait rien de bon pour la convaincre de prendre la parole en public.

Elle mit ce problème de côté pour le moment.

Les deux articles comportaient la même citation d'Althea :

> « Je suis impatiente d'ouvrir mes horizons littéraires grâce à ce voyage, déclare Mlle James, 25 ans. Cela sera peut-être l'amorce d'un formidable programme d'échanges entre l'Allemagne et les États-Unis. »

Elle relut ensuite l'article qui décrivait le retour d'Althea dans son Maine natal. Dans l'ensemble, il s'agissait d'une bibliographie sommaire et d'un résumé du succès littéraire d'Althea. Mais, à la fin, on demandait à l'écrivaine si elle avait aimé son séjour à Berlin.

> « Autant qu'on peut aimer vivre parmi des monstres », répond Mlle James, 26 ans, avant de se murer dans le silence.

Viv positionna les deux documents côte à côte et souligna les citations du bout des doigts, l'esprit en pleine ébullition. Bien que brèves, elles indiquaient un changement de ton qui faisait écho aux commentaires des critiques – et d'Edith – sur les deux romans d'Althea.

« Naïf, plein d'espoir ». Puis « brutal et sombre ».

« Des monstres. » Althea parlait-elle des nazis ? Ou était-ce l'histoire que Viv voulait se raconter ? Le temps avait tendance à déformer la réalité, à recouvrir d'une patine clémente les comportements dérangeants.

Au bout du compte, au moins une chose était certaine : Althea James serait le clou du spectacle. Et Viv avait besoin d'invités dévoués à sa cause. S'il s'avérait qu'Althea était bel et bien une sympathisante nazie, Viv devrait changer ses plans. Mais, pour l'instant, elle ne possédait pas assez d'éléments pour en être sûre, or elle était de nature optimiste.

Lorsqu'elle quitta la bibliothèque, elle affichait une confiance que jusque-là elle ne faisait que feindre.

Elle ne pouvait pas nier que malgré tout le chemin parcouru, certains soirs, elle s'enfermait dans sa minuscule salle de bains turquoise et buvait une demi-bouteille de vin dans sa baignoire, les yeux rivés sur les carreaux, en se demandant si tout cela n'allait pas lui exploser à la figure.

Pour se calmer, Viv avait pris l'habitude de lire l'*Oliver Twist* qu'elle s'était procuré chez le bouquiniste et de penser à Edward faisant la même chose plusieurs mois auparavant, quelque part en Italie.

Quand ses parents étaient décédés et qu'elle était allée vivre chez l'oncle Horace, son univers s'était réduit à la maison de celui-ci, l'école et l'église. C'étaient les seuls endroits qu'elle était autorisée à fréquenter durant ces premières années avec son oncle. Son horizon était extrêmement limité.

Les livres lui avait redonné goût à la vie. Ils lui avaient ouvert les portes d'une pléthore d'univers où elle pouvait incarner une foule de personnages différents. Pendant longtemps, elle avait exploré ces univers comme si elle était détentrice d'un secret connu d'elle seule.

À présent, elle se rendait compte qu'elle s'était trompée du tout au tout. Le succès des éditions pour l'armée lui avait démontré que partager ce secret était bien plus fort que le garder pour elle seule. Ce faisant, le fil d'humanité qui reliait les livres s'était resserré, renforcé, d'autant plus vibrant que les lecteurs expérimentaient des mondes, des émotions et des aventures communes.

Viv n'avait pas besoin de connaître personnellement un soldat pour sentir au plus fort de la nuit que quelqu'un d'autre sur terre trouvait du réconfort dans les mots qu'elle lisait à ce moment précis. C'était comme regarder la lune et sentir une connexion avec toutes les personnes baignées par sa lumière.

Tous ceux qui se battaient dans cette guerre sans fin, même ceux qui n'étaient pas sur le front, avaient besoin d'une raison de continuer.

Sa mission était de maintenir cette connexion avec les soldats.

Viv décida de procéder comme si elle n'avait d'autre choix que de réussir – non seulement Althea James serait la star de sa manifestation anti-Taft, mais l'autrice prononcerait un discours enflammé qui balayerait toute inquiétude quant à sa sympathie pour les nazis.

Même si cet optimisme aveugle paraissait un peu téméraire de sa part, il lui permit d'aller de l'avant, une fois ses recherches à la bibliothèque terminées.

Elle appela une journaliste du *Columbus Dispatch* dans l'Ohio, qui l'avait contactée pour écrire un article sur le programme pour l'armée plusieurs mois auparavant.

— En exclusivité ? interrogea Marion Samuel quand Viv lui proposa de publier un portrait d'Althea James.

Marion était intéressée mais hésitante. Althea James était devenue une sorte de célébrité nationale, et le fait qu'elle ne donne jamais d'interviews ni ne parle à personne la rendait encore plus fascinante pour la plupart des gens.

Viv joua la prudence.

— Si elle est d'accord.

— Eh bien, je n'y crois pas trop. Mais une interview exclusive d'Althea James ? Je pense que vous feriez la première page avec ça.

Son appel suivant fut pour Leonard Aston, un vétéran de la Grande Guerre, rentré chez lui avec des démons dans les yeux et une claudication qui lui avait épargné un second tour. Il avait également été l'un des plus fidèles amants de Charlotte, après que Theodore Childs avait emménagé dans ses propres quartiers. Parfois, Viv rêvait que Leonard la considère comme sa fille, mais ils n'étaient sans doute pas assez proches pour cela. Cela dit, il prenait toujours ses appels.

Et Viv avait tout à y gagner, car il était actuellement rédacteur en chef de la rubrique Life & Style du magazine *Time*.

— Tu as donné l'exclusivité à un autre ? cria-t-il au téléphone.

Leonard aboyait notoirement fort, mais ne mordait pas.

— Combien d'électeurs de Taft sont abonnés à ton journal, Leo ? demanda patiemment Viv.

— Des tonnes, des centaines, des milliers même, j'en suis sûr ! (L'humour affleurait dans son ton.) D'accord, d'accord. J'ai quand même droit à ma propre interview, hein ?

— Si j'arrive à la convaincre, déclara prudemment Viv.

— Je ne parierais jamais contre toi, ma petite.

Elle aurait aimé sa réplique s'il n'avait pas raccroché sans attendre sa réponse.

Cette première mission remplie, Viv contacta Harper & Brothers, où une assistante amicale mais inflexible l'informa que la maison ne donnait aucune information sur ses auteurs. Quand Viv lui demanda au moins le nom de l'éditeur d'Althea, l'employée mit fin à la conversation.

Viv n'avait pas de contacts dans cette maison d'édition, mais elle connaissait une personne qui pouvait l'aider. Le lendemain, elle proposa à Harrison Gardiner une virée dans le quartier des libraires, sur la Quatrième Avenue. Comme il faisait partie des étoiles montantes de l'édition, Harrison aimait se tenir informé de ce que les libraires avaient en stock, et il refusait rarement de lever le pied plus tôt.

En attendant Harrison devant Biblo & Tannen, Viv caressa le dos des livres empilés sur l'une des tables.

Il y avait un autre avantage à être occupée cette après-midi-là : le Memorial Day n'avait pas spécialement de sens pour elle avant, mais maintenant elle pouvait difficilement l'éviter. Tous les magasins de la ville voulaient honorer les soldats tombés au combat.

Elle refusait de penser à Edward comme à une victime de la guerre. Elle préférait songer au jeune homme qui aimait flâner toute l'après-midi dans les rues, à regarder les vitrines et les passants.

Edward n'était pas un grand amateur de livres. Comme beaucoup d'hommes de sa connaissance, il s'était forcé à lire pour l'école et n'avait jamais appris à le faire pour le plaisir.

Mais Edward aimait observer les gens du quartier des libraires, ravi par les choix des uns et des autres, surtout quand ces choix contredisaient l'idée que la société se faisait d'eux. Comme cette petite grand-mère italienne qui venait d'acheter un livre avec une couverture ouvertement raciste.

Viv repoussa la vague d'émotion qui la submergea, fâchée d'avoir invoqué le souvenir d'Edward dans un lieu public. Elle pensait rarement à lui en dehors de l'intimité de son propre appartement, craignant de se mettre à sangloter au milieu d'un trottoir. Si elle se focalisait autant sur Taft et sur le programme de lecture pour l'armée, c'était en partie pour ne laisser aucune place au chagrin qui menaçait de l'engloutir tout entière.

À un moment donné, elle s'était persuadée que cela deviendrait supportable. Elle pourrait marcher dans cette avenue et se rappeler les histoires qu'ils inventaient sur des inconnus – des histoires qu'Edward rendait de plus en plus scandaleuses pendant que Viv se tordait de rire. Ou sa manière de lui arracher sa dernière acquisition des mains pour déclamer théâtralement des passages embarrassants au milieu des badauds.

Elle savait qu'un de ces jours elle cesserait de se tourner vers Edward pour lui désigner une mystérieuse veuve drapée de fourrures et de bijoux, alors qu'il n'était plus là. Mais ce jour n'était pas encore arrivé.

— Tu es bien trop triste pour quelqu'un qui s'attaque au Capitole avec succès, lança Harrison derrière elle.

Viv se força à sourire, ce qui devint naturel quand le souvenir d'Edward fut de nouveau scellé dans sa boîte.

— Parler de succès, c'est un peu présomptueux, dit-elle tandis qu'ils marchaient bras dessus, bras dessous.

— Quand on pense que tu as failli tout abandonner il y a quelques semaines, je considère que c'est une victoire, pérora-t-il, l'air très satisfait de lui.

— Tu veux que je te remercie, c'est ça ? demanda Viv, l'air faussement surprise.

— Un peu de gratitude est un bon moyen d'obtenir une faveur. Et je suppose que c'est la raison de ma présence ici, même si tu raffoles de ma compagnie.

— J'aurais une idée derrière la tête ? Moi ? s'écria-t-elle, l'innocence même, pour le faire rire.

Puis elle lui cita les journalistes qu'elle avait invités à la conférence Taft et lui expliqua qu'elle espérait faire venir Althea James.

— J'ai un copain d'université qui travaille chez Harper, dit Harrison tout en examinant l'un des présentoirs de livres.

Viv avait vu juste – l'édition était un tout petit monde, et le cercle des célébrités encore plus restreint. Elle réprima néanmoins une pointe d'irritation à l'idée que ce soit si facile pour lui.

— Je ne peux rien promettre. Mais je vais voir ce que je peux faire.

— C'est tout ce que je te demande, dit Viv avec sincérité. Merci.

Alors qu'ils se dirigeaient vers la prochaine table sur le trottoir, un homme vêtu d'un Stetson d'un blanc éclatant sortit de la librairie, flanqué d'un ceinturon avec deux pistolets blancs dans leurs étuis recouverts de brillants, sa moustache en guidon touchant presque son col.

Viv se tourna vivement vers sa gauche, là où Edward se tenait si souvent, pour faire un commentaire stupide.

Mais il n'était plus là. Et ne le serait plus jamais.

25.

Paris
Novembre 1936

Hannah apprit la nouvelle le premier jour de l'exposition : ses parents avaient obtenu des visas pour l'Angleterre.

Elle contemplait la lettre, stupéfaite de découvrir que ses parents étaient déjà à bord d'un bateau à destination de Southampton. Ils ne lui avaient même pas dit au revoir. Une autre personne aurait sans doute pleuré. Mais Hannah avait toujours su qu'elle ne faisait pas partie des priorités de ses parents.

Ils lui avaient dit et répété qu'ils ne lui reprochaient pas ce qui était arrivé à Adam, même si elle leur avait avoué la vérité peu de temps après son internement dans un camp de concentration. Mais Hannah savait qu'elle avait été aveuglée par un joli minois et qu'ils en avaient tous payé le prix.

Le message stipulait qu'une grosse somme avait été déposée sur son compte en banque, suffisamment importante pour lui assurer plusieurs années de subsistance. La seule obligation familiale dont ils se sentaient redevable envers elle.

Hannah relut intégralement la lettre une fois de plus, puis elle prit une profonde inspiration et leur dit adieu. Adieu à des parents qui ne l'avaient jamais aimée comme on est censé aimer un enfant, comme ils avaient aimé Adam.

Adieu à l'idée naïve que l'amour pouvait être inconditionnel.

Hannah traversa la pièce en trois grandes enjambées et jeta l'enveloppe dans les flammes. L'encre et le papier dévorés par le feu sifflèrent en guise de protestation, et furent bientôt réduits en cendres.

Otto était sa famille désormais. Accrochée à cette pensée, elle s'habilla, appliqua du fard sur ses joues, enfila ses chaussures et dit au revoir à Brigitte, dont elle s'était rapprochée ces derniers jours. Elle ne voulait pas penser au fait qu'elle sentait Otto s'éloigner d'elle depuis qu'ils vivaient à Paris.

Otto lui adressa un sourire heureux et insouciant qu'elle lui rendit de son mieux. Alors qu'ils se dirigeaient vers le boulevard Saint-Germain pour aller à l'exposition, elle orienta la conversation sur des sujets légers, tâchant de chasser la morosité de la matinée. Les ténèbres qui se profilaient.

Mais à la première vue de la croix gammée, Hannah ne put s'en tenir à des banalités.

Ils étaient à Paris.

Dans un pays libre.

Pas dans l'Allemagne nazie.

Hannah se répéta ce mantra encore et encore alors qu'ils approchaient des bannières affichant ce symbole de pure haine.

La Bibliothèque des livres brûlés s'était installée dans la Société de géographie, à deux pas de l'endroit où des militaires allemands stationnaient devant une devanture.

M. Heinrich Mann et son non moins célèbre frère, Thomas Mann, étaient tous deux là pour présenter les livres de la bibliothèque, avec une poignée d'autres auteurs de renom qu'Hannah reconnut pour avoir maintes fois mis leurs livres en rayon. Tout le monde semblait affable, joyeux, mais les sourires étaient légèrement voilés chaque fois que les regards se portaient vers les croix gammées, les uniformes, et les Parisiens venus voir l'exposition nazie.

Pour l'occasion, la bibliothèque proposait du cidre ainsi que des pâtisseries, un moyen d'attirer les badauds. Hannah faisait l'effort de parler à tous ceux qui quittaient le stand nazi avec un sac brun sous le bras.

S'ils voulaient gagner cette bataille, ils ne pouvaient mépriser les personnes qu'ils voulaient rallier à leur cause.

Otto se prélassait dans un fauteuil d'angle, offrant des commentaires amusants au fur et à mesure de la journée, puis des apartés amers lorsqu'ils comprirent que leur projet était loin d'avoir le succès espéré. Les gens s'arrêtaient, jetaient un coup d'œil aux tables, s'engageaient même parfois dans une discussion. Mais Hannah n'eut pas l'impression que la bibliothèque les ferait changer d'avis. Les commentaires étaient éloquents.

« Les nazis ne peuvent pas être si mauvais. »

« Ils font bouger les choses… »

« … les Juifs ont tout de même beaucoup de pouvoir. »

La dernière phrase avait été prononcée juste assez fort pour que tout le monde en profite.

Hannah se força à sourire et attira une dame âgée vers l'étalage des ouvrages d'auteurs juifs qu'elle avait soigneusement choisis.

Mais tout le monde avait entendu le dernier commentaire. Si c'était une croisade pour l'âme de Paris, la Bibliothèque des livres brûlés avait perdu.

Son service de la journée terminé, elle retrouva Otto, et tous deux sortirent sur le boulevard.

Des sifflets appréciateurs les accueillirent, malgré la présence pourtant dissuasive d'Otto.

Le bras d'Otto se crispa sous sa paume, mais Hannah continua à marcher, l'entraînant à sa suite, le suppliant silencieusement de ne pas réagir, même si c'était sans doute l'excuse qu'il avait attendue toute la journée. L'envie de rabrouer les nazis les démangeait tous les deux, à la différence qu'Hannah pouvait l'ignorer et rentrer chez elle pour boire une tasse de thé.

Otto n'avait pas autant d'autodiscipline.

Hannah ferma brièvement les yeux quand elle réalisa que deux des nazis s'étaient éloignés du groupe pour les suivre. *S'il vous plaît, s'il vous plaît*... Les ongles de ses doigts s'enfoncèrent dans le tissu du manteau d'Otto.

— *Fräulein*, lança l'un d'eux, d'une voix arrogante et amusée.

Hannah continua à marcher d'un pas assuré.

Son comparse répéta :

— *Fräulein !*

— N'ignorez pas nos pauvres âmes solitaires, ajoutèrent-ils en allemand, s'attirant les regards de passants.

Otto se figea, et elle lui murmura vivement :

— Laisse tomber ! Laisse tomber !

Mais bien sûr, ces hommes étaient grossiers. Des nazis à Paris – formés pour mettre de l'huile sur le feu. Comme tant de chemises brunes d'Hitler, ils étaient usés par le conflit. On les avait humiliés et dépouillés, puis remis sur pied pour se venger de la Grande Guerre.

— Regarde-la s'éloigner, roucoula le premier.

— Je ne fais que ça, renchérit le second. Et pour sûr, elle a un beau cul.

Avant qu'Hannah ne comprenne ce qui se passait, Otto fit volte-face et colla son poing dans la figure du plus grand des deux nazis.

Tout s'arrêta pendant un battement de cœur, deux, comme si le temps s'étirait et tournoyait sur lui-même.

Puis l'homme poussa un cri, plus de surprise que de douleur. Otto n'était pas assez fort pour lui avoir fait très mal, mais cela ne changeait rien. Quand des hommes comme eux avaient goûté à la violence, ils exultaient.

Un poing s'écrasa sur le visage d'Otto, dont le cou craqua, comme si sa colonne s'était brisée.

Il est mort.

La vision d'Hannah se brouilla.

Mais Otto ne s'effondra pas, se contentant de tituber, puis il se raidit, les poings serrés devant lui, tel un boxeur prêt à se battre.

Réagis.

Mais Hannah en était incapable. Ses jambes ne répondaient plus. Elles refusaient de l'écouter.

Ils vont te frapper aussi.

Ce n'était pas la peur qui la pétrifiait. C'était le choc.

Ils étaient à Paris.

Si seulement elle parvenait à… réfléchir… si seulement… elle…

L'agitation avait attiré une foule de curieux, et Hannah scruta du regard les visages autour d'elle avec espoir.

Personne ne fit un mouvement.

Le nazi qu'Otto avait frappé se rcleva et lui asséna plusieurs directs dans la mâchoire.

Otto vacilla, mais réussit à rendre deux ou trois coups.

Comment arrêter cette bagarre maintenant ? Avant qu'elle ne dégénère ?

Réagis !

Mais juste au moment où Hannah allait se poster devant Otto, faire écran de son corps, le nazi en eut assez de jouer avec sa nourriture. Et il se déchaîna. Entre deux cillements, Otto s'écroula par terre, telle une marionnette dont on avait coupé les fils.

Le sang éclaboussa la main de l'Allemand.

Le sang gicla sur le trottoir.

Le sang rugit dans sa tête.

Au secours.

Ils avaient besoin d'aide.

À présent, les deux nazis plaquaient Otto par terre. Elle ne l'avait pas protégé.

Un gémissement déchira l'air, presque imperceptible. Pourtant elle le perçut distinctement. Le feulement blessé fit éclater un cœur qu'elle croyait pourtant déjà en mille morceaux.

Ce sanglot contenait chaque seconde de la vie d'Hannah, chaque seconde de la vie d'Otto.

Fais quelque chose.

Maintenant.

Hannah plongea sous un bras en mouvement, se jeta sur l'entassement de corps, tentant d'atteindre Otto – une jambe, un manteau, une main. N'importe quoi.

La douleur explosa dans sa pommette, aiguë et fulgurante, et dévala le long de son échine.

Une botte, comprit-elle, tandis que l'élancement se transformait en un cri étranglé.

Alors qu'elle se tenait la joue d'une main tremblante, elle rencontra le regard du nazi qui l'avait frappée. Un éclair de remords traversa les yeux du SA. Puis un coude perdu heurta sa mâchoire, et son expression se fit féroce. Son poing se ferma et s'abattit sur la joue déjà endolorie d'Hannah.

Un son métallique résonna dans ses oreilles comme elle s'affalait sur le trottoir, ses dents s'entrechoquant, son corps cloué au sol. Submergée par la nausée, elle ferma les yeux, juste une seconde, juste une…

Otto poussa un cri.

Hannah se redressa en haletant, le coude traversé d'élancements douloureux.

Mais cela n'avait pas d'importance. Sans hésiter, elle se jeta à nouveau dans la mêlée, tendant le bras pour empoigner la chemise d'Otto.

— Arrêtez ! hurla-t-elle en allemand. S'il vous plaît, aidez-moi ! ajouta-t-elle en français à l'attention de la foule des badauds.

Elle pensa alors au pistolet. Soudain, elle se vit pointer le canon sur le front de l'un des SA et presser la gâchette. C'était la première fois de sa vie qu'elle s'imaginait tuer quelqu'un. Pourtant, à ce moment-là, si elle avait eu l'arme en main, elle en aurait été capable.

— Aidez-nous, s'il vous plaît !

Personne ne réagit. La marée l'entraîna vers le sol, sous les vagues de mains violentes et d'hommes mauvais.

Otto, pensa-t-elle en essayant de s'enrouler autour de son ami et de son corps meurtri.

Hannah expulsa l'air de ses poumons. *Non.*

Puis elle donna un coup de pied, qui rentra dans quelque chose. Un craquement brisa l'étrange silence de la nuit.

Elle lança un nouveau coup de pied. Elle hurla. Griffa. Se débattit jusqu'à ce que son regard rencontre des visages vulnérables, jusqu'à ce que des mains portent des coups chanceux.

La police, enfin.

Mais elle arrivait trop tard.

26.

New York
Mai 1944

Viv faisait les cent pas devant le bureau de campagne de Hale, nerveuse après son après-midi avec Harrison dans le quartier des libraires. Elle n'avait pas envie de rentrer dans un appartement vide – c'était la soirée bridge de Charlotte avec ses deux plus vieilles amies – et elle s'était retrouvée à Brooklyn, un lieu qui lui semblait étrangement familier.

Hale la héla depuis le perron, tout en enfilant sa veste malgré la chaleur.

— Manhattan, c'est par là, dit-il en pointant du doigt la direction de l'ouest.

Viv se retourna d'un mouvement théâtral.

— Tu veux dire que je ne suis pas à Broadway ? J'aurais juré avoir pris à gauche sur Times Square.

Hale eut un sourire attendri.

— Salut, Childs.

— Salut, Hale, répondit-elle sur le même ton badin, les mains sur les hanches, le vent s'engouffrant dans sa jupe.

— Que signifie ce regard ? demanda Hale après avoir descendu les trois marches du perron.

Elle mit une main en visière sur son front pour se protéger du soleil couchant et leva les yeux vers lui.

— Je pense juste à la vie, je crois.

— C'est logique de penser à la vie en temps de guerre, répondit-il en se décalant sur le côté pour masquer le soleil qui l'aveuglait. Tu as une autre faveur à me demander ?

Secouant la tête, elle glissa son bras sous le sien.

— J'ai besoin de distraction.

Il lui jeta un regard complice. Viv était sûre qu'il avait fait quelques apparitions publiques pour le Memorial Day et qu'il avait probablement reçu plus de condoléances qu'il ne pouvait en compter de la part de personnes bien intentionnées.

— Tu marches avec moi ? proposa-t-elle.

Il lui adressa un sourire surpris puis prudent et hocha la tête.

— C'est une belle soirée. Où allons-nous ?

— Là où nos pas nous portent…

Il hésita, s'interrogeant manifestement sur son état d'esprit. Elle ne lui en voulait pas. La dernière fois qu'ils avaient discuté, elle était venue avec son armure de barbelés.

Mais, aujourd'hui, elle avait envie de parler à quelqu'un qui avait connu Edward. Pas parce qu'ils se ressemblaient, mais au contraire parce que leurs personnalités étaient diamétralement opposées. C'était plus facile. Savoir que quelqu'un partageait son chagrin spécifique. Et non un deuil collectif pour les soldats victimes de la guerre.

Pour Edward.

Ses genoux flanchèrent, sa respiration s'accéléra. Le bout de ses doigts s'agrippa à un mur de briques pour trouver un soutien.

Ignorant l'expression inquiète de Hale qui l'avait rejointe, Viv ferma les yeux et se concentra pour inspirer, puis expirer.

Edward était mort.

Plus jamais elle ne verrait l'humour briller dans ses yeux, plus jamais elle ne chercherait le réconfort dans son étreinte, plus jamais elle ne lui arracherait de secrets ni ne lui révélerait les siens.

Une main encercla son poignet, sans l'enchaîner, juste pour l'ancrer au sol.

Hale la protégeait de la rue et des regards des curieux, son pouce dessinant de petits cercles sur son pouls rapide. Aucun d'eux ne dit mot alors que les battements de son cœur s'apaisaient, et aucun d'eux ne détourna le regard.

— La plupart du temps, je vais bien, réussit-elle à bredouiller.

Le pouce de Hale s'arrêta un bref instant avant de reprendre son rythme apaisant.

— La plupart du temps, j'arrive simplement à ne pas y penser.

Dans la lumière déclinante de la fin de journée, les yeux de Hale avaient pris une teinte d'un vert orageux, les éclats dorés de ses iris tels de petits éclairs parmi les nuages.

— Est-ce que ça fait de moi une personne horrible ? demanda-t-elle vivement. De ne pas y penser tout le temps ?

Hale poussa un soupir, son corps penché vers le sien. Avec n'importe qui d'autre, elle se serait sentie acculée mais, là, elle se laissa aller à sa sensation de réconfort.

— Si tu y pensais tout le temps, tu passerais ta vie à déprimer, tu serais incapable de faire autre chose que pleurer, dit doucement Hale. J'arrive à me lever tous les matins uniquement parce que je ne me laisse pas aller à penser à lui.

Viv étudia son visage. Hale et Edward n'auraient sûrement jamais dû être aussi proches, pourtant ils l'étaient. Deux hommes qui avaient décidé d'être frères plutôt qu'ennemis.

À cet instant, elle les aimait tous les deux passionnément, sans limites, sans condition et sans faille. Elle aimait Hale d'avoir aimé Edward, de lui avoir donné une famille alors qu'il aurait pu si facilement repousser son affection.

Elle pressa la main sur la poitrine de Hale, sur son cœur. Il posa son front contre le sien, et ils restèrent un long moment dans cette position pendant que la rue s'animait autour d'eux – des travailleurs rentraient chez eux, des mères poussaient des landaus, des filles gloussaient en les voyant.

Ils ne s'écartèrent que lorsqu'un objet heurta le pied de Viv.

Surprise, elle baissa les yeux et vit une balle de base-ball. Ce n'était pas la balle blanche et brillante d'un match des Dodgers, plutôt une boule sale et effilochée qui lui rappela l'été où Hale lui avait appris à jouer. Ce souvenir lui fit mal.

Lorsqu'elle leva les yeux, Hale lui fit un sourire espiègle, qui chassa le désespoir des dernières minutes, une pratique qu'ils maîtrisaient tous les deux à présent.

Viv ramassa la balle de base-ball et regarda autour d'elle, en quête de son propriétaire. Un garçon se tenait un peu plus loin sur le trottoir, un gant de base-ball élimé dans une main, fixant Hale. Les yeux ronds d'émerveillement comme il reconnaissait la vedette de son quartier.

Viv croisa à nouveau le regard de Hale et esquissa un sourire interrogateur.

Haussant les épaules, il lui prit la balle des mains et se tourna vers le garçon.

— Vous acceptez deux joueurs de plus ?

— Vous n'allez pas abîmer votre beau costume, monsieur Hale ? le taquina Viv tandis que le garçon l'observait bouche bée.

Le regard de Hale courut sur sa robe vaporeuse, ses talons et son petit chapeau.

— Je ne crois pas que *mon costume* soit le problème.

Le regard intense et appréciateur de Hale l'avait rendue muette. Heureusement, le gamin au gant héla ses amis, et Viv et Hale le suivirent. Hale se débarrassa de sa veste élégante et la drapa sur une bouche d'incendie tandis que Viv se mordillait la lèvre.

Elle ne pouvait rien faire pour sa robe, mais ses talons devaient disparaître. Le revêtement de la rue était plutôt lisse, et heureusement elle ne portait pas de bas – elle ne risquait pas de les filer. Elle ôta ses chaussures, ce qui lui valut un sourire en coin de la part de Hale. Les garçons prirent ce geste comme une invitation à s'agglutiner autour d'eux, et se mirent à parler tous en même temps.

Ils avaient environ dix ans, devina Viv. Trop souvent, quand elle voyait des filles et des garçons de cet âge, ces derniers avaient le visage grave des enfants forcés de grandir trop vite. Mais ces gamins-là étaient animés du simple plaisir de jouer au base-ball dans la rue par une belle soirée d'été, et leurs sourires étaient presque trop radieux.

— Madame, lança l'un d'eux à Viv en lui touchant la jambe avec sa batte. M. Hale dit que c'est à vous de commencer.

— Oh ! il a dit ça, hein ?

Viv glissa un regard en coin à Hale, qui l'observait avec une émotion qui ouvrit une brèche en elle, ravivant l'espoir refoulé depuis longtemps.

— Bah, railla un garçon plus âgé à l'extérieur du terrain. Dix cents qu'elle sait même pas manier la batte.

Les yeux de Viv s'étrécirent. À ce moment-là, les filles s'étaient massées sur le trottoir pour les regarder, fascinées par le spectacle de deux adultes respectables participant à un jeu d'enfants.

— Pari tenu ! cria la plus grande.

Elle était mince, avec de longs cheveux noirs, et une expression entêtée qui rappela à Viv le caractère intransigeant de sa propre jeunesse. Viv pointa la batte vers la fille en un geste universel d'appréciation, ce qui lui valut un sourire éclatant en retour.

Derrière elle, Hale applaudissait et braillait comme un supporter déchaîné dans un stade.

Viv s'approcha de la plaque de rue déformée qui faisait office de marbre, empoigna la batte, et se mit en position, les fesses en arrière, provoquant des sifflements appréciateurs de deux jeunes hommes passant dans la rue. Elle fusilla du regard le lanceur. Celui-ci, avec l'arrogance d'un gamin de dix ans au centre de l'attention, ricana et lança la balle en l'air avec désinvolture.

— Vas-y ! cria-t-elle.

— Tu veux un lancer de femmelette ? railla-t-il.

Aussitôt, les filles prirent la défense de Viv.

— Tu sais même pas lancer comme une femmelette, Bobby.

— C'est quand la dernière fois que tu as atteint la première base ?

— Tu veux que je dise à ta mère que tu parles mal ?

Viv réussit à ne pas rire, malgré une envie puissante, et lui répondit très sérieusement, les sourcils froncés :

— Ma parole, tu ne fais que causer. Je parie que tu sais rien faire d'autre.

La pique eut l'effet escompté. Le gamin perdit son sourire et s'appliqua à imprimer à la balle une trajectoire parfaite, si bien qu'elle était plus facile à renvoyer que s'il avait créé un effet.

Viv manqua son coup à dessein, pour ménager le suspense. Et aussi parce que la joie des habitants de ce quartier de Brooklyn donnait du baume au cœur. Les femmes étaient sorties sur le pas de leur porte et suivaient Hale des yeux, mais certaines s'intéressaient aussi à Viv et l'encourageaient. Un couple de marins s'était adossé au mur d'une épicerie, dont le propriétaire regardait la partie par la fenêtre.

Avec deux adultes en plus, l'ambiance était désormais à la fête, une célébration de l'été et de la vie.

Et Viv comptait faire durer le plaisir le plus longtemps possible.

— Je te l'avais dit ! cria le gamin depuis la troisième base.

La fille efflanquée à côté de lui roula des yeux.

— Je sais que t'es pas bien malin, Jimmy, mais au base-ball t'as droit à trois lancers avant d'être éliminé, persifla-t-elle.

Viv lui fit un clin d'œil complice. Puis elle laissa passer la deuxième balle sans la toucher, et Hale, qui semblait avoir endossé le rôle d'arbitre, cria « *Strike !* » comme s'il était à Ebbets Field.

— Une dernière, et c'est plié, ricana quelqu'un dans le public.

Les garçons vibraient littéralement d'exaltation d'être l'objet de tant d'intérêt.

Viv empoigna fermement la batte. Le spectacle n'était intéressant que si elle leur offrait un coup de théâtre final.

Cela lui rappela son combat avec le sénateur Taft. Mais elle repoussa aussitôt cette image. Il n'était pas question de penser à lui ce soir. Elle devait profiter du moment, et se préparer à swinguer.

La balle fusa de la main du gamin, Viv leva le coude, le poids du corps en avant, et expira comme Hale le lui avait appris.

La batte heurta la balle avec un craquement victorieux qui se propagea dans la foule. L'espace d'une seconde – une éternité –, tout le monde retint son souffle tandis que la balle s'envolait par-delà la dernière rangée de spectateurs. Viv lâcha la batte et piqua un sprint, portée par le rugissement de la foule, malgré sa jupe qui lui collait aux jambes.

Des pierres lui entaillaient la plante des pieds, la sueur s'accumulait sous ses bras, des épingles tombaient de ses cheveux, mais elle ignora tout cela pour franchir la seconde base et foncer vers la troisième. Les garçons se bousculaient pour tenter de récupérer la balle qui s'était logée sous une voiture. Des cris d'encouragement et d'incrédulité accueillirent l'arrivée de Viv sur la troisième base. La grande fille sur le trottoir affichait un large sourire, le bras tendu vers le marbre. Les autres filles s'étaient rassemblées derrière elle, leurs corps vibrant à l'unisson.

Du coin de l'œil, Viv fut distraite par une agitation. Les garçons avaient récupéré la balle et formaient une chaîne pour la ramener. Viv continua à courir tête baissée, puisant dans ses dernières forces pour allonger l'allure.

Le lanceur avait la balle.

Elle était à deux, peut-être trois pas, de la consécration.

La balle fendit l'air vers elle, vers le gant que le receveur tenait à bout de bras.

Et atterrit dans le gant, seulement une fraction de seconde après que le pied de Viv eut touché le marbre. Viv dérapa un peu, mais parvint à rester debout tandis que la foule tournait des yeux pleins d'espoir vers Hale.

Il laissa planer le suspense, qui alla crescendo comme les spectateurs se penchaient vers lui, attendant le verdict avec impatience.

Enfin, avec toute la solennité dévolue à un match des World Series, il cria :

— Sauf !

Les filles applaudirent à la victoire qu'elles s'étaient appropriée et les garçons se disputèrent comme il se doit dans l'équipe perdante. Les femmes étaient ravies de cet interlude dans leur journée, l'épicier avait le sourire aux lèvres et les marins firent un clin d'œil à Viv avant de reprendre leur route.

Viv reprenait son souffle, les mains sur les hanches, et souriait pour ne pas pleurer. Pas à cause du chagrin, mais de la joie pure qui s'engouffrait par toutes les failles de son corps vulnérable.

Toutes ces années de guerre, d'épreuves, de sacrifice, de peur, de perte, de douleur, d'ennui, d'impuissance. Rien de tout cela ne les avait complètement anéantis. Même dans les heures les plus sombres, au plus fort de la tourmente, au bord de l'épuisement, les êtres humains se ménageaient des moments si profondément porteurs d'espoir qu'ils continuaient à aller de l'avant. Un jour après l'autre.

Hale s'approcha et passa un bras autour de son épaule.

— Je savais que tu avais ça en toi, Childs.

D'humeur magnanime, Viv lui jeta un regard complice.

— J'ai eu le meilleur des professeurs.

Les doigts de Hale se resserrèrent sur son bras et un frisson de panique la parcourut à l'idée qu'il l'embrasse. Mais Hale s'éloigna et tapa dans ses mains pour attirer l'attention des garçons.

Comme Viv, il connaissait le pouvoir d'une fin spectaculaire et ne prit pas la peine de se présenter au marbre. Au lieu de cela, il félicita les joueurs pour leur match, puis les emmena chez l'épicier qui avait assisté au triomphe de Viv pour lui acheter toute sa réserve d'esquimaux.

Viv en prit un au raisin en s'efforçant de ne pas penser au goût des baisers de Hale.

Peu après, Hale fut entouré d'une foule d'électeurs en adoration, mais son regard ne cessait de revenir au perron où Viv s'était assise, près d'une jeune femme enceinte qui avait apporté sa machine à coudre pour profiter du spectacle.

En d'autres temps, Viv aurait posé des questions sur le futur papa, mais elle préféra s'abstenir. Ces soirées étaient si rares – des soirées qui n'étaient pas gâchées par la guerre sous un ciel marbré d'or et de rose – que Viv n'avait nullement l'intention de jeter un voile obscur dessus.

Toutes deux évoquèrent les matchs de base-ball de leur jeunesse, elles parlèrent du fils de la femme qui avait joué en première base, et aussi de Hale.

Demain, le soleil se lèverait encore. Et avec lui, le chagrin qu'ils avaient tous soigneusement mis à distance ce soir.

Le sursis semblait ténu face à l'immensité de l'épreuve qui les attendait. Mais c'était cette bulle de bonheur que les livres du programme pour l'armée apportait aux soldats. Un petit rappel que la vie n'était pas seulement du sang, des bombes et des larmes.

Et s'ils pouvaient s'accrocher à ces souvenirs, s'ils parvenaient à les créer ensemble, peut-être qu'ils réussiraient à voir la fin de cette foutue guerre.

Pas nécessairement entiers mais humains.

27.

Paris
Novembre 1936

L'odeur amère du désinfectant piquait les narines d'Hannah, qui regardait la poitrine d'Otto se soulever doucement dans son lit d'hôpital.

Il vivrait, les médecins l'avaient promis.

Elle n'avait pas eu besoin de percevoir l'hésitation dans leurs voix pour savoir qu'il s'en était fallu de peu.

Ses doigts serrèrent la crosse du pistolet qu'elle emportait désormais partout avec elle.

Trois jours s'étaient écoulés depuis leur rixe sur le boulevard Saint-Germain, et elle n'était rentrée qu'une seule fois chez elle pour se changer et aller repêcher l'arme dans le trou sombre sous le plancher. Plus jamais elle ne se retrouverait sans défense comme elle l'avait été sur ce boulevard, à implorer une aide qui n'était pas venue.

La bagarre elle-même était floue, des bribes de souvenirs insaisissables – et effroyables. Hannah n'était pas sûre de pouvoir regarder à nouveau un jour ses collègues en face. Tous les bénévoles de la bibliothèque s'étaient précipités dans la rue et avaient assisté au spectacle. Sans rien faire.

Son regard s'égara vers la fenêtre, vers le soleil qui pointait au-dessus de la ligne d'horizon.

Pour la millième fois peut-être, elle se dit que ses amis de la bibliothèque étaient des intellectuels, des penseurs. Ils n'avaient probablement jamais donné un coup de poing de leur vie, encore moins affronté ce genre de brutes dont le corps était formé pour la violence. Autant signer leur arrêt de mort.

Otto gémit, se tortilla sous les draps, puis s'apaisa.

Les médecins avaient dit qu'il vivrait. Mais qu'adviendrait-il de lui ? Qu'adviendrait-il d'elle ?

Savoir à quel point la guerre à venir allait la transformer – l'avait déjà transformée – la terrifiait. Autrefois, elle était heureuse, gaie. Elle avait toujours été plutôt cynique face à l'idéalisme d'Adam, mais elle n'avait jamais eu un cœur de pierre.

Certains soirs, à Berlin, elle avait dansé, ri, aimé, elle avait bu trop de champagne, porté des robes en soie coûteuses et fait des balades à vélo au début du printemps pour ramasser des tulipes dans son panier. Elle avait cru en la bonté humaine, convaincue que la plupart des gens faisaient de leur mieux dans un monde difficile. Elle était bienveillante, tolérante, un brin sarcastique, elle était une amie fidèle et une sœur loyale. Pas nécessairement une fille modèle, mais elle ne s'en voulait pas pour cela. Elle aimait les tartines de marmelade d'orange et les soirées au théâtre, elle avait des rêves simples qui semblaient réalisables.

La guerre – et elle avait décidé qu'ils étaient en guerre – avait l'art de vous priver de tous ces petits plaisirs et d'amplifier le désespoir. Les petites contrariétés et les joies simples n'avaient plus lieu d'être. Ne restaient que l'amour et la haine, la peur et le courage, la poésie et la destruction. Tout était plus intense à cause du contraste, le juste milieu n'existait plus.

Or c'étaient les petites choses qui faisaient une personne. Hannah se sentait déjà vidée par le chagrin, par la trahison, par la lente érosion de sa foi en l'humanité.

Qui serait-elle l'année prochaine, et celle d'après ? Car la femme qu'elle était à Berlin n'aurait jamais imaginé pouvoir se servir d'une arme.

Hannah grimaça alors au contact du métal froid sur ses doigts. Un des nazis lui en avait cassé trois. Elle ne l'avait même pas remarqué sur le moment.

Les hématomes violacés qui auréolaient sa joue étaient la pire de ses blessures, cependant. Dans le contour de ces bleus, elle jurerait pouvoir distinguer la forme d'une botte.

Il fallut deux jours supplémentaires pour que les cils d'Otto papillonnent sur sa peau pâle – une fois, deux fois – et qu'il ouvre les yeux.

Des larmes coulaient sur les joues d'Hannah, ruisselant sur sa lèvre fendue qui ne valait même pas la peine d'être mentionnée.

Elle ignorait ce qu'elle aurait fait si elle avait perdu Otto si peu de temps après la mort d'Adam. Pourtant, elle s'était toujours considérée comme une femme forte. Elle avait survécu à Berlin à l'époque de l'arrivée d'Hitler au pouvoir, elle avait survécu à la trahison d'Althea, elle avait survécu jour après jour avec la conscience d'avoir joué un rôle dans la capture de son frère.

Mais elle était certaine que si Otto était mort, elle aurait enfin – *enfin* – été brisée.

« Il aura besoin de quelqu'un pour le surveiller pendant quelques jours », dit le médecin comme s'il n'y avait pas qu'elle pour s'en occuper.

Dans le taxi, Hannah dut demander au chauffeur d'arrêter la voiture pour qu'Otto puisse vomir dans le caniveau. Elle écarta les cheveux de son front et lui prodigua des paroles de réconfort jusqu'à ce qu'il ait terminé.

Une fois dans l'appartement d'Otto, elle borda son ami sous une couverture chaude et alla mettre la bouilloire à chauffer. Elle caressa l'exemplaire de *Macbeth* posé à côté de la cuisinière et se demanda si ses plaies allaient priver Otto du rôle qu'il avait décroché la semaine précédente.

— Tu es blessée, murmura Otto quand elle revint à son chevet.

Il leva un doigt tremblant pour effleurer le pourtour de ses hématomes.

— Ce n'est rien, railla-t-elle. Si tu voyais l'état des autres !

Otto rit si fort qu'il se retrouva plié en deux, à cracher du sang, son mouchoir blanc taché de rouge, comme les articulations du nazi. Hannah ravala la bile qui remonta dans sa gorge.

— Repose-toi, mon ange, dit-elle en pressant un tissu chaud sur son front.

Il ne discuta pas, signe manifeste de son épuisement.

Les jours suivants, il dormit par intermittence, et pendant tout ce temps Hannah resta assise dans le rocking-chair à côté de son lit. À un moment donné, elle l'aida à prendre un bain, nettoyant la sueur et le sang séché de sa peau précieuse. Otto grimaça, puis soupira, et faillit s'assoupir pendant qu'elle faisait glisser le savon sur ses épaules, ses cuisses, son aine, son estomac. L'intimité de ces gestes aurait dû lui être pénible, mais Hannah avait du mal à réfléchir normalement, et ne pouvait être gênée par un corps qu'elle connaissait presque mieux que le sien.

Elle l'enveloppa dans une serviette et le sécha avec précaution. Il s'endormit, et elle remplit à nouveau la baignoire pour se glisser à son tour dans l'eau chaude.

Alors qu'elle se savonnait, elle s'accrocha au ressentiment qui brûlait en elle depuis cette bagarre où elle s'était sentie si impuissante.

Ils se trouvaient sur un grand boulevard parisien. Elle pouvait presque pardonner aux étrangers, ceux qui n'avaient aucune raison de s'impliquer dans une rixe aussi violente. Mais beaucoup de témoins de la scène étaient des amis, des gens qui se considéraient comme des combattants dans la guerre contre le fascisme.

Hannah croyait sincèrement au pouvoir des mots pour mener cette bataille, à tel point que c'était devenu la mission de sa vie. La Bibliothèque allemande des livres brûlés était importante. Au début, elle était un symbole, un phare, un rempart. Puis elle était devenue une ressource pratique. Les employés avaient rallié des gens à leur cause grâce aux informations qu'ils fournissaient.

Mais si l'un des camps de cette guerre était composé d'hommes assoiffés de sang, et l'autre de personnes pétrifiées à la vue de la violence, Hannah n'était pas sûre que ces derniers aient la moindre chance.

La plume pouvait certainement détruire une nation, mais le temps que cela se produise, combien de victimes seraient à déplorer ?

Que se passerait-il lorsque les nazis marcheraient sur Paris et occuperaient la ville, comme ils ne manqueraient pas de le faire ? Qui prendrait les armes ?

Le courage existait-il dans la vie réelle ? Ou bien seulement dans les contes de fées ?

28.

Berlin
Mars 1933

Deux jours après la soirée chez Dev où Althea avait eu son illumination, Hannah se présenta avec deux bicyclettes.

— Allons-y ! lança-t-elle en enfourchant son vélo jaune soleil d'une main.

De l'autre, elle tenait une bicyclette bleu ciel avec des petites roses peintes sur la fourche métallique et un panier en osier fixé sur le guidon. Althea eut envie de le remplir de livres et de fleurs.

— Je ne suis pas très adroite, avertit-elle en se juchant sur la selle.

— Un enfant de trois ans est capable de faire du vélo, plaisanta Hannah. Tu vas t'en sortir.

— Tu as un peu trop confiance en mes capacités motrices, s'écria Althea par-dessus son épaule alors qu'elle roulait tout droit vers un arbre.

Une tempête de fin de printemps avait laissé çà et là des congères de neige sale, mais c'était une belle journée. Le soleil réchauffait leurs visages tandis qu'elles pédalaient dans les rues.

Hannah emprunta des voies tranquilles, évitant les boulevards et les artères qui auraient sûrement inquiété Althea.

Elles dépassèrent des boutiques pittoresques, croisèrent des couples qui flânaient et des enfants en train de rire. Après avoir longé un moment la Spree, elles firent une halte pour se reposer, marcher et partager des anecdotes de leur jeunesse.

Dans un petit parc, Althea abandonna son vélo dans l'herbe pour admirer les parterres de tulipes qui commençaient à fleurir. Hannah la suivit avec un petit sourire – apparemment, les bavardages d'Althea ne la dérangeaient pas.

Elles s'allongèrent sur un carré d'herbe ensoleillé et Hannah se positionna de manière à faire de l'ombre au visage d'Althea.

— Tu adores Berlin, commenta Althea en lissant son chemisier.

— Ici, je peux être moi-même.

Althea fut surprise par l'émotion dans sa voix.

— Tu ne l'as pas constaté à cause des nazis mais, avant qu'ils prennent le pouvoir, tu pouvais être qui tu voulais dans cette ville, rencontrer des gens qui t'aimaient pour ta différence.

Althea cherchait à comprendre.

— Comme dans les cabarets ?

— Exactement, répondit Hannah avec un sourire. Là-bas, peu importe ce que tu portes, avec qui tu danses, comment tu gagnes ta vie. Peu importe qui sont tes parents, dans quel quartier tu vis et quel Dieu tu pries. Tout ce que tu dois faire pour te sentir bien, c'est respecter les gens qui t'entourent.

Le regard d'Hannah se porta sur deux nazis qui se promenaient sur le trottoir, puis sur les bannières aux croix gammées suspendues aux réverbères tout proches.

— Et en plus, Hitler déteste cette ville.

— Oui, je l'ai entendu dire.

— Tous les endroits qu'Hitler déteste sont des coins de paradis pour moi, dit Hannah en souriant.

Althea rougit et détourna le regard.

— J'aimerais…

Elle s'interrompit, ne sachant pas vraiment comment terminer sa phrase. Althea ne pouvait pas dire *J'aimerais ne jamais être venue ici*. Ce serait un mensonge.

Mais Hannah lui effleura la cheville du bout de sa bottine et lança :

— J'aimerais avoir rien qu'une journée où je pourrais prétendre que rien de tout cela n'est arrivé.

Althea étudia le visage d'Hannah, mais son expression était noyée dans l'ombre.

— Que ferais-tu de cette journée ?

— Une balade à vélo… Lire un livre, boire un verre de vin, embrasser une jolie…

Cette fois, c'est Hannah qui ne termina pas sa phrase.

Mais Althea vit les mots flotter sur ses lèvres. Elle se baissa pour fouiller dans son sac, une bonne excuse pour cacher les émotions qui se lisaient sur son visage.

— Eh bien, déjà, j'ai un livre.

C'était l'*Alice au pays des merveilles* qu'elle avait racheté quelques jours après avoir donné le sien au bouquiniste du marché de Noël. Quelques mois seulement s'étaient écoulés depuis cette soirée, pourtant cela lui paraissait une éternité.

— On fait toute ma liste, alors ? demanda Hannah avec un clin d'œil.

Peut-être était-ce juste pour rire, Althea cherchait trop à lire entre les lignes. Mais la chaleur au creux de ses reins et le léger tremblement de ses mains lui suggéraient le contraire.

Elle ouvrit l'un de ses passages favoris et se mit à lire à haute voix, juste assez fort pour qu'Hannah l'entende, et qu'elles se perdent toutes les deux dans leur propre petit univers.

— *Qui es-tu ? interrogea la Chenille.*

Ce n'était pas un début de conversation encourageant. Alice répondit, plutôt timidement :

— *Je… je ne sais pas vraiment, Monsieur, à cet instant – en tout cas, je sais qui j'étais en me levant ce matin, mais je crois avoir changé plusieurs fois depuis.*

Le chapitre terminé, Althea posa le livre ouvert sur sa poitrine, et laissa ses paupières se fermer tandis qu'elle savourait la caresse du soleil et la proximité du cœur battant doucement près d'elle. Au bout de quelques minutes, le genou d'Hannah effleura le sien.

— On a une liste, n'est-ce pas ? souffla Hannah, comme si elles partageaient un secret.

Elle se leva et tendit la main à Althea.

La chaleur de leurs paumes se mêla, et Hannah aida Althea à se remettre debout. En se relevant, Althea trébucha sur Hannah. Lorsque leurs corps se rencontrèrent, toutes deux s'écartèrent vivement en détournant les yeux.

Alors qu'elles enfourchaient leurs bicyclettes, Althea ne put s'empêcher d'observer Hannah à la dérobée, d'étudier son profil, la ligne gracile de son cou, la courbe de ses épaules, le galbe de ses mollets actionnant le pédalier.

Quelques rues plus loin, Hannah lui fit signe de s'arrêter à un petit café.

« *Boire un verre de vin.* »

Elles s'installèrent à une table en terrasse, à l'ombre d'une marquise rayée. Le serveur leur apporta des verres d'un vin rose pâle, de la même teinte que les joues d'Althea – laquelle préférait ne pas penser à la prochaine étape sur la liste d'Hannah.

— Quand as-tu su que tu voulais devenir écrivaine ? interrogea Hannah en effleurant la main d'Althea avant de saisir son verre.

Cela aurait pu être un geste innocent, mais le sourire entendu d'Hannah racontait une autre histoire.

— Depuis toujours, je pense, répondit-elle en refoulant sa timidité. Mon frère était un enfant turbulent et mon père est mort quand on était jeunes, alors ma mère s'est retrouvée seule avec nous. Je voulais l'aider, voilà comment ça a commencé.

— Par des histoires…

— Des histoires, oui. Et puis quand on a grandi…

Althea marqua une pause et se mordilla la lèvre. Hannah toucha sa cheville de la sienne, et la laissa contre sa peau, un point de contact chaud entre elles.

— Ma ville natale était tellement étriquée, soupira-t-elle avec un trémolo dans la voix. C'était une habitude, j'imagine. Raconter des histoires. Mais quand mon frère n'en a plus eu besoin, je me suis mise à me les raconter à moi-même.

Elle contempla son verre.

— C'est logique, dit Hannah.

Son ton n'était pas ironique, plutôt affectueux. Enfin, presque.

— Au début, c'était parce que j'étais désœuvrée. Une manière de passer le temps, de m'occuper l'esprit. Mais ensuite… (Elle poussa un soupir de frustration. Elle avait toujours eu plus de mal à exprimer oralement ses idées qu'à les écrire.) Je ne me suis jamais vraiment sentie à ma place. J'étais calme, timide. J'aimais autant lire que rêvasser. Et je ne me suis jamais vraiment intéressée aux choses censées plaire aux filles de mon âge. Or, quand on écrit un récit, on décide de son déroulement. Ça ne fait pas aussi mal que dans la vraie vie.

— Mais ça ne te rend pas non plus heureuse comme dans la vraie vie.

Althea inclina la tête en signe d'assentiment.

Avant, le jeu n'en valait pas la chandelle.

Avant Berlin.

— Le monde me faisait peur avant de venir ici, avoua Althea. J'étais une fille sensible que la plus minuscule entaille faisait saigner sans fin. Émotionnellement parlant.

— Je vois.

— Alors je me suis emmurée en moi-même pour que rien ne puisse m'atteindre. Et ensuite je suis venue à Berlin. (Elle secoua la tête et soutint le regard d'Hannah.) De quoi avais-je si peur ? De railleries cruelles ? Enfin… Ce n'est rien comparé à…

Hannah saisit la main d'Althea.

— Pas aujourd'hui. (Son pouce effleura l'intérieur de son poignet.) S'il te plaît.

— Eh bien, voilà, je m'inventais un monde où j'étais une personne différente. (Elle secoua la tête. Ce n'était pas tout à fait exact. Elle avait besoin de rétablir la vérité.) Je parle d'un monde où être différent n'était pas un problème. C'était agréable d'être différente.

— Ça a l'air chouette, répondit Hannah, dont le ton neutre l'encouragea à continuer.

— Puis j'ai découvert que je pouvais raconter d'autres histoires, enchaîna Althea avant que son cœur ne se ferme à nouveau. Et c'est devenu une habitude.

Hannah sourit par-dessus le bord de son verre.

— Tu veux bien m'en raconter une ?

Les joues d'Althea s'enflammèrent, mais elle chercha ses mots. Hannah ne lui demandait pas grand-chose après tout. Et tandis qu'elles entamaient leur deuxième verre, Althea décida de procéder comme autrefois avec son frère, et fit d'Hannah l'une des protagonistes du récit.

— Il était une fois une jeune femme très courageuse…

Elle envoya la jeune Hannah combattre un dragon qui terrorisait un village. Mais l'héroïne de son conte n'avait pas compris que les anciens voulaient qu'elle tue le dragon pour lui voler son or. Ils avaient massacré leur propre bétail et brûlé les maisons de leurs voisins pour rendre crédibles leurs mensonges sur le dragon.

— Comme se termine l'histoire ? s'enquit Hannah, les yeux écarquillés.

Althea se mâchonna la lèvre avant de lui demander :

— Tu veux une fin heureuse ou une fin compliquée ?

Hannah réfléchit si longtemps qu'il était évident qu'elle prenait la question très au sérieux.

— Une fin compliquée.

— Hannah révèle la traîtrise des anciens à tous les habitants. Il est décidé que, pour prix de leur fourberie, les hommes seraient sacrifiés au dragon.

— Mais le dragon ne les dévore pas, intervint Hannah.

— Non. Le dragon décide de les bannir à la place.

— Et ce n'est pas fini ?

— Ça le serait si tu avais choisi la fin heureuse. Mais non. Pendant un temps, le village prospère grâce à la protection d'Hannah et du dragon. Puis un nouveau chef est choisi pour prendre la place laissée vacante par les anciens. Mais l'homme voit en Hannah une rivale. Il sait qu'elle est brave, alors au lieu de la menacer, elle, il s'en prend au dragon. Hannah est forcée de s'enfuir du village et d'abandonner sa famille pour protéger son ami.

— Le dragon part avec elle ?

— Bien sûr, répondit Althea en inclinant la tête. Ils marchent pendant des jours jusqu'à ce qu'ils trouvent une nouvelle grotte assez grande pour eux deux.

— Ils trouvent une maison ensemble, dit Hannah d'un ton grave que ne méritait pas ce conte absurde à propos d'un dragon et d'une aventurière.

— Ils fondent leur propre village. Et la rumeur se répand partout : tous ceux qui ne se sentent nulle part chez eux, tous ceux qui n'ont pas de foyer peuvent les rejoindre.

Un sourire éclaira lentement le visage d'Hannah.

— Je le savais.

— Quoi ? demanda Althea.

Susciter autant d'intérêt lui donnait le vertige.

— La fin compliquée est bien mieux.

29.

New York
Mai 1944

— Il faut avancer le livre d'Althea dans le programme, déclara Viv sans préambule en se glissant dans le siège en face de M. Stern, le lendemain de sa partie de base-ball improvisée avec Hale.

Le chef du Conseil leva les yeux de son travail et cligna des paupières derrière ses lunettes.

— Comment ça ?

— Althea James, dit Viv comme s'il s'agissait d'une évidence, alors que cette idée était la définition même d'un « coup de poker ». *Une inconcevable obscurité* est prévu pour la série d'août. Il faut l'avancer à juin.

— C'est-à-dire demain, répondit Stern, fort à propos.

La logistique pour modifier le calendrier des éditions pour l'armée était franchement décourageante. Le système avait été établi dans un souci de rapidité et d'efficacité, mais chaque étape du processus prenait un temps que Viv n'avait pas. Si elle se permettait de demander cette faveur, c'était parce que l'impression du livre d'Althea devait se terminer d'un jour à l'autre.

— Peut-on organiser une expédition spéciale ? À un nombre limité de bases, peut-être ? Je sais qu'on a une marge de manœuvre dans le budget.

Le service postal n'était pas fiable ces temps-ci, mais Viv remettrait en mains propres les lettres des soldats à Mlle James s'il le fallait.

— Qu'avez-vous en tête ? s'enquit M. Stern, ce qui ne voulait pas dire non.

— Eh bien, ce livre est suffisamment politique pour être pris dans les mailles du filet de l'amendement Taft. Mais si on le sort dans les deux prochaines semaines, on pourra dire que la loi a été signée trop tard pour modifier notre programmation.

— C'est vrai, dit M. Stern.

— Et je viens de parler à l'éditeur d'Althea chez Harper & Brothers. (Comme elle le pensait, Harrison avait réussi à lui obtenir un rendez-vous téléphonique.) Il ne va pas « trahir sa confiance » – ce sont ses mots exacts – en organisant une rencontre entre nous. Mais il m'a promis de plaider ma cause auprès d'elle. Nous savons très bien que chaque fois que nos soldats reçoivent un livre, l'auteur est inondé de lettres. Même si la distribution est limitée, on en recevrait au moins un sac. Ça pourrait la convaincre.

— Rien ne nous garantit qu'elle recevra les lettres à temps, même si on envoie son livre aujourd'hui même, objecta M. Stern. Pourquoi ne pas choisir un autre auteur ? Elle n'a pas fait d'apparition publique depuis une décennie. J'ai peur que vous ne mettiez tous vos œufs dans le même panier.

— Vous imaginez la presse qu'on aurait si elle s'exprimait à la manifestation ? Seulement… son éditeur dit qu'elle est mal à l'aise quand il s'agit de politique. Je pense qu'elle se méfiera de l'aspect législatif après ce qui lui est arrivé avec les nazis.

— Une invitée du Reich ne sera peut-être pas un si grand atout. (M. Stern leva la main pour couper court à ses protestations.) Bon, mettons de côté le fait qu'elle puisse être une sympathisante nazie. Pensez-vous honnêtement que quelques courriers de soldats suffiront à la persuader de sortir de sa réserve ? Si elle méprise la politique – et les projecteurs – autant que vous le dites…

Viv chercha un argument de poids, en vain. Elle soupira.

— Eh bien, peut-être pas. Mais ça vaut le coup d'essayer, non ?

M. Stern retira ses lunettes et se pinça l'arête du nez. Viv n'insista pas. Elle savait quand se taire – une autre de ses qualités.

— Mon Dieu, dit M. Stern.

La façon dont il prononça ces mots l'interpella. Quelque chose d'autre l'inquiétait.

— Qu'y a-t-il ? demanda Viv.

Il jeta un coup d'œil derrière elle et prit une profonde inspiration. Puis il se leva et alla fermer la porte, avant de reprendre sa place sans un mot.

— Est-ce confidentiel ? demanda Viv à voix basse en se penchant vers lui.

Il soupira puis hocha la tête, comme pour lui-même.

— Il se passe quelque chose, dit M. Stern.

— D'accord…

— Je ne peux pas vraiment en parler…

Elle lui fit signe qu'elle avait compris le message.

— Roosevelt est particulièrement intéressé – je veux dire *personnellement* intéressé – par les éditions programmées en juin.

Chacun de ses mots était lourd de signification, mais Viv ne comprenait toujours pas où il voulait en venir.

Elle secoua la tête.

— Pourquoi… ?

Il se contenta de la regarder intensément, et elle actionna ses méninges pour tenter de comprendre la situation.

Roosevelt défendait farouchement le programme depuis le début, affirmant que les livres faisaient des merveilles pour le moral des troupes, pour les soldats qui risquaient leur vie tous les jours sur le front…

Viv inhala brusquement. Elle voulut déglutir, mais sa bouche était sèche comme de la craie. C'était bien trop important. Malgré son effroi, elle parvint à murmurer :

— Ils préparent une invasion.

M. Stern inspira comme s'il voulait repousser les mots qu'elle venait de prononcer.

— Je n'ai pas dit ça.

— Non, mais pour quelle autre raison interviendrait-il *personnellement* ?

Viv saisissait pleinement la situation maintenant que la panique avait cessé de résonner telles des cymbales fracassantes contre les parois de son crâne.

— Il veut s'assurer que nos hommes reçoivent les livres avant d'aller à l'abattoir… Mon Dieu !

— Ça suffit, Vivian, je suis sérieux, pas un mot de cette conversation à qui que ce soit. Faites comme si vous n'étiez au courant de rien.

— Pourquoi me le…

Elle fut incapable de poursuivre. *Pourquoi me l'avoir dit ? Pourquoi me faire porter ce fardeau ?*

— Parce que le général Eisenhower veut que tous les soldats qui participeront au débarquement aient un livre avec eux, répondit M. Stern. C'est pourquoi j'ai déjà modifié la programmation il y a trois semaines. (Viv soutint son regard.) Nous avons dû ajouter plusieurs ouvrages à la sélection de juin.

— Et l'un d'entre eux est le roman d'Althea ? interrogea Viv, osant à peine l'espérer.

Mais la lueur malicieuse dans le regard de M. Stern venait de lui donner sa réponse.

— Vous m'avez laissée plaider ma cause alors que vous aviez déjà…

M. Stern l'interrompit avant qu'elle ne s'enflamme.

— Comme vous pouvez l'imaginer, c'était une opération confidentielle. Seuls le Conseil et les agents de liaison de l'armée sont au courant.

Que redire à cela ? Si le livre d'Althea James était parti avec la dernière expédition, les soldats pourraient le lire la semaine suivante. Il n'était pas évident que les lettres arrivent à temps, mais elle pouvait sûrement compter sur quelques dizaines de courriers le mois suivant la distribution des livres.

M. Stern s'éclaircit la gorge.

— J'ai autre chose à vous dire. Comme vous le savez, je dois me conformer à l'amendement Taft maintenant qu'il fait force de loi. Mais le conseil d'administration s'est réuni hier et les membres ont fait part de leurs préoccupations.

Il marqua une pause et pianota sur son bureau d'un air absent. Il ne voulait pas croiser son regard.

— Ils ont mentionné la polémique provoquée par *Strange Fruit* à Boston. Entre cet incident et Taft, le mouvement de censure gagne du terrain. Et le conseil s'inquiète de la suite.

— C'est pourquoi j'organise cet événement, dit Viv, un peu perdue.

— Le conseil a demandé à M. Marshal Best, de Viking Books, et à M. Curtis Hitchcock, de Reynal & Hitchcock, de rédiger une résolution officielle contre l'amendement.

Viv cligna des yeux et ne parvint qu'à bredouiller un « Quoi ? » interloqué.

— Bien sûr, le conseil d'administration apprécie vos efforts, ajouta M. Stern du ton formel qu'il employait d'habitude pour annoncer de mauvaises nouvelles. Mais il pense qu'une résolution officielle a plus de chances de faire bouger Taft.

Viv savait que certains membres du conseil d'administration la considéraient comme une personne inoffensive, avec un titre insignifiant obtenu grâce à son lien avec une femme influente. Ils pensaient qu'elle cherchait dans les journaux des mentions sur les livres du programme, découpait les articles et les envoyait en haut de la chaîne de commandement. À leurs yeux, elle répétait comme un perroquet aux journalistes des citations simples validées par des personnes importantes. Et elle faisait des visites guidées à des bibliothécaires éminents en lisant un script écrit par quelqu'un d'autre.

Pour un observateur extérieur, cela paraissait plausible. Pourtant, M. Stern ne lui avait jamais donné l'impression qu'il était d'accord avec eux. Jusqu'à aujourd'hui.

— Ils veulent que j'annule ma manifestation, alors ?

Les yeux de M. Stern s'arrondirent.

— Non, non. Non. Bien sûr, ils espèrent que l'événement ne sera plus nécessaire. Mais ils le considèrent comme un excellent plan de secours.

Viv prit une grande inspiration en imaginant tout son travail passer à la trappe. Puis elle expira. C'était une bonne chose. Le Conseil se prononçait publiquement contre Taft – cela allait faire des vagues.

— En quoi puis-je vous aider ? interrogea-t-elle.

Les traits tirés de M. Stern se détendirent.

— Je pensais que vous seriez en colère.

— Je le suis, reconnut-elle avec plus de désinvolture qu'elle n'en ressentait réellement. Mais sortir d'ici en claquant la porte ? Très peu pour moi.

Il sourit, d'un air presque triste.

— La résolution aura peu de poids politique. Il s'agit plus d'une déclaration qu'autre chose. Nous aimerions qu'elle soit diffusée dans tous les journaux du pays, qu'elle fasse l'objet d'une pleine page dans le plus de magazines possible. Utilisez le fonds discrétionnaire.

Elle se leva, et eut un temps d'hésitation.

— Pourquoi avez-vous choisi le livre d'Althea ? C'était avant même que je décide de la faire venir à l'événement.

— C'était l'un des livres prêts à être expédiés, répondit M. Stern. (Comme elle haussait les sourcils, attendant la suite, il soupira.) Comme vous le savez, ce roman traite des dangers de la censure. J'ai… peut-être voulu mettre toutes les chances de notre côté. (Il se mit à rire.) N'ayez pas l'air si surprise. Je souhaite autant que vous le retrait de l'amendement Taft. Je n'aurais sans doute pas pensé à une humiliation publique, mais vous n'êtes pas la seule à lire les lettres des soldats. Je sais combien elles peuvent être persuasives.

Viv se mordit la lèvre pour cacher un sourire de satisfaction.

— Nous ne sommes pas égoïstes, n'est-ce pas ? fit-elle. Un autre livre aurait-il été mieux pour les troupes ?

— C'est un bon livre, je ne l'ai pas choisi uniquement à cause de notre différend avec Taft. Peut-être que lorsque Mlle James recevra les lettres qui ne manqueront pas d'affluer, elle se considérera comme autre chose qu'un pion sur l'échiquier politique.

— Elle le sera toujours, bien sûr. Mais… peut-être qu'elle se rendra compte qu'elle est bien plus que ça.

30.

Berlin
Avril 1933

Les rassemblements de la Résistance terrifiaient Althea, pourtant elle était fière d'assister à la réunion de ce soir, après sa journée avec Hannah. Quand il la vit, Adam Brecht l'étreignit chaleureusement.

— Pourquoi se soucie-t-il de moi ? demanda Althea à Hannah quand il s'éloigna. Comme tu l'as dit, je ne suis qu'une personne parmi d'autres. Ce n'est pas moi qui vais faire la différence.

Elles prirent place au fond de la salle, et Hannah garda si longtemps le silence qu'Althea crut qu'elle ne lui répondrait jamais.

— Ce n'est pas seulement parce que tu as changé d'avis sur les nazis, finit par dire Hannah. Mais parce que tu as pu le faire en connaissance de cause.

— Je représente l'espoir…

Althea incarnait une pléthore de sentiments pour une foule de gens, mais c'était assurément le plus beau.

— C'est important pour lui.

La voix d'Hannah trahissait son malaise.

— Tu es inquiète pour lui.

— Il est différent depuis l'incendie du Reichstag, depuis l'arrestation de Clara. Je ne l'en blâme pas, mais je suis inquiète, oui.

— Que va-t-il faire d'après toi ? interrogea Althea, qui craignait que la peur si familière n'étouffe son tout nouveau courage.

Les yeux d'Hannah s'étrécirent, mais elle n'hésita pas comme elle l'aurait fait auparavant.

— Il va trouver un moyen d'attirer l'attention.

— Comme quoi ?

Althea avait haussé le ton, s'attirant les regards de plusieurs personnes autour d'elles. Elle baissa la voix avant de reprendre :

— Un assassinat ?

— Je ne sais pas, répondit Hannah, alors qu'elle semblait penser tout le contraire. Mais il n'a aucune limite. Ça ne servira à rien s'il se retrouve en prison avec Clara.

Ni l'une ni l'autre ne mentionna qu'Adam, en tant qu'homme, serait exécuté s'il était arrêté pour complot contre les nazis. Hannah n'avait pas besoin de l'entendre de la bouche d'Althea.

— Est-ce qu'il t'écoutera ? demanda-t-elle. Si tu essaies de l'en dissuader.

— Il n'écoute personne. J'ai demandé à Dev de lui parler aussi. Et à Otto. Mais Adam n'arrête pas de dire que nous ne voyons pas assez grand.

Althea chercha Adam dans la foule. Il était en grande discussion avec une femme qui le dépassait d'une tête, l'air totalement pénétré. Il regardait toujours la personne avec qui il se trouvait comme si elle était la plus importante au monde.

Elle essaya de ne pas l'imaginer attaché à une croix de Saint-André sur la place, une femme agenouillée devant lui.

Mais il était un jeune Juif, un communiste révolutionnaire épris de liberté. Althea le savait alors qu'elle ne l'avait vu que deux fois.

Même si Hannah parvenait à faire dérailler ses projets de revanche, quel avenir y avait-il pour Adam dans un pays rempli d'hommes comme Diedrich, Goebbels et Hitler ?

Et pour Hannah ?

Une main chaude se posa sur son bras. La main d'Hannah. Son pouce caressa la peau fine de son poignet, un geste de réconfort devenu un message secret entre elles.

Si tu touches ici… tu peux sentir le cœur battre.

La réunion se prolongea tard dans la nuit. Certains participants parlèrent stratégie – crever les pneus des voitures des officiers nazis et saboter les lignes de train. D'autres se concentrèrent sur la propagande, avec l'espoir de rallier le grand public avec des courriers et des graffitis sur les murs. D'autres encore proposèrent de patrouiller dans les rues pour secourir les personnes prises pour cibles par les chemises brunes.

À la fin, Adam fit un discours que l'esprit critique d'Althea ne put s'empêcher de considérer comme trop enflammé, inapte à fédérer les troupes.

Pourtant, lorsqu'il le termina cette fois encore par sa citation des *Misérables*, ni Hannah ni Althea n'eurent envie de rire.

Participer à ces rassemblements était devenu une routine, tout comme sortir dans les cabarets en février. Diedrich était de plus en plus frustré qu'Althea ne le tienne pas au courant de ce ses pérégrinations nocturnes, mais son travail pour Goebbels l'accaparait tellement qu'elle s'en tirait à bon compte.

Le groupe d'Adam se réunissait souvent, en particulier depuis le boycott antisémite officiel par le gouvernement d'Hitler. Le boycott lui-même n'avait pas été un grand succès pour les nazis, qui l'avaient délibérément lancé le jour du shabbat, où de nombreux commerces juifs étaient déjà fermés. Mais il marquait le début de ce que beaucoup de gens craignaient. À peine une semaine plus tard, Hitler faisait passer une loi qui excluait les Juifs de la fonction publique. À partir de là, la situation ne fit qu'empirer.

Hannah était de plus en plus inquiète pour Adam. Elle ne savait pas exactement ce qu'il avait en tête, mais la ferveur de son frère lui faisait redouter le pire.

Althea ne pouvait imaginer autre chose qu'une mission suicide. Lorsqu'elle mentionna avec prudence cette possibilité, le visage d'Hannah se ferma. Pourtant, elle ne la contredit pas.

— S'il le faut, on l'attachera à une chaise, lâcha Dev.

Quand elle parlait d'Adam, Dev aussi avait le regard sombre.

Cela dit, tout n'allait pas si mal.

Souvent le soir, quand le groupe se dispersait, Hannah raccompagnait Althea chez elle. Elles parlaient de littérature, comme Althea et Diedrich, mais Hannah l'écoutait et attendait son tour pour donner son opinion.

— J'ai peur de décevoir tout le monde, avoua Althea un soir où elles se promenaient le long de la rivière. Avec mon deuxième roman. Et si mon premier avait été un coup de chance ? Et si les gens l'avaient acheté juste parce qu'ils ont aimé l'histoire de cette fille sans éducation et du rêve américain, un truc de ce genre ?

— Tu ne peux pas contrôler les réactions des gens à ton art. Tu peux seulement contrôler ce que tu produis. (Hannah la fixa d'un regard intense.) Tu sais sur quoi tu vas écrire ?

— La peur, répondit Althea avec une certitude dont elle ne prit conscience que lorsque le mot sortit de sa bouche.

Elle ne savait pas dans quel contexte elle placerait le roman, mais ce serait son sujet principal.

— Ce qui est en train de se passer ici est lié à la peur, tu ne crois pas ? Tout ce qu'Hitler avait à faire, c'était terroriser les gens : un monstre rôde dans les rues, prêt à vous attaquer si vous ne me laissez pas vous protéger.

— Et s'il faut sacrifier quelques libertés, eh bien, c'est le prix à payer pour la loi et l'ordre, renchérit Hannah.

— Bien sûr, c'est plus compliqué que ça, reconnut Althea, mais c'est l'une des racines du mal, et elle est profondément ancrée.

Elle n'avoua pas que c'était l'une de ses propres racines, qui s'enroulait autour de l'écheveau de son âme. Elle changea de sujet avant qu'Hannah ne s'en rende compte :

— Que vas-tu faire ?

— Après l'université ?

Comme Althea hochait la tête, Hannah réfléchit un moment, puis répondit :

— Je crois que j'ai cessé de considérer que j'avais un avenir.

Althea prit une brusque inspiration, qui résonna dans la nuit silencieuse.

— Ne dis pas ça, souffla-t-elle.

— C'est la vérité, dit Hannah avec un sourire triste. Mon avenir se bat pour survivre, au mieux.

Althea avait envie de la contredire, pourtant elle ne le pouvait pas.

— Que ferais-tu, si tu avais le choix ?

Hannah secoua la tête.

— Les beaux rêves font encore plus mal.

— Tu travaillerais avec les livres, insista Althea tandis qu'un frisson remontait le long de son échine.

Elle avait besoin de savoir Hannah heureuse, libre, tout à ses passions. Même si c'était impossible, elles le savaient toutes les deux.

— Il y a une chanson…, commença Hannah.

Elle se mit à fredonner de sa voix douce et rauque.

— « Nous sommes des enfants d'un autre monde, nous n'aimons que la nuit de lavande au parfum sensuel… »

Althea reconnut la mélodie, elle en avait saisi des bribes pendant leurs soirées au cabaret. C'était l'un de ces airs que tout le monde connaissait et chantait en chœur. Elle ne comprenait pas vraiment les paroles, mais Hannah la chantait comme si elle signifiait plus pour elle que des mots et des notes.

— Ce n'est pas pour les gens comme… les gens comme moi.

— Les Juifs ? interrogea Althea.

— Non… J'ai toujours aimé la phrase qui parle de traverser mille merveilles.

Althea n'arrivait pas à se rappeler la fin de cette phrase.

Nous sommes juste différents des autres
Qui au début traversent avec curiosité mille merveilles
Et finissent par n'en voir que la banalité.

— Je crois que si je le pouvais, j'ouvrirais une librairie, reprit Hannah avant qu'Althea parvienne à se remémorer la fin du couplet. Et je la baptiserais comme ça.

— « Aux mille merveilles », fit Althea.

Althea aima la sensation de ces mots sur sa langue. Qu'étaient les livres, et les histoires, sinon cela ?

— Et où se situerait cette librairie ?

Hannah lui adressa de nouveau un sourire désolé.

— Ici.

Aucun sujet de conversation n'était trop personnel, trop important, trop sensible. Et souvent, lorsqu'elles prenaient le chemin du retour, leurs mains se frôlaient, leurs épaules se pressaient l'une contre l'autre.

Un soir, Hannah s'attarda devant la porte d'Althea, et se pencha quand un piéton passa sur le trottoir derrière elle. Le souffle d'Althea s'arrêta, son corps devint brûlant puis glacé. Mais Hannah se contenta de passer son pouce au creux de son poignet. Puis elle la contempla encore une minute, et lui murmura « Bonne nuit » avant de s'éloigner dans la rue.

Althea rentra chez elle avant que ses genoux flanchent et qu'elle s'écroule par terre, étourdie, confuse et excitée à la fois.

Elle n'avait rien d'une écolière naïve qui ne savait pas ce qui se passait. Elle avait eu les mêmes palpitations dans sa poitrine, la même chaleur au creux de son ventre, les premiers jours en Allemagne, quand elle pensait que Diedrich était le plus bel homme du monde. Mais, là, le trouble était plus fort, plus terrifiant, car il avait pénétré ses os comme s'il faisait partie d'elle.

Althea était lâche, et l'idée de ce lien, d'*elles* ensemble, lui donnait envie de se cacher sous son lit et de ne plus jamais en sortir. Mais elle était maintenant la version berlinoise d'Althea James. Et cette Althea-là flirtait, riait et passait ses nuits dans les cabarets avec des femmes magnifiques qui vous regardaient comme si elles vous livraient une part d'elles-mêmes.

Alors peut-être qu'elle pouvait faire preuve de courage. Rien que pour cette fois.

31.

New York
Juin 1944

Le débarquement eut lieu par une chaude journée d'été à New York.

Charlotte réveilla Viv un peu avant 6 heures, le *New York Times* à la main.

— Édition spéciale ! s'écria Charlotte d'une voix émue en lui tendant le journal.

Viv cligna plusieurs fois des yeux pour chasser le sommeil. Le gros titre occupait tout le haut de la page.

> *Les forces alliées ont débarqué en France, entre le Havre et Cherbourg. La grande invasion est en cours.*

En dessous, une carte de la Manche et du nord de la France.

> Dans la lumière grise d'une aube d'été, le général Dwight D. Eisenhower a lancé sa grande offensive anglo-américaine… Le premier communiqué d'Eisenhower était laconique, pour donner le moins d'informations possible à l'ennemi… Les radios allemandes ont été les premières à annoncer l'assaut… Eisenhower a déclaré à ses troupes qu'elles partaient pour une « grande croisade ». « Le monde entier vous regarde », a-t-il ajouté, et « les espoirs et les prières de tous les peuples épris de liberté sont avec vous ».

*

Le temps que Viv termine sa lecture, sa main s'était plaquée sur sa bouche. Elle rencontra les yeux sombres de Charlotte.

— Ça a commencé…

Ce furent les seuls mots qu'elles échangèrent avant d'allumer la radio de la cuisine et d'écouter religieusement tous les bulletins d'informations pendant trois heures.

Puis la peau de Viv se mit à la démanger, ses jambes à la picoter.

— On ne peut pas rester assises ici toute la journée.

Charlotte acquiesça.

— Tu as raison. Allons à l'église d'abord.

Elles se préparèrent, toujours en silence. Viv n'en eut pas pour longtemps. Elle épingla quelques mèches de cheveux pour dégager son visage, passa une jupe grise et un chemisier blanc tout simple, appliqua du rouge sur ses lèvres et se farda un peu les joues pour ne pas paraître mortellement pâle.

Au moment de mettre ses chaussures, elle suspendit son geste pour jeter un coup d'œil aux tiroirs de sa commode. Si aujourd'hui n'était pas une occasion spéciale, quand le serait-ce ?

Elle traversa la pièce en deux enjambées pour aller chercher ses précieux bas de soie. Puis elle s'empara de ses jarretelles et les enfila d'un geste familier. Le frottement du nylon contre sa peau non seulement l'apaisa, mais lui laissa entrevoir un avenir dont elle n'osait rêver depuis qu'elle avait lu cette manchette.

Quand Charlotte et elle sortirent dans la rue, il lui sembla de prime abord que c'était un jour comme les autres.

Puis elle observa les alentours.

L'étrange mélange de chagrin et d'exaltation avec lequel elle s'était débattue toute la matinée se reflétait sur le visage des badauds. Les gens s'étaient massés devant les magasins et les kiosques pour lire les journaux ; des drapeaux américains flottaient sur les façades des immeubles ; des hommes, des femmes et des enfants déambulaient sans but dans les rues car, comme Viv et Charlotte, ils étaient trop agités pour rester chez eux.

À l'église, un nouveau panneau les invitait à entrer : JOUR J : VENEZ PRIER POUR LA VICTOIRE DES ALLIÉS.

Il y avait juste assez de place pour se tenir debout, et Viv se retrouva serrée contre des inconnus avec qui elle se sentait curieusement liée. Elle passa un bras autour de la femme à côté d'elle, dont le mascara avait coulé, et saisit la main de Charlotte.

Le prêtre ne donna pas de messe, se contentant d'inviter la congrégation à la prière. Ses paroles étaient un baume pour l'amère blessure qui s'était ouverte à l'idée des milliers d'hommes qui seraient massacrés aujourd'hui. Des hommes déjà tombés sur le champ de bataille. Même si les Alliés étaient victorieux, on ne pouvait pas célébrer ce genre de boucherie. On ne pouvait que célébrer la fin prochaine d'un tel déchaînement de violence.

Alors que les fidèles continuaient d'affluer dans l'église, Viv pressa la main de Charlotte. Comme elles étaient là depuis un moment, Viv proposa à sa belle-mère de laisser la place aux autres. Charlotte hocha la tête.

— Times Square, murmura Charlotte en trébuchant dehors.

Il n'était pas facile de se déplacer sur le trottoir devant l'église Saint-Vincent.

Quelques rues plus loin, elles passèrent devant une synagogue ouverte vingt-quatre heures sur vingt-quatre, et Viv eut une pensée pour la bibliothécaire de Brooklyn. Comment avait-elle pris la nouvelle ? Quelqu'un la prendrait-il dans ses bras aujourd'hui pour la consoler ?

Viv l'espérait.

On ne pouvait pas dire que le temps s'était arrêté à Times Square, pourtant c'était l'impression que cela donnait. Tout le monde regardait dans la même direction, le visage levé vers le téléprompteur du *New York Times* où défilaient ces mots : LES FORCES ALLIÉES ENVAHISSENT L'EUROPE. Les taxis klaxonnaient pour que la foule s'écarte, mais les gens semblaient pris dans une sorte de transe.

— Viv ! cria une voix dans la cohue.

Elle se retourna et vit Bernice Westwood, du Conseil, se frayer un chemin vers elle et Charlotte.

Quand Bernice les eut rejointes, Viv la serra fort dans ses bras.

— Tu es seule ?

— Non, soupira Bernice en s'écartant. Mon fils a été renvoyé à la maison pour un bras cassé, figurez-vous !

Bernice eut un petit rire, et Viv savait qu'elle se sentait coupable d'avoir une telle chance.

— Je suis si heureuse pour toi, répondit Viv en lui serrant le bras.

— Le maire organise un événement à Madison Square, si vous voulez venir.

Viv interrogea Charlotte du regard, laquelle s'était arrachée à la contemplation du téléscripteur pour suivre leur échange. Elles avaient beaucoup marché – Viv sentait à peine ses propres pieds –, sa belle-mère devait être épuisée.

Mais Charlotte acquiesça d'un signe de tête – et qui était Viv pour douter de sa force ?

— Nous venons, bien sûr, répondit Viv.

Des pancartes appelant à la victoire et des drapeaux américains flottaient au-dessus de la foule ; un homme jouait *La Bannière étoilée* avec son tuba en marchant à vive allure ; des enfants déguisés en soldats américains, juchés sur les épaules de leurs pères, poussaient des cris de joie, leur enthousiasme loin d'être atténué par la fébrilité des adultes.

— C'est une bonne nouvelle pour les éditions de l'armée, cria Bernice à l'oreille de Viv alors qu'elles approchaient de Madison Square.

Il devenait difficile d'avancer, les gens derrière eux les pressant dans un espace trop exigu pour contenir autant de personnes.

Viv lutta contre l'envie de gifler Bernice pour son commentaire en cet instant, car Bernice ne le méritait vraiment pas. N'avait-elle pas eu la même idée dans le bureau de M. Stern quand il lui avait parlé de l'invasion prochaine ?

— Oui, en effet, dit-elle platement.

Charlotte perçut sa détresse et l'attira discrètement à elle. Cela suffit à les séparer de Bernice, rapidement avalée par la foule.

Une scène de fortune avait été installée à une extrémité de la place, avec un orchestre flanqué de drapeaux américains. Un homme perché sur le capot d'une voiture immortalisait la scène avec une caméra à bobine.

Quelques minutes plus tard, le maire Fiorello La Guardia monta sur le podium et se plaça devant une batterie de microphones reliés à des haut-parleurs, de sorte que même les personnes les plus éloignées entendraient sa voix nasillarde. Après un grésillement strident qui fit sursauter tout le monde, La Guardia invita les fidèles à prier.

— Nous, habitants de la ville de New York, Lui demandons humblement de nous donner la victoire totale dans l'immense et vaillante lutte pour libérer le monde de la tyrannie, s'époumonna-t-il tandis que les tubas se mettaient à jouer.

Viv et Charlotte se perdirent dans la folie de la journée. Après l'allocution de La Guardia, des chanteurs montèrent sur scène, suivis d'autres intervenants. Les gens allaient et venaient ; un homme vendait des bouteilles de Coca-Cola au coin de la rue ; un autre distribuait des pancartes proclamant son soutien à Roosevelt et aux troupes ; de la musique s'élevait en divers endroits ; des hommes faisaient le salut militaire ; et partout, on agitait des drapeaux américains.

Au bout d'un moment, Charlotte glissa un bras autour de la taille de Viv.

— Je crois qu'il est temps de rentrer à la maison.

À mesure qu'elles progressèrent vers le nord, les rues devinrent plus calmes. Au bout d'un moment, Charlotte se mit à boîter, aussi Viv l'entraîna-t-elle vers le métro. Elle n'était pas sûre que Charlotte l'ait déjà pris. Les taxis bloquaient les rues, incapables de manœuvrer pour traverser la foule qui débordait des trottoirs.

Dans la rame où elles prirent place, trois hommes jouaient du violon, une mélodie irlandaise mélancolique qu'une femme assise à côté d'eux chantonnait en gaélique. Charlotte pleura en silence.

— Sept mois, murmura-t-elle douloureusement.

Elle parlait d'Edward, devina Viv. Elle se demandait pourquoi Dieu ne l'avait pas épargné jusqu'à la fin de la guerre.

Viv n'avait pas de platitudes à lui offrir. Toutes deux en avaient trop entendues.

En arrivant chez elles, Viv se rendit compte qu'elles n'avaient rien avalé depuis leur petit déjeuner frugal. Elle aida Charlotte à s'asseoir sur un tabouret de cuisine, puis saisit le tablier pendu à la patère du garde-manger et le noua autour de sa taille.

— Pancakes, décida-t-elle.

— Pour le dîner ? demanda Charlotte, les yeux encore rouges mais secs.

Viv ne précisa pas que c'était le dessert préféré d'Edward. Elle lui fit un clin d'œil.

— Nous sommes des femmes intrépides. Alors pourquoi pas ?

— Cette femme intrépide a besoin d'un porto, dit Charlotte en se levant péniblement.

Elle réussit à gagner la desserte d'alcools en claudiquant et leur versa à chacune une généreuse rasade de porto, puis elle fit glisser le verre de Viv sur le comptoir tandis qu'elle se hissait sur le tabouret avec un gémissement.

— Je crois que je ne pourrai pas marcher pendant une semaine.

En cassant un précieux œuf dans un bol, Viv sourit.

— On va engager des hommes pour te porter comme Cléopâtre.

— J'aime ta façon de penser, ma chère.

Charlotte leva son verre à la santé de Viv.

Pendant que Viv s'affairait, les deux femmes discutèrent, mais pas du débarquement, ni de la journée. Les sujets d'inquiétude étaient si nombreux que, d'un accord tacite, elles firent semblant de passer une soirée normale.

Elles s'en sortaient plutôt bien, jusqu'à ce que Charlotte allume la radio, juste à temps pour le discours du président. Viv entendit le bourdonnement d'un millier de radios, toutes sur la même fréquence.

La voix de Roosevelt résonnait distinctement dans la cuisine :

« Dieu tout-puissant : en ce jour, nos fils, fierté de notre nation, font face à une immense épreuve, un combat pour préserver notre république, notre religion, notre civilisation, et pour libérer une humanité en détresse.

« Mène-les sur le droit chemin, donne de la force à leurs bras, de la ferveur à leur cœur, de la persévérance à leur foi. »

Viv vida le reste de son porto d'une traite.

Les mois à venir allaient être longs et sombres.

32.

Paris
Décembre 1936

La dernière lettre d'Althea arriva le premier jour de l'hiver.

Sur le moment, Hannah ne réalisa pas que c'était la dernière mais, les semaines passant, elle songerait de plus en plus à la lettre cachée sous *Alice au pays des merveilles* avec toutes les autres.

Au dos de l'enveloppe, un mot de son écriture délicate : « Important ! Ne sois pas têtue. »

Hannah songea réellement à l'ouvrir. L'enveloppe était plus volumineuse que les précédentes. Elle envisagea aussi de la jeter au feu, par dépit. C'était la première qu'elle recevait après avoir appris la mort d'Adam, et en un sens cela la rendait plus difficile à conserver.

Mais une petite voix la tiraillait, son esprit curieux et pragmatique l'emportant sur le caractère entêté dont la taxait Althea. Hannah s'empara de la boîte, glissa le courrier au milieu des autres, puis saisit l'exemplaire écorné d'*Alice*.

Althea avait publié un autre roman, Hannah le savait. Il était difficile de ne pas être au courant, vu qu'elle évoluait dans divers cercles littéraires et que le livre était porté aux nues par la presse internationale.

Althea était alors la prunelle des yeux de l'Amérique, et Hannah se demandait si les nazis avaient obligé les librairies à le commander. Lire ce roman ne lui avait jamais effleuré l'esprit. Ou peut-être que si, un bref instant, mais sa migraine immédiate l'avait dissuadée de suivre cette idée stupide.

Pourquoi Althea lui écrivait-elle encore ? Était-ce de la culpabilité ? Ou une autre émotion inappropriée ? Elles ne se connaissaient que depuis quelques mois quand tout cela s'était terminé en désastre. Hannah n'était ni aveugle ni naïve : Althea s'intéressait suffisamment à elle pour que son regard s'attarde sur des parties douces et intimes de son corps. Ses lèvres, ses seins, ses hanches...

Cela dit, Althea n'avait pas forcément compris ce qui se tramait entre elles jusqu'à cette fameuse nuit, cette unique nuit, qui avait dû la faire paniquer.

Dans les profondeurs de son cerveau, Hannah s'avouait parfois qu'elle aurait pu tomber amoureuse d'Althea. Son regard franc, son optimisme, l'humour qui surgissait aux moments les plus inattendus. Sa manière de rougir, de marcher entre les parterres de tulipes, d'effleurer les livres du bout des doigts, de caresser les mots comme s'ils étaient ses amis.

Elles étaient si différentes à tant de points de vue, et si semblables pour tout ce qui comptait.

Du moins c'était l'avis d'Hannah.

Si on lui avait posé la question, elle aurait répondu que jamais plus elle n'entendrait parler d'Althea James après le drame et la fuite précipitée d'Althea.

Quand la première lettre était arrivée à son appartement parisien, Hannah avait eu un accès de paranoïa. Elle avait pensé à plier bagages et à déménager le soir même, de crainte que les nazis ne l'attendent en bas de son immeuble. Puis elle s'était dit qu'Althea était en contact avec Deveraux Charles, l'une des rares personnes à connaître son adresse exacte.

Par la suite, les missives étaient arrivées régulièrement, toutes les trois ou quatre semaines. Hannah n'en avait pas ouvert une seule, et n'avait bien évidemment jamais donné de réponse. Pourtant, Althea continuait à lui écrire.

Peut-être qu'un jour la curiosité d'Hannah aurait raison d'elle.

Mais ce jour n'était pas arrivé.

Elle rangea la boîte sous le plancher de son placard et s'habilla pour aller travailler.

À quoi bon vivre dans le passé et rêver à un avenir différent ? Son présent était ce qu'elle avait, et pour le moment cela lui suffisait. Elle n'avait pas le choix.

33.

New York
Juin 1944

Le débarquement avait eu l'effet d'une digue qui se rompt brutalement. Alors que pendant des semaines, des mois, des années, les Américains s'étaient serré les coudes et montrés sous leur meilleur jour, à présent des filles pleuraient dans les rues à toute heure de la journée, des inconnus se bagarraient dans le métro, des hommes sortaient des bars au petit matin en sanglotant ou en chantant à tue-tête.

La guerre serait bientôt terminée. Mais la route serait encore longue et douloureuse, semée de pertes et de chagrins.

La chronique d'Eleanor Roosevelt évoquait le Jour J, et Viv ne parvenait pas à chasser de sa tête les mots de la Première Dame :

« Curieusement, je ne ressens aucune exaltation, écrivait Mme Roosevelt au lendemain du débarquement. C'est comme si nous attendions ce jour depuis des semaines, que nous le redoutions, et que maintenant toute émotion avait disparu. »

Maintenant, toute émotion a disparu. Les semaines suivant le Jour J, Viv se leva, prit les transports, répondit aux lettres des soldats, poursuivit l'organisation de son événement contre

Taft, puis rentra chez elle et alla se coucher. Avant de tout recommencer le lendemain.

Elle avait l'impression d'évoluer dans un brouillard épais. Il ralentissait ses pas, obscurcissait ses idées et la rendait léthargique, et en même temps trop anxieuse pour dormir.

Onze jours après le début du débarquement, plus de trois mille Américains avaient perdu la vie, et près de treize mille étaient blessés.

C'était trop lourd à porter pour une nation, encore plus pour une seule personne.

Dès lors, Viv se concentrait sur ce qu'elle pouvait contrôler : le programme d'édition pour l'armée.

Alors que les rapports sur le Jour J affluaient, tout ce que Viv entendait la confortait dans l'idée que, même si ce combat personnel semblait insignifiant vu de l'extérieur, il était important. Des correspondants de guerre lui avaient écrit que les soldats n'avaient pu emporter que le strict nécessaire sur les plages – et, pour beaucoup, cela incluait leur livre de poche.

Le 9 juillet, un peu plus d'un mois après le débarquement, Betty Smith, l'une des autrices les plus populaires du programme, publia un éditorial. Elle évoquait ces garçons que tout le monde connaissait, qui faisaient du porte-à-porte pour tondre la pelouse des voisins et gagner un peu d'argent qu'ils dépensaient en bonbons ; ces garçons qui livraient les journaux à bicyclette ; ces garçons que leurs mères aimaient plus que tout au monde. Betty terminait son article par un appel à la nation : que tous ceux qui ne se trouvaient pas sur ces plages participent d'une manière ou d'une autre à l'effort de guerre.

Viv découpa l'éditorial et l'envoya au sénateur Taft, avec des copies de lettres de soldats stationnés dans le monde entier. Des hommes qui observaient l'invasion de loin, consternés de ne pas se battre aux côtés de leurs frères. Les livres du programme pour l'armée leur avaient permis d'échapper à des sentiments dont ils ne savaient que faire, comme le reste du monde.

Les livres leur donnaient une excuse pour pleurer, une raison de rire, de partager leur soulagement de ne pas avoir été massacrés, leur culpabilité d'être encore en vie.

Viv était également très occupée à collecter les lettres envoyées aux éditeurs, les chroniques et les articles qui inondaient les journaux de tout le pays. Grâce à la résolution officielle du Conseil contre l'amendement Taft, Viv ne menait plus une croisade personnelle contre le sénateur et n'avait plus besoin de rassembler des fantassins dans des maisons d'édition et des bibliothèques. Une armée était en marche, furieuse des conséquences de l'amendement.

Plusieurs journaux avaient obtenu la liste des titres menacés par la censure – grâce à Viv, mais cela ne regardait personne. Les journalistes avaient passé en revue les romans un à un, à la recherche de prises de position politique, et déclaraient n'avoir rien trouvé.

Indubitablement, l'opinion publique soutenait le Conseil. Pourtant Taft refusait toujours de changer d'avis.

Un léger coup à la porte de son bureau l'arracha à ses réflexions. Edith se tenait sur le seuil, son sac à la main.

— N'oublie pas de dormir, ma belle, dit-elle en désignant l'horloge d'un signe de tête.

Viv cligna des yeux jusqu'à ce que les chiffres soient nets. Il était près de 20 heures.

Elle passa une main lasse sur son visage.

— Je n'ai plus que deux ou trois détails à régler.

— Tu veux que je t'attende ? demanda Edith, les sourcils froncés. Tu vas devoir marcher jusqu'au métro dans l'obscurité.

Viv lui fit signe de partir.

— Ce n'est pas loin. Merci quand même.

— Si tu es sûre, répondit Edith, peu convaincue.

Mais elle n'était pas du genre à s'imposer.

— Bonne nuit, alors. Ne reste pas trop tard.

— Je n'en ai pas pour longtemps, promit Viv.

Elle découpa deux articles dans des journaux locaux et les glissa dans l'enveloppe qu'elle comptait envoyer à Taft le lendemain matin. Cela ne servirait à rien, mais elle devait maintenir la pression sur lui.

Elle s'accrochait au moins à l'idée que le sénateur ferait une apparition à l'événement, comme le pensait Hale, ne serait-ce que pour montrer sa magnanimité.

Bien que Viv garde espoir, elle aurait aimé avoir Althea James à ses côtés. À l'évidence, elle devait trouver quelqu'un d'autre pour clôturer l'événement.

Ses pensées se tournèrent vers la bibliothécaire de Brooklyn. Cette femme était aussi secrète qu'Althea James, mais au moins elle pourrait faire valoir ses arguments en personne.

Le Times Hall était plongé dans l'obscurité quand Viv quitta enfin son bureau, mais les ombres ne l'effrayaient pas. Elle connaissait chaque recoin du bâtiment, qui s'apparentait pour elle à un second foyer.

Dans la rue, cependant, ses peurs se réveillèrent. Elle avait grandi en ville et se déplaçait généralement seule sans s'inquiéter. Mais la plupart des lumières de Broadway étaient éteintes à cause de la fermeture des magasins et des pannes d'électricité.

Et, ici, les ombres qui rampaient dans son sillage étaient plus menaçantes qu'amicales.

Elle serra les pièces pour son ticket de métro dans sa paume, une précaution qu'elle prenait depuis longtemps. Pour circuler seule en ville sans crainte, il fallait avoir conscience des vrais dangers.

Alors qu'elle n'était plus qu'à quelques pas de la station, un homme surgit d'une porte cochère.

Viv poussa un petit cri étranglé – un cri embarrassant et inutile – et son cœur s'emballa tandis qu'elle cherchait à tâtons son épingle à chapeau au fond de son sac à main.

Mais l'homme leva les mains en l'air et se recula dans le halo du réverbère, ce qui mit en lumière ses pommettes, son nez et son menton. De petite taille, il avait les cheveux bruns, qui commençaient à grisonner et à se clairsemer sur les côtés. Il portait un élégant costume trois-pièces, des chaussures vernies et une montre Cartier. Cela ne le rendait pas inoffensif pour autant, et Viv se demanda ce qu'il lui voulait.

Ses doigts se refermèrent sur son épingle à chapeau. Elle aurait pu chercher de l'aide dans les alentours, mais elle n'osait détourner les yeux de cet éventuel prédateur.

— Madame Childs, je vous promets que vous ne risquez rien, déclara l'homme avec un accent traînant du Sud.

Viv ne le crut pas une seconde.

— Qui êtes-vous ? Que voulez-vous ? Comment connaissez-vous mon nom ?

Il haussa ses fins sourcils.

— À quelle question dois-je répondre ?

Il ne s'agissait pas d'un jeu. Viv sortit l'aiguille de son sac et l'agita dans l'air entre eux.

— À toutes ! Et tout de suite !

— D'accord, d'accord, calmez-vous. Je suppose que j'aurais dû m'attendre à ce genre de simagrées de votre part.

Il ricana à sa propre blague, mais se dégrisa quand Viv fit un pas vers lui.

— Vous avez dix secondes, le menaça-t-elle.

— Oh ! la chatte sort ses griffes. Je suis venu discuter, c'est tout.

— Discuter de quoi ?

— De ce qui vous chagrine depuis un bout de temps, madame Childs.

Viv fut si surprise qu'elle faillit lâcher son épingle.

— L'amendement Taft ? Ce petit numéro d'intimidation, c'est à cause de ma manifestation ?

— C'est vous qui me menacez d'une arme…, s'offusqua l'homme. (Puis il toussa dans sa main, les lignes au coin de ses yeux révélant une ironie qu'elle trouva horripilante.) Je veux dire, d'une épingle à chapeau. J'attendais simplement que vous sortiez. Ce n'est pas ma faute si vous vous promenez toute seule dans les rues la nuit. Qui sait ce qui pourrait vous arriver ?

— Qu'est-ce que vous voulez ? gronda Viv en serrant son épingle dans son poing.

Même si cela amusait cet homme, elle avait vu les dégâts que ce genre d'instrument pouvait causer.

— Mais je manque à tous mes devoirs, dit l'homme en lissant le devant de son costume. Je ne me suis même pas présenté. Howard Danes, à votre service.

— Qu'est-ce que vous voulez ? répéta Viv d'un ton tranchant.

Chaque mot tombait telle une petite bombe entre eux.

Howard soupira, comme si dans leur petite saynète il était l'homme incroyablement patient et elle, la femme hystérique.

— Juste discuter. Je pense que nous pouvons parvenir à un accord, vous et moi.

— Sauf si vous êtes là pour m'annoncer que Taft va faire sauter les sanctions liées à son amendement – ou mieux, qu'il va le supprimer purement et simplement –, je n'ai rien à vous dire.

Viv doutait que cet homme ait de bonnes nouvelles, étant donné qu'il était venu la trouver, elle, et non M. Stern. Et ce à une heure aussi avancée, quand elle était seule et vulnérable. Cela ne ressemblait pas à Taft agitant un drapeau blanc.

— Vous êtes une femme intelligente, dit Howard de son accent rocailleux. Vous devriez savoir que vous n'allez rien accomplir avec votre petit coup d'éclat.

À ces mots, Viv se détendit.

— Vraiment ? C'est ce que vous croyez ?

— C'est admirable ce que vous essayez de faire, mais vous vous faites des idées, ma petite, continua Howard comme s'il percevait chez elle une faille. Je crois vraiment qu'on peut trouver un arrangement.

— Un arrangement ?

— Maintenant que je sais que votre mari a donné sa vie pour ce beau pays…, reprit Howard en posant une main sur son cœur et en inclinant la tête.

Il ne sentit pas qu'elle s'était de nouveau crispée.

— … le sénateur Taft serait honoré que M. Childs soit officiellement reconnu pour sa bravoure et ses services rendus à la nation.

Que le nom d'Edward soit sorti de la bouche de cet homme méprisable lui donna la nausée.

— Vous êtes en train de dire que vous allez donner à mon mari une médaille d'honneur pour acheter son âme et la mienne ? répliqua-t-elle d'une voix aussi mielleuse que la sienne. Je ne suis pas à vendre. Et Edward non plus.

— Madame Childs, soyez raisonnable..., dit-il pour tenter à nouveau de l'amadouer.

— Non. Vous pensez que je ne peux rien faire avec mon petit... coup d'éclat, comme vous dites ? Eh bien, j'ai déjà accompli bien plus au cours des quatre dernières semaines que pendant les six derniers mois. Et vous voulez savoir comment je le sais ?

Ses yeux s'étrécirent comme s'il sentait le piège. Et elle faillit sourire quand, du coin de l'œil, elle vit du mouvement au bout de la rue.

— Eh bien, c'est grâce à vous ! déclara Viv d'un air satisfait. Vous voyez, vous ne seriez pas là si nous ne faisions pas de progrès. Alors, merci pour cette mise au point. (Elle s'écarta et fit signe à l'agent de police qu'elle avait repéré.) S'il vous plaît, monsieur !

Et avec un dernier sourire en coin, elle rangea l'épingle à chapeau dans son sac, fit volte-face et entra dans la station de métro pendant que Howard Danes bredouillait des excuses au policier. Elle tremblait après cette désagréable rencontre. Elle était fatiguée et peinée que cet homme ait cru pouvoir l'intimider. Mais surtout, pour la première fois depuis longtemps, elle était convaincue d'être sur la bonne voie.

34.

Berlin
Mai 1933

— Je t'ai apporté un cadeau, dit Dev en entrant dans la chambre avec un sac de linge.

Althea battit des mains avec une exaltation exagérée.

— C'est un caniche ?

Dev la regarda en souriant.

— Tu as plus d'humour qu'on ne l'imagine.

Rougissant sous le compliment, même ironique, Althea reporta son attention sur la robe que Dev lui tendait. Le tissu était d'un bleu marine qui tirait sur le noir velouté. Une fine toile argentée ajoutait de la profondeur à la couleur, créant une impression de ciel nocturne.

Althea eut un hoquet.

— Je ne peux pas porter ça !

— Parce que c'est à la mode ? interrogea son amie en haussant un sourcil.

Puis Dev lui tendit une paire de talons assortis à la robe et la poussa vers le paravent qui ménageait un peu d'intimité dans un coin de l'appartement.

— Pas question de refuser, ma chérie.

— Où allons-nous ? demanda Althea sans prendre la robe.

— Moka Efti. C'est une boîte de nuit où je ne t'ai pas encore emmenée, répondit Dev en fourrant le ballot de tissu dans les bras d'Althea. Je suis fatiguée de toutes ces réunions de la Résistance. Il est temps de s'amuser un peu. Allez, change-toi. Hannah nous attend.

Hannah. Bien sûr, Dev savait que le mot magique la convaincrait. Pourtant, Althea hésita encore un peu, se demandant à quoi elle ressemblerait dans cette robe. Elle savait assez que le bleu profond ferait passer sa peau d'une pâleur fantomatique à un teint de porcelaine ; que le froissement de la toile argentée illuminerait son visage et que la coupe mettrait en valeur ses jambes fines et ses clavicules délicates, tout en masquant son absence de formes.

— Que dois-je faire de mes cheveux ? interrogea Althea d'un air un peu désespéré.

Son lourd rideau de cheveux était impossible à discipliner.

Dev la dévisagea un long moment, puis lança :

— Épingles.

Althea en saisit une poignée, et demeura immobile pendant que Dev divisait ses cheveux en trois sections. Avec la rigueur d'un général d'armée, Dev enroula ses cheveux en un chignon bas, puis en sortit quelques mèches pour qu'il ne soit pas trop sévère. Quand Althea se regarda dans le miroir, elle resta bouche bée. La douceur de la coiffure soulignait la ligne de sa mâchoire, la plénitude de ses lèvres. Les taches de rousseur sur son nez rajoutaient à la vision féerique, lui faisant penser à un tableau de Monet.

Dev tapota l'épaule d'Althea, satisfaite de sa création.

— Maintenant, la robe.

Pendant qu'Althea se changeait, en prenant soin de ne pas défaire sa coiffure, Dev fouillait dans son appartement comme elle en avait l'habitude.

— J'oubliais, as-tu entendu parler des autodafés des livres ?

— Les quoi ? interrogea Althea, qui crut avoir mal compris.

— Une aberration, ma chérie. Un groupe d'étudiants a prévu de faire un grand bûcher de livres sur la place publique demain soir. Hannah veut qu'on manifeste.

— C'est terrible ! s'écria Althea en sortant de derrière le paravent. Quels livres veulent-ils brûler ?

— Tous ceux qui véhiculent un sentiment anti-allemand. C'est-à-dire à peu près tout ce qu'ils n'aiment pas… Tu es fabuleuse ! Hannah va tomber à la renverse.

Althea baissa les yeux sous le regard affectueux de Dev. Mais elle ne put s'empêcher de sourire à cette idée.

L'atmosphère de la nouvelle boîte de nuit était plus festive que spectaculaire. Dev commanda à Althea une boisson au goût sucré et brûlant, bien trop bonne pour être bue lentement.

Ils dénichèrent Hannah et Otto en train de danser dans un coin sombre. Hannah portait la robe couleur prune qu'Althea aimait tant. Elle était si échancrée dans le dos qu'elle révélait sa peau crémeuse et les légères bosses de sa colonne vertébrale. La jupe était plus courte que celle qu'Hannah portait habituellement, et la dentelle d'une jarretière se laissait entrevoir quand elle virevoltait.

— Oh ! Hannah a bu ! s'exclama Dev, ravie. Elle est plus drôle quand elle se laisse aller, mais c'est rare, tu peux me croire.

— Les amies ! s'écria Hannah en s'écartant d'Otto pour planter des baisers humides sur leurs joues. Venez danser avec moi !

Dev poussa Althea dans les bras d'Hannah, lui prenant le verre des mains avant qu'il se renverse.

L'orchestre entama un air endiablé. Hannah plaqua la main dans le dos d'Althea et l'attira à elle, de sorte que leurs corps étaient serrés l'un contre l'autre.

Althea avait le vertige, et cela n'avait rien à voir avec la danse.

— Tu es très jolie ce soir, murmura Hannah contre la joue d'Althea, sa main dangereusement près de ses reins. Tu es toujours si jolie.

C'était ce qu'Althea voulait entendre, la raison pour laquelle elle avait mis cette robe. La chaleur s'était accumulée au creux de son ventre quand leurs jambes s'étaient frôlées, les pointes de ses seins s'étaient tendues lorsqu'elle avait pris conscience du doux renflement de ceux d'Hannah sous le tissu soyeux de sa robe.

Althea leva les yeux et se rendit compte à quel point elles étaient proches. Elles respiraient le même air, un moment si intime qu'elle en eut la gorge sèche. Il aurait été si facile de se laisser aller, d'abolir la dernière distance.

Sa vie changerait alors pour toujours. Il serait impossible de plaider l'ignorance.

Les doigts d'Hannah glissèrent dans son dos, dangereusement proches de la courbe douce de ses fesses.

Et puis tout à coup, ce fut trop.

Elle aurait voulu être courageuse, mais elle ne l'était pas. Elle aurait voulu être l'Althea James berlinoise, mais c'était impossible.

Elle n'était qu'une pauvre idiote originaire d'Owl's Head, dans le Maine, et elle ne serait jamais personne d'autre.

Elle s'arracha à l'étreinte, le souffle court, et tituba dans la foule. Les corps se pressaient autour d'elle, les rires étaient trop forts, la fumée si épaisse qu'elle n'arrivait pas à respirer normalement, les lumières lui faisaient mal aux yeux.

Dehors, l'air entra à nouveau dans ses poumons, un air béni mais un peu trop chaud pour calmer ses nerfs à vif. Elle se retrouva adossée au mur de briques de la ruelle du cabaret, à tenter d'inspirer de grandes goulées qui lui donnèrent le vertige. C'était tout de même mieux que la panique qui l'habitait une minute plus tôt.

Soudain, une main se posa sur sa nuque. Elle sursauta, les yeux écarquillés, et eut un geste de recul. Mais c'était juste Dev, qui la contemplait avec une expression si tendre que toutes ses défenses tombèrent.

Elle cligna des paupières en regardant son amie, les yeux noyés de larmes.

— Oh ! ma petite colombe, soupira Dev en passant un bras autour de ses épaules pour l'entraîner dans la rue.

Alors que Dev la faisait monter dans une voiture, Althea crut l'entendre murmurer :

— Hélas, trop, trop vite.

Le trajet se déroula dans un brouillard tandis qu'Althea faisait le vide dans son esprit. Elle ne voulait pas penser à son malaise dans la boîte de nuit obscure, avec tous ces corps transpirants et palpitants. Elle préférait oublier l'odeur enivrante de la peau d'Hannah et la caresse de ses mains. Oublier le regard désolé qu'Hannah lui avait lancé au moment où elle s'était arrachée à ses bras.

Althea se glissa dans son lit, vaguement consciente que Dev la bordait, inquiète de tout ce qui allait changer après cette soirée – car cela ne pouvait pas être sans conséquence. Elle regarda par la fenêtre jusqu'au lever du soleil. Alors seulement, elle s'autorisa à dormir.

L'une des plus grandes craintes d'Althea était qu'Hannah ne lui parle plus. Mais lorsque celle-ci et Dev passèrent la prendre le lendemain pour aller manifester contre les autodafés, Althea comprit qu'elle aurait dû s'inquiéter pour autre chose.

Hannah faisait comme s'il ne s'était rien passé.

Althea, quant à elle, avait du mal à la regarder dans les yeux.

Dev prit la parole pour combler le silence gênant :

— Goebbels a demandé aux Allemands de tout le pays de brûler leurs collections privées. Et ils vont diffuser les images des bûchers de Berlin ce soir. Ils attendent beaucoup de monde apparemment.

— Ce sera dangereux ? lança Althea, son esprit chancelant à l'idée d'un énorme feu de joie et d'une foule hystérique.

Il n'y aurait sûrement qu'une poignée d'étudiants radicaux, pas une masse de gens comme Dev semblait le croire.

— Tu n'as rien à craindre, répondit Dev.

Hannah leva les mains.

— J'y vais ! Pas la peine d'essayer de m'en dissuader ! dit-elle d'un air obstiné.

— Comment peuvent-ils croire que c'est une bonne stratégie ? Je ne comprends pas, fit Dev.

Elle s'empara du sac d'Althea et les poussa vers la porte.

— Ce n'est pas comme si les livres pouvaient être oubliés…

L'estomac d'Althea se souleva à la vision du papier et de l'encre léchés par les flammes.

Elle ne put s'empêcher de penser à la prédiction d'Heinrich Heine.

— « Là où on brûle des livres, on finit par brûler aussi des hommes. »

Ce n'est que lorsque Dev et Hannah se tournèrent vers elle avec de grands yeux qu'Althea comprit qu'elle avait prononcé cette citation à haute voix.

Dev fit la grimace.

— Bah, les poètes sont dramatiques, n'est-ce pas ?

Elle avait répondu avec désinvolture, mais aucune des trois ne rit.

Elles prirent la direction de l'Opernplatz dans un silence pesant. À l'approche de l'opéra d'État, les lumières des torches illuminaient la foule.

— C'est ici que je vous laisse.

Dev leur fit un baiser d'adieu avant de disparaître.

— Elle travaille ce soir, n'est-ce pas ? dit Althea.

— Les nazis veulent filmer l'événement, répondit Hannah. Ils ont besoin d'un joli visage pour commenter la soirée.

Bien qu'Althea ait été invitée au même titre que Dev par les nazis, elle ne comprenait pas comment Hannah pouvait se montrer si calme à ce sujet.

— Tu t'en fiches ?

— J'aimerais que le monde soit différent, répondit Hannah d'un ton sec.

Althea se rendit compte qu'elle était tout près de dépasser les bornes. Hannah ne voulait pas – ou ne méritait pas – le jugement d'Althea sur ses amis.

Althea se rappela la nuit où Hitler avait été nommé chancelier, sa joie à se joindre à la foule en liesse, le sentiment grisant de faire partie de quelque chose de plus grand qu'elle. Elle n'avait aucun droit de critiquer Dev.

Cette pensée fut consumée par les flammes qui grimpaient vers les étoiles du ciel nocturne et par les cris heureux et surpris des gens qui regardaient des centaines d'histoires partir en fumée.

Althea faillit tomber à genoux à la vue du bûcher. Il rugissait dans le ciel, tel un lion furieux dévorant tout ce qu'on lui donnait.

Et il était bien nourri.

Des piles de livres occupaient chaque centimètre carré de la place. Des étudiants étaient venus avec des brouettes pleines, des sacs bourrés à craquer. Les contenus de coffres de voitures se déversaient sur le trottoir.

Il ne s'agissait pas seulement de quelques livres, ni d'un feu symbolique.

Des milliers d'ouvrages disparaissaient en fumée.

Des milliers de gens poussaient des cris de joie en faisant le salut hitlérien et chantaient : « Nous sommes le feu, nous sommes les flammes qui brûlent devant les autels d'Allemagne. »

Le brasier alimentait la fébrilité de la foule, tout comme la foule attisait les flammes. D'énormes bannières nazies étaient suspendues aux bâtiments de la place, des spectateurs penchés aux fenêtres manifestaient leur soutien. Une fanfare jouait, la musique donnant une bande sonore sinistre aux fêtards en délire.

Hannah agrippa les bras d'Althea, qui se rendit soudain compte qu'elle pleurait. Ce n'étaient pas des larmes dignes, mais des sanglots désordonnés et incontrôlables.

— C'est un sacrilège, parvint-elle à articuler.

Si Althea appartenait à une église, elle se logeait dans les livres. Si elle avait une religion, elle était gravée dans les mots qu'ils contenaient. Hannah hocha la tête.

— Je sais, fit-elle.

Qu'Hannah le sache, Althea n'en doutait pas une seconde.

Une légère bruine se mit à tomber, comme si Dieu lui-même pleurait devant ce spectacle innommable.

Ensuite, Goebbels monta sur scène, son visage caverneux et squelettique éclairé par la lumière du bûcher. Althea se rappela la première fois qu'elle l'avait rencontré à une soirée, la lueur des bougies qui dansait sur sa peau. Il était un peu gauche, mais il s'était montré plutôt affable, étonnamment curieux, et intéressé par la conversation.

À présent, il était le fantôme de ses cauchemars, songea Althea.

— Non à la décadence et à la corruption morale ! cria Goebbels depuis le podium.

Il appela à la mort de l'intellectualisme juif, de l'obscénité et de l'anéantissement de l'ancienne Allemagne. À la fin de son discours, il désigna les étudiants massés près de la scène qui buvaient ses paroles.

— C'est un acte puissant et symbolique, un acte dont le monde entier sera témoin : vous assistez à la destruction des fondations intellectuelles de la république de Weimar, et de ses cendres surgira le phénix triomphant d'un esprit nouveau…

Un tonnerre d'applaudissements accueillit cette déclaration, et les spectateurs se mirent à danser sous la pluie, que les flammes du bûcher faisaient apparaître telles des ombres mouvantes.

— Je ne peux plus respirer, souffla Althea.

Hannah lui massa le dos en murmurant des mots apaisants. Mais ses paroles furent avalées par le chœur des voix qui s'élevait autour d'elles.

Ce n'était pas un simple rassemblement festif, ce n'était pas juste une bande de jeunes exaltés par les mots vides d'un orateur charismatique. C'était l'euphorique mise à mort de la connaissance, de la science, de la poésie, de l'amour. Les étudiants qui auraient dû chérir ces trésors les regardaient partir en fumée avec une joie malsaine.

Et Althea craqua.

Elle partit en trombe vers la scène, bousculant les gens autour d'elle, persuadée que Diedrich était aux premières loges avec ses amis nazis.

Hannah l'appela, mais Althea ne ralentit pas l'allure. Elle ne le pouvait pas.

Elle aperçut l'un des livres qui allait être jeté au feu, laissa échapper un petit gémissement blessé, et s'en empara sans réfléchir, pour le sauver. Elle le serra contre son cœur comme elle l'aurait fait avec un enfant, et reprit son chemin à travers la masse humaine.

Enfin, elle repéra Diedrich. À l'endroit exact où elle l'avait imaginé.

Riant aux éclats.

Sa vision se brouilla.

Sans savoir comment, elle se retrouva en face de lui et, de sa main libre, poussa son torse de toutes ses forces, avec toute la rage et la douleur qui la consumaient depuis qu'elle avait vu le premier livre dévoré par les flammes.

— Espèce de brute ! cria-t-elle avec un sanglot dans la voix.

Il recula d'un pas, sans doute sous l'effet du choc, et non de sa poussée.

— Althea, dit-il d'un ton tranchant. Reprends-toi.

— Tu penses que c'est noble ? Que c'est juste ? (Elle désigna le spectacle de la main.) Vous êtes quoi, sinon des esprits bornés qui jouent aux tyrans ? Vous n'êtes que des sauvages et l'histoire vous jugera comme les barbares fanatiques et intolérants que vous êtes !

Diedrich lui empoigna le menton si brutalement qu'elle songea qu'elle aurait un hématome. Alors que le brouhaha de la foule n'avait pas diminué, les hommes derrière Diedrich gardaient un silence de mort.

— Tu oublies où est ta place, lui cracha-t-il au visage.

Et elle… éclata de rire. Elle mit dans ce rire tout le mépris qu'elle nourrissait pour cet homme, pour ce parti, pour ces politiciens velléitaires qui, incapables de gagner dans un combat loyal, cherchaient à annihiler les idées menaçant d'ébranler leur château de cartes.

La gifle ne fut pas une surprise. La force de la gifle, en revanche, la laissa sans voix.

Elle s'affala par terre, traversée d'une chaleur intense. La lèvre en sang, le coude en miettes, le corps endolori, Althea finit par comprendre qu'il y avait des choses plus dangereuses dans le monde que la peur.

35.

New York
Juin 1944

Cela faisait plusieurs semaines que Viv n'avait pas assisté à une fête de Charlotte. Ces événements servaient à vendre des obligations de guerre, ce qui bien sûr était important, mais impliquaient des conversations stériles avec ces dames de la haute société. Viv n'avait plus aucune tolérance pour ce genre de soirées depuis qu'elle consacrait la majeure partie des siennes aux éditions de l'armée.

Charlotte lui avait promis que celle-ci serait particulièrement intéressante pour elle.

— C'est à la Morgan Library, ma chère. L'endroit idéal pour susciter l'intérêt pour ton événement.

Viv l'avait observée un moment avant de l'étreindre.

— Tu es un amour.

À présent, Viv déambulait dans les salles de la Morgan Library, une coupe de champagne à la main, émerveillée par les plafonds dorés, les riches tapisseries et les interminables rangées de livres inestimables derrière le délicat grillage doré.

Elle avait parlé à trois hauts fonctionnaires municipaux, à des rédacteurs en chef du *New Yorker* et du *Saturday Evening*

Post – des interlocuteurs très différents mais d'égale importance –, au chef de cabinet du maire de New York et à quatre femmes influentes, connues pour leurs généreuses donations aux politiciens de leur choix.

Auréolée du succès de la soirée, Viv s'accorda une pause avant de se mettre en quête d'autres invités dignes d'intérêt.

Elle avait abandonné l'idée qu'Althea James soit la vedette de son événement, et elle avait bien avancé ces trois dernières semaines. Ses intervenants ne provoqueraient sans doute pas autant de remous que la célèbre écrivaine mais, jusqu'à présent, personne n'avait refusé son invitation, et Viv avait même reçu des dizaines de demandes de journalistes pour des laissez-passer.

Pour couronner le tout, Taft était si nerveux qu'il lui avait envoyé son homme de main.

L'événement devait avoir lieu dans un peu plus d'un mois, et Viv avait encore beaucoup à faire pour organiser le grand final. Mais le bourdonnement sous sa peau s'apaisait à mesure que tout se mettait en place.

— De toutes les bibliothèques du monde…, lança une voix rauque derrière elle, dans une belle imitation de Humphrey Bogart.

Viv se retourna et découvrit Hale, qui lui tendait un verre de vin. Elle saisit le verre et lui donna sa flûte vide en échange, que Hale confia au serveur qui déambulait parmi les invités. Ce faisant, il l'observa de la tête aux pieds d'un air appréciateur.

Viv se sentit rougir, et se félicita d'avoir passé l'une de ses robes préférées pour l'occasion. Le style datait des années 30, mais elle le trouvait assez flatteur pour ne pas s'en soucier. Le tissu soyeux couleur perle épousait les courbes de ses hanches. Le décolleté, échancré sur le devant, formait un V dans le dos, et se terminait par de minuscules boutons alignés comme des petits soldats le long de sa colonne vertébrale. La jupe flottait sur ses cuisses de manière suggestive, et la lumière des bougies révélait presque plus qu'elle ne dissimulait.

Hale n'était pas en reste, avec son costume bleu et sa chemise blanche impeccable. Véritable animal politique, il était aussi à l'aise dans l'atmosphère étouffante d'un gala de charité que dans la rue, à jouer au base-ball en bras de chemise.

— Bonjour, dit-il béatement.

L'énergie qu'elle avait autrefois pour flirter l'avait quittée et, certains jours, elle peinait à tenir une simple conversation.

— Bonjour, répondit-elle doucement.

Cette fois, il la regarda d'un air inquiet, devinant l'épuisement qu'elle ne cherchait même pas à cacher. Pas à lui. Elle le laissait pénétrer son armure. Une découverte suffisamment importante pour qu'elle décide de la mettre de côté et d'y réfléchir plus tard.

— Je peux t'aider ? demanda-t-il.

Viv poussa un soupir.

— Arrête d'être aussi charmant.

— Tu sembles peu exigeante dans ce domaine, plaisanta Hale, dont les fossettes creusèrent ses joues.

Tout en elle basculait vers lui. Quand elle l'avait revu à Brooklyn, elle avait été presque soulagée de ne plus ressentir cette attirance magnétique. La colère, l'humiliation et la douleur avaient brisé leur lien. Mais, ces dernières semaines, elle avait appris à mieux connaître l'adulte qu'il était devenu, et il était de plus en plus difficile de prétendre que la flamme ne brillait pas encore entre eux, attendant de se raviver.

Ce n'était pas le moment de poser la question, elle le savait. Mais elle était éreintée, lasse de tourner autour de leur passé commun au lieu de l'affronter. Il rôdait à la lisière de toutes leurs conversations, attendant son heure.

— Pourquoi n'as-tu pas répondu à mes lettres ?

Elle l'avait pris de court. Le politicien savait parfaitement cacher ses réactions, or il se raidit, ses doigts se crispant sur son verre.

— Pas ici…

Viv allait protester quand il l'entraîna à travers la salle bondée, et elle songea que « pas ici » ne signifiait pas « pas maintenant ».

Il trouva une alcôve qui leur ménagea un peu d'intimité, et elle s'adossa au mur de marbre, attendant sa réponse.

— Je pensais que ce serait plus facile pour toi, dit-il enfin. Si je ne répondais pas.

— Plus facile pour moi ?

— Pour ta vie. (Il avait pris le ton de l'évidence.) J'étais un gamin paumé de Brooklyn. Cela n'aurait jamais été que quelques baisers volés entre nous. Avec l'avenir qui m'attendait à l'époque…

— Tu ne pouvais pas le savoir. Je t'ai…

— Non, coupa-t-il. On était que des gosses, Viv.

C'était injuste. Elle était sûre de ses sentiments, d'autant plus sûre, à mesure que le temps passait, que c'était très rare chez elle. Elle l'avait aimé, passionnément, désespérément. Stupidement.

— On n'était pas des gosses. Tu avais vingt ans.

— Et j'étais assez mûr pour m'en rendre compte, dit-il en hochant la tête. Et tu serais arrivée au même constat. Je t'ai épargné cette peine.

Viv cligna des yeux, peinant à saisir le sens de ses paroles. Dans son souvenir, l'été était magique, mais cela n'avait rien eu d'un bonheur artificiel. Ils s'étaient disputés et réconciliés, ils avaient vu les côtés mesquins, envieux, l'un de l'autre. Ils ne se connaissaient pas depuis très longtemps, mais les prémices de leur relation donnaient l'impression qu'elle pouvait se pérenniser. « Tu serais arrivée au même constat. »

— Tu as eu peur, dit Viv, qui venait brusquement de comprendre.

Il avait eu tellement peur de souffrir, tellement peur qu'elle le rejette, qu'il était parti le premier. Hale avait eu l'habitude de s'entendre dire qu'étant donné son statut social et son niveau de fortune il n'avait aucune chance. Et il avait été si souvent rejeté. Pourquoi aurait-elle agi différemment ?

— J'étais réaliste, corrigea-t-il, sans paraître sur la défensive.

Il pensait encore avoir fait le bon choix.

— Tu croyais être amoureuse de moi, continua-t-il. Tu m'aurais épousée. Et ensuite, au bout d'un an, deux ans, cinq ans, tu aurais fait le bilan de ta vie et tu aurais eu des regrets.

Blessée, Viv étudia son profil.

— Je pensais que tu me connaissais mieux que ça.

— Les gens nés avec de l'argent croient toujours qu'ils peuvent vivre sans, répondit Hale avec amertume. Mais la vraie vie n'est pas un conte de fées.

Avant qu'elle puisse se défendre, Hale ajouta :

— Et puis tu as commencé à correspondre avec Edward.

Viv eut un tel choc qu'elle faillit tomber à la renverse. Comment savoir ce qu'Edward lui avait dit de leur relation ? Elle supposait qu'Edward s'était décrit comme ce qu'il était alors pour elle : un ami cher. Mais la mâchoire crispée de Hale indiquait le contraire.

— Tu crois que j'ai remplacé un frère par l'autre, lâcha Viv, abasourdie.

Le regard de Hale se baissa sur la main de Viv.

— Edward ne t'a pas… ? commença-t-elle.

Son ahurissement devait se lire sur son visage, car Hale sembla ébranlé dans ses certitudes.

L'espace d'un instant, Viv voulut avoir Edward à ses côtés pour tout expliquer, comme il aurait dû le faire quand il était en vie. L'idée d'être tous les trois rassemblés dans l'alcôve, en train de discuter de leur mariage, était si ridicule qu'un gloussement lui échappa.

— Tu peux me dire ce qui est si amusant ? demanda-t-il, son ton hésitant entre la colère et l'affliction.

Viv était incapable de s'arrêter. Elle baissa la tête pour étouffer son fou rire, mais ses côtes lui faisaient mal et ses jambes tremblaient. Elle ne se rappelait pas la dernière fois qu'elle avait ri ainsi.

C'était probablement avec Edward.

Elle sentit le tiraillement de vraies larmes, provoquées par le chagrin plus que par l'hilarité, mais elle les repoussa, et s'adossa à nouveau au mur, le souffle court.

— J'imaginais mon mari en train de mettre en demeure son frère de se conduire correctement avec moi, avoua Viv.

Car à quoi bon tourner autour du pot à présent ?

Hale eut un pâle sourire.

— Je pensais qu'il t'en avait parlé, poursuivit Viv. Peut-être pas de la raison de notre mariage, mais au moins du fait que nous n'étions pas amoureux quand nous avons échangé nos vœux.

— Je savais qu'il était très inquiet avant de partir, mais tout s'est passé si vite. Il ne voulait jamais me parler de toi.

— Pareil pour toi, dit-elle, avec un élan d'affection pour Edward.

Edward n'avait pas voulu se retrouver entre eux, et blesser sans le vouloir l'une des deux personnes qu'il aimait le plus au monde.

— Charlotte ne doit pas l'apprendre, fit-elle.

— Bien sûr.

— Le testament de ton père..., commença prudemment Viv.

Hale s'était toujours comporté comme si la richesse qui lui avait échappé était sans importance, mais cela demeurait un sujet délicat.

— Theodore Childs, corrigea Hale. Mon père était William Hale.

Elle acquiesça d'un signe de tête avant de reprendre :

— Theodore a laissé le plus gros de sa fortune à Edward, mais une clause du testament stipulait que, s'il décédait avant d'être marié, l'ensemble de ses biens seraient distribués à diverses œuvres de charité. Laissant Charlotte sans rien.

— Theodore Childs n'était pas homme à léguer un centime à des associations caritatives.

— Il savait que cela n'irait jamais jusque-là. Il en avait assez de la vie dissolue de son fils. Edward a pris le risque de rester célibataire le plus longtemps possible...

— Mais avec la guerre..., devina Hale.

Viv acquiesça de nouveau.

— Il n'avait même pas à me poser la question. Nous ne pouvions prendre le risque de laisser Charlotte sans le sou. Et elle était trop fière pour accepter mon argent.

— Tu l'aimes, déclara Hale après avoir longuement étudié son expression. Je m'en doutais, mais je pensais que tu l'aimais aussi, *lui*. Alors je n'étais sûr de rien.

— Je l'aimais, répondit Viv en pressant le bras de Hale. Comme un ami cher.

— Quand il mentionnait ses conquêtes, j'avais envie de le frapper. Je pensais… eh bien, apparemment, je me trompais.

— Si seulement tu m'en avais parlé. Une simple conversation aurait clarifié la situation, plaisanta Viv.

Sa vieille blessure se cicatrisa légèrement. À certains moments de la vie, plutôt rares, on peut s'accrocher à sa rancune, couper les ponts, faire table rase du passé et ne regarder en arrière qu'avec colère. Ou alors on peut reconnaître que les gens font des erreurs, sont imparfaits et méritent une seconde chance. Surtout quand ces choix ont été faits quand ils étaient jeunes et empêtrés dans leur souffrance.

Hale baissa les yeux, mais un sourire affleurait sur son visage. Comme s'il avait entendu le pardon dans sa voix.

— « Tu me manques chaque jour, chaque heure, chaque minute. »

— Oh.

Viv expira comme si elle venait de se débarrasser des dernières bribes de son ressentiment. Ce n'était pas les mots eux-mêmes, mais l'aveu tacite que non seulement Hale avait lu ses lettres, mais qu'il était capable d'en citer un passage après toutes ces années. Elle imagina un Hale de vingt ans se cuirasser contre sa confession, convaincu qu'il allait de nouveau souffrir s'il laissait ces mots l'atteindre.

Elle était si émue qu'elle opta pour une tentative d'humour.

— Eh bien, on peut dire que je suis armée pour ma présente déception.

Hale semblait tout aussi impatient de délaisser ce sujet sensible.

— Althea James continue à t'ignorer ?

Comme elle hochait la tête, il haussa les épaules.

— Alors va lui parler.

— Quoi ?

— Va lui parler en personne. Explique-lui pourquoi c'est si important pour toi.

Viv secoua la tête.

— Je ferais mieux de la laisser tranquille.

Hale la regarda avec intensité.

— J'ai lu les mêmes retours que toi sur le débarquement en Normandie. Ces livres sont loin d'être anodins.

— C'est le monde à l'envers. Tu es en train de me dire de ne pas abandonner ?

— Tu sais que j'aime les causes désespérées, répondit-il avec un sourire sincère qu'il semblait lui réserver. Au fond, je suis un grand romantique.

— En costume de politicien sans cœur, railla Viv, avant de retrouver son sérieux. Merci de ta sollicitude.

— Ne me remercie pas de m'intéresser à nos soldats.

— Alors merci du conseil, dit-elle sans lui avouer que son désir de l'aider la touchait énormément.

— Peut-être que ça ne servira à rien, ajouta-t-il. Même si Althea James accepte de venir, Taft pourrait ne pas changer d'avis.

— Mais ?

— Mais si tu veux retrouver le sommeil, tu n'as pas d'autre choix que d'aller jusqu'au bout, conclut-il en la couvant de son regard sombre. Les causes justes ne sont pas toujours à propos de victoire. Parfois, il s'agit simplement de rappeler au monde que des gens sont prêts à se battre pour elles.

36.

Paris
Février 1937

Un frisson courut sous la peau d'Hannah quand elle comprit que la lettre de décembre était la dernière d'Althea.

L'activité à la bibliothèque s'était ralentie maintenant que l'exposition était passée, et Hannah n'avait plus beaucoup de sujets de distraction. Elle songea à passer chez Lucien pour voir si la Résistance tenait une réunion le soir même mais, malgré sa nouvelle position sur les bagarres et les armes à feu, elle était toujours méfiante.

La colère bouillonnait en elle. Si elle jetait de l'huile sur le feu, cela risquait de la consumer entièrement.

Elle préféra se rendre chez Natalie Clifford Barney, qui tenait salon. Patrice était présente, couverte de peinture, et récemment célibataire. Elles partagèrent une bouteille de vin près de la cheminée, interrompant de temps à autre leur conversation pour écouter le nouveau poète en vogue réciter des vers et une charmante écrivaine faire une lecture maladroite d'un chapitre de son œuvre.

— Tu vas rester en France ? lui demanda Hannah pendant un entracte.

— Est-ce que j'ai l'air d'être faite pour la guerre ?

Patrice n'avait pas tort. Elle était frêle, délicate.

Hannah se pardonna d'avoir la cruauté d'imaginer son amie mourir sous l'Occupation, puisqu'elle l'avait elle-même suggéré.

— *Toi*, tu es faite pour la guerre, continua Patrice en fronçant les sourcils d'un air comique. Toujours si sombre, toujours prête à prendre les armes.

— Non, protesta Hannah.

Elle était faite pour les mots, pas pour les guerres. Mais… ne s'était-elle pas jetée dans la mêlée pour sauver Otto ?

— Dégomme quelques nazis pour moi, d'accord ? dit Patrice en lui tapotant la main. Je vais en Californie. À Hollywood, pour devenir célèbre.

Hannah gloussa, puis croisa le regard de Natalie Clifford Barney qui s'approchait, son petit bulldog sous le bras.

— Oh ! Hannah ! s'écria Natalie. J'ai croisé une de tes amies récemment.

— Ah oui ? Qui ça ?

— Deveraux Charles.

— Dev ?

La dernière fois qu'Hannah avait vu Deveraux, c'était lors de cette nuit irrévocable à Berlin, plusieurs années auparavant, avant le départ d'Hannah pour Paris.

— Elle-même. Elle m'a dit que les nazis tournaient un film épouvantable ici et voulaient utiliser la tour Eiffel et Notre-Dame comme décors. Elle reste à Paris jusqu'à la fin de la semaine.

— Elle doit être extrêmement occupée, dit Hannah, tout en se demandant pourquoi Dev ne l'avait pas contactée. C'était quand ?

— Hmm, il y a trois ou quatre jours, je dirais. Elle a demandé de tes nouvelles, cela dit, quand elle a réalisé qu'on se connaissait.

— Elle passera peut-être à la bibliothèque, dit Hannah avec un pâle sourire.

Dev avait toujours été insaisissable, mais elle savait où Hannah travaillait, et était celle qui avait donné son adresse à Althea. Elle lui rendrait visite quand elle aurait le temps.

— Une ancienne conquête ? demanda Patrice.

— Non. Une amie. Dans une autre vie, semble-t-il.

— Aux vieux amis ! déclara Patrice en levant son verre.

Quand elles eurent terminé la bouteille, elles en ouvrirent une autre, et Hannah se sentit d'humeur enjôleuse.

Elle ne s'attendait pas à ce qu'Althea lui écrive. Alors pourquoi s'inquiétait-elle du fait que les lettres aient cessé ? Quand Patrice lui proposa d'aller au Monocle, le meilleur bar lesbien de Paris, Hannah n'hésita pas. Elles dansèrent, burent une boisson sucrée et pétillante, et rirent de tout et de rien sur le chemin du retour chez Hannah.

Elles finirent transpirantes et haletantes entre les draps. Quand Patrice lui demanda si elle devait partir, Hannah lui caressa la lèvre inférieure de son pouce et lui souffla de dormir.

Hannah ne se blottit pas contre elle, et ne se laissa pas glisser dans le sommeil. Au lieu de cela, elle se posta devant la fenêtre, enveloppée dans un drap, et regarda les premières lueurs de l'aube poindre au-dessus des immeubles.

En se demandant ce que Deveraux Charles faisait réellement à Paris.

*

Hannah était obnubilée par la présence de Deveraux à Paris.

Dev était une actrice mondialement connue à présent, il n'était pas surprenant qu'elle se trouve dans la capitale française. Quand Hannah avait quitté Berlin, elles avaient correspondu un temps mais, étant donné le style de vie de Dev, un échange régulier n'était guère envisageable. Elles s'étaient peu à peu perdues de vue, comme cela arrivait souvent dans les relations à distance.

Peut-être que ce n'était pas la seule raison. La cinéaste travaillait toujours pour les nazis, tournait leurs films, écrivait des scénarios dont la Dev des nuits au cabaret se moquait ouvertement. Mais, au printemps 1933, la situation était différente.

« Tu t'en fiches ? » lui avait demandé un jour Althea. Et Hannah savait que si elle avait répondu oui et lui avait reproché de faire partie du programme de Goebbels au même titre que Dev, Althea aurait pris la mouche et se serait enfuie sans demander son reste.

À dire vrai, Hannah était gênée que deux de ses amies proches soient techniquement des invitées du Reich.

La Hannah d'aujourd'hui ne l'aurait jamais accepté. Mais, à l'époque, cela ne lui paraissait pas vraiment réel. Hitler avait été nommé chancelier parce que les modérés pensaient pouvoir le contrôler. La plupart des gens qui s'intéressaient à la politique à ce moment-là étaient convaincus que le dirigeant nazi allait sombrer dans l'oubli et que sa folie incandescente s'éteindrait comme un feu de paille.

De plus, il était délicieusement subversif de convertir ces Américaines dont les nazis espéraient qu'elles allaient répandre leur message haineux une fois rentrées chez elles.

Et Althea avait cessé de frayer avec ses amis nazis peu après l'incendie du Reichstag. Il n'avait pas été difficile d'oublier la raison pour laquelle elle était venue.

Dev, en revanche…

L'actrice avait poursuivi ses activités. Malgré l'argent et la gloire qui lui auraient permis d'échapper facilement aux griffes des nazis, elle avait continué à les fréquenter.

Hannah ne mentionna pas la présence de Dev à Otto. Ces derniers temps, il avait un comportement inquiétant – il buvait trop, fumait de l'opium, cherchait la bagarre, et venait à la bibliothèque avec des hématomes sur le visage.

Quand elle l'interrogea à ce sujet, il lui demanda de ne pas le materner, puis l'évita pendant plusieurs jours. Elle ne lui posa plus de questions.

Mais elle était toujours aussi inquiète.

Par une simple coïncidence, ou une ironie du sort, tous deux tombèrent sur Dev une semaine plus tard.

Hannah et Otto se promenaient rive gauche et faisaient du lèche-vitrines. Comme l'après-midi était particulièrement chaude, Hannah allait suggérer un café quand Otto s'arrêta net, le regard fixé sur l'autre côté de la rue.

— Ce ne serait pas… Oh mon Dieu, si !

Hannah suivit son regard et vit Deveraux Charles dans toute sa gloire. Il était impossible de la manquer, avec son pantalon chic et son haut noir drapé de manière suggestive sur ses épaules.

Au lieu de la rendre plus pâle, le noir faisait ressortir son teint de porcelaine. Elle portait de grosses lunettes de soleil et ses cheveux coupés court étaient lissés en arrière – sa signature.

Otto traversait déjà la chaussée en courant, regardant à peine si des voitures arrivaient, et se ruait sur Dev pour la prendre théâtralement dans ses bras.

Dev poussa un cri de surprise et laissa Otto la faire tournoyer avant de lui taper sur l'épaule pour qu'il la repose sur la terre ferme.

Hannah se montra plus circonspecte.

— Et Hannah, dit Dev avec un sourire quand Hannah repoussa ses lunettes sur son crâne. J'aurais dû m'en douter. Là où on trouve Otto, on trouve Hannah. Et vice versa.

Avant, Hannah aurait ri à cette taquinerie. Mais les paroles de Dev lui semblaient à présent enroulées de fils barbelés.

— Deveraux, lâcha Hannah. Qu'est-ce qui t'amène à Paris ?

— Quelle formalisme ! plaisanta Dev en lui donnant un coup de coude. Qu'est-ce qui amène une personne comme moi à Paris ? Paris même, chérie !

Dev jeta un coup d'œil derrière Hannah, qui se rendit compte que l'actrice était nerveuse, le corps tendu, comme si elle voulait s'enfuir.

— Tu restes combien de temps ? interrogea Otto.

— Nous partons ce soir, hélas, répondit Dev avec une petite moue sur ses lèvres rouges. La prochaine fois, vous m'emmènerez dîner et danser, comme au bon vieux temps !

— *Nous ?* releva Hannah.

Dev tressaillit. Une réaction à peine perceptible, qu'Hannah ne manqua pas.

— Désolée, je dois vous laisser, mes chéris, lança l'actrice en leur donnant un baiser précipité.

Hannah frotta le rouge à lèvres de sa joue et vit un homme en uniforme d'officier nazi sortir d'un magasin un peu plus loin.

Dev passa son bras sous celui de l'officier et partit d'un grand éclat de rire en écoutant ses paroles.

Elle n'eut pas un regard pour eux.

37.

New York
Juillet 1944

Un mois après le Jour J, Viv trouva enfin le courage de retourner à la Bibliothèque des livres interdits de Brooklyn.

C'était son séjour prochain dans le Maine pour rencontrer Althea James qui l'avait décidée. Elle voulait avoir un plan de secours avant de parler à la célèbre autrice.

Ce qui signifiait qu'il était temps de supplier la bibliothécaire.

Malgré l'heure tardive, le soleil brillait encore quand Viv sortit de la station de métro la plus proche du Brooklyn Jewish Center. C'était à peu près l'heure à laquelle sa bibliothécaire quittait son travail. Viv voulait la croiser, bien sûr, mais une petite partie d'elle espérait la manquer.

Le destin était-il de son côté ? Même quand elle vit la femme descendre les marches au moment où elle traversait la rue, elle fut incapable de répondre à cette question.

La bibliothécaire s'arrêta en voyant Viv, puis se remit en route, et elles se saluèrent sur le trottoir.

— Ça va devenir une habitude, n'est-ce pas ? interrogea la bibliothécaire.

— Moi venant frapper à votre porte sans y être invitée ? ironisa Viv. Si vous me le demandez, promis, j'arrête.

— Je n'ai pas dit ça. (Mais la bibliothécaire avait pris un ton prudent.) Je suis surprise par votre insatiable curiosité, j'imagine.

Viv haussa les épaules.

— Vous pourriez avoir besoin d'une amie.

— Mauvaise excuse.

Pourtant elle avait l'air amusé.

— Ce n'est pas une excuse, fit Viv. Mais vous avez vu juste, ce n'est pas la vraie raison.

— Je sais.

Elle avait répondu avec une telle assurance que Viv faillit abandonner tant elle était intimidée par cette femme.

— Alors je vous le demande, quelle est la vraie raison ?

— Un thé d'abord ? suggéra Viv.

Dès qu'elle aurait entendu sa requête, la bibliothécaire la planterait là. Et Viv ne mentait pas – elle appréciait beaucoup la compagnie de cette femme.

— J'aimerais que vous preniez la parole à ma manifestation anti-Taft, lança Viv dès qu'elles eurent pris place dans un café tout proche.

La bibliothécaire cligna des yeux.

— Pardon ?

— Je vous demande une immense faveur, je le sais bien. Mais je pense que vous seriez un réel atout pour notre programme.

— Vous me l'avez déjà dit, mais je ne vois toujours pas le rapport entre vos livres pour les soldats et moi.

Elle ne cherchait pas à se montrer blessante, bien au contraire.

Viv se mordit la lèvre, le succès de cet événement reposait sur ses épaules.

— La première fois que j'ai visité votre bibliothèque, je ne voyais pas comment avancer dans cette lutte. Puis vous m'avez expliqué pourquoi tout cela est si important. Nous, les humains, nous aimons transmettre des récits, n'est-ce pas ? Que ce soit dans les grottes, dans les amphithéâtres, au cours des repas, autour des feux de camp ou dans les tranchées. Toutes les cultures, tous les pays, tout le monde aime les histoires. Murmurées, chantées ou écrites, elles sont le patrimoine de l'humanité.

Viv rougit et regarda fixement son thé, consciente qu'elle avait passé trop de nuits à élaborer sa diatribe contre Taft.

— Et quand je suis venue à la bibliothèque et que je vous ai vue, telle la gardienne de ces récits, j'ai juste… (Elle déglutit.) Mon combat contre le sénateur peut sembler mesquin et politique, mais ce qui m'importe, ce qui m'a toujours importé, c'est de protéger ce patrimoine. Ces textes peuvent nous aider à nous comprendre les uns les autres, et à comprendre le monde dans lequel nous vivons. Même dans les périodes les plus sombres, il ne s'agit pas seulement de survivre. Et quand vous parlez de la bibliothèque et des livres, c'est le message que vous transmettez. À chaque fois.

La bibliothécaire attendit un moment pour s'assurer que Viv avait terminé son discours.

— Vous devriez dire ça au lieu de me faire venir.

— Je suis la créatrice de cette histoire, pas le personnage principal. (Viv adressa à la bibliothécaire un sourire d'autodérision.) Et puis c'est mon discours depuis des mois, pourtant je n'ai rien obtenu. Je n'ai pas d'histoire à raconter.

— Et vous pensez que moi, j'en ai une.

Curieusement, c'était une évidence pour Viv.

— Comment était-ce, cette nuit-là ? demanda-t-elle, espérant obtenir la même réponse que la dernière fois. La nuit des autodafés.

Surprise, la bibliothécaire inclina la tête, mais accepta de jouer le jeu.

— Trempé.

Le visage de Viv s'éclaira.

— Combien de gens m'auraient donné cette réponse d'après vous ?

— Environ dix mille ?

Viv secoua la tête.

— Non, pas du tout. Goebbels aurait dit « réussi » ou « patriotique ». Un résistant aurait répondu « tragique ». Un Allemand, « exaltant ». Tout dépend de la personne qui raconte l'histoire.

— Et « trempé », c'est plus pertinent ?

— Non. Mais c'est ce qui en fait *votre* histoire. Et les gens reconnaissent l'authenticité quand ils la voient.

La femme regarda au loin un long moment, puis soupira et se tourna pour soutenir le regard de Viv.

— De quoi avez-vous besoin ?

Son ton était hésitant, mais cela ne voulait pas dire non.

— Un discours à l'événement qui aura lieu à la fin du mois. Et quelques interviews, si vous êtes d'accord, ajouta Viv, espérant présenter la situation de manière simple et concise. J'ai voulu mettre en place un fil narratif. D'abord, les bibliothécaires parleront du programme, puis ce sera le tour des soldats blessés et des auteurs, puis vous et…

Comme elle n'osait poursuivre, son interlocutrice haussa un sourcil.

— Et ?

— Eh bien, idéalement, je voulais terminer avec vous et l'une de nos autrices du programme, qui était présente elle aussi en Allemagne la nuit des autodafés.

La bibliothécaire se raidit quand elle lança :

— Et à qui pensez-vous exactement ?

— À Althea James.

Les yeux de la femme s'arrondirent de surprise.

— Je vous demande pardon ?

— Althea James, répéta Viv, même s'il était évident que son interlocutrice avait très bien entendu. Une écrivaine américaine connue. Mais elle ne donne jamais d'interview et ne fait aucune apparition publique, alors sa venue tiendrait du miracle.

Un déluge d'émotions contradictoires sembla traverser la bibliothécaire avant que son visage ne se décompose. Au début, Viv crut qu'elle sanglotait, et elle se mit à chercher frénétiquement un mouchoir dans son sac. Puis elle se rendit compte que c'était un rire, et non des larmes, qui secouait le corps de cette femme. Un rire incontrôlable, désinhibé. Cela transforma sa beauté froide et distante en réel enchantement.

Il lui fallut un moment pour recouvrer ses esprits. Puis elle essuya les larmes au coin de ses yeux en ravalant ses derniers gloussements.

— Est-ce que… ?

Viv ne savait pas comment terminer sa question. À l'évidence, son interlocutrice allait bien, mais peut-être était-ce un leurre.

— Désolée, dit la bibliothécaire, prise d'une nouvelle envie de rire.

Quand elle parvint enfin à se calmer, elle s'éclaircit la gorge et se ressaisit.

— Le monde est simplement extraordinairement et fabuleusement petit.

— Vous connaissez Althea James ? avança Viv.

La réaction de la bibliothécaire ne pouvait s'expliquer autrement.

— On peut le dire, en effet… (Elle but une gorgée de thé, et sembla prendre une décision.) D'accord, madame Childs, vous avez gagné, je vais vous raconter mon histoire.

Un sentiment de victoire submergea Viv, dont la curiosité était piquée au vif.

— Formidable !

— J'imagine qu'il est temps que je me présente…

Aussitôt, Viv sentit que le mystère allait lui manquer. Bien sûr, ce n'était pas important par rapport à tout le reste, pourtant cette idée lui fit un pincement au cœur. La bibliothécaire lui tendit la main, un geste pour le moins formel, et Viv la saisit.

— C'est un plaisir de faire votre connaissance. Je m'appelle Hannah Brecht.

38.

Berlin
Mai 1933

Diedrich leva sa botte – peut-être pour la presser sur le cou d'Althea, affalée par terre. Mais Hannah s'avança et l'aida à se remettre sur ses pieds avant de la pousser dans l'anonymat de la foule.

— Espèce de petite idiote, marmonna Hannah, d'un ton à la fois exaspéré et affectueux. Viens.

Toutes deux étaient trempées. La brume s'était transformée en pluie battante, protégeant les livres qui n'avaient pas encore été jetés au feu. Elles se mirent à courir au milieu des fêtards – dont l'enthousiasme était loin d'être refroidi par le temps – puis dans la rue, en riant sans autre raison que la joie du moment.

Althea déverrouilla sa porte et attira vivement Hannah à l'intérieur.

Elles se regardèrent d'un air éperdu, puis Althea rit de nouveau. Cette fois, d'un rire débridé, cristallin.

— Est-ce que je viens vraiment de faire ça ? demanda-t-elle, étourdie.

À cet instant, elle se rendit compte qu'elle avait toujours à la main le roman sauvé des flammes.

Alice au pays des merveilles.

— Oui, tu l'as fait, répondit Hannah, qui paraissait tout aussi stupéfaite.

Althea posa le livre.

— Je vais te donner une serviette. (Elle fit la grimace en constatant l'état de la robe d'Hannah.) Et des vêtements peut-être ?

— Je ne suis pas sûre de rentrer dedans, plaisanta Hannah.

— Tu as peut-être raison, soupira Althea en baissant les yeux sur ses propres jambes, beaucoup plus courtes que celles d'Hannah. Bon, au moins, on va allumer un feu.

— Bonne idée. Un feu capable de réduire en cendres l'ancienne république et faire naître le « phénix triomphant » du Troisième Reich ? déclama Hannah.

Le sourire aux lèvres, Althea secoua la tête.

— Mon Dieu, ils sont horriblement pompeux, hein ?

— C'est leur pire trait de caractère, déclara solennellement Hannah en allumant la cheminée.

Althea observa ses mouvements, la robe mouillée qui épousait ses courbes, ses cheveux noirs autour de son visage pâle.

Puis elle alla chercher des serviettes et du linge.

Elles s'assirent par terre, serrées l'une contre l'autre, et contemplèrent les flammes en buvant la dernière rasade de vodka qu'Althea avait gardée au fond d'un placard de la cuisine. Cela leur délia la langue.

— Tu l'as humilié, dit Hannah. Il ne l'oubliera pas.

— Je vais partir, lui rappela Althea.

Le dire lui fit presque mal. Pourtant elle voulait fuir ces gens, ce pays. Même si elle n'avait pas envie de tout quitter…

— Pas assez tôt. Tu devras être prudente.

— Je le serai… (Elle se mordit la lèvre.) Je… je suis plus inquiète pour toi.

— À cause d'Adam, dit Hannah, suivant le fil des pensées de son amie.

— Sa façon de parler me rend nerveuse.

Ce n'était pas nouveau. Hannah et elle en discutaient souvent, cherchaient des moyens d'apaiser la colère d'Adam. Mais Althea ne lui avait jamais avoué qu'elle était terrifiée pour elle.

— J'ai peur qu'il t'entraîne avec lui. Que tu te détruises avec lui.

Hannah contempla l'âtre d'un air absent.

Tous les sens d'Althea étaient en alerte. À présent, elle déchiffrait les réactions d'Hannah bien mieux que cette dernière ne l'imaginait.

— Hannah… (Ses lèvres s'entrouvrirent, hésitèrent.) Hannah…, répéta-t-elle en prenant ses mains dans les siennes. Non. Tu ne dois plus l'approcher. Le convaincre de ne pas se faire tuer est une chose, s'impliquer… Non, tu ne peux pas.

— C'est mon frère.

Hannah avait prononcé ces mots si simplement qu'Althea eut envie de la secouer.

— Et il n'a pas les idées claires ! Tu le sais parfaitement.

Hannah lui jeta un regard coupable.

— Qu'est-ce que tu as fait ? interrogea Althea, la poitrine serrée.

L'air dans la pièce avait disparu.

— Je l'ai suivi.

Althea baissa les yeux sur ses propres mains, réalisant qu'elle s'accrochait à Hannah, et essaya de lâcher prise. Mais ses doigts refusaient de l'écouter.

— Oh mon Dieu. Tu l'as suivi où ?

— À l'Adlon, près de la porte de Brandebourg, répondit Hannah d'une voix lointaine, comme si elle avait répondu sans s'en rendre compte.

Althea avait entendu parler de cet hôtel, que l'on surnommait « la Petite Suisse », parce qu'il était le lieu privilégié des rencontres diplomatiques. Elle jura sous cape.

— Je ne sais pas ce qu'il va faire, avoua Hannah. Mais l'endroit me fait peur.

Cela faisait peur à Althea aussi. Des chefs d'État du monde entier se retrouvaient dans ce lieu. Ainsi que des dirigeants nazis.

Et même si elle appréciait Adam, ce dernier n'était pas sa priorité.

— À partir de maintenant, tu ne dois plus t'en approcher.

— Je ne peux pas le laisser mourir ! protesta Hannah, les larmes aux yeux. Je ne sais pas quoi faire d'autre.

— Il sait qu'il doit rester en vie pour toi.

Elle ne savait pas comment la rassurer. Hannah, ses amies et les autres résistants avaient tous tenté de raisonner Adam, apparemment sans succès. Désormais, ils espéraient qu'Adam prendrait la bonne décision.

— C'est bien qu'il sache que quelqu'un se soucie de lui. Ça pourrait l'empêcher de faire une bêtise.

Hannah ne répondit pas, et toutes deux regardèrent le feu un long moment.

Puis Althea s'éclaircit la gorge, se demandant si elle devait dire ce qui la tiraillait. Le monde était en train de s'embraser de toute façon.

— Tu dois le savoir, toi aussi. Que quelqu'un se soucie de toi. Que je… *je* me soucie de toi. Je ne voudrais pas qu'il t'arrive quelque chose.

Hannah retint son souffle, et sembla revenir à elle. Puis elle saisit la main d'Althea, la porta à sa bouche, et déposa un baiser sur son poignet, sans la quitter des yeux.

— Je serai prudente. Promis.

À cet instant, quelque chose s'ouvrit dans la poitrine d'Althea, sans qu'elle sache pourquoi. Elle se rappela l'effroi qu'elle avait éprouvé au cabaret et, alors qu'elle le cherchait maintenant, elle ne trouvait rien d'autre qu'une agréable excitation.

Althea avait passé toute sa vie à avoir peur. À présent qu'elle avait affronté un tyran et eut la force de dire non, de le repousser physiquement sans autre dommage qu'une gifle, plus rien ne lui semblait si terrifiant.

Quand elle était arrivée dans la capitale allemande, elle s'était efforcée d'être une version d'elle-même qui n'existait pas. L'Althea James berlinoise. Mais, aujourd'hui, elle savait à quoi s'en tenir. Elle n'avait pas besoin d'être quelqu'un d'autre.

Elle se leva et tendit la main à Hannah.

Hannah prit une brusque inspiration, ses beaux yeux dorés arrondis de surprise.

Le cœur d'Althea cognait violemment dans sa poitrine et, l'espace d'une seconde, elle se demanda si elle avait mal interprété les signes.

C'est alors qu'Hannah glissa sa paume dans la sienne et se laissa entraîner vers le lit.

Althea s'assit, les cuisses d'Hannah entre ses genoux.

Hannah se pencha, prit la mâchoire meurtrie par Diedrich dans sa paume, et effleura sa pommette en l'observant d'un air interrogateur.

— Oui, souffla Althea.

Alors la bouche d'Hannah se posa sur la sienne, avalant le mot avant même qu'il ne tombe entre elles.

Un baiser lent, très différent de ce qu'Althea avait imaginé. Au début, une douce pression des lèvres, comme un bonjour, puis la langue d'Hannah s'inséra dans sa bouche, chaude et sensuelle. Hannah l'enveloppa de l'odeur subtile et douce de la pluie et des oranges tout en la faisant basculer sur le lit.

Althea se laissa guider, enflammée par les hanches d'Hannah qui se pressaient sur son corps et l'enfonçaient dans le matelas. Ses jambes s'enroulèrent autour des siennes, attisant le désir qui enflait au creux de son ventre.

Hannah ralentit l'allure et lui mordit la lèvre inférieure. La légère douleur lui fit arquer le dos, dénudant sa gorge.

— S'il te plaît…

Althea ne savait même pas ce qu'elle demandait, mais Hannah semblait avoir compris, et ses lèvres picorèrent son cou de baisers tandis que sa main remontait le long de son corps pour caresser sa poitrine.

Tout son être frissonna à ce contact, puis un sanglot lui échappa.

— Chuuuut, mon cœur, murmura Hannah.

Et elle se laissa étreindre par sa tendresse. Elle voulait que cette femme la prenne entièrement, parce qu'elle avait confiance en Hannah pour lui redonner vie.

Ensuite, les sensations se mêlèrent, trop fortes, puis pas assez. Hannah fut tantôt douce, apaisante, tantôt exigeante, excitante, l'entraînant dans une danse qu'Althea découvrait au fur et à mesure.

Quand tout retomba, elles s'étendirent dans le petit lit d'Althea, très proches l'une de l'autre, leurs genoux se frôlant, leurs mains se caressant affectueusement.

Hannah faisait maintenant partie de son histoire, étroitement tissée dans le canevas de sa vie, songeait Althea. Même quand elle partirait, Hannah serait toujours là.

Elle caressa du doigt la lèvre d'Hannah.

— Les gens comme nous ont-ils des fins heureuses ?

Ce n'était pas ce qu'elle avait voulu dire. Elle ne cherchait même pas à se convaincre qu'Hannah et elle pouvaient avoir une fin heureuse. Elles vivaient dans des mondes différents, et cela n'était pas prêt de changer.

Mais c'était tout nouveau pour Althea, le fait même que *ceci* existe. Aussi avait-elle parlé sans réfléchir.

— Oui, chuchota Hannah.

Sa réponse l'enveloppa aussi sûrement que le parfum d'Hannah un peu plus tôt.

— Elles sont peut-être compliquées, mais cela ne les rend pas moins heureuses. En fait, c'est pour ça qu'elles sont mieux.

— Promis ? demanda Althea.

— Promis.

Elles restèrent ainsi jusqu'à ce que le soleil soit bel et bien levé. Althea commençait à s'endormir quand un martèlement résonna dans le petit appartement. Elle se redressa vivement et regarda la porte avant de jeter un coup d'œil à Hannah. Son amie se débattait pour enfiler une chemise qu'Althea avait abandonnée sur la chaise près du lit. Son expression était grave.

— Va ouvrir, fit-elle, sinon ils vont enfoncer la porte.

Althea s'habilla aussi vite que possible, et s'assura qu'Hannah était décente avant de traverser la pièce.

Quand elle ouvrit la porte, Diedrich se tenait sur le seuil, le poing figé en l'air. Son regard erra par-dessus son épaule, là où Hannah devait se tenir, et son expression se durcit instantanément.

Alors seulement, Althea remarqua les chemises brunes qui se tenaient derrière lui.

39.

Paris
Mars 1937

Hannah n'était peut-être pas chez elle à Paris, mais elle n'était pas sans ressources.

Elle s'était renseignée sur Deveraux Charles. De l'avis général, la séduisante actrice avait épousé la cause des nazis.

Hannah se remémora la fin de l'année 1932, le début de 1933, des souvenirs à la fois sirupeux et fétides. Les nuits dans les cabarets, mais aussi les soirées de la Résistance. L'exaltation des études universitaires, mais aussi la disparition du corps étudiant, les amis expulsés simplement parce qu'ils étaient juifs. Un vent de reprise économique dans l'air, mais aussi des affrontements dans les rues, où la mort était une issue acceptable.

Cela dit, Hannah était incapable de se rappeler comment elle avait rencontré Deveraux. L'amie de l'amie d'une amie sans doute. Cette femme fascinante, cynique, mondaine. Ses insultes à l'encontre des nazis n'étaient ni voilées ni subtiles. Elle avait déclaré franchement qu'elle comptait les utiliser pour financer son séjour en Allemagne et qu'elle n'était pas de leur côté.

En 1933, c'était une position encore concevable.

Aujourd'hui, Hannah ne pouvait s'empêcher de penser que c'étaient des personnes comme Dev qui avaient porté Hitler au pouvoir. Les hommes atroces dont Hitler s'était entouré étaient complices de la situation actuelle, mais les gens qui profitaient du succès d'Hitler en fermant les yeux sur leurs exactions ne valaient pas mieux.

— Tout ce que je sais, c'est qu'elle est descendue à l'hôtel Majestic, répondit Natalie quand Hannah la questionna sur Dev après leur rencontre inopinée dans la rue. Dans le seizième arrondissement. Elle m'a dit qu'elle partait, mais quelqu'un l'a vue au Chat hier soir.

— Sais-tu s'il court des rumeurs sur elle ? interrogea Hannah en gardant un ton léger.

Elle ne comprenait pas pourquoi le picotement de son cuir chevelu la poussait à en savoir plus.

— On l'appelle « la putain des nazis », répondit Natalie sans hésitation.

Hannah ne parlait pas couramment le français, mais *putain* était l'un des premiers mots que l'on apprenait dans ce pays.

— Elle tourne leurs films, elle couche avec les officiers les plus influents qu'elle rencontre. L'un n'attend pas l'autre. Et on écrit des articles élogieux sur elle.

— Elle rend les nazis plus convenables aux yeux des Américains, dit Hannah, poursuivant le raisonnement.

Natalie hocha la tête.

— Ils n'ont pas été difficiles à convaincre.

— Ils ne sont pas les seuls, commenta Hannah.

Natalie acquiesça de nouveau.

— Je suis surprise que tu la connaisses.

— Dans une autre vie, apparemment…

Son esprit fut aussitôt avalé par le passé. Elle se rendit compte que, dans un recoin de sa tête, flottait l'image d'Althea affalée sur le trottoir, les larmes aux yeux, alors qu'elle murmurait « Je n'ai pas… »

Le dimanche matin, Hannah se retrouva devant l'hôtel Majestic, le pistolet d'Otto dans la poche de sa veste. L'hôtel était représentatif de l'architecture parisienne, un édifice ostentatoire tout en marbre blanc, laissant de la ville un souvenir flou inoubliable.

Au bout d'environ une heure, une élégante Mercedes noire se glissa le long du trottoir, et Deveraux en sortit dans sa robe de soie moulante de la nuit précédente, qui remontait haut sur ses cuisses.

Dans son sillage, un homme en uniforme nazi et à la démarche hésitante. Tous deux étaient manifestement ivres. Ils rirent à gorge déployée, un rire odieux qui attira les regards scandalisés des clients sortant de l'hôtel.

Hannah ferma les yeux, se traita d'idiote, de folle même. Mais d'un simple signe de tête, elle prit sa décision.

Elle les suivit en se coulant derrière deux hommes plus âgés avec des mallettes. Par chance, elle était assez proche pour entendre Deveraux murmurer à voix basse un numéro de chambre au liftier. Quatrième étage.

Hannah contourna les ascenseurs en quête de la cage d'escalier, se félicitant d'avoir enfilé un pantalon et des chaussures confortables.

Une femme la croisa en descendant mais ne lui accorda pas un regard.

Hannah se demandait ce qu'elle était en train de faire, quel était son plan. Connaître le numéro de chambre de Dev ne l'aidait nullement, à moins de vouloir faire irruption dans la chambre de l'actrice et de son amant nazi, peut-être en plein coït.

Cette pensée ne découragea pas Hannah. Elle poursuivit son ascension et s'arrêta à la porte du quatrième étage, attendant le *ding* signalant l'arrivée de l'ascenseur.

Elle effleura la crosse de son pistolet.

Était-elle vraiment cette personne ? Que comptait-elle faire avec cette arme ? Et que soupçonnait-elle au juste ? Elle n'aurait su le dire. Elle savait seulement qu'enrouler les doigts autour de la crosse lui procurait un sentiment de pouvoir comme elle n'en avait pas ressenti depuis Berlin en 1933, avant que son univers ne bascule.

Hannah fit un pas dans le couloir.

Le couple n'était plus en vue, mais le rire de Dev carillonna dans son sillage comme une odeur nauséabonde. Il suffisait de la suivre.

Quand elle tourna l'angle du couloir, Hannah les vit.

Adossée au mur à côté de la porte de la chambre, le visage de son amant nazi enfoui dans son cou, Dev avait la jambe crochetée à sa taille, la main dans ses cheveux, la tête renversée en arrière pour lui offrir sa gorge.

Hannah n'avait pas fait de bruit, mais le regard de Dev l'accrocha. Loin d'être embrumé par l'alcool, comme le pensait Hannah, il était net. Il tomba sur le pistolet, puis remonta sur le visage d'Hannah, empreint d'une lueur sombre.

Dev empoigna les cheveux de l'homme et l'entraîna à l'intérieur de la chambre sans lui laisser la possibilité de voir Hannah. Ainsi que le pistolet qu'elle pointait fermement sur eux.

Une fois que l'homme eut titubé à l'intérieur, Dev ferma la porte sur lui et s'adossa au battant. Elle observa Hannah sous ses longs cils.

— Tu as compris.

Non, pas vraiment. Mais Hannah ne voulait pas dévoiler ses cartes.

— Pourquoi as-tu fait ça ?

Dev poussa un long soupir, parcourut le couloir du regard, puis se tourna vers Hannah.

— Pas ici.

— Où ?

— Le toit, fit Dev en levant les yeux au plafond.

— Pourquoi irais-je quelque part avec toi ?

Dev s'avança vers elle d'un pas ferme. Elle s'arrêta près d'Hannah et se pencha pour lui murmurer à l'oreille :

— Dis-toi qu'il sera encore plus facile de me tuer là-haut.

Hannah la suivit jusqu'à l'ascenseur.

40.

Owl's Head, Maine
Juillet 1944

Le problème, c'était que le panneau du train avait induit Viv en erreur. Il annonçait « Owl's Head » comme étant un *arrêt*, mais, apparemment, tout le monde n'avait pas la même définition de ce mot.

Viv marchait depuis près d'une heure sur un chemin de terre qui ne menait nulle part et avait envie de hurler. Des ampoules s'étaient formées non seulement sur ses talons, mais aussi sur sa paume, à cause du sac qu'elle traînait – et qu'elle aurait empaqueté avec plus de soin si elle avait su qu'elle devrait parcourir plusieurs kilomètres. Au bord des larmes, elle décida qu'il était temps de faire une pause. Elle posa sa valise et s'assit dessus, ignorant le nuage de poussière qui s'était soulevé dans son sillage.

Pas question de pleurer.

C'était ce qu'elle se répétait, en tout cas.

Alors qu'elle envisageait de retourner à la gare, de reprendre le train pour New York, et de faire comme si rien de tout cela n'était arrivé, elle entendit le ronronnement d'un moteur.

Viv joignit les mains en une prière de gratitude et se leva pour faire signe au pick-up rouge qui se dirigeait vers elle.

C'était forcément mieux que mourir de soif et d'épuisement.

Elle n'eut même pas besoin de montrer ses jambes. La Ford s'arrêta à côté d'elle et le conducteur se pencha au-dessus du siège passager pour baisser la vitre.

— Vous allez où ?

Il correspondait parfaitement à l'image qu'elle se faisait des hommes du Maine. Grand, les épaules larges, une barbe de trois jours, les mains comme des battoirs.

Viv voulut parler, mais elle avait soudain la gorge sèche. Elle toussota, se rendant compte à quel point elle était peu séduisante, et papillonna des paupières pour faire oublier son mutisme.

— Owl's Head ? réussit-elle à articuler.

Il parut amusé par sa détresse.

— Encore trois kilomètres, et vous y êtes.

— Bon Dieu ! lâcha-t-elle sans réfléchir.

Il lui ouvrit la portière.

— Montez, dit-il en lui faisant un petit signe.

Follement reconnaissante, Viv se glissa sur la banquette de cuir craquelé et hissa son bagage derrière elle.

— Mon bon monsieur, vous êtes mon sauveur.

— Vous auriez fini par y arriver.

— Peut-être, mais mes pieds vous disent merci.

— C'est plus loin de la gare qu'on ne le croit. (Il lui jeta un regard en coin.) Vous venez de New York.

— C'est si évident que ça ? demanda Viv sans se faire d'illusions.

Elle ne s'était pas spécialement bien habillée pour le voyage, mais ses vêtements étaient sophistiqués, tout comme sa coiffure et son maquillage.

— Joe, dit l'homme sans répondre à sa question.

Il lui tendit une main calleuse, qu'elle serra.

— Vivian, répondit-elle sur le même ton informel.

— Qu'est-ce qui vous amène à Owl's Head ?

Joe conduisait avec une confiance enviable, étant donné les énormes ornières de la route.

— Je viens voir Althea James.

— Oh oh ! Je vois.

— Non, répliqua Viv, qui ne voulait pas passer pour une enquiquineuse. Nous avons un projet ensemble.

— Un projet ensemble, répéta Joe d'un air moqueur. (Elle le regarda d'un air pincé, même s'il ne pouvait pas voir son expression.) Et de quel genre de *projet* s'agit-il ?

— Cela ne *vous* regarde pas, rétorqua Viv.

— Eh bien, étant son frère et son agent, je pense que si, répondit-il avec suffisance. Ou je vous ramène à la gare si vous préférez.

Viv laissa sa tête retomber sur le siège.

— Les petites villes…

— Elles ne vous déçoivent jamais.

— Est-ce que je peux au moins déjeuner quelque part avant que vous me renvoyiez dans mes buts ?

Joe la conduisit dans la ville pittoresque comprenant une rue principale, quelques rues secondaires, des pavillons… et rien d'autre. Lorsqu'elle descendit du pick-up, Viv entendit le rugissement de la mer, et elle devait reconnaître que l'endroit était charmant.

— Bienvenue chez moi, dit Joe en désignant le pub devant lequel ils s'étaient garés.

Le pub était tout en cuir sombre et en bois d'acajou, avec un magnifique bar sur toute la longueur de la salle, des alcôves profondes et des tables impeccables.

— *Fish and chips ?*

Elle hocha la tête. Mais tous deux savaient qu'elle n'avait pas le choix.

L'arrivée du plat lui fit plaisir – les frites croustillantes, parfaites, le poisson frais et délicat malgré la profusion d'huile. Ce n'est que lorsqu'elle se lécha les doigts qu'elle comprit qu'elle mourait de faim.

— Alors, déclara Joe en s'accoudant au comptoir, un torchon jeté sur l'épaule, je vous ai laissé assez de temps. Qu'est-ce que vous voulez à ma sœur ?

Viv lui expliqua tout. Les éditions pour l'armée, l'amendement Taft et ses velléités de censure, elle lui parla même du Jour J et de tout ce qu'elle avait appris depuis.

— Je pense sincèrement qu'elle pourrait faire la différence, conclut Viv, sans grande conviction après la grandiloquence de son discours.

Joe la regarda longuement, puis se retourna. Il s'empara d'un grand verre sur l'étagère et le remplit à ras bord de bière mousseuse. Il en descendit la moitié d'un trait, puis lui lança :

— Vous savez ce que ma sœur a traversé ?

La question semblait sincère, et Viv répondit avec franchise :

— J'ai ma petite idée.

— Je ne peux pas me battre.

Viv ne remit pas en question cet aveu. Les gens disaient parfois des choses étranges, sans raison apparente. Elle hocha la tête.

— Ce n'est pas grave.

— Je voulais le faire, continua Joe. Mais j'ai de l'asthme.

— Ça ne doit pas être facile.

Sa réponse ne le réconforterait pas. Elle savait combien il était douloureux d'être laissés-pour-compte quand les garçons étaient renvoyés chez eux. Bien sûr, c'était bien pire pour ceux partis sur le front en Europe. Mais elle n'oublierait jamais la douleur de ceux qui avaient été forcés de rester. Constamment dévisagés par les hommes âgés et par les jeunes femmes qui avaient trop perdu. Viv avait vu un jeune homme se faire gifler parce qu'il n'était pas sur le champ de bataille, alors qu'il était borgne. Certains auraient voulu en faire de la chair à canon, d'autres ne savaient pas quoi penser de ce garçon apparemment valide, tellement plus chanceux que les membres de leur famille.

— Althea déteste les nazis.

Elle comprit alors que c'était sa manière de communiquer. Énoncer des idées sans liens apparents.

— Comme nous tous, non ?

— Non, répliqua-t-il d'un ton abrupt.

Viv ne pouvait pas le contredire. Elle était presque sûre qu'un certain nombre d'Américains approuvaient secrètement le discours haineux des nazis.

— Eh bien, moi, je les hais, déclara Viv en le regardant attentivement. Que dois-je faire pour vous prouver ma sincérité ?

— Rien de spécial. Vu le mal que vous vous êtes donné, je vais vous laisser une chance.

Viv était si soulagée qu'elle s'affaissa sur son tabouret.

— Merci.

— Ne me remerciez pas avant de l'avoir rencontrée.

Joe fit signe à un gamin boutonneux qui servait des bières à la pression au bout du bar.

— Allons-y.

— Maintenant ?

Mais, déjà, elle dégringolait de son siège et attrapait son sac.

Joe demanda au garçon de surveiller le bar, puis ils regagnèrent le pick-up. Le trajet se déroula en silence, leurs deux fenêtres baissées. Viv n'avait jamais respiré l'odeur de la mer auparavant, sauf quand elle allait à Coney Island, où l'air n'était pas aussi pur.

Ici, elle pouvait presque goûter le sel, et les vagues étaient tel un appel des sirènes. La route grimpait les falaises noires, d'où on pouvait contempler le large. Viv ne s'était jamais sentie aussi petite.

Un cottage se dressait sur ce qui paraissait être le bout du monde. Tout autour, des fleurs roses, pourpres, jaunes et blanches. On aurait dit un tableau qui venait de prendre vie.

— Soit vous lui demandez de m'appeler pour que je vienne vous chercher, soit vous rentrez à bicyclette.

Joe lui indiqua d'un signe de tête un vélo appuyé contre une clôture. Viv songea au trajet de retour et espéra qu'Althea la laisserait utiliser son téléphone avant de la jeter dehors.

— Merci, répondit-elle avant de rassembler son courage et de descendre du pick-up.

Joe klaxonna avant de faire marche arrière, et Viv fit la grimace. Elle n'avait nulle part où se cacher à présent, ni le temps de préparer son entrée. Au moment où elle se faisait cette réflexion, le rideau d'une fenêtre bougea.

C'était maintenant ou jamais. Viv alla courageusement frapper à la porte, qui s'ouvrit presque aussitôt.

Sur le seuil se tenait une femme de petite taille aux cheveux épais qui lui tombaient sur les épaules. Elle avait le visage doux et rond, parsemé de taches de rousseur, de sorte qu'on lui donnait bien moins que ses trente-six ans.

— Je ne sais pas ce que vous voulez, dit Althea James d'une voix éraillée, comme si elle ne s'en était pas servie depuis longtemps. Mais la réponse est non.

Et elle lui claqua la porte au nez.

41.

Berlin
Mai 1933

Althea avait été emmenée dans une petite pièce aveugle, à l'odeur de moisi presque insupportable. À la vue des murs nus et austères, elle respira par saccades, jusqu'à ce que le monde se réduise à une simple tête d'épingle.

Les hommes qui l'avaient traînée hors de son appartement l'avaient jetée sur l'unique chaise, sur laquelle son corps s'était affaissé, telle une poupée de chiffon incapable de résister au mouvement.

Souhaitant désespérément s'ancrer dans le réel, Althea compta ses doigts agrippés à ses cuisses. Un, deux, trois… Oui, c'était bien la réalité. Pas un horrible cauchemar.

Tout à coup, elle revit l'homme attaché à la croix de Saint-André au milieu de la place, inconscient, la femme en pleurs à ses pieds, le sang éclaboussé sur son visage.

L'expression impassible du nazi, dépourvue de la moindre compassion.

Elle posa le front contre le métal froid de la table, tout en elle était douloureux.

Diedrich entra dans la pièce. Un sourire mauvais déformait ses traits et l'enlaidissait à un point inimaginable.

— Tu pensais vraiment pouvoir m'humilier ? demanda-t-il d'une voix grave, égale, d'autant plus effrayante qu'elle était mesurée. Toi. Une pauvre petite Américaine ignorante.

Althea s'efforça de ne pas tressaillir. Elle savait qu'il ne s'était jamais vraiment intéressé à elle, ce n'était qu'un mensonge pour la garder sous son emprise. Pourtant, le fantôme des papillons des premiers temps lui rappela brutalement sa propre bêtise. Elle détourna le regard et serra les dents.

— J'ai été si gentil avec toi, poursuivit Diedrich en faisant les cent pas, les mains dans le dos.

Il ne faisait que deux enjambées avant de se retourner, ce qui aurait été comique si Althea ne luttait pas pour ne pas craquer.

— Je t'ai montré tout ce que tu pouvais désirer dans la vie, et que tu ne pouvais atteindre qu'en rêve. (Il fit une pause puis se désigna lui-même.) Des gens dont tu n'aurais jamais osé rêver.

— Jamais je n'aurais voulu de toi, rétorqua-t-elle, fière d'avoir réussi à exprimer le fond de sa pensée, et encore plus à l'insulter.

Ses mains tremblaient, mais cela n'avait pas d'importance.

En un clin d'œil, il fondit sur elle et l'empoigna par le menton pour la forcer à le regarder dans les yeux.

— Oh ! ma chérie, roucoula-t-il. Nous savons tous les deux que ce n'est pas vrai.

Peut-être que, la veille, elle se serait recroquevillée. Mais une force nouvelle l'habitait depuis la nuit précédente. Une force capable de l'embraser, de réduire à néant la peur qu'elle croyait au fondement de sa personnalité.

— Le masque séduisant m'a peut-être fait tourner la tête, dit Althea avec tout le venin dont elle était capable. Mais nous savons tous les deux qu'il cache un monstre hideux.

Diedrich éclata de rire comme s'il faisait face à une gamine qui le frappait de ses petits poings. Il ignora sa réponse.

— Et comment me remercies-tu ? En t'envoyant en l'air avec cette putain de Juive.

Althea eut un hoquet étranglé.

— Elle vaut cent fois mieux que toi.

Diedrich serra son visage plus fort, et sous la surface elle lut toute sa rage contenue. Mais à sa grande surprise, il la lâcha et alla s'adosser au mur. Après un silence interminable, Althea jeta un coup d'œil à la porte. Était-ce le moment où il appelait ses sbires pour qu'ils la rouent de coups ? Son estomac se souleva à l'idée de son propre corps désarticulé et ensanglanté par terre. Ou pire encore. Ils pouvaient lui faire bien pire.

— Qu'est-ce que tu vas faire de moi ?

Diedrich semblait attendre cette question. Un sourire inquiétant étira son visage, la malveillance conférant à ses traits l'allure d'une pantomime macabre.

— Absolument rien.

Sa réponse aurait dû la soulager. Mais tout le corps d'Althea se crispa, comme s'il attendait un coup qui ne viendrait pas.

— Que veux-tu dire ?

— Il n'est pas question de maltraiter nos amis américains, susurra Diedrich. Tu quitteras cet endroit sans la moindre égratignure. Et tu pourras le dire à ton ambassade quand elle te demandera comment tu as été traitée.

Althea secoua la tête, la sensation de danger refusant de s'estomper.

— Je ne comprends pas. Pourquoi m'avoir amenée ici, alors ?

Elle avait lu le regard de Diedrich lorsqu'il avait vu Hannah derrière elle dans l'appartement. Sa colère dépassait le cadre de la politique. Les hommes comme Diedrich ne supportaient pas d'être humiliés. Il ne la laisserait jamais s'en tirer à bon compte.

Ce n'était pas une convocation amicale. Ce n'était pas non plus une simple tape sur les doigts. Mais la peur lui embrouillait les idées. Althea ne comprenait pas ce que Diedrich avait en tête.

— J'ai pensé à te livrer à mes hommes, fit-il avec un mépris dégoulinant, mais je dois avouer que ce sera beaucoup plus drôle.

— Qu'est-ce que tu veux dire ? cria-t-elle alors qu'il se dirigeait vers la porte avec un grand sourire.

Elle fit une dernière tentative, désespérée :

— Qu'est-ce qui sera plus drôle ?

Mais seul l'écho de sa propre voix entre les murs carrelés lui répondit.

Althea resta incarcérée pendant onze heures.

On lui donna un morceau de pain, un verre d'eau, et on l'escorta deux fois aux toilettes.

Aucun de ses gardes, des sous-fifres, ne répondit à ses questions, ses suppliques, ses appels hystériques.

Les murs se refermèrent autour d'elle, jusqu'à effleurer ses épaules, et la moisissure rance emplit ses poumons. Alors elle ferma les yeux et pensa à Hannah quand elles avaient dansé au cabaret, à ses doigts qui dessinaient des motifs apaisants sur son dos nu, à son regard calme et pénétrant.

Althea embrassa ses moments, s'efforça de les inspirer, puis de les expirer.

Après ce qui lui sembla une éternité, deux SA ouvrirent la porte de sa cellule de fortune et la tirèrent dans le couloir. Les ténèbres l'enveloppèrent tandis que son cœur cognait à tout rompre dans sa poitrine. Une sirène aiguë hurlait à l'intérieur de son crâne, un voile neigeux brouillait sa vue, elle ne sentait plus ses pieds ni ses mains.

Ils allaient la tuer, elle en était sûre.

Des bribes de souvenirs se formèrent dans sa tête. Son frère. Ses falaises. Les lumières féeriques du marché de Noël, les livres.

Ce jour du printemps où Hannah s'était allongée dans l'herbe à côté d'elle. La nuit précédente, la chaleur incandescente contre sa peau.

Elle ne voulait pas mourir.

Althea se laissa aller de tout son poids, ce qui obligea les nazis à la traîner pendant qu'elle hurlait, les poumons en feu quand ils atteignirent l'entrée de l'édifice. Les soldats la lâchèrent brusquement, de sorte qu'elle s'effondra sur le sol, surprise par cette liberté inattendue. Puis ils firent volte-face et s'éloignèrent sans un mot.

Elle se remit péniblement debout, les jambes flageolantes, l'esprit embrouillé, le ventre noué. Elle tituba jusqu'à la porte, saisit la poignée de ses doigts fébriles et, sans trop savoir comment, réussit à la pousser. Elle était dehors.

En train de respirer un air non contaminé par les relents de la peur et de la torture.

Soudain, des mains furent sur elle, et Althea se raidit de peur.

Mais les paumes étaient douces, tendres, prudentes. Clignant des paupières, elle se concentra sur le visage en face d'elle.

Tout ce qu'elle voyait, c'étaient des prunelles chaleureuses et dorées.

Tout son être se détendit et son corps s'affaissa entre les bras fermes d'Hannah.

— Althea, dis-moi que tu vas bien, s'il te plaît, chuchota Hannah d'un ton apaisant malgré son inquiétude manifeste. Qu'est-ce qu'ils t'ont fait ?

Secouant la tête, Althea voulut bouger ses lèvres engourdies, ne pas prononcer des mots inutiles.

— Rien, finit-elle par bredouiller.

— Quoi ? demanda Hannah en palpant son corps à la recherche d'os cassés, de chair meurtrie, de peau déchirée.

Althea avait soudain la gorge sèche et ne savait pas pourquoi elle était si nerveuse quand elle répondit :

— Ils ne m'ont rien fait.

— Ce n'est pas…

Hannah fit une pause comme si elle ne la croyait pas.

— J'ignore pourquoi, reprit Althea dans un murmure, impatiente que le brouillard dans son crâne se dissipe.

Quelque chose clochait, mais elle n'arrivait pas à mettre le doigt dessus. Pas quand Hannah la fixait d'un air aussi déchirant.

— Tu m'attendais.

— Bien sûr.

Hannah la serra contre elle, ses bras solides lui procurant le réconfort dont elle avait tant besoin.

— Quand ils t'ont emmenée… Tu ne peux pas savoir à quel point j'ai eu peur.

Althea enfouit son visage dans le cou chaud et doux d'Hannah, où elle aurait aimé rester pour toujours, pour ne jamais avoir à se rappeler cette journée, sa terreur écrasante, et le néant qui s'était ensuivi.

— Tu m'avais prévenue qu'il se vengerait.

— Et il ne t'a pas fait de mal ? répéta Hannah, incrédule.

Elle enveloppait Althea, blottie contre elle, et lui massait doucement le dos.

— Non. Il a dit que ce serait « beaucoup plus drôle ».

— Qu'est-ce qui serait plus… ?

Un cri les interrompit. C'était Otto. Il se trouvait de l'autre côté de la rue, mais avait crié assez fort pour attirer leur attention. Althea s'écarta à contrecœur d'Hannah pour se tourner vers lui.

Le cou et les joues d'Otto étaient rouges. Ses cheveux, toujours aussi ébouriffés, semblaient dressés sur sa tête. Quand il les rejoignit, il était plié en deux, à bout de souffle.

— Otto ? interrogea Hannah avec angoisse.

Althea se crispa également. Quelque chose n'allait pas.

— Ils tiennent Adam.

— Mais comment est-ce possible ? articula Hannah.

— Je ne sais pas. Je ne sais pas, répondit Otto, les yeux écarquillés.

— Personne ne savait où il était, dit Hannah, comme si énoncer l'évidence allait changer quelque chose. Il avait quitté l'Adlon ?

— Non, il a fait un esclandre dans le hall de l'hôtel, répliqua Otto en secouant la tête. C'est comme ça que je l'ai su. Ils l'ont traîné hors de sa chambre.

— Mais personne ne savait où…

Hannah se tut et reporta son attention sur Althea. Son regard s'attarda sur son visage, puis glissa vers l'édifice derrière eux, où Althea avait été détenue par les nazis. Les yeux d'Hannah furent à nouveau sur elle, constatant probablement une fois de plus qu'elle était en un seul morceau, sans la moindre marque de coups.

Althea, inquiète, ne parvenait pas à suivre le raisonnement d'Hannah, à comprendre où elle voulait en venir.

— Non…

— Tu savais où il était, souffla Hannah. C'est *moi* qui te l'ai dit.

L'inspiration brusque d'Otto trancha l'air entre eux, mais il ne les interrompit pas.

— Non, non…

Althea tendit des mains tremblantes vers Hannah, qui tressaillit et eut un mouvement de recul. Althea ramena ses poings serrés sur sa poitrine, craignant que ses genoux ne se dérobent.

— Diedrich était déjà au courant, forcément, gémit-elle.

— Comment ?

La question d'Hannah ne laissait aucune place au doute. Elle avait surgi comme une gifle, un jugement déjà rendu. Même si la nausée la submergeait, Althea fit l'effort de réfléchir.

— Il a dit… il a dit que ce serait beaucoup plus drôle que de me faire du mal. Il avait tout prévu, Hannah.

Mais Hannah ne l'écoutait plus.

Althea le comprit à la manière dont ses mots se heurtèrent à un mur de béton. Il n'y avait plus de bienveillance, de douceur, d'affection, tout ce qu'Hannah lui avait donné depuis leur rencontre.

— S'il te plaît…

Althea trébucha vers elle, sans vraiment savoir ce qu'elle faisait.

Mais encore une fois, Hannah recula, le visage empreint de mépris.

— Ne me touche pas.

Elle avait presque craché sur Althea, ce qu'Althea aurait sans doute préféré. Au lieu de cela, les mots la frappèrent violemment et s'incrustèrent dans sa peau, laissant les cicatrices qui lui manquaient pour prouver son innocence.

— Je n'ai pas…

C'est tout ce qu'elle parvint à bredouiller, les bras serrés contre son ventre, la vue brouillée par les larmes qu'elle refusait de laisser couler. Si ses larmes s'échappaient, Hannah risquait de les interpréter comme un signe de culpabilité.

Otto enlaça Hannah et l'attira à lui, lui offrant le réconfort qu'Althea aurait souhaité lui apporter. Il pointa un doigt accusateur sur Althea.

— Ne t'approche plus de nous.

Et puis il lui donna un nom qu'elle ne connaissait pas, mais qui se grava dans ses os.

Pute, traître, salope. Une combinaison des trois ? Peu importait. Le dégoût se transmettait facilement dans toutes les langues.

— Viens, ma chérie, murmura Otto à Hannah, à présent d'une pâleur extrême, qui s'appuyait contre lui comme s'il était la seule chose qui la maintenait debout.

— Ils l'ont eu, murmura Hannah si bas qu'on eût dit que ses lèvres avaient remué sans prononcer un mot.

Mais Althea l'entendit malgré tout ajouter :

— C'est moi qui le lui ai dit.

Mon Dieu, elle aurait tellement aimé faire quelque chose au lieu de rester plantée là à regarder son monde s'écrouler. Et puis elle perçut la voix d'Hannah dans sa tête. « *Il ne s'agit pas de toi.* »

Tout son être voulait tendre les mains, saisir les bras d'Hannah, la convaincre de sa sincérité, lui faire comprendre que les nazis avaient trouvé son frère autrement.

Mais il ne s'agissait pas d'elle à cet instant.

Alors elle fit un pas en arrière, totalement effondrée.

— Je suis désolée.

Ils allaient prendre ses excuses pour une confession, mais elle s'en fichait. Elle était désolée, désolée d'avoir rencontré Diedrich, désolée d'avoir cru aux mensonges des nazis, d'avoir accepté leur argent pour venir à Berlin. Elle n'avait peut-être pas révélé la cachette d'Adam sous la torture, mais n'était-elle pas complice de sa capture ?

Car Diedrich avait orchestré son arrestation pour la punir, cela ne faisait aucun doute. C'était sa faute.

La seule chose qu'elle ne regrettait pas était d'avoir rencontré Hannah. Peut-être que c'était la fin du monde mais, pour une fois, Althea avait compris ce que beaucoup savaient de manière innée. L'amour n'a pas besoin d'être compliqué. Il peut s'agir de moments simples, comme boire un verre de vin à la terrasse d'un café, poser tendrement la main sur une peau luisante de sueur, rire et danser dans les allées d'une librairie, échanger un regard où tout est dit.

Hannah la contemplait avec une expression blessée qui lui transperça le cœur à tout jamais. Si elle vivait jusqu'à cent ans, elle n'oublierait jamais la façon dont Hannah l'avait regardée à ce moment précis.

L'accusation de trahison d'Hannah était si lourde à porter que ses jambes finirent par lâcher. Cela se passa si vite qu'Althea n'eut conscience de sa chute que lorsque ses genoux heurtèrent le sol. Elle aurait des hématomes, mais elle aurait aimé qu'ils se voient tout de suite.

— Je n'ai pas…, murmura-t-elle une fois de plus, incapable de lever les yeux sur eux – Otto l'ange vengeur, Hannah l'ange brisé.

— Garde tes mensonges pour d'autres, persifla Otto avant d'entraîner Hannah à sa suite. Viens, elle n'en vaut pas la peine.

— Non, approuva Hannah tout bas. Elle n'en vaut pas la peine.

42.

Owl's Head, Maine
Juillet 1944

Viv rentra au village à vélo. Quand Joe la vit arriver, il eut un tel fou rire qu'il se plia en deux sur le capot du pick-up.

Elle était couverte de poussière et avait sûrement l'air échevelée.

Il lui donna unc chambre au-dessus du pub et, le lendemain matin, elle enfourcha la bicyclette pour retourner au cottage d'Althea. Et elle retenta sa chance le jour suivant, et celui d'après.

Il ne lui restait que deux semaines avant de devoir rentrer à New York pour finaliser la soirée avec Taft. Elle n'avait pas de temps à perdre.

Le cinquième jour, Althea lui apporta une tasse de café. Puis elle lui referma la porte au nez, une fois de plus. Cela dit, Viv avait tout de même remporté une petite victoire.

Ce soir-là, au pub, elle jubilait, mais Joe se contenta d'un petit signe de tête. Mais il souriait, ce qu'elle prit pour un encouragement.

Le huitième jour, Althea vint à sa rencontre alors que l'après-midi était déjà bien entamée. Quand Viv leva les yeux du roman qu'elle lisait sur un banc du petit jardin, Althea lui désigna les falaises.

— Venez faire un tour avec moi…

Viv eut du mal à dissimuler son sourire.

Elles marchèrent un moment en silence, Viv sachant qu'il ne fallait pas la brusquer.

Au bout de vingt minutes, Althea désigna le livre de poche que Viv avait sous le bras.

— Qu'est-ce que vous lisez ?

— *La Foire aux vanités*, répondit-elle, heureuse qu'Althea ait engagé la conversation. Il était dans notre sélection de juin pour l'armée.

— Avec mon livre, railla l'écrivaine. C'est bien ? Je ne l'ai pas lu.

Viv réfléchit à sa question.

— Je crois, oui. Le sous-titre est *Un livre sans héros*, ce qui me semble plutôt pertinent.

— Les personnages ne sont pas plaisants ?

— Eh bien, ils ont des défauts, dit Viv après réflexion. Je trouve les personnages ambigus tellement plus intéressants. J'imagine que vous aussi.

— Vous avez lu mes livres.

Ce n'était pas une question.

— Oui.

— Et alors, pas de compliments ?

— Je crois que vous en avez eu assez pour toute une vie.

Les sourcils d'Althea se haussèrent.

— Quand vous avez une faveur à demander, c'est bien de passer un peu de pommade, ironisa Althea.

— La flatterie ne marcherait pas avec vous.

La curiosité, en revanche, eut l'effet escompté, car l'écrivaine répliqua :

— Et que pensez-vous savoir de moi au juste ?

Le cœur de Viv s'emballa. Si elle se trompait, elle perdrait sa dernière cartouche.

— Pour vous, l'écriture n'est pas une absolution, mais une pénitence.

Althea s'arrêta net, l'air abasourdi, et l'étudia avec de grands yeux ronds. Comme elle ne répondait pas, Viv reprit :

— Les gens ne recherchent pas la gloire. Ils veulent être pardonnés.

La bouche d'Althea s'ouvrit, et se referma en une ligne sévère. Puis, faisant volte-face, elle planta Viv sur la falaise, une manière métaphorique de lui claquer la porte au nez.

Ce soir-là, quand Viv rapporta leur conversation à Joe et lui demanda si elle devait abandonner la partie, il l'observa d'un air pensif.

— Restez un jour de plus.

— Vous êtes sûr ? reprit-elle d'un ton qui se voulait léger mais où perçait l'impuissance. Je ne voudrais pas me brûler les ailes.

— Vous l'intriguez, répondit Joe en secouant la tête. Ça faisait longtemps qu'elle n'avait pas rencontré une personne digne d'intérêt. Restez un jour de plus.

Le lendemain matin, Althea l'attendait près du portail. Sans un mot, elle lui désigna le sentier de la falaise, et Viv faillit pleurer de soulagement.

— Vous voulez que je vienne à New York, dit-elle au bout d'une demi-heure de marche silencieuse.

Viv respirait les embruns, perdue dans sa rêverie.

— Oui. Le déplacement sera pris en charge, bien sûr, si cela pose problème.

À peine eut-elle prononcé ces paroles que Viv fit la grimace. Althea James n'avait pas besoin qu'on lui fasse la charité.

— Vous voulez que je lui dise quoi ? À ce sénateur ?

— Ce que vous voudrez. Peut-être un mot sur les dangers de la censure gouvernementale ?

— Et qu'est-ce qui vous fait croire que je suis la bonne personne ?

Viv se demanda s'il s'agissait d'un test.

— À cause d'*Une inconcevable obscurité*.

— Et pas parce que j'étais à Berlin la nuit des autodafés ?

— Eh bien, pour cette raison aussi, reconnut Viv.

— C'est bien ce que je pensais.

— Vous ne serez pas seule. J'aimerais que vous soyez présente, parce que je pense que les Américains seront sensibles à votre histoire. Mais si vous me dites non, je vous laisse tranquille.

— Vous claquer la porte au nez ne vous a pas suffi ? demanda Althea avec une pointe d'ironie.

— On me dit souvent que je suis… tenace. Je voulais m'assurer que vous compreniez les enjeux.

Le regard d'Althea changea, et Viv sentit venir la question piège.

— Quel est votre livre préféré ?

— C'est ma réplique, murmura Viv, plus pour elle-même. La question que je pose toujours aux gens. Mon baromètre.

— Qu'est-ce que vous considéreriez comme une mauvaise réponse ? interrogea Althea, qui pour la première fois semblait sincèrement intéressée.

— Les gens qui vous disent qu'ils n'aiment pas lire.

— Ah, mais ce n'est pas leur faute. Certaines personnes n'ont pas trouvé les livres qui leur correspondent.

Althea désigna un banc de pierre surplombant l'océan, et Viv s'assit avant que l'écrivaine ne change d'avis.

— Je crois que notre programme d'édition aide les soldats à les trouver.

Althea eut l'air amusé.

— Vous ne renoncez jamais, hein ?

— Un chien avec un os, dit Viv en haussant les épaules. Pour tout dire, c'est en partie pour cette raison que nous sommes soutenus par les éditeurs. Créer une génération d'hommes qui lisent pour le plaisir. En général, c'est uniquement par obligation, pour l'école. Maintenant, ils ont accès à des textes qu'ils peuvent réellement apprécier.

— Vous voulez me convaincre que votre cause est juste. Mais je n'ai pas peur que vous vous serviez de moi comme les nazis. J'ai peur de la réaction des autres.

— Et dès qu'on aura parlé de vous dans tous les journaux, les gens vont vous tomber dessus.

— J'aime ma vie d'ermite sur les falaises, dit Althea d'un air d'excuse. Elle me tient à l'écart des ennuis.

— Mais elle vous tient aussi à l'écart des causes justes, n'est-ce pas ?

— Il fut un temps où cela comptait pour moi, répondit l'écrivaine en contemplant l'océan. Maintenant, je pense que le mieux que nous puissions faire est de protéger le monde de nous-mêmes.

Viv l'observa un long moment en se demandant comment elle allait prendre sa prochaine remarque.

— Je crois que vous vous donnez trop d'importance.

L'autrice se tourna vers elle et, l'espace d'une horrible seconde, Viv crut qu'elle l'avait vexée. Puis la femme rejeta la tête en arrière et éclata d'un rire sonore, qui fit écho au grondement de l'écume en contrebas. Au bout de plusieurs minutes, Althea s'essuya le coin de l'œil.

— Je suis désolée. Vous m'avez rappelé quelqu'un à l'instant.

— Qui ?

Le sourire d'Althea s'effaça, sans toutefois disparaître.

— Quelqu'un qui n'a jamais eu sa langue dans sa poche. Elle disait que la prise de pouvoir des nazis n'avait *rien à voir avec moi*. Et que le penser me rendait terriblement égocentrique.

— Oh ! mais je ne…

— Ce n'est pas un problème. Je me prends une nouvelle fois pour l'héroïne d'une histoire qui n'est pas la mienne. Il ne faut pas m'en vouloir. Je mène une existence plutôt solitaire. (Elle marqua une pause.) Ça a toujours été mon plus gros défaut, j'imagine.

— N'a-t-on pas tous le même travers ? demanda Viv avec un petit haussement d'épaules. Je suis assise sur ce banc avec la conviction que je mène une croisade et que je vais changer le monde si j'arrive à vous ramener à New York avec moi.

Althea inclina la tête en signe d'assentiment, puis la fixa du regard.

— Vous ne m'avez pas répondu. Quel est votre livre préféré ?

— Je réponds toujours *Frankenstein*, dit Viv, pesant ses mots. J'adore Mary Shelley. Cette femme était tellement en avance sur son époque. Et elle avait beau être entourée de tous ces hommes que le monde jugeait brillants, je suis sûre que c'est son œuvre qui passera à la postérité.

— Mais ce n'est pas votre vraie réponse ?

— J'aurais fait une critique littéraire déplorable, railla Viv. J'ai toujours l'impression que le livre que je suis en train de lire est mon préféré, même s'il n'est pas techniquement le meilleur. Mais j'aime tout de même la question.

— Savez-vous instinctivement que vous n'aimerez pas quelqu'un ? interrogea Althea en l'observant à la dérobée. Les auteurs préférés d'Hitler sont Dante et Jonathan Swift. Aimer lire n'est pas un gage de bonté.

— Vous avez raison.

Viv ne s'attendait pas à cet argument de la part d'une autrice de renommée mondiale, et elle l'apprécia encore plus pour cela. Le milieu littéraire était si snob que les gens ne cherchaient plus à savoir ce qu'ils aimaient lire. Viv se fichait que ce soit une bande dessinée, un roman policier ou une histoire d'amour. Il n'y avait pas de mauvaise réponse.

— Quel est votre livre préféré ?

— Mon livre préféré ? répéta Althea, comme si c'était une question rhétorique. J'en ai plusieurs, correspondant aux différentes périodes de ma vie. Ma mère avait une superbe version des *Contes* de Grimm que j'adorais quand j'étais plus jeune. Puis ce fut *Ivanhoé*, et enfin *Alice au pays des merveilles*. (Elle fit la grimace à la mention de ce titre.) Maintenant ? *Tendre est la nuit*.

— F. Scott Fitzgerald, déclara Viv d'un air absent. Ce n'est pas son plus populaire.

— Fitzgerald est toujours meilleur avec le temps. C'est un peu sombre, c'est vrai, ajouta Althea en se tournant vers l'océan. Il parle d'aimer une personne à une époque particulière de sa vie. Il ne s'agit pas de l'aimer pour toujours, mais de se rappeler qu'à ce moment-là cette personne en aimait une autre. Et rien ne pourra changer cela.

— C'est romantique, dit Viv d'un ton aussi neutre que possible, sentant qu'elle marchait sur des œufs.

— Il l'a écrit quand Zelda était internée pour sa folie, ironisa Althea. Mais, oui, c'est vrai.

Toutes deux contemplèrent les vagues un long moment et regardèrent le soleil glisser lentement derrière la ligne d'horizon.

Alors, Althea fit claquer ses mains sur ses genoux et se leva.

— D'accord, je serai votre singe savant.

— Plutôt la lionne qui traverse des cerceaux en flammes, plaisanta Viv, envahie d'une bouffée de joie qui voletait comme un oiseau dans sa cage thoracique.

Elle était d'accord !

Althea se mit à rire, vivante, lumineuse et belle pour la première fois.

— Bah, je me contenterai d'être un hippopotame en patins à roulettes, fit-elle.

Elles reprirent le chemin du cottage, et Viv *savait*, oui elle savait qu'elle ne devrait pas poser d'autres questions. Mais si Althea avait un gros défaut, Viv n'était pas en reste.

— Qu'est-ce qui vous a convaincue ?

— Je n'ai peut-être pas l'étoffe de l'héroïne, répondit Althea en croisant les bras. Mais, cette fois, j'ai le pouvoir de ne pas être la méchante.

43.

Paris
Mars 1937

Sur le toit de l'hôtel Majestic, l'air était si mordant qu'Hannah réprima un frisson et serra le pistolet qu'elle pointait sur Deveraux. Ce n'étaient pas les nerfs, se rassura-t-elle, mais le froid.

Dev saisit son sac à main et en sortit un étui à cigarettes fin, tout en s'appuyant nonchalamment à la rambarde. Ses yeux ne cillèrent pas face à l'arme.

— Entre toutes les villes du monde, déclara Dev en regardant sa propre fumée se dissoudre dans le néant. Tu es venue à Paris. Et moi aussi.

Hannah ne répondit pas. Dev savait parfaitement qu'Hannah habitait ici. Ce n'était pas une surprise.

— C'est vrai, je savais où tu étais, avoua Dev, comme si Hannah avait parlé tout haut. Mais Paris est une si grande ville.

— Pas dans notre petit monde, répliqua Hannah d'une voix sourde.

Elle qui se croyait capable d'avoir l'air imperturbable.

— Les nazis et ceux qui les fuient.

— Et dans quel camp es-tu ? interrogea Hannah.

— Tu ne l'as pas encore compris ? (Dev désigna le pistolet.) Dans quel camp je suis ?

Hannah avait cessé de faire confiance aux gens depuis longtemps, à peu près depuis l'instant où Althea était sortie du bâtiment nazi en larmes – et indemne. Mais elle savait aussi que, parfois, les réponses étaient plus compliquées qu'elles ne le paraissaient.

— À toi de me le dire.

Dev était une excellente actrice, mais même elle ne put cacher son trouble. Hannah aurait pu manquer la faille si elle avait cligné des yeux. Dev éteignit sa cigarette d'un geste qui se voulait négligent, mais qui lui donnait une excuse pour se détourner d'Hannah, pour masquer ses émotions.

Quand elle pivota, le masque était à nouveau en place.

— Je leur ai dit où se cachait Adam, lâcha-t-elle.

Ça n'aurait pas dû lui faire l'effet d'un coup de poing, pourtant la puissance de l'aveu fit reculer Hannah d'un pas. Jusqu'à ce moment précis, Hannah n'était pas convaincue de sa culpabilité, elle s'était même cru folle de soupçonner Dev.

— Pourquoi ?

— Être une pute nazie n'est pas suffisant ? demanda Dev, jetant la vérité entre elles comme une grenade dégoupillée.

Et Hannah aurait pu la croire, si elle n'avait entendu ce ton sarcastique tant de fois par le passé. Dev détestait les nazis presque autant qu'elle à l'époque.

Tout cela n'était-il qu'une mascarade ?

Alors que beaucoup de gens méprisaient les nazis et ralliaient malgré tout leur cause – par peur, par lassitude, pour sauver leur peau –, le fait est que Dev n'était pas forcée de se soumettre à leur volonté.

Elle aurait pu rentrer chez elle.

— Non, dit Hannah, aussi calmement que possible.

Une nouvelle fois, cette lueur fugitive dans le regard. Dev prit une autre cigarette, sans un mot.

— Il est mort, tu sais, reprit Hannah. En novembre.

Un muscle tressauta dans la mâchoire de Dev. Elle gardait toujours le silence.

— Ils ont dû le torturer d'abord, cela dit, continua-t-elle avec une impression de détachement, comme si elle parlait d'un drame qui ne la concernait pas. Johann a dit qu'à la fin il n'était plus que l'ombre de lui-même.

Dev avait baissé les yeux.

— C'était ta faute ! cria-t-elle, enfonçant le couteau dans la plaie. Et tu t'en fiches ?

— Bien sûr que non, grinça Dev, avant de pousser un gros soupir, comme si elle regrettait son aveu. Mais tu crois vraiment qu'il n'aurait pas été arrêté de toute façon ?

Hannah éclata d'un rire amer, incrédule.

— Tu l'as dénoncé.

— Il était en mission suicide, tu le sais mieux que moi. Rien n'aurait pu lui faire entendre raison, ajouta-t-elle avec une pointe d'agacement, perdant son sang-froid. Il aurait été abattu sans sommation.

— Je t'en prie, ne me dis pas que tu l'as livré aux nazis pour lui sauver la vie. Tu n'es pas aussi stupide.

De nouveau, Dev écrasa sa cigarette, et cette fois Hannah vit que ses mains tremblaient.

— Pourquoi ? reprit-elle doucement, non par compassion, mais par nécessité, car elle voulait des réponses.

La question plana un moment au-dessus d'elles, telle une chape de plomb. Le monde retenait son souffle.

— Je devais leur donner quelque chose, lâcha Dev. Je leur avais refourgué trop de fausses informations.

Le monde inspira de nouveau, et Hannah avec lui. Les bruits réapparurent – les oiseaux, le brouhaha de la rue, le bourdonnement des moteurs. Le bras d'Hannah s'abaissa, le canon du pistolet vers le sol. Ses membres ne lui obéissaient plus.

— Tu es une espionne, souffla-t-elle.

— Amateure, corrigea Dev avec un sourire désabusé.

Hannah perçut une pointe de mépris.

— Du moins au début. Je suis bien plus douée maintenant. (Mais elle baissa les yeux et secoua la tête.) Enfin, je croyais l'être.

— Je t'ai connue quand…, marmonna Hannah, puis elle brandit à nouveau l'arme sur elle. Raconte.

Dev ne tressaillit pas.

— Je suis allée à Berlin sans attentes particulières. J'étais une comédienne, une scénariste, une réalisatrice. Rien d'autre.

— Et tu as vu une occasion, devina Hannah.

— Presque tout de suite, reconnut Dev. Peu de gens dans notre gouvernement considéraient les nazis comme un problème, mais certains ont tout de même senti le vent tourner. J'ai posé des questions autour de moi, j'ai proposé mes services au cas où…

— Même s'ils se fichaient des nazis, je suppose qu'ils étaient intéressés par des informations de première main sur des nations concurrentes.

— Dans le mille. Mais mon contact était intelligent. Ses supérieurs n'avaient peut-être pas pris la mesure du danger, mais ils ont changé d'avis quand je leur ai décrit ce qui se passait derrière cette jolie façade que les nazis dressaient pour le reste du monde.

— Alors Adam était quoi ? Un dommage collatéral pour tes transactions ?

— On est en guerre, ma chérie.

Là encore, le visage de Dev était si tendu qu'il semblait sur le point de se craqueler.

— Même si elle n'a pas encore été déclarée, tu sais aussi bien que moi ce qui va arriver, reprit Dev. Il n'y a pas de décisions faciles en temps de guerre.

— Non, mais il y a de mauvaises décisions. Adam n'était pas seulement un pion dans votre petit jeu. Il était un être humain.

— Un être humain convaincu que sa vie n'aurait de sens que si elle servait à éliminer les nazis, dit Dev d'une voix étrangement calme.

Elle affichait une assurance tranquille qui ne lui ressemblait pas.

— En dénonçant Adam avant qu'il se fasse prendre, j'ai regagné leur confiance. Sais-tu combien de personnes j'ai sauvé grâce à cette confiance ?

— Alors on échange juste des vies maintenant ? Tu ne vaux pas mieux que les nazis. Dis-moi, combien de vies pour un Juif ?

À ces mots, Dev tituba comme si on l'avait giflée.

— C'était un coup bas.

— C'était mérité, répliqua Hannah.

— Je me suis servie de ma position privilégiée avec les nazis pour faire sortir clandestinement des centaines de Juifs allemands du pays. Même si je n'ai pas à me justifier auprès de toi.

Hannah agita son pistolet.

— Si, justement.

— Tire-moi dessus si tu veux, lança Dev, le menton relevé en signe de défi. Je vis avec le poids de mes décisions tous les jours, mais c'est ma réalité maintenant. M'apitoyer sur mon sort ne servirait à rien.

— Tu ne vas même pas t'excuser ? Même si ta vie est entre mes mains ?

— Tu veux des paroles creuses ? Je peux t'en donner. Mais elles ne voudront rien dire. Adam aurait été arrêté et exécuté s'il était allé au bout de son plan. Tu le sais aussi bien que moi.

Oui, Hannah le savait. Elle avait passé des nuits entières à tenter de convaincre Adam de la folie de son projet. Mais elle n'était parvenue à rien – tant de charme, tant d'intelligence… Il était tellement persuadé d'être sur le droit chemin. Et le monde, semblait-il, lui avait toujours donné raison. Le plan était mal préparé, mal pensé, voué à l'échec.

Pourtant, Adam était certain que cela ferait une différence.

Hannah ne pardonnerait jamais à Dev – et elle-même serait morte plutôt que de faire les mêmes choix – pourtant, tout au fond de son cœur, elle admettait que peut-être, juste *peut-être*, elle la comprenait.

— Mais… tu ne savais pas où était Adam. Il ne te l'avait pas dit, je le sais.

Dev la regardait fixement.

Hannah secoua la tête, et elle eut l'impression que ses tripes se tordaient, sans comprendre pourquoi cela lui faisait si peur.

— Seules trois personnes étaient au courant, reprit-elle. Adam, Althea, et moi.

— Oh ! ma chérie, murmura Dev.

— Non. (Les doigts d'Hannah s'agrippèrent à la pierre froide tandis que son corps s'engourdissait.) Non.

— Tu ne l'as pas dit qu'à Althea, dit Dev avec douceur.

Si doucement que cela faisait mal.

Hannah fit un pas en arrière comme si elle pouvait échapper à la vérité. Mais Dev avait raison. Bien sûr qu'elle avait raison.

— Il n'aurait pas fait ça. Il…

Le monde referma son étau sur elle, et tout devint noir, sauf l'expression de Dev. Regret, compréhension, pitié.

— Tu es au courant pour son problème d'alcool. Mais il ne t'a jamais parlé des jeux d'argent parce qu'il avait trop honte. Il avait des dettes à rembourser et il détenait des informations dont j'avais besoin.

Hannah cligna des yeux. Les larmes coulaient librement maintenant qu'elle savait la vérité. Son corps était douloureux, sa peau déchirée. Si on lui avait donné le choix, elle aurait préféré un coup de couteau à cette souffrance.

Quand elle expira, ce fut juste un nom.

— Otto.

44.

New York
Juillet 1944

Après qu'Althea eut accepté de prendre la parole à la manifestation anti-Taft, tout alla très vite.

Viv avait organisé une interview entre Althea et Marion Samuel, du *Columbus Dispatch*, ainsi qu'avec Leo Aston, du *Time*. Les articles ne paraîtraient pas avant le mois d'août, quelques semaines après l'événement, mais pour Viv, le calendrier était parfait. Si Taft hésitait, si sa volonté flanchait, les deux portraits d'Althea James, autrice à succès et ermite notoire, lui porteraient un coup fatal.

L'invasion de l'Europe occidentale se poursuivait, et le Conseil continuait à recevoir un flot ininterrompu de lettres de soldats. L'insistance de Roosevelt pour que les combattants aient de quoi lire pendant cette mission prouvait l'importance du programme pour le moral des troupes et récompensait les efforts des membres du Conseil. Viv n'avait pas assez de sacs pour transporter toutes les lettres adressées à Althea.

Ils avaient installé l'écrivaine au Plaza. Ou plutôt, Viv avait utilisé ses fonds propres pour lui réserver une chambre.

— C'est un petit prix à payer pour être du bon côté de l'histoire, avait-elle dit à Hale le jour où elle était rentrée à New York.

Hale lui avait donné un coup de coude en souriant.

— Je suis fier de toi.

Plusieurs semaines auparavant, Viv aurait pu se hérisser en entendant ces mots et chercher l'ironie dans sa voix. Là, elle avait rougi légèrement, peu habituée à une telle sincérité, presque intimidée. Elle avait posé brièvement sa tête sur son épaule en signe de reconnaissance, avant de s'éloigner de lui pour s'occuper des mille détails urgents qu'il fallait régler avant la soirée.

Un jour ou l'autre, elle devrait parler franchement à Hale, mais ce n'était pas le bon moment. Le plus important, c'était que Hale lui faisait confiance, et ce depuis qu'elle était revenue dans sa vie.

Ce soir-là, lorsqu'elle apporta son courrier à Althea, l'écrivaine contempla la montagne d'enveloppes avec un mélange de terreur et de fascination.

Elles s'assirent sur le sol de la somptueuse chambre d'hôtel d'Althea avec le champagne fourni par le Plaza, et ouvrirent les lettres pour les lire ensemble, et pleurer aussi stoïquement que possible.

— « J'avais oublié depuis longtemps pour quoi je me battais, lut Viv. Chaque fois que je fermais les yeux la nuit, j'étais hanté par la sensation des corps dans l'eau, les corps sur lesquels j'ai dû marcher pour gagner le rivage. Les premiers jours, j'ai haï tout le monde. J'ai distribué des coups de poing, à de simples soldats comme à des officiers. J'ai fait plus de dégâts que les Boches, mais c'était plus fort que moi. »

Althea soupira, mais ne l'interrompit pas. Viv reprit sa lecture.

— « Puis un soir, un copain de régiment a ouvert votre livre. Il a lu le premier chapitre, puis le deuxième. Et il a dit qu'il lirait la suite le lendemain soir, si on survivait tous. Et pour la première fois depuis le débarquement, j'ai vraiment eu envie de survivre.

« J'ai bien aimé le livre (À ces mots, Althea renifla), mais plus que tout, je me suis réveillé ce matin en priant pour que les balles ne m'atteignent pas, au lieu d'espérer qu'elles me frappent en plein cœur. Alors si vous devez retenir une chose de cette histoire, mademoiselle James, c'est que vous avez aidé un misérable soldat à se lever et à se battre un jour de plus. Dieu vous bénisse. Sergent Tommy D'Annunzio, seconde division d'infanterie. »

— Eh bien, dit Althea en attrapant la bouteille de champagne à moitié pleine, pendant que Viv songeait à en commander une autre. Aux petites victoires !

Elles poursuivirent leur lecture jusqu'aux premières lueurs de l'aube, qui les surprit toutes les deux.

Viv se leva, s'étira et grogna.

— Bagels ?

Le visage d'Althea s'éclaira, confirmant qu'elle connaissait mieux la communauté juive qu'elle ne voulait bien le reconnaître. La plupart des habitants de New York ne savaient pas ce qu'était un bagel. En février, quand la mafia avait volé un camion de mille cinq cents bagels, la police n'avait pas compris de quoi il s'agissait.

— Vous savez où en trouver ? demanda Althea.

Viv lui fit un clin d'œil.

— Seuls quelques chanceux sont dans le secret des dieux.

La boulangerie la plus proche qui vendait des bagels se situait à quatre pâtés de maisons. La balade au grand air leur ferait du bien après une nuit entière enfermées dans cette chambre.

— Que s'est-il passé là-bas ? demanda Viv, trop fatiguée pour retenir ses questions.

Althea bâilla et inclina son visage vers le soleil.

— Rien de spécial.

Elle mentait, c'était évident, mais Viv ne voulait pas se montrer intrusive et n'insista pas.

Elles s'arrêtèrent au coin d'une rue pour manger des bagels au saumon fumé, sans trop savoir quoi faire d'autre. Viv ignorait ce qu'il en était pour Althea, mais sa sensation d'épuisement lui rappelait le petit matin après une nuit de fiesta. Dormir ne semblait pas possible, mais travailler non plus. Fixer un mur blanc pendant neuf heures pourrait faire l'affaire, mais ce n'était pas possible avec la manifestation Taft prévue dans deux jours.

Viv tenta une nouvelle fois d'engager la conversation.

— Vous travaillez sur un autre livre ?

— Toujours, répondit Althea avec un sourire en coin. En théorie. En pratique ? Je ne sais pas si j'ai quelque chose d'autre à dire.

— Êtes-vous tenue par votre travail d'avoir quelque chose à dire ? demanda Viv, sans vouloir remuer le couteau dans la plaie.

— Par rapport à quoi ?

— Je ne sais pas, cette lettre. Le soldat ne s'intéressait pas vraiment au message contenu dans votre livre. Pas assez pour vous écrire à ce sujet, je veux dire. En revanche, l'histoire lui a plu.

— Ce sont deux choses différentes pour vous ?

— Votre message est censé pousser les hommes à se battre pour les valeurs de ce pays… (Malgré son esprit embrumé, Viv chercha ses mots pour ne pas insulter l'autrice de renommée mondiale qui se tenait à ses côtés.) Le soldat commence même sa lettre en disant qu'il ne sait pas pourquoi il se bat. Pourtant…

— … pourtant il veut connaître la suite de l'histoire, termina Althea, qui avait saisi son idée. Il s'agit plus de capter son attention que de répandre une sorte de vérité.

— Ne vous méprenez pas, s'empressa d'ajouter Viv. Les thèmes que vous abordez sont importants, mais…

— Mais ?

— Je crois que, parfois, les gens sont déstabilisés par l'exigence littéraire d'un roman. On perd souvent de vue que la lecture doit être divertissante.

— *Les Mille et Une Nuits*, dit Althea.

Viv hocha la tête.

— Je ne pense pas que le rôle d'un auteur soit forcément de changer le monde. Parfois, il s'agit juste de rendre le monde plus agréable. Le temps d'une lecture.

— Votre programme d'édition. Vous ne renoncez décidément jamais.

Viv éclata de rire.

— Oui, mon programme d'édition.

— J'espère que cette guerre ne durera pas assez longtemps pour que mon prochain livre aide un soldat malchanceux, dit Althea.

Viv lui serra le bras pour lui signifier son approbation.

— Mais vous ne reculerez pas devant Taft, hein ? reprit l'écrivaine. Même si ce n'est plus d'actualité dans quelques mois ?

Viv secoua la tête.

— Je pense que ce sera utile, même si la guerre se termine demain. Ces garçons seront traumatisés par ce qu'ils ont vu là-bas. Si on leur enlève les livres, que leur restera-t-il ? Des cauchemars, rien d'autre.

— Ils auront toujours des cauchemars, dit Althea d'un ton qui indiquait clairement qu'elle avait les siens.

— Oui, reconnut Viv. Mais, au moins, ils n'auront pas que ça.

45.

Berlin
Mai 1933

Althea réussit à se relever. Ses jambes ne voulaient pas coopérer, ses bras non plus, pourtant elle réussit à se diriger vers son appartement, sans trop savoir comment. L'expression d'Hannah la hantait. À chaque pas, elle voyait son regard outragé, ses lèvres pincées, son visage fermé. Le temps d'une nuit magique, Althea avait pu pénétrer son monde. Maintenant, cela lui était interdit.

L'escalier pour accéder chez elle représentait un défi, aussi rassembla-t-elle ses forces pour grimper les marches, les bras serrés contre elle, comme si elle pouvait se protéger. Une fois à l'intérieur, elle se mit à trembler de tout son être, en songeant à la nuit précédente. Pas seulement à cause de l'arrestation d'Adam par les nazis, de l'amusement cruel de Diedrich alors qu'il mettait en œuvre sa vengeance… mais des doux moments partagés. Avec Hannah, ses lèvres contre les siennes, ses mains qui exploraient son corps comme s'il leur appartenait.

Au cabaret, Althea avait été terrifiée par ses propres sensations quand la bouche d'Hannah avait effleuré son cou. Mais ici, dans ce sanctuaire, elle avait été enflammée. Entièrement consumée, réduite en cendres. Puis elle avait ressuscité, une personne nouvelle.

Elle n'avait jamais imaginé que cela pouvait être ainsi. Une conversation entre deux corps sans prononcer un mot. Elle s'était toujours crue incapable de flirter. Trop nerveuse, ou trop détachée, ou trop gênée. Et puis Hannah était arrivée, son regard doré et chaleureux, son toucher à la fois doux et ferme.

Althea se rendit compte qu'elle était agenouillée quand la douleur dans ses jambes devint trop pénible. Elle changea de position et observa l'appartement – les draps froissés, la tasse de thé de la veille, le livre qu'elle avait posé sur la table.

Ses doigts le palpèrent sans réfléchir. *Alice au pays des merveilles.*

Pourquoi les nazis voulaient-ils détruire ce livre ? L'histoire ne contredisait aucune de leurs croyances. Althea se demandait s'il avait été placé sur une pile par erreur. Mais si elle l'avait regardé brûler, elle aurait perdu une part de son âme – à tout jamais.

Elle pensa à cette soirée de l'hiver précédent, où elle était encore si jeune et naïve. Le bouquiniste lui avait fait un cadeau et, en échange, elle lui avait donné son exemplaire d'*Alice.*

Die Bücherfreundin.

« L'amie des livres. »

Le surnom lui semblait absurde à présent, souillé.

Althea devait passer encore trois semaines dans le pays avant de partir. Diedrich n'allait pas la traquer, il avait déjà mis en œuvre son châtiment. Elle l'avait humilié, et il l'avait anéantie. Comment avait-il su pour Adam Brecht ? Elle l'ignorait. Mais cela n'avait plus d'importance.

Hannah n'avait même pas envisagé d'autres possibilités. C'était ce qui lui faisait le plus mal, songea-t-elle.

Les larmes coulèrent dans le col de sa chemise, où elle aurait tant voulu s'enfouir. Elle l'avait enfilée le matin même, sous le regard tendre d'Hannah. Ou du moins ce qu'elle avait pris pour de la tendresse.

Elle secoua la tête. Elle ne connaissait peut-être pas grand-chose à ce monde, mais elle savait que ce qu'elles avaient vécu était réel. Tout comme elle avait toujours su que l'inclination de Diedrich ne l'était pas.

Au moins, Hannah lui avait fait ce cadeau.

Althea sécha ses larmes et se leva. Elle pouvait sûrement trouver un bateau pour rentrer chez elle plus tôt. Les nazis n'allaient tout de même pas l'empêcher de partir. Ils en avaient fini avec elle, pour de bon.

Elle ouvrit le placard, sortit son sac et le jeta sur le lit. À ce moment-là, elle se rendit compte qu'elle avait toujours *Alice* dans la main.

C'était un petit volume. Elle le contempla un long moment, pensive. Puis elle le mit de côté et commença, avec des gestes fébriles, le rangement du minuscule appartement qui lui tenait lieu de refuge depuis quelques mois.

Sur le chemin de la gare, où elle prendrait un train pour le port de Rostock, Althea fit un détour par l'appartement d'Hannah.

Elle n'osa pas sonner à la porte. Elle savait qu'elle ne serait pas la bienvenue.

Alors elle déposa l'exemplaire emballé d'*Alice au pays des merveilles* sur le guéridon de l'entrée, avec le nom d'Hannah dessus. En priant pour qu'il lui parvienne.

Sur la page de garde, Althea avait laissé un dernier message, où elle citait Alice.

Je sais qui j'étais en me levant ce matin, mais je crois avoir changé plusieurs fois depuis.

Sous la citation, elle avait griffonné « Merci », en espérant que Hannah comprendrait.

46.

New York
Juillet 1944

Le matin du grand jour, Viv se réveilla l'estomac noué. Elle préparait cet événement depuis si longtemps que cela ne lui semblait pas vraiment réel.

Pourtant c'était bien réel. Elle était Wellington prêt à affronter son Waterloo.

Elle s'était habillée avec soin – un tailleur gris tourterelle impeccable avec une jupe crayon et un chemisier blanc sous la veste. Viv enfila les bas qu'elle avait payés le prix exorbitant de vingt-deux dollars après avoir déchiré sa dernière précieuse paire, puis elle appliqua un rouge à lèvres vif qui lui servirait d'armure.

Elle était sur le point de sortir de sa chambre quand elle suspendit son geste, la main sur la poignée. Puis elle se retourna et regarda la fenêtre qui donnait sur l'avenue.

En trois enjambées, elle avait traversé la pièce et ouvert la fenêtre.

« Rugis », avait dit Edward.

Avec toute la force qu'elle trouva en elle, Viv renversa la tête et hurla vers le soleil levant.

Les doutes, les peurs, les souffrances et les joies de ces trois derniers mois, tout se mêla dans un cri primal.

Elle rugit pour Edward et Oliver Twist, pour Althea sur sa falaise, pour Hannah Brecht perdue dans sa bibliothèque. Pour Charlotte qui agitait sa spatule, qui pleurait dans le métro. Elle rugit pour Georgie dans le club de Harlem, pour Bernice le jour du débarquement, et pour les gamins de Brooklyn qui voulaient juste jouer au base-ball.

Et puis elle rugit pour elle six mois plus tôt, quand elle n'avait rien d'autre à faire que vendre des obligations de guerre à ses riches amies.

Comme sa voix se perdait dans l'aube naissante, un homme dans la rue beugla :

— La ferme !

Car, à New York, c'était aussi inévitable que l'air que l'on respire.

Elle éclata de rire, fit un doigt d'honneur au rabat-joie, et ferma la fenêtre.

« Tu peux tout accomplir. » C'était sans doute vrai, puisque son meilleur ami en était convaincu.

Après un copieux petit déjeuner de pancakes – et d'éloges si vibrants qu'elle se sentit rougir –, Charlotte la serra dans ses bras.

Viv ne prit pas la peine d'ouvrir un livre pendant le trajet en métro. Pas question de se laisser distraire aujourd'hui. Au lieu de cela, elle passa en revue sa liste de tâches pour s'assurer qu'elle n'avait rien oublié.

Bernice et Edith l'accueillirent dans l'entrée du Times Hall, avec l'air déterminé de fantassins prêts à recevoir des ordres. Viv étreignit les deux femmes, visiblement submergées par l'émotion. Puis elle leur confia à chacune une mission, tant il serait stupide de refuser leur aide aujourd'hui.

Les journalistes ne tarderaient pas à arriver, mais elle avait l'impression que le sénateur Robert Taft était déjà là. Ses soupçons se confirmèrent lorsqu'elle vit Howard Danes adossé au mur du bureau de M. Stern. Dès que l'homme de main la vit, il leva les bras dans une belle imitation de l'innocent accusé à tort.

— Mademoiselle, n'appelez pas la police ! railla-t-il. J'ai une invitation, je le jure !

Il affichait la même morgue que ce fameux soir dans la ruelle sombre. Et il lui faisait le même effet de poil à gratter.

— Ne m'obligez pas à prendre mon épingle à chapeau, maugréa-t-elle en passant devant lui sans attendre de réponse.

Son rire la suivit dans le bureau de M. Stern.

Taft se tenait près de la table, ses doigts boudinés sur l'épaule du directeur. Viv comprit qu'elle interrompait une discussion sur l'affiche propagandiste au mur. Celle qui proclamait que les livres étaient des armes dans cette guerre.

Les deux hommes levèrent les yeux quand elle se racla la gorge. Le regard de Taft la parcourut de la tête aux pieds, déclenchant un frisson désagréable le long de son échine.

— Je prends mon café avec du lait, déclara Taft avec cet accent ridicule qui disparaissait quand il était en colère.

Viv se mordit la lèvre pour ne pas gâcher la manifestation par une réplique cinglante avant même qu'elle n'ait commencé. Avec toute la patience dont elle était capable, elle répliqua calmement :

— Nous avons installé un bar dans le hall. Je suis sûre qu'on vous indiquera la bonne direction.

M. Stern cacha son hoquet amusé par une toux, et fit mine de les présenter.

— Sénateur, je suis sûr que vous vous souvenez de Mme Childs, notre responsable de la communication.

Ni l'un ni l'autre ne mentionnèrent l'embuscade au restaurant.

— Mme Childs a été une pièce maîtresse dans l'organisation de cet événement, continua M. Stern.

— Madame Childs…

Taft avait prononcé son nom avec le même dédain qu'il aurait dit « Hitler ».

— Sénateur Taft. J'espère que vous trouverez le programme de la journée… instructif, déclara Viv d'une voix sirupeuse. Nous sommes si heureux de vous montrer combien nos livres sont importants pour nos soldats à l'étranger. (Elle marqua une pause.) Cela vous touche particulièrement, j'en suis sûre.

— Il y a une foule de manières d'aider nos soldats, répliqua Taft en tirant sur les revers de sa veste. Vous avez peut-être entendu parler du GI Bill, le projet de loi sur le financement par le gouvernement des études des soldats que nous aurons rapatriés. C'est moi qui l'ai parrainé.

— J'en ai entendu parler. N'est-il pas merveilleux que nos deux initiatives se rejoignent ?

Les yeux de Taft s'étrécirent comme s'il était sur le point de croiser le fer, mais M. Stern toussota à nouveau pour détendre l'atmosphère.

— Nous sommes tous gagnants, déclara-t-il.

— En effet, réussit à articuler Viv.

Le directeur offrait au sénateur l'occasion de s'en sortir avec élégance. Son ange gardien soufflait à Viv que M. Stern avait raison, mais le diable sur son épaule voulait qu'elle écrase verbalement son ennemi juré.

Sans prendre la peine d'acquiescer, Taft gagna le couloir et aboya :

— Danes, café !

Viv sourit en imaginant le dépit de l'homme de main sommé d'accomplir cette tâche subalterne. Quand elle regarda M. Stern, il lui fit un signe de tête, et elle comprit que c'était le moment pour elle de s'échapper. Comme elle n'avait aucune envie de perdre son temps avec cet odieux personnage, elle saisit sa chance et se faufila dans le couloir.

Elle chassa l'homme détestable de ses pensées et se rendit sur le côté de la scène principale, où la presse s'était rassemblée. Parmi les costumes et les coupes de cheveux presque identiques, elle repéra Leo Aston. Se glissant dans le petit groupe, elle salua les journalistes qu'elle connaissait et remercia les autres d'être venus.

— Taft est un politicien sordide et égocentrique. Il va révéler son vrai visage aujourd'hui, lui promit Leo. Beaucoup de gens l'ont à l'œil. Il va finir par déraper. Et si on peut rapporter des propos dévastateurs, vous aurez le soutien de l'opinion publique en un rien de temps.

— Il est malin, cela dit, tempéra Viv en jouant avec le rang de perles qu'elle avait passé autour de son cou ce matin-là.

— Bah ! Il est si imbu de lui-même qu'en dehors du Capitole peu de gens l'apprécient. Ses collègues aimeraient prendre leurs distances avec lui, mais pas au prix de leur carrière politique. C'est une formidable couverture politique que tu as là…

Il désigna d'un geste de la main les sièges qui se remplissaient au fur et à mesure de représentants des milieux politiques et culturels, de personnalités publiques notables et, surtout, des plus riches donateurs de la ville

— Bien joué, ma grande ! ajouta-t-il.

Lissant sa jupe sans le moindre pli d'une main tremblante, Viv hocha la tête.

— Reste aux aguets, d'accord ?

— Toujours, la rassura Leo, qui lui serra l'épaule avant de se fondre dans la cohue des journalistes.

Viv parcourut les allées en examinant les participants, habitée d'un sentiment de fierté et de satisfaction. Leo n'avait pas exagéré en parlant du succès de l'événement. Les journalistes n'étaient pas les seuls à être venus en nombre. Viv reconnut une douzaine de bibliothécaires bénévoles dans le public. Harrison Gardiner était présent, ainsi qu'un groupe de jeunes employés de maisons d'édition avec leurs patrons guindés. Il y avait aussi l'homme âgé du Centre juif où travaillait Hannah Brecht, accompagné de plusieurs de ses collègues. Et enfin Hale, avec au moins deux douzaines de politiciens. Elle adressa un sourire reconnaissant à Hale, qui le lui rendit aussitôt.

Betty Smith se tenait près de la scène, ses cheveux noirs soigneusement coiffés en arrière. Viv l'avait rencontrée à plusieurs reprises et, à chaque fois, elle avait été frappée par le magnétisme de l'autrice. Grâce à la célébrité qu'elle devait à l'adaptation de son livre, *Le Lys de Brooklyn*, Betty aurait pu attirer l'attention aujourd'hui, mais elle se faisait discrète.

Elle hocha la tête lorsqu'elle croisa le regard de Viv, et l'encouragement de l'autrice lui réchauffa le cœur.

Elle songea à cette après-midi d'ivresse avec Harrison au mois de mai, qui lui avait lancé : « S'il s'agissait d'un roman, tu sais où on en serait maintenant ? Au point de non-retour. »

À présent, ils avaient leur spectacle. Ils avaient leur armée.

Il suffisait de croire à une fin heureuse.

47.

Paris
Mars 1937

La cage thoracique d'Hannah s'affaissa, vidée de son air en une expiration tremblante.

Otto.

Dev regardait Hannah et semblait prête à la rattraper si elle s'effondrait. Comme si elle n'était pas la cause de son désespoir.

L'espace d'un instant, Hannah se vit pointer le pistolet sur Dev et presser la détente. Le sang giclerait de la plaie béante dans le poumon de Dev, dont les doigts fébriles presseraient les chairs déchiquetées pour tenter d'en recoller les morceaux. Puis un éclair de compréhension traverserait le regard de Dev avant qu'elle ne s'écroule, sans vie, sur le sol.

Hannah lâcha l'arme. Le pistolet heurta le béton avec un tel fracas que Dev sursauta.

— Si on pouvait remonter le temps, tu le referais ? demanda Hannah, dont la question résonna dans un tunnel sans fin. Sachant ce qui s'est passé ?

— Sans la moindre hésitation.

Sa réponse ne surprit pas Hannah – peu de choses pouvaient la surprendre désormais –, mais elle avait besoin de l'entendre.

Hochant la tête, elle fit volte-face, força ses jambes à se mouvoir et tituba jusqu'à la porte du toit de l'hôtel.

— Hannah, appela Dev derrière elle, la voix empreinte de pitié. Ce n'est pas la faute d'Otto. Si tu dois blâmer quelqu'un, c'est moi.

Hannah ne s'arrêta pas, n'hésita pas, ne chercha pas à savoir pourquoi son ami le plus cher l'avait trahie.

Des années auparavant, sur ce trottoir de Berlin, quand Althea l'avait contemplée avec des yeux emplis de larmes et de culpabilité, Hannah pensait avoir perdu toute son innocence.

Mais, ainsi que Dev le lui avait fait remarquer un jour, avec Otto, sa confiance était si innée, si profondément ancrée, qu'il ne lui serait jamais venu à l'esprit de le soupçonner. Se demandait-on si notre propre main pouvait nous planter un couteau dans le cœur ?

Paris se pressait autour d'elle, étouffant et bruyant, même en ce dimanche matin tranquille. Hannah se mit à marcher comme un automate. Elle emprunta les bonnes rues, évita les voitures et les bicyclettes, mais elle se sentait détachée de son corps.

Au bout d'un certain temp, elle finit par arriver devant chez Otto. La porte se moquait de son incapacité à lever la main et à frapper. Le soleil chauffait sa nuque et un filet de sueur coula le long de sa colonne vertébrale, s'accumulant au creux de ses reins. Ses jambes se mirent à trembler à force de rester immobiles.

Enfin, la poignée tourna et la porte s'ouvrit. Otto se tenait sur le seuil. Les yeux soulignés de cernes bleus, le visage émacié, les lignes profondes aux coins de sa bouche… tout cela avait un sens à présent.

Otto n'avait plus jamais été le même après son départ d'Allemagne. L'alcool, la distance, le chagrin, la bagarre avec les nazis, ce satané flingue. Comment avait-elle pu être aussi aveugle ?

Avait-il des dettes ? Sans doute. Ce genre d'addiction ne disparaissait pas du jour au lendemain.

À cet instant, il la fixait d'un regard intense. Puis il hocha la tête.

— Tu sais.

Sans attendre la réponse, il tourna les talons, laissant la porte ouverte. D'une démarche mal assurée, il traversa le couloir obscur jusqu'à la cuisine de son petit appartement qui donnait sur un petit jardin luxuriant. Hannah aimait s'asseoir avec Otto sur le rebord de la fenêtre pour boire une tasse de thé et regarder les oiseaux voleter.

Une carafe d'alcool presque vide était posée sur la table près de la fenêtre. Otto se laissa tomber sur les coussins disposés sur le rebord, son corps paresseusement avachi. Mais la désinvolture de ses jambes cachait mal la tension de son visage.

En s'installant, il s'empara de la carafe et en but une gorgée au goulot, en regardant Hannah avec l'indolence d'un jeune homme fatigué du monde.

C'était une façade, bien sûr, mais son attitude lui donnait encore plus envie de le gifler. Quand elle ne put supporter de le regarder davantage, elle se dirigea vers l'évier et, par la fenêtre au-dessus, elle observa les roses près d'éclore dans le jardin.

Hannah laissa le silence s'étirer entre eux en se remémorant ses souvenirs d'enfance avec lui. Courir dans les champs de fleurs ; pêcher dans le ruisseau derrière la maison de campagne des parents d'Otto ; apprendre à s'embrasser avant de se rendre compte que ni l'un ni l'autre n'était intéressé par la chose ;

lire sous un arbre par une chaude journée d'été ; partager des secrets, leurs plus grands secrets. Ensuite, ils étaient allés étudier à l'université de Berlin, avaient couru les boîtes de nuit et joui d'une liberté dont ils osaient à peine rêver quand ils étaient enfants. Hannah était venue voir les pièces d'Otto ; Otto avait tenu compagnie à Hannah pendant les lectures dans les librairies. Les nuits d'ivresse et les migraines des lendemains qui déchantent.

Puis Adam, Althea, les nazis, et le monde qui s'était écroulé autour d'eux. Il avait fallu en bâtir un nouveau dans une ville étrangère où elle ne s'était sentie chez elle que grâce à la présence d'Otto.

Hannah voulait lui demander pourquoi, mais elle ne parvenait pas à prononcer le moindre mot.

Otto fut le premier à briser le silence. Comme toujours.

— Tu ne dis rien ? cria-t-il en se levant d'un bond, la carafe presque vide serrée dans son poing.

Avait-il envie de la fracasser contre le mur, juste pour voir quelque chose d'autre que lui se briser ?

— Combien ? demanda-t-elle d'une voix si douce qu'elle était d'autant plus tranchante. Quel a été le prix de la vie de mon frère ?

Un son guttural, abrupt, éructa de la poitrine d'Otto.

— C'est important ?

Hannah ferma les yeux sous la vague d'une douleur infinie.

— Oui.

— Dix mille, confessa-t-il dans un murmure.

— Oh ! Otto.

Hannah ne put empêcher l'empathie de ramper en elle. Son bien-aimé, son tout. Il devait avoir été si effrayé, si désespéré.

Mais Adam avait dû être effrayé, lui aussi. Et désespéré. Hannah le revit, assis en face d'elle dans cette prison nazie, le visage enflé et contusionné, presque méconnaissable.

— Pourquoi ? réussit-elle à articuler malgré sa gorge serrée. Pourquoi n'as-tu rien dit ?

— Qu'est-ce que ça aurait changé ?

Il était sur le fil, tendu comme un arc, il en tremblait, ivre et coupable, tout en faisant comme s'il n'était ni l'un ni l'autre.

— Peut-être rien, reconnut-elle.

Elle pivota pour s'adosser à l'évier, les bras croisés.

Otto détourna le regard, la mâchoire crispée.

— Que veux-tu que je dise ?

Hannah eut un rire sans joie. Que voulait-elle qu'il dise ?

« Pardon » serait un bon début, mais cela ne semblait pas être une possibilité. Et après ? En réalité, elle n'avait pas besoin de ses excuses ni de ses explications. Elle savait pourquoi il ne lui avait pas dit que c'était *lui*, et non Althea, qui l'avait trahie – cela aurait été très difficile et Otto n'avait jamais été doué pour les situations difficiles. Peut-être s'était-il même convaincu que ce n'était pas vraiment lui qui avait vendu la mèche.

Comme elle, il avait lu la culpabilité dans le regard d'Althea. Peut-être s'était-il raconté une jolie histoire pour se dédouaner.

Et il avait peut-être sincèrement cru que cela ne changerait rien. Après tout, Hannah ne lui avait pas parlé des lettres d'Althea, qui avait continué à lui écrire des années après leur brève liaison. Et si elle avait été capable d'ouvrir ne serait-ce qu'une seule de ces enveloppes ?

Qu'est-ce que ça aurait changé ?

Tout cela n'avait plus d'importance. Au bout du chemin, Otto avait choisi la facilité au lieu de faire ce qui était juste.

Et Hannah avait vu son pays tout entier faire le même choix, encore et encore. Peut-être que d'innombrables autres personnes auraient emprunté la même voie. Mais elle n'avait plus aucune tolérance pour ces gens-là.

Si Otto avait divulgué ce secret par négligence, elle aurait peut-être pu trouver en elle la force de lui pardonner. Mais il avait pris une décision en son âme et conscience, il avait estimé le prix de la vie de son frère et avait fait le choix le plus égoïste possible.

— Je veux que tu me dises adieu, déclara-t-elle avec la même douceur.

Elle aurait tout aussi bien pu lui trancher la gorge : le visage d'Otto se craquela et le reste de son corps s'échoua. Sur le sol, il serra la carafe comme si elle pouvait le réconforter et éclata en sanglots. Les larmes le rendaient laid pour la première fois de sa vie.

— Hannah, gémit-il. Ne fais pas ça.

Elle s'agenouilla devant lui et prit sa joue dans sa paume. Il s'y blottit comme un enfant qui a besoin d'être consolé. Elle sécha ses larmes et se pencha pour déposer un baiser sur son front. Puis elle s'assit sur les talons et l'obligea à croiser son regard.

— Tu n'as pas demandé mon pardon. Je te le donne quand même. Mais je ne veux plus jamais te revoir.

Un faible soupir fut tout ce qu'Otto lui offrit. Elle attendit un moment, pour lui donner une dernière chance, mais ce n'était pas lui qu'elle voyait, c'était Althea, en train de s'excuser pour un crime qu'elle n'avait pas commis. S'excuser d'avoir blessé Hannah, alors qu'elle était innocente. Le contraste rassembla les morceaux brisés de son âme et les recolla ensemble.

Tout le monde ne se choisit pas en premier.

Comme Otto ne disait rien, Hannah sourit tristement, se releva et se dirigea vers le couloir.

— Il allait mourir de toute façon ! cria Otto d'une voix juvénile, effrontée, à fleur de peau.

De nouveau, sa main la démangea de le gifler. Mais elle se retint.

Et elle eut pitié de ce qu'il était devenu.

— C'est moi que je blâmais, tu sais.

Il gémit, mais ne dit rien.

— D'avoir parlé d'Adam à Althea, reprit-elle, au cas où il n'aurait pas compris son propos. J'étais bien plus en colère contre moi que contre elle. Et tu m'as laissée vivre avec cette colère pendant des années.

Otto remua les lèvres, mais aucun son n'en sortit.

— Chaque jour où tu as choisi de ne rien me dire est un jour où j'aurais pu me détester un peu moins, continua-t-elle sans plus chercher à retenir ses coups. Tous les jours, tu as choisi de te faire passer avant moi. La vie est faite de ces choix. *Tu* es fait de ces choix.

Otto se recroquevilla sur lui-même.

— Maintenant, tu peux me haïr.

— Tu le fais déjà pour nous deux, dit Hannah, son regard tombant sur la carafe. Adieu, Otto.

Cette fois, quand elle lui tourna le dos, ce fut pour toujours.

Hannah ne s'autorisa pas à penser, elle ne laissa pas son esprit vagabonder, s'inquiéter, ressasser. Elle reprit le chemin pour rentrer chez elle sans réfléchir, le chemin qu'elle avait emprunté d'innombrables fois avec Otto.

Sans s'en rendre compte, elle se retrouva adossée au mur dans son appartement, serrant sur ses genoux la boîte de lettres qu'elle n'avait jamais ouverte, l'exemplaire d'*Alice au pays des merveilles* posé dessus.

Méthodiquement, elle fendit chaque enveloppe et lu chaque lettre. Elle s'attendait à des accusations, à des excuses, et même à des supplications. Mais, bientôt, elle comprit qu'il s'agissait du deuxième roman d'Althea.

Lorsqu'elle arriva à la dernière enveloppe, la plus épaisse, sur laquelle était gribouillé un « Ne sois pas têtue », elle trouva un visa pour les États-Unis, un billet ouvert pour une traversée en bateau et un bout de papier.

Portant une dédicace dont Hannah était certaine qu'elle n'avait pas été ajoutée à la dernière version du livre.

Elle essuya une larme en la lisant.

À Hannah, l'héroïne que toutes les histoires aimeraient avoir.

48.

New York
Juillet 1944

Viv craignait qu'Althea James ne s'évanouisse dans ses bras. L'écrivaine était bien trop pâle, ses lèvres trop minces et ses poings trop serrés.

— Respirez, murmura Viv en conduisant Althea dans les loges où les comédiens attendaient de faire leur entrée quand le théâtre donnait une représentation.

De là, Althea ne pourrait pas voir l'ensemble de l'impressionnant auditoire avant de débuter son discours.

— Il paraît qu'imaginer les gens en sous-vêtements aide, ajouta-t-elle.

Althea tourna vers elle son regard effrayé, qui lui fit penser à un animal traqué.

— En fait, non, absolument pas, ne m'écoutez pas, reprit Viv en cherchant Bernice Westwood dans la salle.

Viv entendit la panique dans sa propre voix quand elle héla la secrétaire.

— Bernice, voulez-vous vous asseoir avec Mlle James ? Juste un instant ?

Il ne fallait surtout pas qu'Althea se laisse submerger par l'angoisse et se mure dans le silence. Bernice allait l'aider à se détendre.

— Bien sûr, mon ange.

Bernice s'appuya au bras du canapé bleu où était juchée Althea et entreprit de jouer son rôle à la perfection.

— Oh ! Il faut que je vous raconte ce que je viens d'apprendre sur deux rédacteurs du *Publishers Weekly*. Ils ont découvert par hasard qu'ils avaient la même maîtresse !

Viv sourit et quitta la pièce pour partir à la recherche d'Hannah Brecht.

Alors qu'Althea semblait sur le point de s'effondrer, Hannah était d'un calme olympien. Elle se tenait sur le côté de la scène et observait l'agitation avec une expression vaguement amusée. Elle était arrivée si tôt que Viv l'avait installée dans son bureau et lui avait remis un exemplaire de *Gatsby le Magnifique*, de Francis Scott Fitzgerald, un livre qu'Edith avait eu du mal à inclure dans le prochain programme d'édition pour l'armée en raison de ses faibles chiffres de vente.

Quand le public commença à affluer, Hannah s'était approchée de la scène.

Viv prit le temps de l'étudier. Elle portait une robe verte cintrée qui faisait ressortir la couleur chaude de ses yeux et contrastait avec les boucles sombres qui tombaient en cascade sur ses épaules. L'éclairage des projecteurs la masquait à moitié, et Viv se fit la réflexion que cela correspondait parfaitement à Hannah. Mi-ombre, mi-lumière. Toujours une part de mystère.

— Nerveuse ? lui demanda Viv.

Hannah ne quittait pas l'assistance des yeux.

— Ce n'est pas vraiment le mot juste, répondit la bibliothécaire avec une forme d'humour qui n'en était pas.

— Hmm.

Viv ne s'était jamais habituée à l'attitude distante d'Hannah, à sa manière d'observer le monde en spectatrice. Cela déroutait Viv, qui avait généralement du mal à ne pas s'impliquer émotionnellement. Et cela la rendait maladroite dans ces échanges polis dont Hannah se fichait éperdument.

— Vous avez dit que Mlle James serait présente ? interrogea Hannah en l'observant à la dérobée.

Viv consulta la montre fine qu'elle portait pour la journée.

— Oui. Mais je vais attendre que les autres intervenants aient terminé pour aller la chercher. Elle paraît... agitée.

Hannah tressaillit et croisa les bras en regardant M. Stern monter sur scène pour présenter le premier invité – un homme qui avait perdu ses jambes au printemps et dont le séjour à l'hôpital avait été adouci par les livres du programme pour l'armée.

Pour animer la journée, Viv n'avait pas seulement fait venir Hannah et Althea – elle avait fait appel à une foule d'intervenants : des bibliothécaires, lectrices bénévoles pour le Conseil ; un membre de la famille d'un soldat dont la dernière lettre encensait le programme ; un GI qui avait découvert les livres dans un hôpital en Italie ; un correspondant de guerre stationné avec des soldats dans le Pacifique. Si Taft résistait à la déferlante, il était encore plus cynique qu'elle ne le pensait.

Cela dit, tous ces gens étaient ses électeurs, et Viv était presque certaine de réussir à les convaincre.

Comme l'intervention d'Hannah approchait, elle fit signe à Edith, après l'avoir localisée dans l'assistance.

— Je vais chercher Mlle James, lui dit-elle. Pouvez-vous indiquer à Mlle Brecht quand ce sera son tour ?

— Bien sûr, répondit Edith.

Hannah observa Viv comme si elle voulait lui dire quelque chose, puis lui sourit avec sa réserve habituelle, et se tourna vers Edith. Avait-elle besoin de réconfort avant d'affronter la foule ? Après réflexion, Viv décida de lui faire confiance et retourna dans les loges.

Althea avait les yeux encore écarquillés quand Viv arriva, mais c'était sans doute dû aux commérages de Bernice.

— Prête ? demanda Viv après que Bernice lui eut fait un clin d'œil.

Althea était vêtue d'un chemisier blanc impeccable et d'une jupe à carreaux rouges un peu trop grande pour elle. Néanmoins, elle dégageait une aura de respectabilité qui plairait au public, songea Viv.

— Nous avons encore une dernière intervenante avant vous, mais j'ai pensé que vous aimeriez l'écouter.

Viv s'approcha d'Althea avec l'envie de la serrer dans ses bras, mais elle n'oubliait pas que l'écrivaine lui avait plusieurs fois claqué la porte au nez. Son geste pouvait être mal interprété.

— Qui est-ce ?

À son ton, Viv eut l'impression qu'Althea ne s'intéressait pas vraiment à la réponse et voulait juste penser à autre chose qu'à son discours imminent.

— Une femme que j'ai rencontrée ici, à New York, répondit Viv en l'entraînant vers la scène. (Hannah attendait à côté d'Edith et de M. Stern.) Elle travaille au Centre juif de Brooklyn, qui possède une bibliothèque consacrée aux livres interdits par les nazis. Avant, elle était employée dans une bibliothèque similaire à Paris.

Althea se figea à côté d'elle, les yeux rivés sur la silhouette d'Hannah.

— Hannah…

Ce fut à peine un souffle, aussitôt avalé par les applaudissements du public lorsque Hannah monta sur scène.

— Oui, dit Viv en les regardant tour à tour.

Fait surprenant, Althea avait encore pâli, et ses lèvres tremblaient comme si elle se retenait de pleurer.

— Elle a mentionné qu'elle vous connaissait, ajouta Viv.

Les yeux d'Althea se fermèrent et un petit rire lui échappa.

— Dans une autre vie.

49.

New York
Juillet 1944

Cela faisait plus de dix ans qu'Althea n'avait pas vu Hannah Brecht. Mais sa silhouette, son port de tête, ses longs cheveux et sa démarche chaloupée n'avaient pas changé.

Elle se sentit défaillir. Hannah Brecht, aux États-Unis. Pas seulement aux États-Unis, mais à New York, à quelques pas d'elle.

Hannah Brecht *vivante*, et non enterrée dans un charnier.

Ce n'était pas une certitude, qu'Hannah soit vivante. Pas après que les nazis avaient marché sur Paris. Althea avait toujours gardé espoir, se persuadant qu'Hannah avait ouvert sa dernière lettre. Mais la guerre était faite pour anéantir toute étincelle dans le cœur des gens. Plus qu'insensé, l'espoir semblait dangereux.

Quand Hannah salua l'audience, le microphone captura le ton désabusé de sa voix, celui qui évoquait tant de vies vécues, tant d'horreurs vues, tant de personnes et de discours bien plus grands que ce qu'elle s'apprêtait à dire.

Et pourtant, c'est elle, Althea, que Vivian Childs regardait, l'air passablement inquiet. Althea cligna plusieurs fois des paupières, ne sachant pas quoi dire pour la rassurer.

— Est-ce qu'elle savait que je serais ici ? s'entendit-elle demander.

— Oui, répondit Vivian avec une douceur inhabituelle.

Althea n'irait pas jusqu'à dire qu'elle connaissait bien Vivian, mais elle avait passé suffisamment de temps avec elle pour s'être fait une idée de sa personnalité. Vivian était jeune, vive, passionnée, comme jamais Althea ne l'avait été. Convaincue que le monde pouvait être bon, même quand elle avait vu à quel point il pouvait être mauvais.

Après une nuit passée à lire les lettres des soldats, Althea s'était sentie vidée, brisée, anéantie. Vivian faisait cela tous les jours et s'efforçait de réparer les injustices dont elle était témoin.

Une partie d'elle avait honte de regarder Vivian avancer dans la vie. Qu'avait-elle fait sinon se cacher et panser ses blessures pendant plus de dix ans ? Si une autre personne avait frappé à sa porte, Althea ne l'aurait pas ouverte. Mais quand elle avait observé Vivian, elle avait vu la jeune femme qu'elle aurait aimé être autrefois.

Althea James avait toujours voulu être une autre version d'elle-même.

Vivian Childs n'avait sans doute jamais eu cette idée.

Passer du temps avec Vivian lui avait permis de croire à nouveau qu'elle pouvait changer le monde, juste par la force de sa volonté.

Mais si elle avait su qu'Hannah serait présente…

Eh bien ? Elle fut incapable d'aller au bout de son raisonnement. Serait-elle venue ? Ou aurait-elle été paralysée comme elle l'avait été ces dix dernières années ? Par la peur, par la culpabilité, et aussi par la colère. Car la colère la consumait, elle ne pouvait le nier. Elle brûlait comme un feu dans sa poitrine, lui rappelant le soir où Hannah l'avait regardée d'un air outragé, si prompte à la blâmer, à penser qu'Althea l'avait trahie.

La guerre avait le don de rendre les anciennes blessures insignifiantes. Mais à la vue d'Hannah, la plaie s'était rouverte.

Qu'importe, maintenant qu'Hannah s'exprimait.

— Peu de gens sont forcés de regarder leur pays mourir, déclarait Hannah d'une voix mélodieuse, d'autant plus captivante qu'elle parlait doucement.

Althea se pencha instinctivement vers elle, sans doute comme le reste de l'auditoire.

— J'ai eu ce douloureux privilège, reprit Hannah, et je peux vous dire que cela ne ressemble en rien à un cri de colère, plutôt à un murmure insidieux. Au début, c'est juste une fissure, à peine perceptible. Cela commence par des critiques sur l'absence d'objectivité de la presse et par des rumeurs sur des ennemis politiques qui menacent votre famille, vos enfants. Puis la brèche s'élargit à chaque commentaire méprisant sur la science, l'art ou la littérature un vendredi soir dans un pub. Elle se nourrit du patriotisme, dont elle se sert comme d'une armure contre toute récrimination.

« Aujourd'hui, quand j'entends parler de l'Allemagne, cela me brise le cœur. Les gens semblent avoir oublié que certains des plus grands penseurs et artistes de notre temps sont originaires de mon pays. Albert Einstein, Erwin Schrödinger, Thomas Mann, Hannah Arendt… la liste est longue. Malgré ce que la propagande nazie voudrait vous faire croire, ces exilés représentent l'Allemagne que je connais bien mieux que le fou qui la gouverne actuellement. J'ai grandi dans un pays qui valorisait l'intelligence, le raisonnement et le débat, dans un pays qui vénérait les livres. J'ai grandi au pays des contes de Grimm et des épopées de Goethe. J'ai grandi dans une démocratie qui, même balbutiante, laissait de la place aux idées radicales et aux discussions gênantes, qui encourageait la pensée critique et la liberté d'expression.

« Quand je parle aux gens des autodafés de 1933 à Berlin, beaucoup sont choqués d'apprendre que ce sont des étudiants qui ont dirigé les opérations, qui ont allumé les bûchers et jeté les livres dans les flammes. »

Althea ferma les yeux et songea à la bruine, aux livres empilés sur les brouettes, à l'expression mauvaise de Diedrich quand elle l'avait pris à parti.

— Comment une chose pareille a-t-elle pu se produire ? poursuivait Hannah. Ces étudiants adoraient les livres. Tout comme de nombreux Allemands qui ont brûlé leur propre collection après cette fameuse nuit. Mais ils chérissaient encore plus leurs propres convictions. Et ce genre de dévotion ? Elle peut ronger une personne de l'intérieur. Et gangréner tout un pays.

Hannah retenait l'attention de la foule, comme si elle en avait saisi les fils dans ses mains et les tiraient à sa guise.

— Certaines nuits, je reste éveillée à me demander à quel moment nous avons perdu l'Allemagne que je connaissais. Certains évoquent l'invasion de la Pologne, l'acte de guerre officiel. D'autres considèrent l'Anschluss comme le déclencheur. Les possibilités sont infinies. La Nuit de cristal, la Nuit des longs couteaux, le boycott des commerces juifs, les lois raciales, l'ouverture des camps de concentration, les traités de novembre qui ont engendré tant d'amertume. Parfois, je me dis que c'est le moment où l'essence a été versée sur les livres. À cet instant, le pays le plus instruit du monde s'est volontairement, radicalement et béatement détourné de la connaissance.

Hannah baissa les yeux, non pas sur des notes, mais pour se donner du courage.

— On m'a demandé de prendre la parole aujourd'hui parce qu'une jeune femme brillante et passionnée pense que j'ai quelque chose d'important à dire sur les dangers de la censure gouvernementale. Ce que je peux vous dire, c'est que certains veulent que le monde pense comme eux et pas autrement. En fait, bien avant de pousser les gens à brûler les livres, Hitler a écrit dans *Mein Kampf* qu'un lecteur intelligent ne doit retirer de ses lectures que les idées qui soutiennent ses propres certitudes et se débarrasser du reste comme d'un poids inutile.

Elle prononça la dernière phrase avec emphase, comme s'il s'agissait d'une citation.

— Je peux vous dire qu'interdire des livres, brûler des livres, censurer des livres est une manière d'éradiquer un peuple, un système de croyances, une culture. Une manière d'étouffer des voix, même celles d'écrivains qui sont la fine fleur de leur pays.

« Je peux vous parler de ces hommes assoiffés de pouvoir qui utilisent la peur liée à certaines idées pour obtenir ce qu'ils veulent. Comme Goebbels et Hitler l'ont fait cette nuit de mai, 1933, lorsqu'ils ont persuadé tout un pays que détruire des mots déplaisants ou dérangeants était juste. Mais il est plus important que je vous parle de cette mort dont j'ai été témoin. De la manière dont la démocratie allemande s'est elle-même immolée.

« Je suis là pour vous avertir qu'il est facile de laisser l'essence se répandre sur ces pages. Une fois que l'étincelle est allumée, que le feu a pris et s'emploie à consumer tout ce qui vous tient à cœur, rien ne peut l'éteindre.

« Nous ne pouvons pas arrêter les individus qui lisent dans le seul but d'asseoir leurs convictions. (Elle ponctua cette phrase d'un coup de poing délicat sur le pupitre.) Mais nous pouvons arrêter les dictateurs, les tyrans, les brutes qui tentent de nous imposer leur vision du monde. Il peut sembler insignifiant, ici, dans cette salle, d'évoquer un simple amendement à un projet de loi qui a été rédigé avec les meilleures intentions. Mais je peux vous assurer que l'histoire s'écrit dans ces moments apparemment insignifiants. La nuit des autodafés, nous ne savions pas que nous vivions un événement historique. Nous imaginions une poignée d'étudiants brûler quelques livres. Et même lorsque nous avons vu les montagnes de romans et de revues scientifiques partir en fumée, nous n'avons pas compris ce qui nous attendait.

« En 1928, mon père, comme tous les habitants de mon pays, se moquait d'Hitler. Tous le considéraient comme un pantin, un homme que l'on pouvait facilement contrôler et qui se désarticulerait dès que le monde aurait entendu ses discours absurdes. Des années plus tard, nous avons dû fuir l'Allemagne après que mon frère a été interné dans un camp de concentration, où il a été tué pour ses croyances. »

« L'histoire s'écrit dans ces moments apparemment insignifiants. »

Althea fut émerveillée par la manière dont ces mots vous frappaient en plein cœur.

— Ainsi, conclut Hannah, à chaque instant, vous devez vous demander : voulez-vous faire partie de ceux qui versent de l'essence sur le bûcher ? Ou de ceux qui s'efforcent d'éteindre l'incendie ?

— Oui, murmura Viv tandis que le public applaudissait à tout rompre.

Althea se mit à rire, vaincue et bouleversée, les yeux noyés de larmes, alors que son esprit était de retour sur cette place où elle avait confronté Diedrich. Le seul moment de sa vie où elle avait fait preuve de courage. Si elle n'accomplissait jamais rien d'autre de bien, elle aurait au moins ce fait d'arme.

Viv lui sourit, avec une pointe de nervosité.

— Bien, à votre tour.

Althea la regarda d'un air éberlué.

— Vous voulez que je passe après ça ?

50.

New York
Juillet 1944

Viv retourna dans l'ombre tandis qu'Hannah Brecht descendait du podium. Les yeux de la bibliothécaire étaient rivés sur Althea.

D'après la réaction de l'écrivaine avant le discours d'Hannah, Viv avait deviné que l'histoire de ces deux femmes ne se résumait pas à une brève rencontre « dans une autre vie ». Et la manière intense dont elles se regardaient à présent confirmaient ses soupçons. Viv soupçonna même que, si elles avaient été seules, elles seraient tombées dans les bras l'une de l'autre.

— Tu es là, dit Althea dans un souffle.

— À cause de toi, répondit Hannah d'une voix plus assurée, tout en enroulant sa main autour du poignet de l'autrice, comme si le monde autour d'elles n'existait pas.

Viv s'en voulut d'interrompre leurs retrouvailles, mais le fait était que toute la salle attendait la suite. Et le spectacle devait continuer. Quand elle fit un pas vers les deux femmes, réapparaissant dans la lumière, deux paires d'yeux se tournèrent vers elle avec surprise.

— Désolée, mais… (Viv désigna la scène du menton, où M. Stern patientait dans un silence fébrile.) Althea ?

Althea se redressa légèrement, voulut dire quelque chose à Hannah, puis se ravisa et sourit à Viv.

— D'accord.

Hannah hésita, puis s'écarta à peine de sorte que, lorsque Althea la dépassa, leurs épaules se frôlèrent.

Viv interrogea Hannah du regard, et la bibliothècaire lui sourit en secouant la tête.

Peu importait ce qu'Althea ressentait pour Hannah, cela avait au moins redonné un peu de couleurs à son visage, se réjouit Viv. L'écrivaine n'avait plus l'air d'être sur le point de s'écrouler au premier coup de vent.

De son poste d'observation, Viv voyait combien Althea était nerveuse, mais le public n'avait rien remarqué. Les spectateurs s'étaient levés pour l'ovationner, un tonnerre d'applaudissements qui enchanta Viv.

Exactement ce qu'elle espérait.

Il fallut plusieurs minutes pour que les gens reprennent leur place, mais Althea ne semblait guère perturbée par l'agitation générale.

— On m'a dit que les GI avaient mon livre dans leur poche lorsqu'ils ont débarqué sur les plages de Normandie, commença-t-elle, faisant taire les derniers murmures. J'ai lu un grand nombre de lettres de soldats, de leurs familles, de leurs supérieurs, qui m'assurent que mon livre les a sauvés. Je devrais peut-être en parler. Les éditions pour les armées changent des vies, gonflent le moral des troupes, etc. (Elle fit une pause et prit une profonde inspiration.) Mais j'aimerais plutôt vous parler de l'époque où j'étais prête à rejoindre les rangs des nazis.

Un grondement traversa l'auditoire.

— J'ai été invitée en Allemagne, en 1932, par Joseph Goebbels, l'homme qui dirige la machine de propagande nazie – avec une remarquable efficacité, je dois dire. La nuit où Hitler a été nommé chancelier, j'ai marché avec la foule en liesse dans les rues de Berlin. J'étais naïve, voyez-vous. Je pensais que la politique était morale, que les dirigeants du monde respectaient des règles, que si des guerres éclataient, elles étaient menées par des hommes rationnels.

« Je ne m'étais jamais intéressée à la politique, continua-t-elle avec un petit haussement d'épaules. Je ne me sentais pas concernée. À quoi bon, de toute façon ? Je pouvais voter. Mais à quoi bon quand le monde ne changeait pas ? La politique était une entité distincte de ma vie, je la voyais comme un jeu auquel s'adonnaient des hommes qui avaient du temps à perdre. »

Des rires sporadiques couvrirent les commentaires insultants de plusieurs membres du Congrès assis au premiers rang.

— Quand je suis arrivée à Berlin, les nazis ont exploité ma naïveté. Ils m'ont raconté des histoires convaincantes sur la reprise économique, sur la renaissance de la grande Allemagne, sur un mouvement né du mécontentement de la jeunesse. Revers de la médaille, ils ont brandi la menace d'un croque-mitaine – les communistes capables de vous assassiner en pleine rue pour un oui ou pour un non. Alors que c'étaient ces brutes de nazis qui commettaient ce genre de crimes sans le moindre scrupule.

À côté de Viv, Hannah hocha la tête.

— Quel rapport avec le programme d'édition pour l'armée, me direz-vous ? J'ai commencé à m'intéresser à la politique après ma brutale prise de conscience en Allemagne. Et mon opinion n'a pas beaucoup changé – j'ai toujours l'impression que ces hommes jouent au poker ou au football. Chaque camp compte ses points sans tenir compte des vies en jeu et, la plupart du temps, ça fonctionne. La tendance oscille de gauche à droite, et nous avons un semblant de gouvernement se formant au milieu.

Le discours était plus tranchant que ce à quoi Viv s'attendait mais, comme il s'agissait d'Althea James, personne n'osait quitter la salle.

— La plupart du temps, ça fonctionne, répéta Althea. Mais parfois, ça vous rend aveugle aux moments où la politique n'est plus uniquement de la politique. Des années avant l'invasion de la Pologne par Hitler, beaucoup de dirigeants pactisaient avec cet homme. Ils l'ont traité comme n'importe quel autre politicien qui respecterait les règles du jeu. Des règles tacites qui vous interdisent de faire disparaître des millions de citoyens en plein jour. Qui interdisent aux membres d'un parti d'assassiner leurs adversaires sur la place publique. Qui interdisent aux pays de brutaliser ses voisins et de massacrer son propre peuple.

« Mlle Brecht vous l'a dit, nous vivions une époque beaucoup plus importante qu'il n'y paraît. (Hannah s'agita à côté de Viv.) Moi qui étais avec elle la nuit des autodafés, je partage entièrement ses propos.

Une vague de murmures parcourut l'auditoire, agréablement surpris d'apprendre que les deux oratrices se connaissaient.

— Je ne suis plus la fille naïve d'Owl's Head avec des étoiles dans les yeux, aveugle à ce qui se passait autour d'elle. Même s'il est l'éléphant dans la salle aujourd'hui, je sais le pourquoi de cet amendement, je vois les rouages de la politique à l'œuvre. Le quatrième mandat de Roosevelt est votre croque-mitaine, sénateur Taft.

Les mains de Viv se crispèrent sur son bloc-notes.

— Elle n'y va pas de main morte, hein ?

— Non, répondit Hannah d'un air amusé. Manifestement pas.

— Et vous voulez remporter les suffrages contre vos adversaires, continua Althea d'une voix ferme, mais si vous niez le bonheur et le réconfort que les éditions pour l'armée apportent à nos soldats à l'étranger, alors vous êtes coincé sur un plateau de jeu tandis que le reste du monde affronte la réalité.

« Il y a des choses plus importantes dans ce monde que la politique. Il y a des choses plus importantes que de marquer des points et remporter une victoire pour votre parti. Certains d'entre vous nous trouvent sûrement excessifs et ne comprennent pas que l'on fasse tant d'histoires pour des livres. Beaucoup de gens pensaient comme vous en mai 1933. Et si j'ai retenu une leçon de mon séjour à Berlin, c'est celle-ci : s'en prendre aux livres, à la rationalité, à la connaissance, n'est pas une tempête dans un verre d'eau. C'est un canari mort dans une mine de charbon.

« Il y a des moments dans la vie où vous devez défendre ce qui est juste, peu importe la position de votre parti. Et si vous n'identifiez pas ces moments-là quand les enjeux ne sont pas importants, je vous assure que vous ne les reconnaîtrez pas non plus quand ils le seront. Merci. »

— Bon sang de bois, marmonna Viv.

Lorsqu'elle se tourna pour sourire à Hannah, elle trouva la place vide. Cela la déconcerta, mais elle n'eut pas le temps d'y réfléchir. Althea l'avait rejointe, et Viv ne put s'empêcher de la prendre dans ses bras.

— Je suis fière de vous, souffla-t-elle à son oreille sans se soucier du fait que l'écrivaine se fichait probablement de son avis.

Althea lui tapota maladroitement le dos.

— J'espère que je ne vous ai pas mise dans l'embarras avec le sénateur.

— Ça n'a pas d'importance, dit Viv en s'écartant. Même si les journaux ne publient que des passages de votre discours, Taft aura l'air mesquin s'il s'entête.

— Et s'ils citent Hannah, il passera pour un nazi, un homme du mauvais côté de l'histoire, ajouta Althea en coulant un regard derrière Viv.

Hannah ne se trouvait pas non plus dans les coulisses. Les épaules d'Althea s'affaissèrent, puis elle remit sa cuirasse. Le sourire qu'elle adressa à Viv était forcé, mais Viv ne la connaissait pas assez bien pour l'interroger.

— Félicitations ! dit l'autrice. Maintenant, il va être obligé de retirer l'amendement.

— Je suis d'accord, déclara une voix derrière elles.

Viv se retourna et vit Hale, en costume impeccable et les cheveux savamment décoiffés, tel le charismatique membre du Congrès qu'il était. Elle lut dans son regard mutin qu'il avait envie de la serrer dans ses bras, comme elle l'avait fait avec Althea.

— Tu penses vraiment que ça va marcher ? lui demanda-t-elle avec espoir.

Elle avait passé des mois à organiser cet événement, mais allait-elle réussir son coup ? Cela dépasserait ses rêves les plus fous.

— Oui. (Il la rejoignit et posa une main sur son épaule, un contact qui la fit sourire.) Je pense que oui.

Et il avait raison.

Les médias avaient déjà pris fait et cause pour le Conseil mais, après la conférence, les journaux de tout le pays firent monter les enchères. La plupart publièrent des éditoriaux. Le message était grosso modo le suivant : les hommes qui risquaient leur vie pour notre patrie étaient tout à fait capables de choisir leurs lectures.

Mais ce qui mettait Viv en joie, c'était le consensus selon lequel les livres n'étaient pas *que* des livres. C'étaient des histoires qui aidaient les soldats épuisés sur le front à se rappeler pour quoi ils se battaient – la liberté d'opinion, les valeurs américaines, la lutte contre le fascisme. Pour un pays abreuvé de propagande antinazie pendant des années, l'idée d'être associé à Hitler et à sa politique autoritaire était insupportable.

Leo Aston donna le coup de grâce. Non pas avec son portrait d'Althea James, invitée des nazis à Berlin en 1933, bien que ce soit l'une des meilleures ventes du *Time*.

Non, le journaliste avait entendu Taft confier à son acolyte, à la sortie du Times Hall, que si on leur en donnait l'opportunité, soixante-quinze pour cent des militaires voteraient Roosevelt et que c'était la raison pour laquelle il s'était opposé au vote des soldats. Dès que cette information circula, les alliés de Taft prirent leurs distances et critiquèrent ses prises de position.

Et même si ce n'était pas l'histoire que Viv avait voulu raconter, ni ce à quoi elle avait consacré tous ses efforts, au bout du compte elle était parvenue à ses fins.

À la mi-août, les législateurs sortirent du bois pour soutenir la suppression de l'amendement.

Avec une rapidité inédite pour le Congrès, les législateurs votèrent contre l'amendement de Taft à une écrasante majorité. Le président signa rapidement le texte correspondant et, comme par enchantement, le Conseil fut libre d'inclure tous les livres qu'il désirait dans son programme pour l'armée.

Hale emmena Viv chez Delmonico's pour fêter la victoire avec une bonne bouteille de vin rouge et un steak saignant, à la manière d'un vrai politicien. Mais cela ne la dérangeait pas, bien au contraire.

— Et maintenant ? interrogea Hale en étudiant la carte des desserts.

— Le monde va continuer à tourner, dit Viv avec un soupir en s'enfonçant dans son fauteuil.

Elle avait transpiré toute la journée mais, dans la salle fraîche et tamisée, elle ressentait un soulagement exquis et n'était pas pressée de retrouver la chaleur du dehors.

— Et j'imagine qu'on va continuer à mener les combats qui nous semblent justes.

Hale l'observait de son regard sombre.

— Que feras-tu après la guerre ?

— Quand exactement ? demanda-t-elle avec un petit rire.

— Bah, tu sais comme moi que la fin est proche… Tu viendrais travailler pour moi ?

— C'est une vraie offre d'emploi ? interrogea-t-elle, un peu étonnée.

— Oui et non, répondit Hale en posant le menu pour lui accorder toute son attention. Oui, dans la mesure où tu serais une précieuse ressource pour mon équipe. Non, parce que je pense que tu n'accepterais pas.

Viv sourit.

— Si j'ai appris une chose, c'est que je préfère presque tout à la politique.

— Tu ne peux pas me reprocher de tenter ma chance, fit-il avec désinvolture.

Il sourit au serveur qui s'était approché et commanda un gâteau au chocolat et deux expressos.

— Sans rire, qu'est-ce que tu vas faire ?

— Trouver d'autres combats justes à mener, dit-elle en lui faisant du pied.

Il lia sa cheville à la sienne.

— Ça ressemble à de la politique, dit-il avec un demi-sourire.

— Tout est de la politique à tes yeux. (Puis elle retrouva son sérieux, et détourna les yeux de son regard pénétrant.) Je pense rester dans les livres. Pourquoi pas ? Nous avons créé une nouvelle génération de lecteurs à l'étranger. Quand ils rentreront, les maisons d'édition seront très sollicitées.

— Raconter des histoires, dit Hale avec un hochement de tête. Les gens te feront confiance pour les choisir.

Viv appuya son menton contre son poing.

— Je l'espère.

Il mêla ses doigts aux siens.

— Moi, je te fais confiance.

— Tu n'es pas impartial, dit-elle avec un sourire taquin.

— Peut-être, admit-il en lui caressant les doigts.

Elle ne se déroba pas comme elle l'aurait fait quelques semaines plus tôt. Le visage de Hale se fit soudain grave.

— Tu es heureuse, Viv ?

— Qui l'est ? demanda-t-elle avec une légèreté forcée.

Comme il conservait son expression sérieuse, elle lutta contre l'envie de partir en courant.

— Difficile de l'être, ajouta-t-elle.

— À cause de la guerre ?

— Oui, évidemment. Mais aussi, je pense que j'ai été trop influencée par les romans, dit Viv en baissant les yeux sur leurs mains jointes.

— Que veux-tu dire ?

S'il s'agissait d'un roman…

— Dans les romans, on construit une intrigue jusqu'à sa résolution, dit-elle en s'efforçant de tenir un raisonnement cohérent. Avec un dénouement et une fin.

— Tu as eu ton dénouement. Et maintenant, la vie continue.

— Les fins heureuses n'existent pas dans la vraie vie. Je serais en colère si c'était la fin pour moi, ne te méprends pas.

Hale hocha la tête comme s'il la comprenait.

— Mais c'est bizarre d'aller travailler, de payer ses factures et de prendre son café tous les matins comme si de rien n'était, fit-il.

— Althea James se sent coupable de se considérer comme le personnage principal dans chaque histoire. Je comprends ce qu'elle veut dire maintenant.

— Tu étais le personnage principal de celle-là, dit Hale en lui caressant le dos de la main. Tu t'es battue comme une lionne, et tu as obtenu gain de cause.

— Mais, dans la prochaine, je pourrais être un personnage secondaire.

Hale rit. Cela lui allait bien. Elle se rendit compte qu'elle voulait être cette personne tout le temps : celle qui le faisait rire.

— Je peux te dire…, commença Hale en portant sa main à sa bouche. (Ses lèvres effleurèrent ses doigts, son souffle était chaud, ses yeux bien trop intenses pour le moment qu'ils partageaient.) … que tu ne seras jamais un personnage secondaire pour moi.

— Idiot, gloussa Viv.

Mais une chaleur s'insinua dans son ventre, dorée comme du champagne pétillant, qui l'incita à croire que cela pouvait être un heureux commencement, si elle avait le courage de l'accepter.

— Peut-être bien, dit Hale en fronçant les sourcils. Mais tu m'adores pour ça.

— C'est vrai, répondit-elle doucement et, lorsqu'il lui sourit, elle ne put s'empêcher de lui rendre la pareille. Nous ferons de toi un chevalier errant.

51.

New York
Juillet 1944

Althea refusa la proposition de Vivian Childs de lui faire visiter la ville, et la laissa fêter la victoire avec son ami, qui n'avait clairement d'yeux que pour elle. Vivian avait accompli un exploit aujourd'hui, et, même si elle n'atteignait pas son but, elle pouvait être fière.

N'était-ce pas plus important que la victoire elle-même ?

Ce n'était pas sûr. Althea voulait s'en convaincre, pourtant, même si elle avait réussi à sortir de sa réserve, le départ précipité d'Hannah était un coup dur auquel elle ne s'attendait pas.

Hannah avait été magnifique, inspirante, courageuse, comme toujours.

Althea se faisait une joie de la revoir dans de telles circonstances. Mais lorsqu'elle était descendue de scène, Hannah avait disparu. Était-elle seulement restée pour écouter son discours ? Était-ce si crucial pour elle ?

Au bout du compte, Althea était heureuse d'avoir prononcé ce discours, d'avoir agi plutôt que de rester terrée dans sa tanière. Elle avait trop longtemps laissé une erreur de jugement dicter ses actions. Qu'importait si elle avait cru que les nazis étaient un parti légitime pendant quelques mois au début des années 1930 ! La plupart des dirigeants du monde s'étaient trompés eux aussi, alors qu'ils étaient bien plus intelligents qu'elle.

Il était grand temps qu'elle se débarrasse de la culpabilité qui la minait depuis toutes ces années. Elle n'avait pas mérité une condamnation à vie.

Quand elle pensait à la souffrance d'Hannah, elle se détestait, pourtant elle savait bien aujourd'hui qu'elle n'en était pas la cause. La capture d'Adam avait été une manière pour Diedrich de la punir, oui, mais les Nazis n'avaient jamais eu besoin d'excuse pour commettre des crimes. Dès qu'ils auraient découvert qu'Adam complotait contre eux, ils l'auraient éliminé. La punition était un simple bonus personnel pour Diedrich.

Pendant des années, Hannah avait été le juge, le jury et le bourreau de tous les actes d'Althea, et elle ne pouvait s'en prendre qu'à elle-même. Le fantôme d'Hannah avait imprégné toutes les facettes de sa vie, parce qu'elle l'avait laissé faire.

En fin de compte, ce n'était pas vraiment la voix d'Hannah qui la hantait à chaque instant, mais sa propre voix.

Elle s'était rangée du côté des nazis durant trois mois et avait payé cette décision pendant dix ans.

Il était temps.

Il était temps de passer à autre chose. Il était temps de se pardonner. Il était temps de pardonner à Hannah.

Althea avait attendu le moment où elle serait l'héroïne de l'histoire. Mais elle se rendait compte maintenant qu'elle n'avait pas besoin de l'être. Elle avait tenu la vedette, elle avait tué les monstres – du moins elle avait pris part au combat –, et aucun de ses problèmes n'était résolu.

Pourtant, elle avait vraiment pensé que si elle empruntait le bon chemin, si elle luttait vaillamment, elle pourrait se racheter. Mais la rédemption ne se bâtit pas sur un seul acte – il en faut des milliers.

Comme la fois où elle avait écrit que le fanatisme et la haine harponnaient votre âme comme des hameçons et refusaient de la relâcher.

Ou la fois où elle avait apporté des provisions à un voisin qui, dans l'Allemagne nazie, aurait été expédié dans un camp de concentration parce qu'il ne pouvait pas marcher ; où elle avait contesté les propos dangereux d'un ami ; où elle s'était mise à nu et avait reconnu ses erreurs pour que d'autres en tirent des leçons.

Elle ne regrettait plus de ne pas être une héroïne mais, grâce à ces petites actions, elle était convaincue de ne pas être non plus la méchante de l'histoire. Juste une personne qui s'efforçait de vivre de son mieux, sans faire de mal à qui que ce soit.

Vivian lui avait donné l'adresse d'Hannah avec une discrétion qui l'avait touchée. La retraite d'Hannah était bien gardée avec Vivian.

Le grand événement au Times Hall avait eu lieu trois jours plus tôt, et Althea n'avait pas encore trouvé le courage de frapper à la porte d'Hannah.

Hannah n'avait jamais répondu à ses lettres, voilà le problème. Alors même qu'elle les avait sûrement ouvertes, en particulier celle contenant le visa qu'Althea avait eu tant de mal à obtenir.

Peut-être qu'Hannah lui en voulait encore pour la capture d'Adam.

Mais lui aurait-elle souri quand elle avait quitté la scène ?

Althea faisait les cent pas dans le petit parc en face de l'appartement d'Hannah. C'était dans un quartier de Brooklyn en plein essor, le genre de quartier où elle pourrait vivre, songea Althea. Les enfants couraient après leur ballon dans les rues, les femmes bavardaient sur les perrons, les anciens jouaient aux dames sur le trottoir. Cela lui rappelait son chez-elle, même si, pour elle, cela avait toujours été synonyme de mer et de falaises.

Elle songea que son chez-elle n'était peut-être pas un lieu, mais une personne.

En relisant l'adresse, elle se remémora cette fameuse soirée.

« Les gens comme nous ont-ils des fins heureuses ? » avait-elle demandé à Hannah.

« Elles sont peut-être compliquées, mais elles n'en sont pas moins heureuses pour autant. »

Rassemblant son courage, Althea prit une grande inspiration.

Puis elle traversa la rue, monta les marches et frappa à la porte.

52.

New York
Juillet 1944

Hannah s'était enfuie.

Elle ne s'était jamais considérée comme une lâche mais, cette fois, elle n'avait pas demandé son reste.

Althea était éblouissante, puissante. À chacun de ses mots, Hannah avait été traversée de frissons.

Elle était tombée amoureuse de cette fille aux grands yeux et aux émotions brutes, qui rougissait comme elle respirait. Cette fille l'avait brisée, plantant ses griffes dans son âme avant de verser du sel sur ses plaies.

Mais cette femme qui parlait avec tant de conviction était proprement fascinante. Et cela terrifiait Hannah.

Elle avait utilisé le visa envoyé par Althea pour fuir Paris et la déferlante à venir. Pour fuir Otto et ses yeux hagards.

Mais elle n'avait pas cherché à la retrouver. Elle avait trop peur de la réaction d'Althea quand cette dernière apprendrait qu'Hannah l'avait accusée à tort durant des années. Et qu'elle l'avait prise pour un monstre pendant tout ce temps.

Quand elle était arrivée à New York, Hannah avait découvert un pays qui lui rappelait tout ce qu'elle cherchait à fuir.

Elle avait vu les photos où les Noirs américains buvaient à des fontaines différentes de celles des Blancs, où des pancartes proclamaient que les Juifs étaient le fléau de l'Occident. Cela lui avait tellement rappelé l'Allemagne nazie qu'elle avait failli vomir en les regardant.

Le pays de la liberté et de l'égalité ne lui avait pas déroulé le tapis rouge. Sa troisième semaine à Brooklyn, elle avait trouvé des insultes peintes sur sa porte d'entrée. Et le Centre juif devait régulièrement remplacer les vitres que les gens cassaient à coups de briques.

Hannah s'était endurcie. Elle avait compris que le bien existait, mais aussi la peur et la haine. La plupart des gens faisaient tout pour protéger leur vision confortable du monde et le statu quo qui les aidait à survivre.

Elle n'avait pas vu grand-chose dans son pays d'adoption pour la faire changer d'avis et croire que l'humanité valait la peine d'être défendue. Aussi avait-elle mené une existence discrète, elle s'était liée d'amitié avec les gens bienveillants de son quartier, et elle se perdait dans les livres quand son fardeau était trop lourd.

Mais revoir Althea avait tout fait basculer.

Althea n'avait aucune raison de se mettre en danger comme elle venait de le faire avec son discours. Son livre avait déjà été envoyé aux troupes et suscité les éloges de la presse et des critiques littéraires. Elle n'avait pas besoin de reprocher explicitement aux membres du Congrès leur égoïsme et leur indifférence face aux besoins des soldats.

Et pourtant, elle l'avait fait.

La force de caractère n'était pas une qualité innée. Parfois, elle était le résultat de luttes, d'épreuves et d'échecs.

Parfois, elle venait avec la maturité.

Althea aurait pu céder à l'amertume. Accusée à tort par une amante et manipulée par un parti politique sans scrupules, elle aurait pu mal tourner, devenir mauvaise. Personne ne l'en aurait blâmée.

Au lieu de cela, elle avait employé le peu de pouvoir qu'elle possédait pour rendre le monde meilleur en songeant aux hommes prêts à donner leur vie pour leur pays.

Hannah ne pouvait s'empêcher de l'admirer.

Pourtant, c'était difficile.

Difficile de revoir une personne que vous avez méprisée, calomniée, brisée. La regarder dans les yeux et lui demander pardon ?

Otto ne l'avait pas fait.

Cette réalité avait couvé dans son cœur pendant des années. Même après avoir appris sa mort – suicide par overdose d'opium. Hannah avait fait son deuil. Elle avait déposé une couronne de lis sur l'eau et avait récité une prière en versant tant de larmes que la rivière avait failli déborder.

Et pourtant, elle n'oublierait jamais qu'il ne lui avait pas demandé pardon.

Peut-être qu'elle aurait dû rester après le discours d'Althea. La confronter dans cet espace sombre, pour se libérer du fardeau qu'elles portaient toutes deux depuis tant d'années.

Pour une fois, Hannah éprouva de la compassion pour Otto. Reconnaître ses torts était plus difficile qu'elle ne l'avait imaginé.

Pourtant, elle avait l'intention de le faire, d'obtenir l'adresse d'Althea par Vivian Childs. Elle avait juste besoin de quelques jours pour respirer.

C'est alors qu'on frappa à la porte.

Hannah sortit de la cuisine et se dirigea vers l'entrée, les yeux fixés sur la porte. Personne ne lui rendait jamais visite. Pas ici, dans son sanctuaire.

Un autre coup.

Hannah s'approcha, un torchon en boule dans les mains tandis que son esprit évoquait un million de possibilités. Toutes aboutissant à Althea.

Elle regarda par le judas. Et posa son front contre le bois.

Elle songea aux lettres, à la nuit où Althea l'avait contemplée de ses grands yeux, à la façon dont elle s'était échouée sur le trottoir. Elle songea à *Alice au pays des merveilles* et aux journées de printemps passées à explorer Berlin. Elle pensa au lit aux draps froissés et aux doigts qui couraient sur sa peau.

Elle songea à des possibilités.

À des fins heureuses qu'elle ne méritait peut-être pas.

À des fins compliquées qu'elle méritait sans doute.

Puis Hannah ouvrit la porte.

Épilogue

Berlin
Mai 1995

Peu de gens remarquèrent les deux femmes assises sur un banc, qui observaient de loin l'inauguration du Mémorial de l'autodafé de la Bebelplatz.

Martha Hale Schumacher gardait un œil sur elles depuis le début de la cérémonie. Elle toucha le coude de sa mère et tourna la tête vers le banc.

Les yeux de Vivian Hale suivirent le mouvement et s'adoucirent à la vue des deux amies.

— Elles ne vont rien voir, dit Martha en faisant la moue.

Le mémorial enfoui dans le sol était si facile à manquer. Plus tôt dans la journée, Martha avait réussi à se faufiler jusqu'au bord pour voir les rangées d'étagères blanches vides enterrées, capables de contenir les vingt mille livres qui avaient été brûlés cette nuit de mai 1933.

Immortalisés par un vide.

— Elles n'ont pas besoin de le voir, répondit Viv en enlaçant la taille de Martha.

À soixante-quinze ans, sa mère était encore assez forte pour la serrer contre elle, assez grande pour déposer un baiser sur le sommet de son crâne.

Le geste était si familier que Martha s'en délecta. Sa mère était très tactile, sa manière de réconforter ses enfants – et tout autre personne, en réalité – quand elle le pouvait. Martha avait l'impression d'avoir passé une grande partie de ses quarante-neuf années à se laisser étreindre par sa mère.

Son père était tout aussi démonstratif, et Martha, à l'adolescence, s'était sentie constamment gênée à la vue de ses parents – qui semblaient incapables de ne pas se toucher –, tout en se réjouissant de leur complicité.

— Tu crois qu'elles auraient préféré ne pas venir ?

Martha pouvait se montrer très directe, comme sa mère.

C'était elle qui avait imaginé ce voyage à Berlin après avoir lu des articles sur la « bibliothèque vide ». Ses tantes n'avaient jamais pu lui dire non, aussi en avait-elle profité.

— Oh non, ma chérie, dit Viv en lui tapotant le bras. Elles sont contentes d'être là. Mais elles ont entendu beaucoup de discours dans leur vie. Elles n'ont pas besoin d'en entendre un autre.

C'était sans doute vrai, mais ces deux femmes étaient la raison pour laquelle Martha était venue en Allemagne. Elle étreignit sa mère une dernière fois, puis s'écarta de la foule pour se diriger vers ses tantes, en évitant les touristes en short de bain et tongs, un drapeau américain à la main.

Hannah sourit quand Martha se posta devant elle, lui masquant le soleil. À bientôt quatre-vingt-dix ans, elle était toujours aussi belle. Ses prunelles dorées s'étaient assombries, mais l'intelligence y brillait toujours, plus vive que jamais.

— Tu es en train de manquer la cérémonie, ma jolie, dit Hannah.

— C'est ma réplique, plaisanta Martha en regardant les deux femmes tour à tour.

Elles se tenaient la main et semblaient détendues, alors qu'elles auraient dû être épuisées par le voyage.

— Nous avons assisté à suffisamment de cérémonies dans notre vie, dit Althea avec un sourire en coin, faisant involontairement écho aux pensées de Viv sur le sujet.

Martha avait envie d'argumenter, de rappeler que sa mère et elle avaient passé des semaines à préparer ce voyage. Elles s'étaient chargées des passeports, des billets d'avion et des chambres d'hôtel pour deux femmes âgées dont les hanches n'étaient plus très solides.

Mais elle prit le temps d'étudier leurs visages. Bien que toutes deux aient l'air sereines, Martha sentit une tension dans leurs postures. À l'évidence, elles étaient happées par leurs souvenirs – et Martha n'avait pas le droit de les arracher à leur bulle juste pour partager le moment émouvant qu'elle avait imaginé.

Elle aurait dû s'en douter. Même si on pouvait les qualifier de militantes, ses tantes n'aimaient guère évoquer leur vie à Berlin. Elles avaient veillé à ce que les enfants qui faisaient partie de leur existence – Martha et ses deux frères – comprennent combien il était facile de commettre des atrocités quand les gens bien détournaient le regard. Mais elles n'aimaient pas s'attarder sur le sujet pendant leur temps libre.

Elles y consacraient toutes deux suffisamment de temps dans leur vie professionnelle.

Après trois romans au succès retentissant, Althea avait écrit plusieurs essais sur l'idée qu'une démocratie saine pouvait aisément céder au fascisme. Elle avait fait des tournées de conférences, et même été interviewée pour un documentaire de la chaîne PBS qu'ils avaient regardé tous ensemble, en habits du dimanche. À la soixantaine, elle s'était mise à écrire des livres pour enfants traitant des mêmes sujets, mais d'une manière plus ludique, avec des dragons, des princesses et des fins compliquées, qui n'étaient jamais aussi simplistes que celles des contes de fées classiques. La série était devenue très populaire, et Martha possédait une étagère entière de premières éditions signées qu'elle lisait à sa propre fille.

Hannah avait continué à mener un combat plus discret à la Bibliothèque des livres interdits du Centre juif de Brooklyn jusqu'à sa fermeture dans les années 1970, à cause de la guerre froide. Avec l'aide d'Althea et de Viv, Hannah avait également lancé sa propre petite imprimerie, Aux mille merveilles, avec une production très éclectique : des recueils sur le féminisme jusqu'aux essentielles brochures éducatives sur l'épidémie du sida.

Elles avaient installé leur presse dans un petit local de Brooklyn, tout proche du premier bureau de campagne du père de Martha. Althea et Hannah avaient transformé le hall d'entrée en un lieu de rencontre pour les intellectuels, étudiants, poètes et philosophes. L'endroit était toujours animé et ne comportait qu'une seule règle : aucun sujet n'était interdit.

Martha avait été élevée dans cette atmosphère de campagne politique. À sept ans, elle connaissait déjà les différents systèmes de gouvernement et comment faire voter un projet de loi.

Par-dessus tout, Martha avait appris que les livres étaient sacrés, même ceux qui défendaient des idées différentes des siennes.

« Pourquoi tu ne l'as pas aimé ? » demandait Althea, poussant Martha à construire un raisonnement à partir d'une réaction instinctive. Martha soutenait que c'était parce que ses tantes s'étaient acharnées à aiguiser son esprit critique qu'elle était l'un des plus jeunes membres de la Chambre des représentants.

En songeant à tout cela, Martha comprit que celles qu'elle avait toujours considérées comme ses tantes n'avaient pas besoin de la solennité et de la grandiloquence de cette inauguration.

Elles étaient elles-mêmes des monuments aux idéaux célébrés par ce mémorial, de par leur simple mode de vie.

Alors, au lieu de les tirer du banc, Martha se laissa tomber à côté d'Althea et se blottit contre elle, comme elle le faisait depuis sa tendre enfance.

— Raconte-moi une histoire.

Althea caressa les cheveux de Martha et rit. Puis, comme toujours, elle s'exécuta.

— Il était une fois…

Remerciements

Il faut un village pour publier un livre, et je dois tant au mien.

Tout d'abord, un grand merci à mon agente, Abby Saul. Pour m'avoir encouragée à écrire des romans historiques pour commencer, et pour m'avoir patiemment aidée à trouver le cœur de ce livre grâce à ta sensibilité d'éditrice ; pour t'être jetée dans le vide avec moi en espérant atterrir sur des oreillers ; pour les toasts au champagne et les célébrations à la bibliothèque et tout ce qu'il y a entre les deux. Je suis si heureuse de t'avoir à mes côtés dans cette grande aventure.

Un grand merci à Tessa Woodward, qui avait une vision très claire du livre avant même qu'il soit terminé. La première fois que nous avons discuté de ta vision éditoriale, j'ai été enthousiasmée par tes idées pour tirer le meilleur parti de l'histoire, et par la certitude que je deviendrais une meilleure écrivaine au cours du processus.

Merci beaucoup à toute l'équipe de William Morrow. En coulisses, beaucoup de personnes qui mettent tout leur cœur et leur talent pour qu'un livre arrive entre les mains des lecteurs. Je suis honorée de travailler avec vous tous.

Au groupe #TeamLark : vous êtes le plus bel exemple de soutien aux écrivains. Je vous suis très reconnaissante pour vos conseils avisés, vos jeux de mots et votre amitié.

Tout le monde vous dit, lorsque vous commencez à écrire, de ne pas vous attendre à ce que vos amis lisent vos livres, mais pour moi c'est tout le contraire. Certains l'ont même donné à leurs familles et aux amis de leurs familles. Je tiens à remercier tout particulièrement Abby McIntyre, Katie Smith, Marissa et Jesus Carl-Acosta, Julie Volner, Teresa Goncalves, Tonya

Austin, Jessie Silko, Kathleen et Kendra Hayden, et Katherine Kline, parmi tant d'autres.

Rien de tout cela n'aurait été possible sans le soutien de ma formidable famille – Deb, Bernie, Dana, Brant, Raegan et Grace. Vous êtes les personnes que j'aime le plus au monde.

Quand je dis qu'il faut un village, cela vous inclut, chers lectrices et lecteurs. Merci d'avoir tenté votre chance avec ce livre, d'avoir dépensé de l'argent durement gagné et consacré un temps qui semble toujours compté de nos jours. Comme Viv, je pense que le rôle d'un auteur est de vous permettre de vous évader pendant quelques heures, d'alléger votre cœur et de vous faire ressentir des émotions. Merci de votre confiance pour cela.

Enfin, j'aimerais rendre hommage à tous les gens, merveilleux et courageux, qui ont œuvré pour protéger les livres des nazis. Le monde a une dette envers vous.

Note de l'autrice

J'étais une enfant des livres, toujours le nez entre les pages, qui préférait les bibliothèques aux aires de jeux ; puis une adolescente qui passait le plus clair de son temps libre à fureter chez Barnes & Noble ; et aujourd'hui une femme qui ne quitte jamais la maison sans un bouquin sous le bras.

Les livres ont toujours été essentiels à ma vie et je savais que, si j'en étais capable, un jour, je leur écrirais une lettre d'amour. Puis je suis tombée sur le très beau livre de Molly Guptill Manning, *When Books Went to War* – « Quand les livres entrent en guerre » – publié en 2014. (Oui, je suis aussi une passionnée d'histoire qui lit des ouvrages sur la guerre pendant son temps libre.)

Malgré tout ce que j'ai lu sur la Seconde Guerre mondiale dans ma vie, je n'avais jamais entendu parler des Armed Services Editions – le programme d'édition de livres pour l'armée. L'initiative m'a aussitôt intriguée. Quelle meilleure façon d'honorer la force des livres que ce programme qui a apporté du réconfort aux soldats durant leurs heures les plus sombres ? C'est ainsi qu'est née *La Bibliothèque des livres brûlés*.

J'en viens maintenant à ce que tous les lecteurs de romans historiques veulent savoir : ce qui est vrai, ce qui est inventé et ce qui est entre les deux. Dans ce roman, tous les personnages principaux sont le fruit de mon imagination, tandis que les événements auxquels ils prennent part, les nombreux moments historiques qui jalonnent l'intrigue et plusieurs personnages secondaires sont réels.

Le programme d'édition de livres pour l'armée est une formidable initiative du Conseil des livres en temps de guerre.

Les personnes extraordinaires qui ont participé à ce projet ont révolutionné les livres – le livre de poche est devenu monnaie courante et a vu naître une nouvelle génération de lecteurs. De 1943 à 1947, environ 122 millions d'exemplaires de plus de 1 300 titres ont été publiés et envoyés aux soldats stationnés à l'étranger (et *Gatsby le Magnifique* est sorti de l'ombre en partie grâce à ce programme). Alors que tous les livres mentionnés dans ce roman faisaient partie de l'aventure, j'ai modifié certaines dates pour mieux servir mon calendrier. Ainsi le Conseil n'avait pas connaissance du souhait du général Eisenhower que tous les soldats aient un livre dans leur poche le jour du débarquement. L'armée avait retenu les envois précédents et conservé environ un million de livres pour les distribuer aux hommes quelques jours avant qu'ils prennent les plages d'assaut.

Le sénateur Robert Taft, de l'Ohio, a tenté d'étouffer le programme avec un amendement de censure qu'il a enfoui dans la loi sur le vote des soldats de 1944. Il s'est entêté malgré les innombrables éditoriaux demandant son retrait, et n'a cédé qu'après une réunion avec le Conseil en juillet 1944. C'est ici que j'ai pris le plus de libertés avec l'histoire pour créer une épreuve de force théâtrale entre Taft et Viv. Le Conseil a lancé une croisade contre l'amendement du sénateur – en s'assurant le soutien des journaux et des magazines de tout le pays –, mais l'accord final entre les parties a été conclu lors d'un déjeuner d'affaires avec un troupeau de journalistes massés devant le restaurant, et non lors d'un événement passionnant avec des orateurs émouvants. Quand Taft a quitté le déjeuner, des journalistes l'ont entendu faire des commentaires politiques accablants sur le président Roosevelt et le droit de vote des soldats.

Ce faux pas a incité ses collègues du Congrès à prendre assez rapidement leurs distances avec lui, et l'amendement a été vidé de sa substance.

Si vous souhaitez en savoir plus sur le Conseil des livres en temps de guerre, le programme d'édition de livres pour l'armée et son prédécesseur, la Victory Book Campaign, et lire des lettres de soldats aux auteurs, je recommande vivement aux lecteurs anglophones et à ceux maîtrisant suffisamment la langue anglaise l'ouvrage de Manning. Cet ouvrage explore le rôle des livres en tant qu'armes dans la bataille contre Hitler et les nazis.

Lorsqu'on pense aux livres pendant la Seconde Guerre mondiale, une image saisissante nous vient aussitôt à l'esprit : des flammes illuminant le ciel sombre, des étudiants jetant des brassées d'ouvrages dans un bûcher, sous les acclamations de la foule.

Tous les amoureux des livres sont hantés par cette nuit hautement symbolique de mai 1933. On me demande souvent si je mets de moi dans mes personnages, et la réponse est presque toujours non. L'exception est la réaction d'Althéa et la phrase qui la concerne à la vue de ces feux de joie : « C'est un sacrilège. [...] Si Althea appartenait à une église, elle se logeait dans les livres. Si elle avait une religion, elle était gravée dans les mots qu'ils contenaient. »

J'ai commencé à écrire *La Bibliothèque des livres brûlés* en 2020, quand la ferveur actuelle pour l'interdiction de livres aux États-Unis était plus une grogne qu'un cri. « L'histoire ne se répète pas, mais parfois elle rime », dit-on, si bien que je savais où allait me mener cette intrigue.

Car même dans les moments les plus sombres, il y a toujours une lumière à l'horizon.

Pour moi, c'était trouver par hasard les bibliothèques de Paris et de Brooklyn. Elles n'ont pas résisté au passage du temps, il en reste quelques papiers datant de leur inauguration, une entrée ou deux sur Wikipédia, et une poignée d'articles plus élaborés auxquels j'ai contribué pour beaucoup. En fait, les bibliothèques étaient souvent considérées comme marginales dans l'effort de lutte contre la censure à l'époque. Elles avaient des mécènes et des partisans célèbres – H. G. Wells et les frères Mann à Paris, Einstein et Upton Sinclair à Brooklyn –, mais l'histoire les a oubliées. Pourtant, j'ai été immédiatement séduite par leur symbolique tant elles incarnent le meilleur de nous-mêmes lorsque nous abordons le monde avec empathie, curiosité et émerveillement plutôt qu'avec peur, haine et intolérance.

Il est facile de se tourner vers le passé et de considérer l'impulsion de détruire des livres comme humaine et inévitable, mais notre désir de les protéger l'est tout autant.

En 2022, la New York Public Library et la Brooklyn Public Library ont mis en place des programmes pour que des livres le plus souvent interdits soient accessibles à tous.

Une petite bibliothèque insulaire du Maine s'est donné pour mission de remplir ses étagères avec tous les ouvrages frappés par la censure. Un groupe de mères de famille de l'Ohio a créé un site web avec des cartes pour suivre les livres polémiques dans tout le pays.

Il y a toujours une lumière à l'horizon.

Il est difficile d'ignorer que bon nombre d'interdits visent les auteurs homosexuels et les livres qui abordent l'identité LGBTQ. Je n'avais pas l'intention d'écrire une histoire d'amour saphique quand j'ai eu l'idée de *La Bibliothèque des livres brûlés*, et pourtant, dès qu'Hannah a fait son apparition – à sillonner

Paris à vélo, le cœur brisé –, j'ai su qu'elle avait été amoureuse d'Althea.

Cette décision prise, j'ai été emportée dans une spirale de recherche qui m'a amenée dans le Berlin et le Paris de l'entre-deux-guerres, où j'ai eu la joie de découvrir que les communautés homosexuelles non seulement existaient, mais étaient florissantes.

À Berlin en particulier, il y avait des cabarets et des boîtes de nuit, bien sûr, mais aussi des films populaires, des chansons à la mode et des magazines qui mettaient en scène l'expérience homosexuelle. Magnus Hirschfeld, l'homme dont l'institut de sexologie a été pillé par les fascistes et tous les ouvrages brûlés, avait des décennies d'avance sur son temps avec ses recherches sur l'identité homosexuelle. Les gens vivaient au grand jour, d'une manière qui s'est perdue pendant des décennies. Pour en savoir plus sur cette période de la ville, je vous conseille *Gay Berlin,* de Robert Beachy, publié en 2014.

Si le Paris des années 1930 n'était pas tout à fait au niveau de Berlin, la communauté homosexuelle était très dynamique. Le Monocle, à Montmartre, a été l'une des premières et des plus célèbres boîtes de nuit saphiques de Paris ; Natalie Clifford Barney, figure lesbienne notoire, tenait un salon littéraire hebdomadaire dans sa maison de la rive gauche, qui attirait des personnalités telles que Gertrude Stein.

On nous dit souvent que le traumatisme et la douleur sont indissociables de l'histoire LGBTQ, à tel point que les romances homosexuelles heureuses du passé sont parfois jugées irréalistes ou fantaisistes. Si l'on ne peut nier les difficultés, le bonheur et l'amour étaient possibles. Les personnes homosexuelles ont toujours été capables de « traverser avec curiosité mille merveilles » et finissaient par voir au-delà de la banalité.

Concernant les références historiques tout au long de l'ouvrage, presque tous les événements et personnages réels sont, à ma connaissance, décrits avec exactitude. Mais comme je suis humaine, je suis sûre que quelques erreurs se sont glissées dans le texte. D'avance, veuillez m'en excuser.

J'ai choisi de situer le point de vue d'Althea durant la première moitié de l'année 1933, non seulement à cause des autodafés de livres, mais aussi parce que beaucoup de choses se sont passées dans un laps de temps très court.

J'ai toujours été fascinée par cette période. Si j'avais décrit tous les événements qui ont mis l'Allemagne sur la voie de la guerre et de l'Holocauste, ce livre serait devenu un manuel scolaire.

Alors que l'histoire a tendance à se focaliser sur les complices masculins d'Hitler, j'ai évoqué Helene Bechstein, des célèbres pianos Bechstein. Comme d'autres femmes riches et puissantes, elle a enseigné à son « petit loup » les bonnes manières et l'étiquette, aidant ainsi Hitler à évoluer dans la haute société de Berlin, un élément indispensable pour qu'il soit accepté par les donateurs qui l'ont porté au pouvoir. Les femmes sont si souvent écartées du contexte historique qu'il est facile d'oublier le rôle que nous pouvons jouer dans les moments cruciaux qui façonnent l'humanité – pour le meilleur, certes, mais aussi pour le pire. Nous ne devons pas l'oublier.

Aussi, les craintes d'Hannah concernant les fantasmes d'assassinat d'Otto se fondaient sur des événements réels, qui se sont produits après la fuite d'Hannah à Paris. En 1938, un Juif polonais Herschel Feibel Grynszpan abat un diplomate allemand, et les nazis utilisent cet incident comme prétexte pour lancer la Nuit de cristal. Bien que la toile de fond historique de *La Bibliothèque des livres brûlés* s'appuie le plus souvent sur des faits réels, l'une des libertés importantes que j'ai prises – outre l'ajout d'une forte dose de drame dans la confrontation finale entre Viv et Taft – concerne le programme d'échange culturel de Goebbels. Alors qu'il était chargé de définir l'agenda culturel du Reich d'Hitler, j'ai créé cette initiative spécifique pour confronter Althea aux nazis.

J'espère que l'intrigue a suscité votre intérêt, mais, surtout, j'espère que cette histoire vous a ému(e), qu'elle a résonné en vous, qu'elle vous a fait rire ou pleurer, ou qu'elle a provoqué en vous un pincement au cœur, ce qui peut correspondre à une foule d'émotions simultanées.

L'autrice à succès Jewell Parker Rhodes a déclaré : « J'aime les romans historiques car il existe une vérité littérale et une vérité émotionnelle, et ce que l'auteur de fiction essaie de créer, c'est cette vérité émotionnelle. » C'est également le but que je m'efforce d'atteindre pour vous.

Merci beaucoup d'avoir lu mon livre.

Composé et édité par HarperCollins France.

Achevé d'imprimer en avril 2023.

FIRMIN-DIDOT

à Mesnil-sur-l'Estrée (Eure)

Dépôt légal : mai 2023.

Pour limiter l'empreinte environnementale de ses livres, HarperCollins France s'engage à n'utiliser que du papier fabriqué à partir de bois provenant de forêts gérées durablement et de manière responsable.

Imprimé en France